A MALDIÇÃO

STEPHEN KING

A MALDIÇÃO

Tradução
Louisa Ibañez

9ª reimpressão

Copyright © 1984 by Richard Bachman
Direitos em língua portuguesa para o Brasil adquiridos do autor através de Ralph M. Vicinanza, Ltd.

Grafia atualizada segundo o Acordo Ortográfico da Língua Portuguesa de 1990, que entrou em vigor no Brasil em 2009.

Título original
Thinner

Capa
Rodrigo Rodrigues

Imagem de capa
Mirek Weichsel / Getty Images

Citação da canção Mr. Bojangles, *de Jerry Walker.*
Copyright © 1966 by Cotillon Music, Inc. – Daniel Music, Inc. Utilizado com permissão. Todos os direitos reservados.

Copidesque
Regiane Winarski

Revisão
Rita Godoy
Fátima Fadel
Ana Grillo

CIP-Brasil. Catalogação na fonte
Sindicato Nacional dos Editores de Livros, RJ

K64m
    King, Stephen
        A maldição / Stephen King; tradução de Louisa Ibañez. — 2ª ed. — Rio de Janeiro: Objetiva, 2012.

        Tradução de: Thinner.
        ISBN 978-85-8105-049-2

        1. Ficção americana. I. Ibañez, Louisa. II. Título.

	CDD: 813
11-7415	CDU: 821.111(73)-3

Todos os direitos desta edição reservados à
EDITORA SCHWARCZ S.A.
Praça Floriano, 19, sala 3001 — Cinelândia
20031-050 — Rio de Janeiro — RJ
Telefone: (21) 3993-7510
www.companhiadasletras.com.br
www.blogdacompanhia.com.br
facebook.com/editorasuma
instagram.com/editorasuma
twitter.com/Suma_BR

*À minha esposa,
Claudia Inez Bachman*

Capítulo 1: 111

"Mais magro", sussurra o velho cigano de nariz carcomido para William Halleck quando ele e sua esposa Heidi saem do tribunal. Apenas estas duas únicas palavras, carregadas pela doçura enjoativa do hálito dele. "Mais magro." E antes que Halleck possa recuar, o velho cigano estica o braço e acaricia-lhe a face com um dedo retorcido. Os lábios dele entreabrem-se como uma ferida, exibindo alguns cacos de dentes que despontam das gengivas como lápides quebradas. Cacos de dentes enegrecidos e esverdeados. A língua do velho se esgueira por entre eles e então desponta, para lamber os amargos lábios sorridentes.

Mais magro.

Essa recordação surgiu bastante a propósito, quando Billy Halleck subiu na balança, às sete da manhã, com uma toalha enrolada na cintura. O cheiro bom de bacon e ovos vinha do andar de baixo. Ele precisou esticar o pescoço um pouco para ler a marcação na balança. Bem... na verdade, precisou espichar-se mais do que um pouco. Precisou espichar-se bem. Era um homem grande. Grande demais, como gostava de dizer-lhe o dr. Houston. *Caso ninguém lhe tenha dito ainda, eu darei a informação*, anunciara o dr. Houston após seu último checkup. *Um homem com a sua idade, seus rendimentos e seus hábitos entra no território dos ataques cardíacos mais ou menos aos 38 anos, Billy. Você devia emagrecer um pouco.*

Nesta manhã, contudo, havia boas-novas. Ele baixara de 113 quilos para 111.

Bem... na realidade, a balança marcara 113,8 quilos da última vez que tomara coragem para se pesar e dar uma olhada. Entretanto, estava de calça e tinha algumas moedas no bolso, sem falar no chaveiro e no canivete. Além disso, a balança do banheiro do andar de cima sempre marcava a mais. Ele estava moralmente convicto disso.

Quando garoto, em Nova York, ele ouviu dizer que ciganos tinham o dom da profecia. Talvez ali estivesse a prova. Billy tentou rir, mas conseguiu apenas esboçar um sorriso; ainda era muito cedo para rir dos ciganos. O tempo passaria e as coisas entrariam em perspectiva de novo; ele tinha idade bastante para saber disso. Agora, no entanto, sentiu o estômago muito dilatado embrulhar-se quando pensou em ciganos e desejou fervorosamente nunca mais ver nenhum enquanto vivesse. De agora em diante, rejeitaria a leitura de mãos em festas e se contentaria com o tabuleiro *Ouija*. Se chegasse a tanto.

— Billy?

A voz vinha do andar de baixo.

— Estou indo!

Ele se vestiu, notando com desgosto quase subliminar que, apesar dos 2 quilos perdidos, a cintura da calça estava ficando novamente apertada. No momento, sua cintura estava com 107 centímetros. Havia parado de fumar exatamente a zero hora e um minuto do dia de ano-novo, porém pagara o preço. E, poxa, como pagara! Desceu para o térreo com o colarinho aberto e a gravata em torno do pescoço. Linda, sua filha de 14 anos, acabava de cruzar a porta, em um esvoaçar de saia e balanceio do rabo de cavalo, atado essa manhã com uma sexy fita de veludo. Tinha os livros debaixo do braço. Dois espalhafatosos pompons de líder de torcida roxo e branco estavam pendurados na outra mão.

— Tchau, pai!

— Tenha um bom dia, Lin.

Ele se sentou à mesa e pegou o *The Wall Street Journal*.

— Querido — disse Heidi.

— Meu bem — respondeu ele eloquentemente e largou o jornal com a frente virada para baixo, ao lado da bandeja giratória.

Heidi colocou o café da manhã diante dele: um monte fumegante de ovos mexidos, um pãozinho com passas, cinco tiras de bacon crocante. Uma boa refeição. Ela se sentou na cadeira diante dele e acendeu um Vantage 100. Janeiro e fevereiro tinham sido tensos — demasiadas "conversas" que eram apenas discussões disfarçadas, com os dois terminando por dormir muitas noites de costas um para o outro. Entretanto, tinham alcançado um modus vivendi: Heidi parara de implicar com ele sobre o peso, e Billy parara de censurá-la por seu maço e meio de cigarros diários. Isso garantira uma primavera bastante satisfatória. E, além do equilíbrio particular de ambos, houvera outras coisas boas. Halleck fora promovido. Greely, Penschley & Kinder agora era Greely, Penschley, Kinder & Halleck. A mãe de Heidi finalmente resolvera concretizar a longa ameaça de voltar para a Virgínia. Linda por fim conseguira entrar para o quadro de líderes de torcida e, na opinião de Billy, isso tinha sido uma bênção; algumas vezes tivera a certeza de estar caminhando para um colapso nervoso, devido aos melodramas da filha. Enfim, tudo ficara ótimo.

Então, os ciganos chegaram à cidade.

"Mais magro", *dissera o velho cigano, e que diabo seria aquilo no nariz dele? Sífilis? Câncer? Ou algo ainda pior, como lepra? E, por falar nisso, por que não esquecer essa história? Por que não sepultá-la de uma vez?*

— Você não consegue tirar isso da cabeça, hein? — disse Heidi de repente, tão de repente que Halleck deu um pulo na cadeira. — *Não foi culpa sua, Billy.* O juiz declarou isso!

— Não era nisso que eu estava pensando.

— Pois então, *no que* você estava pensando?

— No jornal — ele respondeu. — Diz que a construção civil baixou novamente esse trimestre.

Claro, ele não teve culpa; o juiz disse isso. Juiz Rossington. Cary, para os amigos.

Amigos como eu, pensou Halleck. *Eu e o velho Cary Rossington jogamos muitas partidas de golfe, como você bem sabe, Heidi. Em nossa festa de fim de ano, há dois anos, quando pensei em parar de fumar, mas não parei, quem agarrou seu peitinho tão tentador durante o tradicional beijo-de-feliz-ano-novo? Quem foi? Ora, francamente! Foi o bom e velho Cary Rossington, tão certo como eu vivo e respiro!*

Sim. O bom e velho Cary Rossington, diante de quem Billy argumentara em mais de uma dúzia de casos municipais. O bom e velho Cary Rossington, com quem Billy às vezes jogava pôquer no clube. O bom e velho Cary Rossington, que não se tinha declarado suspeito quando seu bom e velho parceiro de golfe e pôquer Billy Halleck (Cary às vezes lhe batia nas costas e gritava: "Como vão as coisas, grande Bill?") apresentou-se diante dele no tribunal, não para debater algum ponto da lei municipal, mas acusado de homicídio culposo por atropelamento.

E quando Cary Rossington *não* se declarou suspeito para julgá-lo, quem o criticaria, crianças? Quem, em toda a bela cidade de Fairview, seria o crítico? Ora, ninguém! Ninguém criticou! Afinal, o que eram eles? Nada mais do que um bando de ciganos imundos. Quanto mais cedo dessem o fora de Fairview e pegassem a estrada em suas velhas caminhonetes com adesivos da ANR (Associação Nacional do Rifle) colados nos para-choques traseiros, quanto mais cedo víssemos as traseiras de seus trailers e de suas carroças de fabricação caseira, melhor. Quanto mais cedo...

... *mais magro.*

Heidi apagou o cigarro e disse:

— Não é nada de baixa na construção civil. Conheço você muito bem.

Billy também achava isso. E achava que ela também andava pensando a respeito do assunto. O rosto dela estava muito pálido. Ela aparentava a idade que tinha, 35 anos, e isso era raro. Haviam-se casado jovens, muito jovens, e ele ainda se lembrava do vendedor que lhes aparecera à porta vendendo aspiradores de pó três anos após terem se casado. Ele fitara Heidi Halleck, então com 22 anos, e perguntara polidamente: "Sua mãe está em casa, meu bem?"

— De qualquer modo, não me perturbou o apetite — ele disse, e era verdade. Angustiado ou não, ele fizera uma devastação nos ovos mexidos, e do bacon nem havia mais sinal. Billy bebeu metade do suco de laranja e deu a Heidi o grande e velho sorriso Billy Halleck. Ela tentou retribuir o sorriso, sem grande êxito. Ele a imaginou usando um aviso: MEU SORRISEIRO ESTÁ TEMPORARIAMENTE FORA DE SERVIÇO.

Ele estendeu o braço sobre a mesa e pegou a mão dela.

— Heidi, está tudo bem. E, mesmo que não esteja, tudo já acabou.

— Eu sei que já. Eu sei.

— E Linda... ela está...?

— Não. Não está mais. Ela disse... disse que as amigas estão dando muita força para ela.

Por cerca de uma semana após o ocorrido, a filha deles havia passado maus momentos. Voltava da escola em lágrimas ou quase chorando. Parara de comer. Estava irritadiça. Decidido a não exagerar em sua reação, Halleck tinha ido procurar a orientadora dos deveres de casa, o diretor-assistente e a professora mais querida de Linda, a srta. Nearing, que dava aulas de educação física e de animação de torcida. Ele averiguou (ah, aí estava uma boa palavra jurídica) que tudo aquilo era principalmente resultado de implicâncias, uma provocação rude e sem graça, comum entre os jovens daquela idade, além de inconveniente, em vista das circunstâncias. Mas o que se pode esperar de uma faixa etária para quem piadas de humor negro são o máximo?

Ele levou Linda para um passeio rua acima. A Lantern Drive era margeada por residências recuadas da rua e de bom gosto. As do começo custavam cerca de 75 mil dólares, chegando a 200 mil as que tinham piscina coberta e sauna, mais no final da rua, onde ficava o Country Club.

Linda usava o velho short xadrez, agora rasgado na bainha, e, Halleck notou, as pernas dela estavam tão esguias e compridas que o elástico da perna da calcinha de algodão amarelo aparecia. Sentiu uma pontada de pena e terror ao mesmo tempo. Ela estava crescendo. Billy imaginou que Linda sabia que o velho short xadrez já estava pequeno e surrado, mas achava que ela o usava por ser um elo com uma infância mais tranquila, uma infância em que pais não tinham que comparecer a um tribunal e ser julgados (pouco importando quão predeterminado pudesse ser o tal julgamento, com o velho parceiro de golfe e bolinador beberrão dos peitos da esposa do acusado, o velho Cary Rossington, atrás do martelo), uma infância em que colegas não corriam até você no campo de futebol durante o quarto tempo, enquanto você lanchava, para perguntar quantos pontos seu pai fizera por encaçapar a velha.

Você compreende que foi um acidente, não é, Linda?

Ela assente com a cabeça, sem olhar para ele. Compreendo, papai.

Ela apareceu de repente, entre dois carros, sem olhar para os lados. Eu não tive tempo de frear. Foi absolutamente impossível.

Não quero mais ouvir nada sobre isso, papai.

Sei que não quer, diz ele. Eu também não quero falar, mas você tem ouvido a respeito. Na escola.

Ela o fita temerosamente. Papai! Você não...

Não fui à escola? Oh, fui! Fui, sim. Mas cheguei lá depois das três e meia da tarde de ontem. Não havia nenhum aluno por lá, pelo menos que eu pudesse ver. Ninguém vai saber.

Ela relaxa. Um pouco.

Soube que você está passando maus momentos com os colegas. Sinto muito.

Não tem sido tão ruim, diz ela, pegando a mão dele. Seu rosto — com um recente punhado de espinhas na testa — conta uma história diferente. As espinhas dizem que a convivência no colégio tem sido terrível. Ter um pai detido é uma situação que nem mesmo Judy Blume vivenciou (embora provavelmente tenha que vivenciar, um dia).

Também soube que você tem lidado bem com a situação, diz Billy Halleck. *Não dando grande importância ao que dizem. Porque, se eles perceberem que as piadinhas a deixam irritada...*

Sim, eu sei, diz ela taciturnamente.

A srta. Nearing falou que sente muito orgulho de você, continua ele. É uma pequena mentira. A srta. Nearing não dissera precisamente isso, mas falara bem de Linda, e isso era quase tão importante para Halleck quanto era para a filha. E essas palavras fazem o milagre. Os olhos dela brilham e ela olha para Halleck pela primeira vez.

Ela disse isso?

Disse, confirma Halleck. A mentira sai fácil e convincente. Por que não? Ultimamente ele tem dito um bocado de mentiras.

Ela lhe aperta a mão e sorri agradecida.

Eles logo esquecerão isso, Lin. Encontrarão outro osso para roer. Alguma garota ficará grávida, um professor terá um colapso nervoso ou um garoto será apanhado por vender maconha ou cocaína. Então, você ficará fora da vista deles. Entendeu?

Ela de repente passa os braços em torno dele e o abraça com força. Ele decide que a filha, afinal de contas, não está crescendo assim tão depressa e que nem todas as mentiras são ruins. *Eu amo você, papai,* diz ela.

Também amo você, Lin.

Ele a abraça também e, de repente, alguém liga um potente amplificador estéreo dentro do cérebro dele. Ele torna a ouvir o baque duplo: o primeiro, quando o para-choque dianteiro do Oldsmobile bate na velha cigana com o lenço vermelho berrante sobre os cabelos desalinhados, o segundo, quando os enormes pneus dianteiros passam sobre o corpo dela.

Heidi grita.
E a mão dela sai do colo de Halleck.
Halleck abraça a filha com mais força, sentindo todo o corpo ficar arrepiado.

— Mais ovos? — pergunta Heidi, interrompendo seu devaneio.

— Não. Não, obrigado.

Ele contemplou o prato vazio com certo ar de culpa; não importava o quanto as coisas estivessem ruins, jamais lhe tiravam o sono ou o apetite.

— Tem certeza de que está...?

— Bem? — Ele sorriu. — Estou bem, você está bem, Linda está bem. E, como dizem nas novelas, o pesadelo terminou. Podemos retomar nossas vidas?

— É uma excelente ideia. — Dessa vez, Heidi oferece um sorriso, seu verdadeiro sorriso. Parecia ter menos de 30 anos de novo e estava radiante. — Quer o resto do bacon? Ainda sobraram duas fatias.

— Não — responde ele, pensando na maneira como a calça apertava sua cintura macia (*Que cintura, ha-ha?*, fala em sua mente o pequeno e insosso Don Rickles. *A última vez que você teve cintura foi por volta de 1978, seu bolo fofo*), como precisava encolher o estômago para fechar o botão. Então, recordando a balança, diz: — Vou querer uma fatia. Perdi 2 quilos.

Apesar da recusa inicial, Heidi já tinha ido até o fogão. *Às vezes ela me conhece tão bem que chega a ser deprimente,* pensou ele. Heidi olhou para trás.

— Então, você ainda *pensa* naquilo.

— Não, *não* penso — disse ele, exasperado. — Um homem não pode perder 2 quilos em paz? Você vive dizendo que gostaria de me ver...
mais magro
... um pouco menos gordo...

Ela o fizera pensar no cigano outra vez. *Droga!*

O nariz carcomido do cigano e a sensação escamosa daquele dedo, deslizando por sua face antes que ele pudesse reagir e recuar, do jeito como nos afastamos de uma cobra ou de um bando de besouros movimentando-se sob um tronco apodrecido.

Ela lhe trouxe o bacon e deu-lhe um beijo no rosto.

— Desculpe. Vá em frente e perca um pouco de peso. Entretanto, se não perder nada, lembre-se do que diz o sr. Rogers...

— ... gosto de você do jeito que você é — terminaram, ao mesmo tempo.

Ele estendeu a mão para o jornal virado junto à bandeja giratória, mas aquilo era deprimente demais. Ele se levantou, saiu da casa e encontrou o *New York Times* em cima do canteiro. O garoto sempre o atirava em cima do canteiro, nunca tinha os exemplares certos no fim da semana e nunca se lembrava do sobrenome de Bill. Por várias vezes Billy se perguntara se seria possível um garoto de 12 anos estar sofrendo do mal de Alzheimer.

Levou o jornal para dentro, abriu-o na seção esportiva e comeu o bacon. Estava concentrado na sessão sobre beisebol quando Heidi lhe trouxe a outra metade do muffin inglês, dourado pela manteiga derretida.

Halleck o comeu quase sem perceber o que fazia.

Capítulo 2: 110

Na cidade, um processo por perdas e danos que se arrastara por mais de três anos — e que ele esperava, de uma forma ou de outra, ver arrastar-se por *mais* três ou quatro anos — chegou a um inesperado e gratificante fim no meio da manhã, com o reclamante, durante um recesso do tribunal, concordando em encerrar tudo por uma quantia pura e simplesmente estonteante. Halleck não perdeu tempo. Providenciou para que o reclamante, um fabricante de tintas de Schenectady, e seu cliente assinassem um acordo na sala de audiências. O advogado do reclamante observava com visível consternação e descrença, enquanto seu cliente, presidente da companhia Good Luck Paint, rabiscava o nome em seis cópias do acordo, e depois, quando o funcionário do tribunal autenticou uma cópia atrás da outra, a cabeça careca reluzindo suavemente. Billy ficou sentado, quieto, as mãos relaxadas no colo, com a sensação de que ganhara na loteria de Nova York. À hora do almoço tudo estava terminado, exceto as aclamações.

Billy levou seu cliente até o O'Lunney's, pediu Chivas em um copo longo para o cliente e um martíni para si mesmo. Depois ligou para casa para falar com Heidi.

— Mohonk — ele disse quando ela atendeu.

Era o nome de um resort, uma espaçosa construção ao norte do estado de Nova York, onde tinham passado a lua de mel (presente dos pais de Heidi) havia muito tempo. Os dois tinham ficado apaixonados pelo lugar e, desde então, haviam passado duas férias lá.

— O quê?

— Mohonk — repetiu ele. — Se não quiser ir, convido Jillian, do escritório.

— Não! Você *não* fará isso! Billy, o *que* está acontecendo?

— Quer ir ou não?

— É *claro* que quero! Este fim de semana?

— Amanhã, se conseguir a ajuda da sra. Bean para ficar de olho em Linda e certificar-se de que a roupa seja lavada, além de impedir quaisquer orgias na frente da televisão na sala de visitas. E se...

O grito agudo de Heidi abafou a voz dele por um instante.

— O seu caso, Billy! O negócio das tintas, o colapso nervoso, o episódio psicótico e...

— Canley vai fazer um acordo. Aliás, ele *já* fez. Depois de aproximadamente 14 anos de tolices de sala de conselho e longas opiniões legais significando exatamente nada, seu marido finalmente venceu uma causa para os mocinhos. Clara, decisivamente e sem sombra de dúvida. Canley quis um acordo e estou me sentindo o máximo.

— Billy! Meu Deus! — ela gritou novamente, agora tão alto, que o telefone distorceu a voz dela. Billy o manteve distante do ouvido, sorrindo. — Quanto seu cliente vai receber?

Ele mencionou a quantia e, dessa vez, precisou manter o fone longe do ouvido por quase cinco segundos.

— Será que Linda se incomoda se tirarmos cinco dias de folga?

— Por que se incomodaria se vai poder ficar acordada até tarde vendo televisão e chamar Georgia Deever para ficarem conversando sobre garotos enquanto acabam com meus chocolates? Está brincando? Acha que lá está fazendo frio nessa época do ano, Billy? Quer que ponha sua jaqueta verde na mala? Prefere sua parca ou a jaqueta jeans? Ou os dois? Você acha...

Billy respondeu que ela mesma escolhesse e voltou para junto de seu cliente. O homem agora já tinha tomado metade do enorme copo de Chivas e queria contar anedotas polonesas. Dava a impressão de que fora atingido por um martelo. Halleck bebeu seu martíni e ouviu, sem prestar muita atenção, velhas piadas sobre carpinteiros e restaurantes poloneses, a cabeça alegremente ocupada com outros assuntos. Aquele caso podia ter implicações de longo alcance; ainda era muito cedo para dizer que mudaria o curso de sua carreira, mas era possível. Era bem possível. Nada mau para o tipo de caso que os grandes escritórios aceitavam gratuitamente. Podia significar que...

... o primeiro baque joga Heidi para frente e, por um momento, ela o aperta; Billy mal toma consciência da dor em sua virilha. O baque é forte o bastante para fazer o cinto de segurança travar-se. O sangue voa — três go-

tas do tamanho de moedas — e salpica o para-brisa como chuva vermelha. Ela nem mesmo tem tempo de começar a gritar; irá gritar mais tarde. E ele nem mesmo tem tempo de começar a compreender. O começo da compreensão chega com o segundo baque. Então, ele...

... engoliu o resto do martíni de uma só vez. Os olhos se encheram de lágrimas.

— Você está bem? — perguntou o cliente, David Duganfield.

— Estou tão bem que você nem acreditaria — Billy estendeu a mão sobre a mesa, na direção do cliente. — Parabéns, David.

Não pensaria mais no acidente, não pensaria mais no cigano de nariz carcomido. Ele era um dos mocinhos; tal fato estava evidente no forte aperto de mão de Duganfield e em seu sorriso cansado, ligeiramente forçado.

— Obrigado, cara — disse Duganfield. — Muito obrigado mesmo.

Ele se inclinou de repente sobre a mesa e abraçou Billy Halleck desajeitadamente. Billy retribuiu o abraço. Entretanto, quando os braços de David Duganfield enlaçaram seu pescoço, Billy sentiu uma palma deslizar-lhe pelo canto da face e tornou a pensar na estranha carícia do velho cigano.

Ele me tocou, pensou Halleck, estremecendo enquanto ainda abraçava seu cliente.

A caminho de casa, tentou pensar em David Duganfield (aquele era um bom tema para pensar), mas, em vez de Duganfield, viu-se pensando em Ginelli quando estava na altura da ponte Triborough.

Ele e Duganfield haviam ficado a maior parte da tarde no O'Lunney's, porém o primeiro impulso de Billy havia sido o de levar seu cliente até o Three Brothers, restaurante em que Richard Ginelli constava como sócio anônimo. Fazia anos que não aparecia lá — com a reputação de Ginelli não seria prudente —, mas era ainda no Brothers que sempre pensava primeiro. Billy fizera algumas excelentes refeições e passara bons momentos lá, embora Heidi nunca tivesse gostado muito do lugar ou de Ginelli. Ginelli a assustava, pensou Billy.

Estava passando pela saída para Gun Hill Road, na rodovia de Nova York, quando seus pensamentos voltaram para o velho cigano, tão previsivelmente como um cavalo retornando à própria baia.

Foi em Ginelli que você pensou primeiro. Quando chegou em casa aquele dia e Heidi ficou sentada na cozinha, chorando, foi em Ginelli que você pensou primeiro. "Ei, Rich, matei uma velha hoje. Posso ir até a cidade e falar com você?"

Mas Heidi estava no aposento ao lado, e ela não compreenderia. A mão de Billy pousou no telefone, depois se afastou. Com súbita clareza, ocorreu-lhe que ele era um bem-sucedido advogado de Connecticut que, quando as coisas ficavam pretas, pensava em ligar apenas para uma única pessoa: um gângster de Nova York que, aparentemente, adotara o costume de, no correr dos anos, abater os concorrentes a tiros.

Ginelli era alto, não muito atraente, mas em quem as roupas assentavam bem. Tinha uma voz forte e gentil; não o tipo de voz que se pudesse associar a drogas, depravação e assassinato. Ele estava associado aos três, caso se acreditasse em sua ficha policial. Mas tinha sido a voz de Ginelli que Billy quisera ouvir naquela terrível tarde depois que Duncan Hopley, chefe de polícia de Fairview, o havia liberado.

— ... ou vai ficar aí o dia inteiro?

— O quê? — exclamou Billy, sobressaltado. Percebeu então que estava parado em uma das poucas cabines de pedágio de Rye operadas por um ser humano.

— Perguntei se você vai pagar ou ficar...?

— Certo — disse Billy, entregando um dólar.

Pegou o troco e continuou dirigindo. Quase em Connecticut; 19 saídas para chegar até Heidi. Depois, partida para Mohonk. Duganfield não estava funcionando como distração; então, tente Mohonk. Que tal esquecer a velha cigana e o velho cigano apenas por um momento?

Entretanto, foi para Ginelli que seus pensamentos retornaram.

Billy o conhecera por intermédio da firma, que fizera algum trabalho jurídico para Ginelli sete anos atrás — trabalho de incorporação. Billy, então um advogado muito jovem, recebera a incumbência. Nenhum dos sócios mais antigos sequer tocaria no trabalho. Já naquela época, a reputação de Rich Ginelli era muito ruim. Billy nunca perguntara a Kirk Penschley por que, afinal, a firma aceitara Ginelli como cliente; teriam respondido a ele que cuidasse de sua parte e deixasse as questões morais para os mais velhos. Billy supusera então que Ginelli estivesse a par de algum segredo vergonhoso de alguém, pois ele era um homem que sabia de tudo que se passava ao redor.

Billy iniciara seu trabalho de três meses para a empresa Three Brothers esperando antipatizar com o homem para quem estava trabalhando, ou talvez mesmo temê-lo. Entretanto, viu-se atraído por ele. Ginelli era carismático, uma companhia divertida. Além do mais, tratava Billy com uma dignidade e respeito que ele só encontraria em sua própria firma quatro anos mais tarde.

Billy diminuiu a velocidade ao aproximar-se do pedágio de Norwalk, pagou 35 centavos e tornou a misturar-se ao trânsito. Sem pensar, inclinou-se e abriu o porta-luvas. Debaixo dos mapas e do manual do proprietário havia dois pacotes de bolinho recheado Twinkies. Ele abriu um e começou a comer rapidamente, algumas migalhas caindo em sua roupa.

Todo o seu trabalho para Ginelli tinha ficado pronto muito antes que um júri de Nova York o tivesse indiciado por ordenar uma onda de execuções no estilo do submundo do crime, na esteira de uma guerra do tráfico. A indiciação viera do tribunal superior de Nova York, no outono de 1980. Na primavera de 1981, as acusações foram sepultadas, em vista principalmente de uma taxa de 50% de mortalidade entre as testemunhas do estado. Uma delas explodiu junto com o carro, em companhia de dois dos três detetives da polícia incumbidos de protegê-la. Outra teve a garganta perfurada pelo cabo quebrado de um guarda-chuva enquanto se sentava em uma cadeira de engraxate na Grand Central Station. As outras duas testemunhas-chave, não surpreendentemente, decidiram que não tinham mais certeza de ouvirem dizer que Richie "Martelo" Ginelli havia ordenado a morte de um chefão do tráfico no Brooklyn, chamado Richovsky.

Westport. Southport. Quase em casa. Ele tornava a inclinar-se e tateava o porta-luvas... Aha! Ali estava um pacote pela metade de amendoins de linha aérea. Estavam moles, mas ainda comíveis. Billy Halleck começou a mastigá-los, sem saboreá-los, assim como não saboreara os Twinkies.

No correr dos anos, ele e Ginelli haviam trocado cartões de Natal e se encontrado para uma refeição ou outra, em geral, no Three Brothers. Após o que Ginelli mencionava teimosamente como "meus problemas jurídicos", os encontros cessaram. Parte disso era devido a Heidi (ela se tornara uma resmungona de primeira categoria quando o tema era Ginelli), mas parte também fora decidida pelo próprio Ginelli.

— É melhor você parar de vir aqui por uns tempos — ele dissera a Billy.

— O quê? Por quê? — perguntara Billy de forma inocente, como se ele e Heidi não houvessem discutido a mesma coisa na noite anterior.

— Porque, para o mundo, eu sou um gângster — respondera Ginelli. — Advogados em começo de carreira que se associam a gângsteres não crescem, William. É isso. Para progredir, você tem que manter sua fachada limpa.

— É só por causa disso, mesmo?

Ginelli sorrira de maneira estranha.

— Bem... ainda *há* outras coisinhas.

— Como o quê?

— William, espero que você nunca tenha de descobrir. Apareça para um café de vez em quando. A gente bate um papo e dá umas risadas. Mantenha contato, é o que estou dizendo.

Assim, ele mantivera contato, aparecendo lá de vez em quando (embora os intervalos houvessem ficado cada vez maiores, admitiu para si mesmo, enquanto ganhava a rampa de saída para Fairview); e quando se vira enfrentando o que poderia ser uma acusação de atropelamento negligente, foi em Ginelli que pensara primeiro.

Ora, mas o bom e velho pegador de tetas Cary Rossington cuidou disso, ele ouviu em sua mente. *Então, por que agora está pensando em Ginelli? Mohonk — é nisso que devia estar pensando. E em David Duganfield, a prova de que os bons sujeitos nem sempre são os últimos. E em perder mais alguns quilos.*

Entretanto, quando entrava na garagem, viu-se pensando em algo que Ginelli havia dito: "William, espero que você nunca tenha de descobrir."

Descobrir o quê?, perguntou-se Billy, e então Heidi saiu voando pela porta da frente para beijá-lo, fazendo-o esquecer tudo por algum tempo.

Capítulo 3: Mohonk

Aquela era a terceira noite deles em Mohonk, e haviam acabado de fazer amor. Tinha sido a sexta vez em três dias, uma vertiginosa mudança no ritmo costumeiro e tranquilo de duas vezes por semana. Billy ficou quieto ao lado dela, gostando de sentir seu calor, gostando do cheiro de seu perfume — Anaïs Anaïs — misturado ao seu suor limpo e ao odor de sexo. Por um momento, o pensamento fez uma hedionda conexão cruzada e ele estava vendo a cigana, um instante antes de o velho Oldsmobile atingi-la. Por um momento, ouviu uma garrafa de Perrier estilhaçando-se. Depois as visões sumiram.

Ele se virou para a esposa e a abraçou com força.

Ela retribuiu o abraço e deslizou a mão livre pela coxa dele.

— Sabe de uma coisa? — ela disse. — Se eu tiver outro orgasmo desses que vai até o cérebro, não vai sobrar mais nada dele.

— Isso é mito — disse Bill, sorrindo.

— O quê? Que um orgasmo pode ir até o cérebro?

— Não. Isso é verdade. O mito é a história de *perdermos* células cerebrais para sempre. As que gastamos num orgasmo tornam a crescer.

— Bem, você *falou,* está *falado.*

Heidi aninhou-se mais confortavelmente perto dele. A mão subiu até o alto da coxa, tocou-lhe o pênis de leve e amorosamente, brincou na extensão dos pelos púbicos (no ano anterior, ele ficara tristemente surpreso ao perceber os primeiros fios grisalhos ali, naquele lugar que seu pai chamara de bosque de Adão) e depois subiu pela colina do ventre.

Ela ergueu-se subitamente, apoiada nos cotovelos, sobressaltando-o um pouco. Ele não estava dormindo, mas caminhava para isso.

— Você *perdeu* peso mesmo!

— Há?

— Billy Halleck, você está *mais magro*!

Ele bateu na barriga, que às vezes chamava de A Casa Que a Budweiser Construiu, e riu.

— Nem tanto. Ainda pareço o único homem no mundo que está grávido de sete meses.

— Você continua grande, mas não tanto quanto antes. Eu *sei*. Consigo perceber. Quando se pesou pela última vez?

Ele procurou lembrar. Tinha sido na manhã em que Canley fizera o acordo. Seu peso baixara para 111.

— Eu disse para você que tinha perdido 2 quilos, lembra-se?

— Bem, amanhã de manhã cedo você se pesa de novo — ela disse.

— Não tem balança no banheiro — Halleck respondeu satisfeito.

— Está brincando!

— De jeito nenhum. Mohonk é um lugar *civilizado*.

— Encontraremos uma.

Ele estava começando a cochilar novamente.

— Se é o que você quer, tudo bem.

— Eu quero.

Ela era uma boa esposa, pensou ele. Ao longo dos últimos cinco anos, desde que começara a ganhar peso com regularidade e a corpulência fora ficando visível, Billy anunciara dietas e/ou programas de exercícios para ficar em forma. As dietas tinham sido marcadas por uma infinidade de infrações. Um cachorro-quente ou dois no início da tarde, suplementando o almoço de iogurte, ou talvez um hambúrguer ou dois devorados apressadamente numa tarde de sábado, quando Heidi estava num leilão ou numa venda de objetos usados. Vez ou outra, inclusive, ele chegara a humilhar-se ante os horrorosos sanduíches quentes encontrados na pequena loja de conveniência que ficava um quilômetro e meio estrada abaixo. A carne dos sanduíches parecia pedaços de pele esturricada após ter passado pelo forno de micro-ondas, porém ele não se lembrava de ter jogado nenhum resto fora. Gostava de cerveja, tudo bem, era uma fraqueza, porém gostava ainda mais de comer. Linguado à moda de Dover parecia um prato divino em um dos mais refinados restaurantes de Nova York, mas se ele estivesse sentado diante da televisão vendo um jogo, um saco de Doritos e pasta de frutos do mar para acompanhá-los era o ideal.

Os programas de exercícios físicos duravam às vezes uma semana, e então o horário de trabalho interferia ou, simplesmente, ele perdia o interesse. No porão, um conjunto de halteres permanecia esquecido em um canto, acumulando teias de aranha e ferrugem. Eles pareciam censurá-lo sempre que ele descia até lá. Billy procurava não olhar para eles.

Assim, ele encolhia ainda mais a barriga e anunciava confiante a Heidi que perdera 7 quilos e estava agora com 106. Ela assentia, respondia que estava muito contente, claro que percebia a diferença, mas sabia o tempo todo, porque via o saco (ou sacos) de Doritos vazio no lixo. E desde que Connecticut adotara a lei da reciclagem, as garrafas e latas vazias na despensa se tinham tornado uma fonte de culpa quase tão grande quanto os halteres.

Heidi o via dormindo; ainda pior, via-o urinando. Ninguém consegue contrair a barriga quando urina. Ele já tentara, sabia ser impossível. Heidi sabia que Billy perdera um quilo e meio, dois no máximo. Pode-se enganar a esposa sobre outra mulher — pelo menos durante algum tempo —, mas não sobre o próprio peso. Uma mulher que suporta nosso peso de vez em quando, à noite, sabe o quanto pesamos. Contudo, ela sorria e dizia: *Oh, claro que você parece melhor, querido.* Uma parte disso talvez não fosse tão admirável — mantinha-o calado sobre os cigarros dela; porém ele não se iludia em pensar que isso era tudo ou, pelo menos, a maior parte. Tratava-se de uma forma de deixá-lo conservar o amor-próprio.

— Billy?

— O que é?

Arrancado do sono uma segunda vez, Billy olhou-a, um tanto divertido, um tanto irritado.

— Você se sente perfeitamente bem?

— Eu me sinto ótimo. Que história é essa de "você-se-sente-perfeitamente-bem"?

— Ora... às vezes... dizem que uma perda de peso não planejada pode ser indício de alguma coisa.

— Me sinto *excelente*. E se não me deixar dormir, eu lhe provo o que digo subindo em cima de você outra vez.

— Vá em frente.

Ele grunhiu. Ela riu. Logo, estavam dormindo. E, no sonho, ele voltava com Heidi do Shop'n Save, com a diferença de que, desta vez, ele *sabia* que era um sonho, *sabia* o que ia acontecer e queria dizer a ela que parasse o que estava fazendo, que ele precisava concentrar toda a atenção em dirigir, porque logo uma velha cigana irromperia entre dois carros estacionados — um Subaru amarelo e um Firebird verde-escuro, para ser exato —, e essa velha estaria usando fivelas baratas e infantis de plástico nos cabelos grisalhos, e ela estaria olhando fixamente para a frente, em vez de observar os lados. Ele queria dizer a Heidi que aquela era a sua chance de desfazer tudo, de modificar o acontecido, de consertar.

Mas ele não podia falar. O prazer despertava novamente ao toque dos dedos dela, brincando primeiro, depois mais seriamente (seu pênis enrijecia enquanto ele dormia, e Billy virou ligeiramente a cabeça ao clique metálico do zíper, descendo, dente por dente); o prazer misturou-se a uma sensação de terrível inevitabilidade. Agora já via o Subaru amarelo à frente, estacionado atrás do Firebird verde, com listras brancas de carro de corrida ao longo da lataria. E, do meio deles, um relance de colorido pagão, mais berrante e mais vital do que qualquer trabalho de pintura efetuado em Detroit ou em Toyota Village. Billy tentou gritar: *Pare com isso, Heidi! É ela! Vou matá-la novamente se você não parar com isso! Pelo amor de Deus, não! Por favor, oh, meu Deus, não!*

Entretanto, a figura brotou do meio dos carros. Halleck tentava tirar o pé do acelerador e passá-lo para o freio, mas ele parecia ter ficado colado onde estava, pressionado com uma terrível, irrevogável firmeza. *O cola-tudo da inevitabilidade*, ele pensou loucamente, tentando girar o volante, mas este tampouco girava. Estava preso, bloqueado. Então, tentou preparar-se para a colisão. Foi quando a cabeça da cigana se virou, e não era a velha, oh, não, há-há, era o cigano de nariz carcomido. Só que, agora, ele não tinha mais olhos. No instante antes de o Oldsmobile bater nele e derrubá-lo, Halleck viu as órbitas vazias que o fitavam. Os lábios do velho cigano distenderam-se em um sorriso obsceno — uma lua crescente abaixo do carcomido horror de seu nariz.

E então: *ploft-ploft.*

Uma das mãos se agitou acima do capô do Oldsmobile, coberta de rugas, ornada de anéis pagãos em metal trabalhado. Três gotas de sangue salpicaram o para-brisa. Halleck percebeu vagamente que a mão de Heidi apertara sua ereção, retendo o orgasmo que o choque provocaria, criando um prazer-dor subitamente terrível...

E ele ouviu o sussurro do cigano, vindo de algum ponto debaixo de si, infiltrando-se pelo piso acarpetado do carro de luxo, abafado, mas com suficiente clareza: *"Mais magro."*

Ele acordou com um sobressalto, virou-se para a janela e quase gritou. A lua era um arco brilhante acima das montanhas Catskills, e por um momento ele pensou ser o velho cigano, a cabeça ligeiramente inclinada para o lado, espiando pela janela do quarto deles, os olhos como estrelas brilhantes na escuridão do céu daquela região norte no estado de Nova York, o sorriso iluminado por algo interior, a luz brotando fria como a emitida por um pote de vidro cheio de vaga-lumes de agosto, fria como a dos outros vaga-lumes do pântano que ele algumas vezes vira na Carolina do Norte quando menino — uma luz fria e velha, uma lua na forma de um velho sorriso, um sorriso que contempla a vingança.

Billy respirou fundo, trêmulo, fechou os olhos com força, depois tornou a abri-los. A lua era novamente apenas a lua. Ele se deitou e, três minutos depois, tornou a dormir.

O dia seguinte estava claro e resplandecente. Halleck finalmente concordou em subir a trilha Labyrinth com a esposa. A área de Mohonk era repleta de trilhas para caminhadas, classificadas de fáceis a extremamente difíceis. A Labyrinth estava classificada como "moderada", e na lua de mel, ele e Heidi a tinham subido duas vezes. Ele recordava quanto prazer aquilo lhe dera — abrir caminho pelas passagens íngremes, com Heidi logo atrás, rindo e dizendo a ele que se apressasse, chamando-o de lerdo. Ele recordava como rastejara por uma das estreitas passagens incrustadas na rocha, sussurrando agourentamente para a recente esposa: "Está sentindo o solo tremer?", quando estavam na parte mais estreita. A passagem era bem estreita, mas, assim mesmo, ela ainda dera um jeito de dar-lhe um bom tapa no traseiro.

Halleck admitia para si mesmo (mas nunca, jamais, para Heidi) que aquelas passagens estreitas através da rocha é que agora o preocupavam. Na lua de mel ele estava esguio e flexível, era pouco mais que uma criança, ainda em boa forma pelos verões passados trabalhando como lenhador no oeste de Massachusetts. Agora, estava 16 anos mais velho e *muito* mais pesado. E, como lhe dissera delicadamente o velho e jocoso dr. Houston, estava entrando no território dos ataques cardíacos.

A ideia de um ataque do coração a meio caminho do alto da montanha era desconfortável, mas ainda razoavelmente remota; o que lhe parecia mais possível era ficar entalado em uma daquelas estreitas gargantas de pedra através das quais a trilha serpenteava até o topo. Ele lembrava que tivera de engatinhar em pelo menos quatro lugares.

Billy não queria ficar entalado em um daqueles lugares.

Ou... O que acham disso, amigos? O velho Billy Halleck fica entalado em um daqueles lugares escuros e apertados e *então* tem um ataque cardíaco! Ei! Leve dois e pague um!

No entanto, ele finalmente concordou em tentar, se *ela* concordasse em prosseguir sozinha caso ele não se sentisse em forma para chegar ao alto. E se primeiro fossem a New Paltz para que ele comprasse um par de tênis. Heidi concordou alegremente com os requisitos.

Na cidade, Halleck descobriu que a palavra "tênis" tinha ficado *démodé*. Ninguém sequer admitia recordá-la. Ele comprou um par de elegantes Nikes verde e prata, para caminhada e escalada, deliciando-se ao perceber como os pés ficavam bem dentro deles. Isso o levou a pensar que não tivera um par de tênis em... cinco anos? Seis? Parecia impossível, mas era verdade.

Heidi admirou-o e tornou a dizer que ele certamente *parecia* ter perdido peso. Fora da sapataria havia uma balança automática, que funcionava com uma moeda, daquelas que anunciam SEU PESO E SUA SORTE. Halleck não via uma dessas desde que era criança.

— Suba aí, herói — disse Heidi. — Tenho uma moeda.

Halleck vacilou um momento, ligeiramente nervoso.

— Vamos, depressa! Quero ver quanto você perdeu.

— Essas geringonças não marcam um peso certo, Heidi. Você sabe disso!

— Um número aproximado é tudo o que eu quero. Ora, *vamos*, Billy, não seja medroso!

Com relutância, Billy passou para ela o embrulho contendo os tênis novos e subiu na balança. Heidi colocou a moeda na fenda. Houve um chiado, e então duas placas de metal prateado deslizaram para trás. Sob a placa superior estava o peso de Billy; debaixo do inferior, a ideia que a máquina tinha sobre sua sorte. Halleck inspirou o ar com força, surpreso.

— Eu *sabia*! — exclamava Heidi às suas costas. Havia uma espécie de espanto duvidoso na voz dela, como se ela não soubesse se devia ficar feliz, amedrontada ou surpresa. — Eu *sabia* que você estava mais magro!

Halleck pensou mais tarde que, se ela tivesse ouvido sua própria e ofegante exclamação de surpresa, sem dúvida a atribuiria ao número indicado pela balança. Mesmo estando inteiramente vestido, com o canivete no bolso da calça de veludo, com um farto café da manhã de Mohonk no estômago, o número estava claramente marcado: 105. Ele havia perdido 5 quilos desde o dia em que Canley fizera o acordo no tribunal.

Mas não tinha sido seu peso que o levara a soltar aquela exclamação: fora sua sorte. O painel inferior não deslizara para revelar OS ASSUNTOS FINANCEIROS LOGO MELHORARÃO ou VELHOS AMIGOS IRÃO VISITÁ-LO ou NÃO TOME UMA DECISÃO IMPORTANTE DE FORMA PRECIPITADA.

O painel revelara duas palavras sombrias: MAIS MAGRO.

Capítulo 4: 103

Retornaram a Fairview em silêncio durante a maior parte do trajeto, Heidi dirigindo até chegarem a uns 24 quilômetros da cidade de Nova York e o trânsito ficar intenso. Então ela encostou em um posto de gasolina e deixou que Billy assumisse o volante no resto da viagem até em casa. Não havia motivos que o impedissem de dirigir: a velha tinha morrido, claro, com um braço quase arrancado do corpo, a região pélvica pulverizada, o crânio estilhaçado como um vaso Ming atirado contra um piso de mármore, porém Billy Halleck não perdera nenhum ponto em sua carteira de motorista de Connecticut. O bom e velho pegador de tetas Cary Rossington cuidara disso.

— Você me ouviu, Billy?

Ele a fitou por apenas um segundo, depois voltou os olhos para a estrada. Estava dirigindo melhor agora e, embora não usasse a buzina mais do que costumava nem gritasse e gesticulasse mais do que antes, parecia perceber melhor os erros dos outros motoristas e os seus próprios. E se tornara mais severo com tais erros, seus e alheios. Matar uma velha fazia maravilhas com a concentração da gente. Não melhorava uma vírgula nosso respeito próprio e provocava certos pesadelos particularmente hediondos, mas sem dúvida elevava bastante os níveis antigos de concentração.

— Eu não estava prestando atenção. Desculpe.

— Eu só estava agradecendo a você pelos momentos maravilhosos.

Heidi sorriu e deu um leve toque no braço dele. *Haviam sido* momentos maravilhosos — para ela, pelo menos. Sem a menor dúvida, Heidi deixara aquilo para trás — a cigana, a audiência preliminar em que a ação do Estado fora encerrada, o velho cigano de nariz carcomido. Para Heidi, tudo agora não passava de algo desagradável que ficara sepultado. Algo pertencente ao passado, como a amizade de Billy com aquele gângster carcamano de Nova York. Entretanto, havia qualquer coisa a mais na mente dela, confirmada por um rápido e segundo olhar de canto de olho. O sorriso desaparecera e ela o observava, evidenciando diminutas rugas em torno dos olhos.

— Não tem de quê — respondeu ele. — Para você, é *sempre* um prazer, meu bem.

— E quando chegarmos em casa...

— Vou pular em cima de você outra vez! — exclamou ele, com entusiasmo fingido e um rosnado falso.

Na realidade, ele achava que não conseguiria botar nada de pé nem que as Dallas Cowgirls desfilassem para ele vestindo lingerie do Frederick's de Hollywood. Não tinha nada a ver com a frequência das sessões sexuais em Mohonk; era aquela maldita sorte anunciada na balança. MAIS MAGRO. Com certeza, a balança não anunciara tal coisa — fora tudo obra de sua imaginação. Só que não tinha *parecido* imaginação, droga! Tinha parecido tão real como uma manchete do *New York Times*. E essa realidade era a parte terrível da coisa, porque MAIS MAGRO não se ajustava à ideia de *ninguém* sobre destino. Mesmo a frase SEU DESTINO É PERDER PESO EM BREVE não se encaixava à coisa. Os redatores de prognósticos pendiam mais para temas como longas viagens e encontros com velhos amigos.

Portanto, tudo fora alucinação dele.

Claro, é isso aí.

Portanto, ele provavelmente estava perdendo o juízo.

Ora, vamos, acha isso justo?

Sem dúvida que era justo. Quando a imaginação nos escapa ao controle, isso é mau sinal.

— Você pode pular em cima de mim se quiser — disse Heidi —, mas o que eu realmente quero é que você pule em *nossa* balança do banheiro...

— Ora, francamente, Heidi! Perdi algum peso, não é nada de mais!

— Fico muito orgulhosa por você perder peso, Billy, mas estivemos juntos quase constantemente nos últimos cinco dias e não consigo imaginar *como* você conseguiu isso!

Ele a fitou mais demoradamente agora, mas ela não retribuiu o olhar. Continuou espiando através do para-brisa, com os braços cruzados à frente do peito.

— Heidi...
— Você continua comendo tanto quanto antes. Talvez até mais. O ar da montanha deve ter aumentado a rotação de seu motor.
— Por que querer melhorar o que já está perfeito? — perguntou ele, diminuindo a marcha para lançar 40 centavos na cesta do pedágio de Rye. Seus lábios comprimiam-se em uma fina linha branca, o coração batia demasiado rápido e, de repente, estava furioso com ela. — O que você está querendo dizer é que sou um porco gordo. Diga francamente, se é a sua vontade, Heidi. Que diabo, eu posso suportar!
— Não é *nada* disso! — ela gritou. — Por que querer me magoar, Billy? Por que faz isso, depois de termos tido dias tão felizes?
Ele não precisou olhá-la desta vez para perceber que Heidi estava quase chorando. A voz trêmula dela lhe dizia isso. Billy lamentava, mas isso não eliminava a raiva. Nem o medo que havia por trás disso.
— Não estou querendo magoar você — ele disse, segurando o volante do Oldsmobile com tanta força que os nós dos dedos ficaram brancos. — Nunca quero. Mas perder peso é uma *coisa boa*, Heidi. Não entendo sua implicância com isso!
— *Nem sempre é uma coisa boa!* — gritou ela, assustando-o, fazendo o carro dançar ligeiramente. — *Nem sempre é uma coisa boa, e você sabe muito bem disso!*
Agora ela *estava* chorando, chorando e remexendo na bolsa em busca de um lenço de papel com aquele jeito meio irritante, meio comovente. Ele lhe passou o próprio lenço e ela o usou para enxugar os olhos.
— Você pode dizer o que quiser, pode ser mesquinho, pode me crivar de perguntas se for sua vontade, Billy, pode até mesmo estragar os momentos que acabamos de viver. Mas eu amo você e vou dizer o que preciso dizer. Quando uma pessoa começa a perder peso não estando em dieta, isso pode significar que ela está doente. É um dos sete sinais de alerta para o câncer.
Heidi devolveu-lhe o lenço. Durante esse movimento, os dedos dele tocaram os dela. A mão de Heidi estava gelada.
Bem, a palavra fora dita. Câncer. Tumor. Rima com *enganador* e *borre as calças, senhor.* Deus sabia que a palavra surgira em sua mente mais de uma vez desde que a moeda fora enfiada na balança em frente à sapataria. Saltitara em seu cérebro como o sujo balão de gás de algum palhaço

maligno, e ele a rejeitara. Evitara-a da mesma forma como são evitadas as velhotas birutas que se balançam para a frente e para trás em seus fuliginosos abrigos do lado de fora da Grand Central Station... Ou como são evitadas as saltitantes crianças ciganas que chegam com o resto do bando cigano. Os ciganinhos cantam com vozes que conseguem ser monótonas e estranhamente doces ao mesmo tempo. Os ciganinhos caminham plantando bananeira, os pandeiros estirados, de algum modo seguros sobre os dedos sujos dos pés. Os ciganinhos fazem malabarismos. Os ciganinhos deixam envergonhados os craques locais de *frisbee*, girando ao mesmo tempo dois, às vezes três dos discos de plástico — nos dedos, nos polegares, às vezes no nariz. Riem enquanto fazem tudo isso e todos parecem ter doenças de pele, olhos vesgos ou lábios leporinos. Quando uma pessoa se depara repentinamente com tão singular mescla de agilidade e feiura, o que mais pode fazer, senão evitá-la? Velhotas birutas, ciganinhos e câncer. A velocidade do giro de seus pensamentos o assustava.

Contudo, talvez fosse melhor a palavra ter sido dita.

— Tenho me sentido ótimo — repetiu, talvez pela sexta vez, desde a noite em que Heidi lhe perguntara se estava bem. E, droga, era verdade! — Além disso, estive fazendo exercícios.

Também era verdade... durante os últimos cinco dias, pelo menos. Tinham subido juntos a trilha Labyrinth e, embora tenha precisado respirar fundo o trajeto inteiro e encolher a barriga para passar por alguns dos lugares mais apertados, nem chegara perto da possibilidade de ficar entalado. Na verdade, Heidi é que, bufando e sem fôlego, precisara pedir duas vezes para descansar. Diplomaticamente, Billy não mencionara seu vício em cigarro.

— Sei que você se sente muito bem — disse ela —, o que é formidável. Entretanto, um checkup também seria formidável. Há 18 meses que você não faz um, e aposto como o dr. Houston já está sentindo sua falta e...

— Acho que ele usa drogas — murmurou Halleck.
— O quê?
— Nada.
— Pois ouça o que lhe digo, Billy: você não pode perder 8 quilos em duas semanas apenas fazendo exercício.
— Eu não estou doente!

— Então apenas faça a minha vontade!

Fizeram em silêncio o resto do trajeto até Fairview. Halleck queria puxá-la para si, dizer-lhe que tudo bem, faria a vontade dela. No entanto, agora surgia um novo pensamento. Um pensamento absolutamente incrível. Incrível, mas, ainda assim, arrepiante.

Talvez haja um novo estilo nas maldições de velhos ciganos, amigos e vizinhos — o que me dizem dessa possibilidade? Eles costumavam tornar-nos lobisomens ou enviar um demônio para puxar-nos a cabeça no meio da noite, coisas assim, mas tudo muda, não é mesmo? E se o velho me tocou e me deu um câncer? Ela está certa, isso é uma daquelas histórias que ouvimos por aí — perder 8 quilos desse jeito é mais ou menos como quando o canário dos mineiros cai morto na gaiola. Câncer de pulmão... leucemia... melanoma...

Era loucura, mas a loucura não expulsou o pensamento: e se ele me tocou para que eu ficasse com câncer?

Linda os recebeu com uma profusão de beijos e, para espanto de ambos, serviu uma lasanha bastante aceitável, que tirou do forno e serviu em pratos de papelão com a cara do *extraordinaire* amante de lasanhas do gato Garfield. Ela perguntou como havia sido aquela segunda lua de mel ("Uma frase bem apropriada para a segunda infância", comentou Halleck secamente para Heidi à noite, depois de arrumada a cozinha e de Linda escapar com duas amigas a fim de continuarem um jogo de *Dungeons and Dragons* que estava em andamento por quase um ano), e antes que mal abrissem a boca para contar, exclamou:

— Oh, isso me lembra uma coisa!

Então, passou o resto da refeição regalando-os com os contos de terror do ginásio de Fairview — uma história em sequências, mais fascinante para ela do que para Halleck e a esposa, embora ambos tentassem ouvir com atenção. Afinal de contas, eles haviam ficado fora durante quase uma semana.

Quando ela se precipitou para fora da cozinha, deu um beijo estalado no rosto de Halleck e exclamou:

—Tchau, magrelo!

Halleck ficou observando-a subir na bicicleta e pedalar pela calçada da frente da casa, o rabo de cavalo voando ao vento. Então, virou-se para Heidi. Estava abismado.

— E agora — disse ela —, quer fazer o favor de me ouvir?

— Você contou para Linda. Ligou para ela antes de chegarmos e lhe mandou dizer isso. Conspiração feminina.

— Não.

Ele examinou o rosto dela e então assentiu cansado:

— Bem, acho que não foi o caso.

Heidi insistiu para que ele subisse, e Halleck terminou no banheiro, nu, com apenas a toalha em torno da cintura. Foi tomado por uma forte sensação de déjà vu — o deslocamento temporal era tão completo que sentiu uma leve náusea. Era uma repetição quase exata do dia em que pisara na mesma balança com uma toalha daquele mesmo jogo azul-claro enrolada em volta da cintura. Faltava apenas o cheiro gostoso do bacon vindo da cozinha. Tudo o mais era exatamente igual.

Não. Não era. Havia outra coisa acentuadamente diferente.

Naquele dia, ele se espichara para ler as más notícias no mostrador. Precisara fazer isso porque a barriga estava no caminho.

A barriga continuava lá, porém menor. Não podia haver dúvida sobre isso, porque ele agora podia olhar diretamente para baixo e ler os números.

O mostrador digital apontava 104.

— Isso confirma tudo — disse Heidi, sem entonação. — Vou marcar uma consulta para você com o dr. Houston.

— Esta balança pesa a menos — disse Halleck debilmente. — Sempre marcou a menos. Por isso é que gosto dela.

Heidi olhou friamente para ele.

— Não me venha com cascatas, meu amigo. Você passou os últimos cinco anos se queixando de que ela aumentava o peso, e ambos sabemos disso.

Sob a sombria luz branca do banheiro, ele pôde ver quão sinceramente ansiosa ela estava. A pele ficara repuxada sobre os malares e reluzia.

— Não saia daí — disse ela por fim e saiu do banheiro.

— Heidi?

— Não se mova! — gritou ela enquanto descia para o térreo.

Voltou um minuto depois com um saco fechado de açúcar. "Peso líquido: 4 quilos e meio", anunciava o saco. Ela o colocou sobre a balança. Após calcular por um instante, a balança finalmente imprimiu os dígitos vermelhos, enormes: 5,400.

— Foi o que pensei — disse Heidi, taciturna. — Eu também me peso, Billy. Esta balança não marca a menos e nunca marcou. Ela marca a mais, exatamente como você sempre disse. Não era só resmungo, nós dois sabíamos disso. Uma pessoa com excesso de peso *gosta* de uma balança imprecisa. Assim os fatos podem ser rejeitados com mais facilidade. Se...

— Heidi...

— Se esta balança indica que você pesa 104 quilos, isso significa que, na realidade, você baixou para 103 quilos. Agora, me deixe...

— Heidi...

— Me deixe marcar uma consulta para você.

Ele fez uma pausa, baixou os olhos para os pés nus e então balançou a cabeça.

— *Billy!*

— Eu mesmo marco a consulta — disse ele.

— Quando?

— Quarta-feira. Marcarei na quarta-feira. Houston vai ao Country Club toda quarta-feira à tarde e joga golfe. — *Às vezes, costuma jogar com o inimitável agarrador de tetas, beijador de esposas, Cary Rossington.* — Falarei com ele pessoalmente.

— Por que não telefona para ele esta noite? Agora?

— Heidi — disse Billy —, já chega!

Algo no rosto dele devia tê-la convencido a não insistir no assunto, porque Heidi não tornou a mencioná-lo aquela noite.

Capítulo 5: 100

Domingo, segunda, terça.
    Deliberadamente, Billy se manteve distante da balança no andar de cima. Comeu com voracidade durante as refeições, mesmo que, como em raras vezes em sua vida adulta, não estivesse terrivelmente faminto. Parou de esconder os beliscos atrás das embalagens de sopa Lipton na despensa. Comeu biscoitos de água e sal com fatias de pepperoni e queijo Muenster durante o jogo duplo de beisebol do Yankees e Red Sox no domingo. Um saco de pipoca doce no trabalho, durante a manhã de segunda-feira, e um saco de salgadinhos de queijo na tarde do mesmo dia — um deles, ou possivelmente a combinação dos dois, lhe tendo proporcionado uma sessão de expulsão de gases bastante constrangedora, que durou das quatro da tarde até as nove daquela noite. Linda abandonou a sala da televisão quando o noticiário ia pelo meio, anunciando que só voltaria se alguém providenciasse máscaras antigases. Billy sorriu culposamente, mas não se moveu. A experiência com gases já lhe ensinara que sair da sala para soltar puns em outro lugar nada tinha de eficaz. Era como se as coisas apodrecidas ficassem grudadas na gente com mãos invisíveis de borracha. Elas nos seguiam por onde fôssemos.
    Mais tarde, no entanto, vendo *Justiça para Todos* na TV, ele e Heidi acabaram com a maior parte de um cheesecake.
    Quando voltava para casa na terça-feira, ele fez uma parada em Norwalk, na autoestrada de Connecticut, e comprou dois cheeseburgers no Burger King que havia ali. Começou a comê-los da forma que costumava quando dirigia, dando dentadas, mastigando a massa, engolindo cada dentada...
    Caiu em si nos arredores de Westport.
    Por um momento, sua mente parecia separada do seu corpo — não era *pensamento* nem era reflexão; era *separação*. Halleck recordou

a sensação de náusea experimentada na balança do banheiro na noite em que retornara de Mohonk com Heidi, e ocorreu-lhe que havia penetrado em um campo inteiramente novo de estado mental. Tinha quase a sensação de haver ganhado uma espécie de presença astral — um carona cognitivo, que o estudava de perto. E o que via esse carona? Algo mais ridículo do que terrível, certamente. Ali estava um homem de quase 37 anos, calçando sapatos Bally e usando lentes de contato gelatinosas Bausch&Lomb, um homem vestindo um terno completo, que lhe custara seiscentos dólares. Um exemplar masculino americano de 36 anos, com excesso de peso, caucasiano, sentado ao volante de um Oldsmobile, comendo um gigantesco hambúrguer enquanto maionese e fiapos de alface caíam sobre seu colete cinza-carvão. Era de se chorar de rir. Ou gritar.

Ele jogou os restos do segundo hambúrguer pela janela e depois observou, com uma espécie de horror desesperado, os restos de gordura e molho em sua mão. Então, fez a única coisa lúcida possível naquela circunstância: riu. E prometeu a si mesmo: chega. A farra ia acabar.

Nessa noite, sentado diante da lareira e lendo *The Wall Street Journal*, viu Linda chegar para dar-lhe um beijo de boa-noite, depois recuar um pouco e dizer:

— Você está começando a se parecer com Sylvester Stallone, papai.

— Oh, céus! — exclamou Halleck, girando os olhos. Então, os dois começaram a rir.

Billy Halleck descobriu que no seu procedimento de pesagem insinuara-se uma rude espécie de ritual. Quando é que isso acontecera? Ele não saberia dizer. Quando garoto, limitava-se a pular para cima de uma balança de vez em quando, lançar um olhar casual para a marcação do peso e saltar fora. Contudo, a certa altura, durante o período em que passara dos 86 quilos para um peso que representava, por incrível que pudesse parecer, um oitavo de tonelada, começara aquele ritual.

Ritual, o diabo!, exclamou para si mesmo. *Hábito. Nada mais que isso, apenas um hábito.*

Ritual, sussurrava sua mente mais profunda, inquestionável. Ele era agnóstico e desde os 19 anos não cruzara a porta de uma só igreja, mas sabia identificar um ritual quando o via, e seu procedimento de pesagem era quase uma genuflexão. *Veja bem, Deus, faço sempre o mesmo toda vez, portanto, mantenha o advogado aqui presente, branco, ascendente na profissão, livre dos ataques cardíacos ou derrames que, segundo cada tabela estatística do mundo, posso esperar por volta dos 47 anos. Pedimos em nome do colesterol e das gorduras saturadas. Amém.*

O ritual começa no quarto de dormir. Tirar a roupa. Vestir o roupão de veludo verde-escuro. Enfiar todas as roupas sujas no tubo que leva até a lavanderia. Se o terno estiver sendo usado pela primeira ou segunda vez, e não havendo manchas notórias nele, pendurá-lo direitinho no armário.

Caminhar pelo corredor até o banheiro. Entrar lá com reverência, respeito, relutância. Ali é o confessionário, onde um indivíduo deve encarar seu peso e, consequentemente, seu destino. Tirar o roupão. Pendurá-lo no gancho junto à banheira. Esvaziar a bexiga. Se uma evacuação parecer uma possibilidade — ainda que *remota* —, deixar que siga em frente. Ele não fazia a mínima ideia de qual seria o peso médio de uma evacuação, porém o princípio tinha lógica, era indiscutível: desfazer-se de tudo que representasse um peso extra.

Heidi observava esse ritual e, certa vez, perguntara sarcasticamente se ele não gostaria de ganhar uma pena de avestruz no aniversário. Assim, explicou ela, ele poderia usá-la para fazer cócegas na garganta e vomitar algumas vezes antes de se pesar. Billy respondera que ela estava sendo muito engraçadinha... Mais tarde, porém, nessa noite, ele se viu refletindo que, de fato, a ideia tinha seus atrativos.

Na manhã da quarta-feira, Halleck abandonou o ritual pela primeira vez em anos. Na manhã da quarta-feira, ele se tornou um herege. Talvez se houvesse tornado ainda mais condenável porque, como um adorador de Satã que corrompe deliberadamente uma cerimônia religiosa, pendurando cruzes de cabeça para baixo e recitando o pai-nosso de trás para frente, Halleck inverteu inteiramente o seu procedimento.

Vestiu-se, encheu os bolsos com todas as moedas que encontrou (mais o canivete, naturalmente), calçou os sapatos mais rudes e pesados, depois devorou um café da manhã gigantesco, ignorando taciturnamente a bexiga latejante. Consumiu dois ovos fritos, quatro tiras de bacon, torradas e batatas. Bebeu suco de laranja e uma xícara de café (com três torrões de açúcar).

Com isso tudo sacolejando em suas entranhas, Halleck subiu implacavelmente a escada para o banheiro. Parou por um momento, contemplando a balança. Olhar para ela não fora agradável antes, e agora o era ainda menos.

Ele se preparou psicologicamente e subiu na balança.

Cem.

Não pode ser! Seu coração bateu mais depressa no peito. *Diabo, não! Há qualquer coisa errada aqui! Alguma coisa...*

— Pare com isso! — sussurrou Halleck, em voz baixa e rouca.

Afastou-se da balança como um homem poderia se afastar de um cachorro com visível intenção de morder. Levou a parte de trás da mão à boca e esfregou lentamente, de um lado para outro.

— Billy? — Heidi chamou da escada.

Halleck olhou para a esquerda e viu seu rosto pálido fitando-o no espelho. Havia bolsas purpúreas sob os olhos que jamais estiveram lá antes, e as linhas em sua testa pareciam mais fundas.

Câncer, pensou novamente, e, misturado com a palavra, tornou a ouvir o cigano sussurrando.

— Billy? Você está aí em cima?

É câncer, claro, sem a menor dúvida, é isso mesmo. Ele me lançou alguma espécie de praga. A velha era mulher dele... talvez irmã... e ele me amaldiçoou. Será possível? Pode existir tal coisa? O câncer já estará me roendo as entranhas neste momento, comendo-me por dentro, como fez com o nariz dele...?

Um som sufocado, aterrorizado, escapou-lhe da garganta. O rosto do homem no espelho estava horrorizado de maneira doentia, a face macilenta de um doente crônico. Naquele momento, Halleck quase acreditou nisso: ele estava com câncer, tomado por ele.

— *Bil-lyyy!*

— Sim, estou aqui! — Sua voz era firme. Quase.

— Céus, estou gritando há *séculos!*

— Desculpe.

Só não suba até aqui, Heidi, não me veja com esta aparência ou estará me internando na maldita Clínica Mayo antes que soe o apito do meio-dia. Fique onde está, porque aí é o seu lugar. Por favor.

— Você não vai se esquecer de marcar a consulta com Michael Houston, vai?

— *Não* — respondeu ele. — Vou marcar a consulta.

— Obrigada, querido — respondeu Heidi com suavidade, misericordiosamente recuando para onde estivera antes.

Halleck urinou, depois lavou as mãos e o rosto. Quando pensou que começava a parecer ele próprio novamente — mais ou menos —, desceu para o térreo, tentando assobiar.

Nunca sentira tanto medo na vida.

Capítulo 6: 98

— *Quantos quilos?* — perguntou o dr. Houston.
 Determinado a ser honesto, agora que realmente enfrentava o homem, Halleck lhe contou que havia perdido cerca de 13 quilos em três semanas.
 — Uau! — exclamou Houston.
 — Heidi está um pouco preocupada. Sabe como são as esposas...
 — Ela está certa em preocupar-se — disse Houston.
 Michael Houston era o arquétipo de Fairview: o Belo Doutor de Cabelos Brancos e Bronzeado de Malibu. Alguém que o visse sentado a uma das mesas equipadas com guarda-sol em torno do bar externo do Country Club certamente o acharia parecido com uma versão mais jovem do dr. Marcus Welby. O bar ao lado da piscina, apelidado de Bebedouro, era onde ele e Halleck se encontravam agora. Houston usava calças vermelhas de golfe, presas à cintura por um brilhante cinto branco. Os pés calçavam sapatos brancos de golfe. Sua camisa era Lacoste, o relógio Rolex. Estava bebendo uma piña colada. Um de seus padronizados ditos espirituosos era o de referir-se a elas como *pênis colado*. Ele e a esposa, pais de duas crianças fantasticamente lindas, residiam em uma das maiores casas de Lantern Drive — podiam ir a pé até o Country Club, um fato do qual Jenny Houston se vangloriava quando bêbada. Isso significava que a casa custara bem acima de 150 mil. Houston tinha um Mercedes marrom de quatro portas. A esposa dirigia um Cadillac Cimarron que parecia um Rolls-Royce com hemorroidas. Os filhos cursavam uma escola particular em Westport. As fofocas em Fairview — em geral mais verdadeiras do que mentirosas — sugeriam que Michael e Jenny Houston tinham alcançado um modus vivendi: ele era um paquerador obsessivo e ela se iniciava no amargor do uísque por volta das três da tarde. *Apenas uma família típica de Fairview,* pensou

Halleck e, de repente, sentiu-se não só cansado, mas também assustado. Conhecia aquelas pessoas bem demais, ou pensava conhecer, o que vinha praticamente a dar no mesmo.

Baixou os olhos para seus próprios reluzentes sapatos brancos e pensou: *Quem pensa que está enganando? Você não passa de um integrante da tribo.*

— Quero vê-lo em meu consultório amanhã — disse Houston.

— Estou com um caso...

— Esqueça seu caso. Isso é mais importante. Nesse meio-tempo, me diga uma coisa: tem tido algum sangramento? Retal? Pela boca?

— Não.

— Notou algum sangramento no couro cabeludo quando se penteia?

— Não.

— E quanto a ferimentos que não cicatrizam? Ou crostas de ferimentos que caem e logo se formam novamente?

— Não.

— Ótimo — disse Houston. — Por falar nisso, minha pontuação hoje foi de 84. O que me diz?

— Acho que terá de esperar mais uns dois anos para chegar a mestre — respondeu Billy.

Houston riu. O garçom chegou. Houston pediu outro pênis colado. Halleck quis uma Miller. *Miller Light*, quase acrescentou — a força do hábito —, mas então segurou a língua. Precisava de uma cerveja light tanto quanto precisava de... bem, tanto quanto precisava de um sangramento retal.

Michael Houston inclinou-se para a frente. Tinha o olhar sério e Halleck tornou a sentir aquele temor, como uma agulha de aço, finíssima, sondando as paredes de seu estômago. Infeliz, pensou que alguma coisa havia mudado em sua vida, e não para melhor. De maneira alguma para melhor. Agora, estava bastante amedrontado. A vingança do cigano.

O olhar sério de Houston estava fixo no de Billy, e este o ouviu dizer: *As chances de que você tenha câncer são de cinco em seis, Billy. Nem mesmo preciso de raios X para lhe dizer isso. Seu testamento está atualizado? Heidi e Linda estão bem asseguradas? Um homem relativamente jovem não pensa que uma coisa assim possa lhe acontecer, mas pode. Pode, sim.*

No tom sossegado de alguém que transmite uma importante informação, Houston perguntou:

— Quantos homens são necessários para carregar o caixão de um negro do Harlem?

Billy sacudiu a cabeça e esboçou um sorriso forçado.

— Seis — disse Houston. — Quatro para carregar o caixão e dois para carregar o rádio.

Ele riu e Billy Halleck o acompanhou. Em sua mente, com a mais nítida clareza, viu o cigano que o havia esperado fora do tribunal de Fairview. Atrás do cigano, junto ao meio-fio, em uma zona de estacionamento proibido, estava uma enorme caminhonete adaptada para trailer, o teto de fabricação caseira. Aquele teto era coberto de estranhos desenhos em torno de uma pintura central — uma reprodução não muito boa de um unicórnio ajoelhado, a cabeça baixa, diante de uma cigana com uma guirlanda de flores na mão. O cigano usava um bolero de sarja verde, com botões feitos de moedas de prata. Agora, vendo Houston rir da própria piada, o jacaré em sua camisa subindo e descendo ao ritmo do riso, Billy pensou: *Você se recorda daquele sujeito mais do que imaginava. Pensou que só se lembrava do nariz dele, mas não é verdade. Você se lembra de quase todos os malditos detalhes.*

Crianças. Havia crianças na cabine da velha caminhonete, olhando para ele com opacos olhos castanhos, olhos que eram quase negros. "Mais magro", havia dito o velho, e, exceto pela mão calejada, sua carícia tinha sido quase a de um amante.

Placa de Delaware, pensou Billy subitamente. *A placa daquele veículo era de Delaware. E havia um adesivo no para-choque, algo como...*

Os braços de Billy ficaram arrepiados e, por um momento, pensou que ia gritar, como certa vez ouvira uma mulher gritar, bem ali no clube, ao pensar que seu filho se afogava na piscina.

Billy Halleck recordou então como tinham visto os ciganos pela primeira vez, no dia em que eles haviam chegado a Fairview.

Eles tinham estacionado de um lado do parque público de Fairview e um bando de suas crianças correu para brincar nos gramados. As mulheres ciganas fofocavam, olhando para a criançada. Estavam vestidas em roupas de cores vivas, mas não era o traje camponês que uma pessoa mais velha associaria à versão hollywoodiana de ciganos nos anos 1930 e 1940. Havia mulheres em vestidos coloridos de verão, mulheres de calças capri, jovens de calça jeans Calvin Klein ou Jordache. Pareciam animadas, vivas, de certo modo perigosas.

Um rapaz saltou de um furgão VW e começou a fazer malabarismos com enormes pinos de boliche. TODOS PRECISAM CRER EM ALGUMA COISA, dizia a camiseta do rapaz, E, NO MOMENTO, CREIO QUE VOU TOMAR OUTRA CERVEJA. As crianças de Fairview correram para ele, como atraídas por um ímã, gritando excitadamente. Os músculos do rapaz se moviam sob a camiseta e um gigantesco crucifixo oscilava sobre seu tórax, para cima e para baixo. As mães de Fairview arrebanharam algumas das crianças e as levaram dali. Outras não foram tão rápidas. Algumas crianças mais velhas da cidade aproximaram-se das crianças ciganas, que interromperam suas brincadeiras para espiar as que chegavam. *Gente da cidade*, diziam seus olhos escuros. *Vemos crianças da cidade em todo canto para onde vão as estradas. Conhecemos seus olhos e seus cortes de cabelo; sabemos como os aparelhos em seus dentes cintilam ao sol. Não sabemos onde estaremos amanhã, mas sabemos onde vocês estarão. Esses mesmos lugares e essas mesmas caras não chateiam vocês? Nós achamos que chateiam. Achamos que é por causa disso que vocês acabam odiando a gente.*

Billy, Heidi e Linda Halleck estiveram lá nesse dia, dois dias antes de ele atropelar e matar a velha cigana, a menos de meio quilômetro dali. Estavam fazendo um piquenique e esperavam que começasse o primeiro concerto da primavera. A maioria dos que estavam presentes no local nesse dia foi até lá pelo mesmo motivo, um fato que os ciganos indubitavelmente conheciam.

Linda se levantou, limpando o traseiro da calça Levi's como num sonho, e começou a caminhar para o rapaz que fazia malabarismos com os pinos de boliche.

— Linda, fique aqui! — Heidi gritou de forma estridente. Sua mão remexeu a gola do suéter, algo que costumava fazer quando estava preocupada. Halleck achava que Heidi nem se dava conta disso.

— Por que, mamãe? É um espetáculo... pelo menos, eu *acho* que é.

— Eles são ciganos — respondeu Heidi. — Mantenha distância. São todos espertalhões.

Linda se virou para a mãe, depois para o pai. Billy deu de ombros. Ela ficou parada e espiando, tão inconsciente da expressão ansiosa, pensou Billy, como Heidi da mão que brincava com a gola, encostando-a à garganta e tornando a puxá-la.

O rapaz atirou os pinos de boliche pela porta lateral aberta do furgão, de um em um. Uma sorridente jovem de cabelos escuros, cuja beleza era quase etérea, jogou para ele cinco maças, uma após a outra. O rapaz então começou a fazer malabarismos com as maças, sorrindo, por vezes jogando uma por baixo do braço e gritando: *"Hoi!"*, cada vez que fazia isso.

Um homem idoso, usando um macacão Oshkosh e uma camisa xadrez, começou a distribuir folhetos. A encantadora mocinha que apanhara os pinos de boliche e jogara as maças saltou então da porta do furgão levando um cavalete. Ela o montou, e Halleck pensou: *Ela agora vai exibir pinturas horríveis de praias e talvez alguns retratos do presidente Kennedy*. Contudo, em vez de uma pintura, ela afixou um alvo sobre o cavalete. De dentro do furgão, alguém lhe jogou um estilingue.

— Gina! — gritou o rapaz que fazia malabarismos com as maças.

Ele deu um sorriso largo, revelando a ausência de vários dentes frontais. Linda se sentou de súbito. Seu conceito de beleza masculina havia sido formado por uma vida inteira vendo televisão, e os atrativos do rapaz perderam o valor para ela. Heidi parou de brincar com a gola do suéter.

A jovem jogou o estilingue para o rapaz. Ele deixou cair uma das maças e a substituiu pelo estilingue. Halleck se lembrava de ter pensado: *Isso deve ser quase impossível*. O rapaz executou o malabarismo duas ou três vezes, depois devolveu o estilingue para ela e deu um jeito de recolher o taco caído enquanto mantinha os outros no ar. Houve aplausos dispersos. Alguns espectadores sorriam — o próprio Billy sorria —, porém a maioria estava circunspecta. A mocinha se afastou do alvo sobre o cavalete, tirou do bolso algumas bolinhas de aço e disparou três vezes o estilingue — *plop, plop, plop*. Logo se viu cercada por garotos (e algumas garotas) que queriam tentar também. Ela os enfileirou, organizando-os tão rápida e eficientemente como uma professora de jardim de infância preparando seus alunos para o intervalo de ida ao banheiro às 10h15. Dois ciganos adolescentes, mais ou menos da idade de Linda, irromperam de uma velha caminhonete LTD e começaram a catar na grama a munição que ia sendo gasta. Eram tão parecidos como uma pessoa e sua imagem no espelho, obviamente gêmeos idênticos. Um usava uma argola de ouro na orelha esquerda; o outro, na orelha direita. *Será a maneira de a mãe deles distingui-los?,* pensou Billy.

Ninguém vendia nada. Cautelosa e obviamente, ninguém vendia coisa alguma. Não havia nenhuma Madame Azonka lendo o tarô.

Não obstante, um carro policial de Fairview chegou logo em seguida e dois tiras saíram do veículo. Um deles era Hopley, o chefe de polícia, indivíduo de certo atrativo físico, com cerca de 40 anos. Parte da movimentação cessou e outras mães aproveitaram a oportunidade oferecida pela pausa para recuperar os filhos fascinados e levá-los dali. Algumas crianças mais velhas protestaram e, conforme Halleck observou, várias das mais novas estavam em lágrimas.

Hopley começou a conversar com o cigano que estivera fazendo malabarismo (as maçãs, pintadas com vivas tiras vermelhas e azuis, estavam agora espalhadas em torno dos pés dele) e com o cigano mais velho, o que vestia macacão Oshkosh. Oshkosh disse algo. Hopley balançou a cabeça. Então, o malabarista disse qualquer coisa e começou a gesticular. Enquanto falava, chegava mais perto do patrulheiro que tinha acompanhado Hopley. Agora, o quadro começava a recordar algo a Halleck e, após um momento, ele descobriu o que era. Aquilo era exatamente como observar jogadores de beisebol discutindo com o juiz sobre alguma jogada duvidosa.

Oshkosh segurou o malabarista por um braço, puxando-o alguns passos para trás, o que reforçou a impressão — o treinador procurando evitar que um jovem pupilo de cabeça quente terminasse expulso do jogo. O rapaz disse algo mais. Hopley tornou a sacudir a cabeça. O rapaz começou a gritar, mas o vento era contrário e Billy captou apenas sons, não palavras.

— O que está acontecendo, mamãe? — perguntou Linda, sinceramente fascinada.

— Nada, querida — respondeu Heidi. Ela de repente se ocupou de embrulhar coisas. — Já terminou de comer?

— Já. Papai, o que está acontecendo?

Por um instante, ele teve a resposta na ponta da língua: *Você está vendo uma cena clássica, Linda. Bem semelhante à do* Rapto das Sabinas.

Esta aqui é chamada Cerco aos Indesejáveis. Contudo, Heidi tinha os olhos fixos em seu rosto, a boca apertada e, evidentemente, sentia que aquele não era o momento para uma resposta leviana.

— Nada de mais — respondeu ele. — Uma pequena divergência de opinião.

Realmente, *nada de mais* era a verdade — não havia cães sendo atiçados, não havia cassetetes sacudidos ameaçadoramente e nenhum camburão sendo convocado para as proximidades do parque. Em um gesto de desafio quase teatral, o malabarista libertou-se de Oshkosh, recolheu as maçãs e começou a jogá-las novamente. Mas a raiva lhe diminuíra os reflexos, e a demonstração de agora foi falha. Dois tacos caíram ao chão quase simultaneamente. Um deles bateu-lhe no pé e uma criança riu.

O parceiro de Hopley adiantou-se, impaciente. Hopley não demonstrou alteração alguma; conteve-o tanto quanto Oshkosh contivera o malabarista. Hopley se recostou contra um olmo, os polegares enganchados no cinturão largo, e ficou olhando para nada em particular. Disse qualquer coisa ao outro tira, e este tirou uma caderneta do bolso traseiro da calça. Molhou a ponta do polegar, abriu a caderneta e caminhou para o veículo mais próximo, um Cadillac adaptado, produto de uma fornada do início dos anos 1960. Começou a anotar o número da placa, exibindo-se ostensivamente. Ao terminar, dirigiu-se para o furgão VW.

Oshkosh aproximou-se de Hopley e começou a falar ansiosamente. Hopley deu de ombros e desviou os olhos. O patrulheiro caminhou para um antigo sedã Ford. Afastando-se de Hopley, Oshkosh foi ao encontro do rapaz. Falou com ele agitadamente, as mãos movendo-se no cálido ar primaveril. Para Billy Halleck, a cena começava a perder qualquer diminuto interesse que contivera no início. Começava a não ver mais os ciganos, cujo erro fora aquela parada em Fairview, a caminho daqui para acolá.

O malabarista virou-se abruptamente e voltou para o furgão, deixando na grama as maçãs restantes (o furgão fora estacionado atrás da caminhonete com a mulher e o unicórnio pintados no teto). Oshkosh se abaixou para pegá-las, falando ansiosamente com Hopley enquanto isso. Hopley tornou a dar de ombros e, embora Billy Halleck nada tivesse de telepata, sabia que o chefe de polícia se divertia com aquilo tanto quanto sabia que ele, Heidi e Linda teriam um jantar de sobras do almoço.

A jovem que estivera atirando bolinhas de aço no alvo tentou falar com o malabarista, porém ele passou por ela iradamente e entrou no furgão. A mocinha parou um instante, olhando para Oshkosh, cujos braços estavam cheios de maças, mas terminou entrando também no furgão. Halleck conseguia apagar os outros de seu campo visual, mas por um momento foi impossível deixar de vê-la. Os cabelos dela eram compridos e naturalmente ondulados, soltos e à vontade, caindo-lhe abaixo das omoplatas em uma cascata negra, quase bárbara. A blusa estampada e a modesta saia preguaeda podiam ter vindo da Sears ou de J. C. Penney's, mas o corpo era exótico como o de algum felino raro — uma pantera, um guepardo, um leopardo-das-neves. Quando ela subiu no furgão, o preguaedo das costas da saia agitou-se por um momento e ele viu a linha adorável da parte interna da coxa. Foi um instante em que a desejou intensamente, chegando a ver-se em cima dela na hora mais avançada da noite. Era um desejo que parecia muito antigo. Virou-se para Heidi e reparou que agora os lábios dela estavam tão comprimidos que formavam uma linha branca. Os olhos eram como moedas foscas. Ela não vira seu olhar, mas notara a agitação da saia preguaeda, o que havia revelado, e compreendeu a situação perfeitamente.

O policial com a caderneta ficou olhando até a jovem desaparecer. Em seguida, fechou a caderneta, enfiou-a no bolso outra vez e voltou para junto de Hopley. As mulheres ciganas estavam chamando suas crianças de volta à caravana. Com os braços carregados de maças, Oshkosh aproximou-se novamente de Hopley e disse algo. Hopley sacudiu a cabeça com determinação.

E foi isso.

Um segundo carro de radiopatrulha de Fairview aproximou-se, com as luzes girando lentamente. Oshkosh olhou para o carro, depois se virou para o parque comunitário, com playground à prova de acidentes e concha acústica para shows. Tiras de crepom ainda flutuavam alegremente, penduradas em alguns arbustos floridos; sobras da caça aos ovos de Páscoa do domingo anterior.

Oshkosh voltou para seu próprio carro, que encabeçava a fila. Quando deu partida, todos os demais motores também foram ligados.

Em sua maioria, eram barulhentos e sacolejantes; Halleck ouviu um bocado de pistões falhando e viu um bocado de fumaça azul brotando das descargas. A caminhonete de Oshkosh partiu, gritando e peidando. Os outros entraram em fila, encaminhando-se para a corrente de tráfego local, além do parque e em direção ao centro da cidade.

— Eles acenderam todas as luzes! — exclamou Linda. — Poxa, é como um funeral!

— Ainda sobraram dois bolinhos — disse Heidi bruscamente. — Tome um.

— Não quero nada. Estou cheia. Papai, aquela gente...

— Você nunca terá um busto de 97 centímetros se não comer — respondeu Heidi.

— Decidi que não quero ter um busto de 97 centímetros — disse Linda, encarnando um de seus papéis de grande dama. Eram representações que sempre deixavam Halleck incrédulo. — Bundas é que estão na moda hoje em dia.

— Linda Joan *Halleck*!

— Eu quero um bolinho — disse Halleck.

Heidi olhou para ele, de maneira breve e fria.

— *Oh... é isso que você quer?* — E jogou-lhe o bolinho.

Depois acendeu um de seus cigarros Vantage 100. Billy terminou comendo os dois bolinhos. Heidi fumou metade do maço de cigarros antes que o concerto terminasse, ignorando os desajeitados esforços do marido para animá-la. Mas, a caminho de casa, Heidi voltou ao normal e os ciganos foram esquecidos. Pelo menos, até a noite.

Quando ele entrou no quarto de Linda para dar-lhe o beijo de boa-noite, ela perguntou:

— A polícia estava expulsando aquela gente da cidade, papai?

Billy lembrava que a olhou cuidadosamente, sentindo-se irritado e ao mesmo tempo absurdamente lisonjeado pela pergunta. Ela procurava Heidi quando queria saber quantas calorias tinha um pedaço de bolo de chocolate; quando o procurava, era para saber verdades mais cruas e, às vezes, Billy achava que isso não era justo.

Sentou-se na cama da filha, pensando que ela ainda era muito nova e muito segura de estar do lado da linha em que, inquestionavelmente, ficavam os bons sujeitos. Ela poderia machucar-se. Uma mentira evitaria isso. Contudo, mentiras sobre o tipo de coisa que ocorrera naquele dia no parque de Fairview costumavam voltar para perseguir os pais — Billy recordava claramente seu pai lhe dizendo que a masturbação o faria gaguejar. Seu pai tinha sido um bom homem em quase todos os sentidos, mas Billy jamais lhe perdoara essa mentira. Linda, entretanto, já o fizera passar momentos difíceis — haviam falado sobre gays, sexo oral, doenças venéreas e a possibilidade de não existir Deus algum. Fora preciso ter uma filha para que ele aprendesse o quão cansativa podia ser a honestidade.

De repente, pensou em Ginelli. O que Ginelli diria à filha, caso estivesse agora em seu lugar? Temos que manter os indesejáveis fora da cidade, meu bem. De fato, tudo se resume a isso — *apenas manter os indesejáveis fora da cidade.*

Mas isso era uma verdade maior do que ele poderia exibir.

— Sim, acho que estava. Eram ciganos, meu bem. Vagabundos.

— Mamãe disse que eram espertalhões.

— Oh, um bocado deles trapaceia em jogos e costuma ler sortes mentirosas. Quando chegam ciganos a uma cidade como Fairview, a polícia manda que sigam em frente. Em geral, eles se fingem de furiosos, mas na realidade não se incomodam.

Bang! Uma bandeirinha se ergueu dentro de sua cabeça. Mentira número um.

— Eles entregam anúncios ou folhetos dizendo onde estarão. Em geral, fazem negócio com um fazendeiro ou alguém que possua um terreno fora da cidade. Dias depois, levantam acampamento.

— E por que eles vêm, afinal? O que fazem?

— Bem... sempre há alguém querendo que lhe leiam a sorte. E existem os jogos de azar. Jogatina. Em geral, eles *são* trapaceiros.

Ou talvez uma trepada rápida, exótica, pensou Halleck. Viu novamente a agitação da saia pregueada da jovem quando ela entrou no furgão. *Como ela se moveria?* Sua mente respondeu: *Como o oceano preparando-se para uma tempestade, bem assim.*

— As pessoas compram drogas com os ciganos?

Hoje em dia, ninguém precisa comprar drogas com ciganos, querida; elas podem ser compradas no pátio da escola.

— Haxixe, talvez — respondeu. — Ou ópio.

Quando viera para aquela parte de Connecticut, ele era adolescente e nunca mais saíra dali — de Fairview e da vizinha Northport. Em quase 25 anos jamais vira ciganos... desde garoto, na Carolina do Norte, quando havia perdido cinco dólares — uma mesada economizada cuidadosamente por quase três meses, a fim de comprar um presente de aniversário para a mãe — jogando na roda da fortuna. Eles não podiam permitir que ninguém com menos de 16 anos jogasse, mas, é claro, se o candidato tinha a moeda ou a notinha verde, podia apresentar-se e exibi-la. Ele admitia que certas coisas nunca mudavam, e a principal delas era o velho ditado que diz que "a dinheiro exibido *tudo* é permitido". Se alguém lhe houvesse perguntado um dia antes, ele daria de ombros, dizendo achar que não existiam mais caravanas de ciganos viajantes. O tipo andarilho, contudo, nunca morria. Chegavam sem ter raízes no lugar e partiam da mesma forma, como montes secos de capim humano, tocados pelo vento, fazendo os negócios que podiam e depois sendo soprados para fora da cidade, levando nas carteiras enseabadas os dólares ganhos de pessoas que tinham empregos regulares do tipo que eles próprios desprezavam. Sobreviviam. Hitler tentara exterminá-los, juntamente com os judeus e os homossexuais, mas Halleck presumia que eles sobreviveriam a mil Hitlers.

— Pensei que o parque fosse propriedade pública — disse Linda. — Foi o que aprendi na escola.

— Bem, de certa forma, é — disse Halleck. — "Comunitário" significa propriedade dos moradores da cidade. Dos contribuintes.

Bong! Mentira número dois. O pagamento de impostos nada tinha a ver com toda a terra comunitária na Nova Inglaterra, com a propriedade ou o uso dela. Ver *Richards vs. Jerram, New Hampshire,* ou *Baker vs. Olins* (este remontava a 1835), ou...

— Os contribuintes — sussurrou ela, pensativa.

— É preciso uma permissão para que se use o bem comunitário.

Clang! Mentira número três. A ideia fora rejeitada em 1931, quando um bando de pobres plantadores de batatas montara um acampamento no coração de Lewiston, Maine. A cidade apelara para a Corte Suprema de Roosevelt e não conseguira nem mesmo uma audiência. Isso se deveu ao fato de os acampados terem escolhido o parque Pettingill para montar suas barracas, um parque que, por acaso, era terra comunitária.

— Como quando o Circo Shrine vem aqui — explicou ele.

— Por que os ciganos não arranjaram uma permissão, papai? — Ela agora parecia sonolenta, graças a Deus.

— Bem, talvez eles tenham esquecido.

Não havia a menor possibilidade disso, Lin. Não em Fairview. Não quando o parque comunitário era avistado de Lantern Drive e do Country Club, não quando essa vista era parte daquilo pelo qual se pagava, juntamente com as escolas particulares que ensinam informática em computadores novinhos em folha, com o ar relativamente não poluído e a quietude à noite. Tudo bem com o Circo Shrine. Melhor ainda com a caça aos ovos de Páscoa. Mas ciganos? Aqui está o seu chapéu, não se demore mais. A gente sabe o que é sujeira assim que a vê. Não que a toquemos, pelo amor de Deus! Temos empregadas e diaristas que limpam a sujeira de nossas casas. E quando a sujeira aparece em terras comunitárias da cidade, temos Hopley.

Tais verdades, no entanto, não são para uma jovem de 14 anos, pensou Halleck. Tais verdades são aprendidas no ensino médio e na universidade. Talvez sejam transmitidas por colegas das irmandades ou talvez apenas captadas, como uma transmissão em ondas curtas vinda do espaço interplanetário. *Eles não são da nossa espécie, querida. Fique afastada.*

— Boa noite, papai.

— Boa noite, Lin.

Ele tornou a beijá-la e saiu do quarto.

Impelida por forte e súbita rajada de vento, a chuva chicoteou a janela de seu estúdio, e Halleck acordou como se despertasse de um cochilo. *Não são da nossa espécie, querida*, tornou a pensar e até riu no silêncio. O som o atemorizou, porque apenas loucos riam em um aposento vazio. Loucos fazem isso o tempo todo; era o que os tornava loucos.

Não são da mesma espécie.

Se nunca acreditara nisso antes, ele acreditava agora.

Agora que estava mais magro.

Halleck observou enquanto a enfermeira de Houston tirava uma, duas, três ampolas de sangue de seu braço esquerdo e as punha em um suporte, como ovos em uma embalagem de papelão. Antes, Houston lhe tinha dado três recipientes para coleta de fezes e disse que ele deveria mandar entregá-los. Halleck os colocou taciturnamente no bolso e então se inclinou para o exame proctológico, odiando a humilhação daquilo que, como sempre, era maior do que o pequeno desconforto. Aquela sensação de ser invadido. De preenchimento.

— Relaxe — disse Houston, colocando a fina luva de borracha. — Enquanto não sentir minhas *duas* mãos em seu ombros, estará tudo bem com você.

Ele riu jocosamente.

Halleck fechou os olhos.

Houston o viu dois dias depois — explicou que pedira urgência para seu exame de sangue. Halleck sentou-se na sala aconchegante (quadros de veleiros nas paredes, poltronas de couro macias, tapete cinza fofo) em que Houston dava consultas. Seu coração martelava no peito, e ele sentiu gotículas de suor frio aninhadas em cada têmpora. *Não vou chorar diante de um homem que conta piadas de negros*, falou para si mesmo com feroz determinação, e não pela primeira vez. *Se tiver que chorar, saio da cidade de carro, estaciono e então choro à vontade.*

— Tudo parece ótimo — disse Houston brandamente.

Halleck pestanejou. A essa altura, o medo criara raízes tão profundas que ele estava certo de não ter ouvido direito.

— Como?

— Tudo parece ótimo — repetiu Houston. — Podemos fazer mais alguns exames se você quiser, Billy, mas não vejo motivos para isso, pelo menos por enquanto. Aliás, seu sangue está melhor do que nos dois exames anteriores. O colesterol está baixo e também os triglicerídeos. Perdeu mais um pouco de peso — a enfermeira anotou 98 esta manhã —, mas o que posso dizer? Você ainda está quase 14 quilos acima do seu peso ideal e não quero que se esqueça disso, mas... — Ele sorriu. — Bem, eu gostaria de saber qual é o seu segredo.

— Não há segredo algum — respondeu Halleck.

Sentia-se confuso e tremendamente aliviado — da maneira como se sentira algumas vezes na universidade ao ser aprovado em exames para os quais não estava preparado.

— Manteremos o diagnóstico em suspenso até termos os resultados de sua série Hayman-Reichling.

— Minha o quê?

— Os potinhos de merda — disse Houston; depois riu alegremente. — Pode ser que revelem alguma coisa, mas, francamente, Billy, o laboratório fez 23 exames diferentes em seu sangue e todos estavam bons. Isso é convincente.

Halleck deixou escapar um longo e trêmulo suspiro.

— Eu estava com medo — falou.

— As pessoas que não têm medo são as que morrem jovens — replicou o médico. Ele abriu a gaveta da mesa e tirou dela um frasco com uma colherinha pendendo da tampa por uma corrente. Halleck viu que o cabo da colher era do formato da estátua da Liberdade. — Aceita?

Halleck negou com a cabeça. No entanto, sentia-se satisfeito em estar onde estava, com as mãos entrelaçadas sobre a barriga — sobre a barriga *diminuída* —, vendo o mais bem-sucedido médico de clínica geral em Fairview cheirar coca, primeiro por uma narina, depois pela outra. Ele tornou a guardar o frasquinho na gaveta, apanhando outro e uma caixa de cotonetes. Enfiou um cotonete no segundo frasco e depois o introduziu no nariz.

— Água destilada — explicou. — Para proteger os sínus — acrescentou, com uma piscadela para Halleck.

Ele provavelmente já cuidou de bebês com pneumonia tendo essa merda orbitando na cabeça, pensou Halleck, mas o pensamento não tinha força real. No momento, não podia deixar de gostar de Houston um pouquinho, porque ele lhe tinha dado boas notícias. No momento, tudo o que queria no mundo era ficar ali sentado com as mãos entrelaçadas sobre a barriga diminuída e explorar a profundidade de seu trêmulo alívio, experimentá-la como se fosse uma bicicleta nova ou um teste de direção em um novo carro. Ocorreu-lhe que, quando saísse do consultório de Houston, provavelmente se sentiria quase um recém-nascido. Um diretor que filmasse a cena bem poderia querer colocar *Assim falou Zaratustra* na trilha sonora. O pensamento o fez primeiro sorrir, depois rir com vontade.

— Partilhe sua alegria — disse Houston. — Neste mundo triste, a gente precisa de todo o humor que conseguir, Billy, meu velho.

Houston fungou sonoramente e depois lubrificou as narinas com um segundo cotonete.

— Não é nada — disse Halleck. — Apenas... eu estava assustado, já falei. Já estava me acostumando à ideia do C maiúsculo. Ao menos tentando me acostumar.

— É possível que isso aconteça — declarou Houston —, mas não este ano. Não preciso ver os resultados dos exames Hayman-Reichling para dizer isso. O câncer se mostra na aparência. Pelo menos, quando já devorou 13 quilos. Mostra mesmo!

— No entanto, continuo comendo como sempre. Disse para Heidi que estou me exercitando mais, e é verdade, tenho feito um pouquinho mais de exercícios, mas ela alegou que ninguém perde 13 quilos apenas aumentando os exercícios. Segundo ela, isso apenas endurece a gordura.

— Não é verdade, em absoluto. Os estudos mais recentes indicaram que o exercício é muito mais importante do que a dieta. Contudo, para um sujeito que é... que *era*... tão gordo como você, ela tem certa razão. Quando um gordo aumenta radicalmente seu nível de exercícios, o que ele consegue em geral é o prêmio de consolação, uma boa e sólida trombose de segunda classe. Não o suficiente para matar, mas dando a ele a certeza de que nunca mais poderá caminhar novamente por todos os 18 buracos do campo de golfe ou andar na grande montanha-russa do parque Seven Flags Over Georgia.

Billy achou que a cocaína estava tornando Houston falante.

— *Você* não compreende a coisa — disse ele. — *Eu* também não compreendo. Neste trabalho, vejo um bocado de coisas que não compreendo. Um amigo meu que é neurocirurgião na cidade me chamou faz uns três anos para dar uma olhada em uma extraordinária radiografia craniana. Um aluno da Universidade George Washington foi procurá-lo porque estava tendo dores de cabeça lancinantes. Para meu colega, aquilo parecia a enxaqueca típica, o rapaz se ajustava plenamente ao tipo de personalidade, mas ninguém brinca com essas coisas, porque dores de cabeça dessa espécie são sintomáticas de tumores cerebrais, mesmo que o paciente não esteja apresentando significantes alucinações olfativas... cheiros como de fezes, de fruta podre, de pipoca mofada, coisas assim. Então, meu amigo tirou uma batelada de radiografias, fez um eletroencefalograma no rapaz e mandou-o ao hospital para que ele se submetesse a uma tomografia axial cerebral. Sabe o que descobriram?

Halleck balançou a cabeça.

— Descobriram que o rapaz, que tinha sido o terceiro melhor em sua turma no ginásio e estava na lista do reitor todos os semestres na Universidade George Washington, praticamente não tinha cérebro. Havia uma única torção de tecido cortical subindo pelo centro do crânio dele... nas radiografias que este colega me mostrou, aquilo pareceria a qualquer um como um puxador de cortina de macramê... e isso era tudo. Aquele puxador de cortina provavelmente dirigia todas as funções involuntárias do rapaz, tudo, desde respirar a batimentos cardíacos e orgasmos. Apenas aquela única tira de tecido cerebral. O restante da cabeça do rapaz estava cheio de nada além de líquido cerebroespinhal. De algum modo que não compreendemos, esse líquido executava a função pensante do paciente. Seja como for, ele continua brilhante nos estudos, continua tendo enxaquecas e continua ajustado ao tipo de personalidade propensa a enxaquecas. Se ele não tiver um ataque cardíaco no correr dos 20 ou 30 anos que o mate, será difícil escapar quando chegar aos 40.

Houston tornou a abrir a gaveta, pegou a cocaína e cheirou mais um pouco. Ofereceu-a a Halleck. Halleck recusou com a cabeça.

— Então — reiniciou Houston —, há uns cinco anos, uma velha chegou ao consultório sentindo dores terríveis nas gengivas. Ela já está morta. Se eu mencionasse o nome da velhota, você saberia quem era. Dei uma espiada nas gengivas dela e, Deus Todo-poderoso, não podia acreditar no que via. Ela havia perdido o último dente adulto quase dez anos antes... quero dizer, a velhota beirava os 90... e havia um punhado de novos brotando... cinco dentes ao todo. Não era de admirar que ela sentisse dores, Billy! A mulher estava tendo uma terceira dentição. Aos 88 anos.

— O que foi que você fez? — perguntou Halleck.

Ele ouvia tudo aquilo com apenas uma parte limitada da mente — a voz de Houston fluía acima dele, macia, como ruído inócuo, como música ambiental irradiando-se do teto em uma loja de departamentos. A maior parte de sua mente ainda se deleitava com o alívio — sem dúvida, a cocaína de Houston seria uma droga fraca se comparada ao alívio que ele sentia agora. Halleck pensou brevemente no velho cigano de nariz corroído, mas a imagem havia perdido seu sombrio e oblíquo poder.

— O que eu fiz? — perguntava Houston. — Céus, o que *eu poderia* fazer? Receitei para ela uma pomada que, na realidade, não passava de uma forma mais concentrada daquele remédio que se passa nas gengivas dos bebês quando se inicia a dentição. Antes de morrer, ela ainda teve outros três dentes: dois molares e um canino.

"Tenho visto outras coisas também, um bocado delas. Cada médico vê coisas estranhas que não sabe explicar. Bem, já chega deste *Acredite se quiser*. O fato é que não entendemos grande coisa sobre o metabolismo humano. Há sujeitos como Duncan Hopley... Você conhece Dunc?"

Halleck assentiu. Era o chefe de polícia de Fairview, expulsor de ciganos, que parecia um Clint Eastwood dos pobres.

— Ele come cada refeição como se fosse a última — disse Houston. — Meu Deus do céu, nunca vi nada parecido. No entanto, o peso dele não passa dos 77, e, medindo 1,80 metro de altura, ele está perfeitamente proporcional. Tem um metabolismo poderoso; queima calorias a, digamos, duas vezes o ritmo de Yard Stevens.

Halleck assentiu. Yard Stevens era dono da Heads Up, única barbearia de Fairview, na qual também trabalhava. Ele pesava uns 135 quilos. Quem olhasse para ele imaginaria que era a esposa que lhe amarrava os sapatos.

— Yard tem mais ou menos a altura de Duncan Hopley — disse Houston —, mas nas vezes em que o vi almoçando, reparei que mal toca na comida. Talvez seja um grande comedor às escondidas. É possível, mas acho que não. Ele tem uma *expressão* faminta, se sabe o que quero dizer.

Billy sorriu de leve e assentiu. Ele sabia. Como sua mãe dizia, Yard Stevens dava a impressão de que "o que comia não lhe fazia o menor bem".

— Quero lhe dizer mais uma coisa, embora eu suponha que seja fofoca. Os dois caras fumam. Yard Stevens diz que fuma um maço de Marlboro Lights por dia, o que significa que provavelmente fuma um maço e meio, talvez dois. Duncan alega que fuma dois maços de Camel por dia, o que significa que talvez sejam três, três e meio. Já viu Duncan Hopley sem um cigarro na boca ou na mão?

Billy pensou a respeito e balançou a cabeça. Nesse ínterim, Houston serviu-se de outra pitada.

— Bah, já chega disso — falou, fechando a gaveta com força, com autoridade. — De qualquer modo, temos Yard fumando um maço e meio de cigarros com baixo teor de alcatrão por dia, enquanto Duncan consome três maços de alcatrão puro diariamente, talvez mais. No entanto, dos dois, quem de fato está convidando o câncer a corroê-lo é Yard Stevens. Por quê? Porque o metabolismo dele é uma porcaria, e o ritmo metabólico está de alguma forma relacionado ao câncer.

"Há médicos que alegam que poderemos curar o câncer quando descobrirmos o código genético. Certos tipos de câncer, talvez. Entretanto, jamais haverá uma cura total enquanto não compreendermos o metabolismo. Isso nos leva de volta a Billy Halleck, o Incrível Homem que Encolheu. Ou talvez fosse melhor o Incrível Homem Redutor de Massa. Não *Produtor* de Massa, mas *Redutor* de Massa."

Houston soltou uma risada que parecia um relincho, estranha e idiota, fazendo Billy pensar: *Se é isso que a coca faz com você, talvez eu prefira ficar com os bolinhos.*

— Você não sabe por que estou perdendo peso.

— Não. — Houston parecia satisfeito em afirmá-lo. — Mas meu palpite é de que você pode mesmo estar se visualizando como magro. Isso *pode* ser feito, sabe. Vemos com uma certa frequência. Uma pessoa vem aqui e deseja realmente perder peso. Em geral, já passou por algum susto: palpitações, uma vertigem jogando tênis, badminton ou vôlei, qualquer coisa assim. Então, eu lhe passo uma dieta para que perca de um a 2,5 quilos por semana durante uns dois meses. Dessa maneira, pode-se perder de 7 a 18 quilos, sem angústias e tensões. Ótimo. Só que a maioria das pessoas perde bem mais do que isso. Elas seguem a dieta, porém perdem mais peso do que apenas a dieta poderia justificar. É como se alguma sentinela mental, adormecida durante anos, despertasse e começasse a gritar o equivalente a "Fogo!". O metabolismo se acelera automaticamente... porque a sentinela lhe *disse* para evacuar alguns quilos antes que a casa inteira pegasse fogo.

— Certo — disse Halleck. Ele estava querendo ser convencido. Havia tirado o dia de folga do trabalho e, de repente, o que desejava acima de tudo era ir para casa, dizer a Heidi que tudo estava bem com ele, levá-la para o quarto para fazerem amor enquanto o sol da tarde se infiltrava pelas janelas do quarto. — Vou acreditar nisso.

Houston levantou-se para acompanhá-lo até a porta; Halleck percebeu, achando graça, que havia uma poeirinha branca debaixo do nariz do médico.

— Se você continuar perdendo peso, faremos uma série completa de exames metabólicos — disse Houston. — Talvez eu lhe tenha passado a ideia de que tais exames não são muito bons, mas às vezes eles nos revelam um bocado de coisas. De qualquer modo, duvido que precisemos chegar a isso. Imagino que irá perder cada vez menos peso — 2 quilos e meio esta semana, 2 na próxima, um na outra. Então, quando se pesar, verá que ganhou meio ou um quilo.

— Você me deixa um bocado aliviado — disse Halleck, apertando a mão de Houston com firmeza.

Houston sorriu de forma complacente, embora nada mais houvesse feito do que apresentar negativas a Halleck — não, não sabia o que havia de errado com ele, mas, evidentemente, não se tratava de câncer. Ufa.

— É para isso que estamos aqui, Billy meu velho.

Billy meu velho foi para casa ao encontro da esposa.

— Ele disse que você está bem?

Halleck fez que sim com a cabeça.

Ela o envolveu com os braços, apertando firme. Ele pôde sentir o volume tentador dos seios dela contra seu peito.

— Vamos para cima?

Ela o fitou, os olhos dançando.

— Poxa, você *está* bem mesmo, não está?

— Pode apostar.

Subiram e tiveram uma sessão magnífica de sexo. Uma das últimas.

Depois disso, Halleck adormeceu. E sonhou.

Capítulo 7: Sonho com a Ave

O cigano se transformara em uma enorme ave. Um abutre de bico corroído. Sobrevoava Fairview e lançava um pó saibroso, cinéreo, semelhante à fuligem de chaminé, que parecia escapar de sob as penas poeirentas das asas... suas axilas?

"Mais magro", grasnava o cigano-abutre, passando acima dos terrenos comunitários, do Village Pub, da livraria Waldenbooks, na esquina das ruas Main e Devon, acima do Esta-Esta, o medianamente bom restaurante italiano de Fairview, acima do correio, acima do posto de gasolina Amoco, da moderna biblioteca pública de Fairview com suas paredes envidraçadas e, finalmente, acima dos pântanos marinhos que desembocavam na baía.

Mais magro, apenas aquelas duas palavras, porém contendo uma maldição, algo que Halleck pôde constatar, porque todos os membros daquela opulenta classe-superior-que-vai-de-trem-para-o-trabalho-e-toma-drinques-no-vagão-restaurante-na-volta-para-casa, os moradores dos subúrbios, todos que viviam naquela cidadezinha da Nova Inglaterra, assentada certeiramente no coração do território de John Cheever, cada um em Fairview estava morrendo de inanição.

Ele caminhou depressa, cada vez mais rápido, pela Main Street, aparentemente invisível — afinal de contas, a lógica dos sonhos é apenas o que quer que o sonho exija — e horrorizado pelos efeitos da praga do cigano. Fairview se tornara uma cidade repleta de sobreviventes de campos de concentração. Bebês de cabeças enormes e corpos exauridos gritavam dentro de carrinhos de luxo. Duas mulheres trajando caros vestidos de grife saíram cambaleantes da Cherry on Top, a versão da Fairview de uma sorveteria antiga. Seus rostos eram apenas malares e supercílios salientes, destacando-se sob uma pele estirada e brilhante como pergaminho; as golas dos vestidos pendiam de clavículas protuberantes envoltas em pele e fundas cavidades nos ombros, numa hedionda paródia de sedução.

E ali vinha Michael Houston, aos tropeções sobre pernas finas como as de um espantalho, o terno Saville Row agitando-se frouxamente sobre um corpo de incrível magreza, segurando um frasco de cocaína em uma das mãos esqueléticas. "Aceita?", ele gritou para Halleck. Parecia a voz de um rato preso na ratoeira, esgotando em guinchos o que lhe sobrava de sua vida miserável. "Uma cheirada? Ajuda a acelerar seu metabolismo, Billy meu velho! Aceita? Um..."

Com crescente horror, Halleck percebeu que a mão segurando o frasco nada tinha de mão, era apenas um punhado de ossos barulhentos. O homem era um esqueleto falante e ambulante.

Virou-se para correr, mas, como nos pesadelos, tinha a sensação de não ganhar velocidade. Embora se encontrasse na calçada da Main Street, era como se corresse em lama espessa e pegajosa. A qualquer momento o esqueleto que tinha sido Michael Houston o alcançaria e ele — a coisa — lhe tocaria o ombro. Ou, talvez, aquela mão de ossos começasse a arranhar sua garganta.

"Uma cheirada, uma cheirada!", gritou a guinchante voz de rato de Houston. A voz chegava cada vez mais perto, e Halleck sabia que, se virasse a cabeça, a aparição estaria próxima, muito próxima dele — olhos cintilantes salientando-se em órbitas de osso nu, o maxilar descoberto estremecendo, abrindo e fechando.

Viu Yard Stevens sair em passos vacilantes da barbearia Heads Up, o jaleco bege de barbeiro fustigando um peito e um estômago que agora não existiam. Yard gritava num horrível grasnido de corvo. Quando se virou para Halleck, este viu que não era Yard em absoluto, mas Ronald Reagan. "Onde está o resto de mim?", gritou ele. "Onde está o resto de mim? ONDE ESTÁ O RESTO DE MIM?"

"Mais magro", Michael Houston agora cochichava ao ouvido de Halleck, e então, o que ele temia aconteceu: aqueles dedos-ossos o tocaram, segurando e torcendo a manga de sua camisa. Halleck pensou que aquela sensação o enlouqueceria. "Mais magro, muito mais magro, uma cheirada, e vejam só o magricela, era a mulher dele, Billy meu velho, a mulher dele, e você está em apuros, oh, meu chapa, em grandes apuros..."

Capítulo 8: As Calças de Billy

Billy acordou sobressaltado, respirando com dificuldade, a mão tapando a boca com força. Heidi dormia tranquilamente ao seu lado, quase desaparecendo debaixo de um cobertor. Um vento de meados de primavera corria em torno dos beirais.

Halleck passou um rápido e temeroso olhar pelo quarto, certificando-se de que Michael Houston — ou uma versão espantalho do médico — não estava à espreita. Viu que era apenas seu quarto, conhecidos todos os cantos. O pesadelo começou a diluir-se... mas ainda sobrara o bastante para fazê-lo aproximar-se mais de Heidi. Não a tocou, pois ela acordava facilmente, mas penetrou na zona de seu calor e lhe roubou parte do cobertor.

Apenas um sonho.
Mais magro, respondeu, implacável, uma voz em sua mente.
O sono voltou. Por fim.

Na manhã seguinte ao pesadelo, a balança do banheiro registrou 97, o que deixou Halleck esperançoso. Apenas um quilo. Houston tinha razão, com ou sem coca. O processo estava diminuindo. Desceu para o térreo assobiando e comeu três ovos fritos com meia dúzia de salsichas.

Quando seguia de carro para a estação ferroviária, o pesadelo lhe voltou à mente, de maneira vaga, mais como uma sensação de déjà vu do que como uma recordação verdadeira. Espiou pela janela ao passar pela barbearia Heads Up (que tinha de um lado o estabelecimento Frank's Fine Meats e do outro a loja Toys Are Joys) e, por um fugaz momento, esperou ver uma meia dúzia de esqueletos cambaleantes, como se a confortável e pomposa Fairview houvesse, de algum modo, se transformado em Biafra. As pessoas na rua, entretanto, pareciam bem, muito bem. Yard Stevens acenou para ele, corpulento como sempre. Halleck acenou em resposta, pensando: *Seu metabolismo está avisando para que deixe de fumar, Yard.* O pensamento o fez sorrir de leve. Quando seu trem entrou na Grand Central Station, os últimos vestígios do sonho tinham sido esquecidos.

Sossegado quanto à perda de peso, Halleck passou quatro dias sem se pesar e sem pensar muito no assunto... mas então quase lhe aconteceu uma coisa constrangedora, no tribunal e diante do juiz Hilmer Boynton, que tinha tanto senso de humor quanto um jabuti. Foi algo idiota; o tipo de coisa que povoa os pesadelos de crianças pequenas.

Halleck se levantou para apresentar um protesto e sua calça começou a cair.

Ele havia começado a se erguer quando sentiu que ela deslizava por seus quadris e nádegas, avolumando-se nos joelhos. Então, voltou a se sentar com toda a pressa. Em um daqueles momentos de quase total objetividade — aqueles que surgem espontaneamente e que desejamos esquecer rapidamente —, Halleck percebeu que seu movimento devia ter parecido uma espécie de salto bizarro. William Halleck, advogado, fazendo sua imitação de coelhinho. Ele sentiu um rubor cobrir-lhe o rosto.

— Trata-se de um protesto, sr. Halleck, ou de um acesso de gases?

Os espectadores — felizmente apenas alguns — deram risadinhas.

— Nada disso, Meritíssimo — murmurou Halleck. — Eu... eu mudei de ideia.

Boynton resmungou. Os trabalhos prosseguiram, e Halleck continuou sentado e suando, perguntando-se como poderia ficar em pé.

Dez minutos mais tarde, o juiz pediu um recesso. Halleck ficou sentado à mesa da defensoria fingindo estudar um maço de papéis. Quando a sala de audiência ficou quase vazia, ele se ergueu, as mãos enfiadas nos bolsos da calça, em um gesto que ele esperava que fosse parecer casual. Na realidade, estava segurando a calça pelos bolsos.

Tirou o paletó na privacidade do toalete dos homens, pendurou-o, olhou para sua calça e então tirou o cinto. Ainda abotoada e com o zíper fechado, a calça deslizou até os tornozelos; as moedas tilintaram quando os bolsos bateram nos ladrilhos. Ele sentou no vaso, ergueu o cinto como se fosse um pergaminho e examinou-o. Nele, podia ler uma história que era bem mais do que perturbadora. Linda lhe dera aquele cinto de presente dois anos antes, no Dia dos Pais. Com o cinto erguido no ar, Halleck estudou-o e sentiu o coração acelerar-se para uma corrida desordenada.

A marca mais profunda no cinto Niques estava logo além do primeiro furo. Linda o comprara um tanto pequeno e, na época, Halleck havia pensado — pesarosamente — que talvez fosse um otimismo perdoável da parte dela. Mesmo assim, o cinto servira bem nele durante bastante tempo. Quando ele parara de fumar é que ficara um pouco difícil de afivelar, mesmo usando o primeiro furo.

Depois que parara de fumar... mas antes de atropelar a cigana.

Agora, havia outras marcas fundas no cinto: além do segundo furo... do quarto... do quinto... finalmente, do sexto e último.

Com crescente horror, Halleck reparou que cada marca impressa no cinto era mais leve do que a anterior. Ali ele podia ver uma história mais verdadeira e reveladora do que a que ouvira de Michael Houston. A perda de peso continuava e, em vez de diminuir, estava aumentando velozmente. Chegara ao último furo no cinto Niques, quando apenas dois meses antes acreditava que teria que aposentá-lo, por estar pequeno demais. Agora, precisava de um sétimo furo — que não existia.

Olhou para o relógio e viu que logo teria de retornar à sala de audiências. Contudo, certas coisas eram mais importantes do que o juiz Boynton decidir ou não homologar um testamento.

Halleck procurou ouvir. O toalete dos homens estava em silêncio. Puxou a calça para cima com uma das mãos e saiu do cubículo. Deixou que ela tornasse a cair e contemplou-se em um dos espelhos acima da fileira de pias. Ergueu a camisa Arrow a fim de observar melhor a barriga que, até bem pouco tempo, tinha sido a sua ruína.

Um som sufocado escapou-lhe da garganta. Foi só isso, mas foi o suficiente. A percepção seletiva não pôde se sustentar, estilhaçando-se imediatamente. Ele viu que a barriguinha proeminente que substituíra a pança arredondada não existia mais. Embora com a calça abaixada e a camisa levantada sobre o colete desabotoado, os fatos eram claros o bastante apesar da postura risível. Como sempre, fatos eram negociáveis — quem lida com o ramo jurídico aprende isso prontamente —, mas a metáfora que surgiu foi mais do que persuasiva; foi indiscutível. Ele parecia um menino vestindo as roupas do pai. Halleck estava confuso diante da pequena fileira de pias, pensando histericamente: *Quem pegou o lápis de cera? Tenho que desenhar um bigode!*

Uma gargalhada sufocada e rançosa subiu por sua garganta ao ver a calça amontoada em torno dos sapatos e as meias pretas de náilon escalando três quartos do comprimento das canelas peludas. Naquele momento, ele simplesmente acreditou... em tudo. O cigano o tinha amaldiçoado, claro, porém não com câncer; um câncer seria gentil e rápido demais. Era algo mais, cujo desdobramento apenas começara.

A voz de um condutor gritou em sua mente: *Próxima parada, Anorexia Nervosa! Próximo desembarque, Anorexia Nervosa!*

Os sons escaparam de sua garganta, uma gargalhada semelhante a gritos ou talvez gritos semelhantes a uma gargalhada, mas o que importava?

A quem poderei contar isso? Heidi? Ela vai pensar que estou louco.

Entretanto, Halleck jamais se sentira tão lúcido na vida.

A porta externa do toalete dos homens abriu-se com um ruído. Halleck recuou rapidamente para o cubículo e o trancou com o ferrolho, assustado.

— Billy? — chamou John Parker, seu assistente.

— Estou aqui.

— Boynton já vai voltar. Você está bem?

— Estou ótimo — respondeu, de olhos fechados.

— *Está* com gases? É seu estômago?

Sim, é meu estômago. Isso mesmo.

— Tenho que despachar um embrulho no correio. Ficarei fora apenas alguns minutos.

— Está bem.

Parker saiu. A mente de Halleck fixou-se no cinto. Não podia voltar para a sala de audiências do juiz Boynton segurando a calça pelos bolsos do paletó. Diabo, o que fazer?

De repente, lembrou-se de seu canivete, o bom e velho canivete que sempre tirava do bolso ao pesar-se. Nos velhos tempos, antes de os ciganos chegarem a Fairview.

Ninguém lhes pediu que viessem, seus cretinos — por que não foram para Westport ou Stratford?

Pegou o canivete e fez rapidamente um sétimo furo no cinto. Ficou dilacerado e feio, mas funcionou. Halleck afivelou-o, vestiu o paletó e saiu do cubículo. Pela primeira vez, reparou como as calças balançavam em volta das pernas — suas pernas finas. *Será que outras pessoas já notaram?*, pensou, com um novo e contundente constrangimento. *Já viram como minhas roupas estão vestindo mal? Viram e fingiram não ver nada? Comentaram...*

Jogou água no rosto e saiu do banheiro dos homens.

Quando voltou à sala do tribunal, Boynton vinha entrando com um roçar de vestes negras. Olhou de esguelha para Billy, que esboçou um gesto de desculpas. O rosto de Boynton permaneceu rígido; desculpas definitivamente *não* aceitas. A lenga-lenga recomeçou. Billy conseguiu suportar o dia, de algum modo.

Naquela noite, depois que Heidi e Linda foram dormir, ele se pesou. Olhou para baixo e não acreditou na marcação da balança. Ficou olhando, por muito, muito tempo.

Oitenta e oito quilos.

Capítulo 9: 85

No dia seguinte, Halleck saiu para comprar roupas; escolheu-as febrilmente, como se roupas novas, roupas que lhe caíssem bem, resolvessem tudo. Comprou também outro cinto Niques, em tamanho menor. Reparou que as pessoas haviam parado de felicitá-lo por sua perda de peso; quando *isso* tinha começado? Ele não sabia.

Vestiu as roupas novas. Foi trabalhar e voltou para casa. Bebeu demais, repetiu o prato sem ter vontade, e isso pesou em seu estômago. Uma semana depois, as roupas novas não pareciam mais de bom corte e caimento; tinham começado a ficar largas.

Aproximou-se da balança do banheiro, o coração disparado a tal ponto que os olhos latejavam e a cabeça doía. Mais tarde, constataria que mordera o lábio inferior com tanta força que o fizera sangrar. A imagem da balança adquiria tons de terror infantil em sua mente — ela se tornara o duende de sua vida. Ficou parado diante dela por talvez uns três minutos, mordendo com força o lábio inferior, sem perceber a dor ou o gosto salgado do sangue na boca. Anoitecera. No térreo, Linda via o seriado *Three's Company* na tevê, e Heidi calculava as despesas domésticas semanais no computador Commodore no escritório de Halleck.

Com uma espécie de salto, ele subiu na balança.

Oitenta e cinco.

Seu estômago pareceu torcer-se em um nó e, por um desesperado momento, Halleck achou que seria impossível não vomitar. Lutou angustiadamente para manter o jantar no estômago — ele precisava daquela nutrição, daquelas quentes e saudáveis calorias.

Por fim, a náusea passou. Ele baixou os olhos para o mostrador da balança, recordando taciturnamente o que Heidi tinha dito — *Ela não marca a menos, marca a mais.* Lembrou-se de Michael Houston dizendo que com 98 quilos ele ainda estava com 14 quilos em excesso, acima do peso ideal. *Agora não, Mikey*, ele pensou, cansado. *Agora eu... eu estou mais magro.*

Saiu da balança, ciente de que agora ele sentia uma certa dose de alívio — o alívio que sentiria um prisioneiro no Corredor da Morte ao ver o diretor da prisão e o sacerdote aparecerem faltando dois minutos para a meia-noite, sabendo que o fim chegara e que não haveria nenhum telefonema do governador. Teriam que ser cumpridas certas formalidades, é claro, porém isso era tudo. Era real. Se falasse a respeito com alguém, pensariam que ele estava brincando ou que estava louco — ninguém acredita mais em maldições ciganas, talvez nunca houvessem acreditado, elas estavam definitivamente démodés em um mundo que vira centenas de fuzileiros chegarem do Líbano em caixões, em um mundo que vira cinco prisioneiros do IRA morrerem em greve de fome, entre outros dúbios assombros —, mas era verdade mesmo. Ele matara a esposa do velho cigano de nariz carcomido, e seu eventual parceiro de golfe, o bom e velho pegador de tetas, juiz Cary Rossington, o deixara livre, sem mais nada além de um tapinha nas costas. Então, o velho cigano decidira impor sua própria espécie de justiça sobre um gordo advogado de Fairview cuja esposa escolhera o dia errado para masturbá-lo pela primeira e única vez dentro de um carro em movimento. A espécie de justiça que um homem como seu casual amigo Ginelli poderia apreciar.

Halleck apagou a luz do banheiro e desceu para o térreo, pensando nos convictos do Corredor da Morte, caminhando seu último quilômetro. *Sem vendas, padre... alguém tem um cigarro aí?* Ele sorriu lividamente.

Heidi estava sentada à escrivaninha dele, as contas à esquerda, tendo à frente a tela cintilante do computador, o talão de cheques apoiado sobre o teclado como uma partitura musical. Uma visão bastante comum, pelo menos numa noite durante a primeira semana do mês. Mas ela não preenchia cheques nem fazia contas. Estava apenas sentada lá, um cigarro entre os dedos, e ao virar-se para ele, Billy notou tanta tristeza nos olhos dela que quase cambaleou.

Tornou a pensar na percepção seletiva, na maneira engraçada de a mente não ver o que não quer ver... como o truque de ir apertando o cinto cada vez mais, a fim de manter a calça larga presa à cintura que encolhia, ou como os círculos castanhos sob os olhos de sua esposa... ou a pergunta desesperada naqueles olhos.

— Sim, eu continuo perdendo peso — disse ele.

— Oh, Billy! — ela murmurou, com um longo, trêmulo suspiro.

Mas ela parecia um pouco melhor, e Halleck supôs que ela estivesse contente por aquilo ser tratado abertamente. Ela não ousara mencioná-lo, assim como ninguém do escritório ousara dizer: *Suas roupas começaram a parecer que foram compradas em brechó, Billy meu chapa... Será que está com algum tumor ou coisa assim? Alguém o tocou com a velha varinha de condão do câncer, não foi, Billy? Você arranjou um grande tumor em algum lugar de suas entranhas, um tumor negro e gordo, uma espécie de cogumelo humano apodrecido, já em suas tripas, sugando-o até secá-lo?* Oh, não, ninguém diz essa bosta; os outros deixam que a gente descubra tais coisas sozinho. Um belo dia, você está no tribunal e começa a ficar sem calça quando se levanta para dizer: "Protesto, Meritíssimo!", na melhor tradição Perry Mason, e ninguém abre a boca para dizer porra de palavra alguma.

— É verdade — disse ele e chegou a rir um pouco, como para disfarçar.

— Quanto?

— A balança lá de cima anunciou que baixei para 85.

— Oh, *céus*!

Ele assentiu na direção dos cigarros dela.

— Me dá um desses?

— Claro, se quiser mesmo. Billy, você não vai dizer uma palavra a Linda sobre isso, nem uma!

— Nem preciso — ele disse, acendendo o cigarro. A primeira tragada o deixou tonto. Ótimo; a tonteira chegava a ser agradável. Era melhor do que o entorpecido terror que acompanhara o final da percepção seletiva. — Ela sabe que ainda estou perdendo peso. Vi no rosto dela. Eu simplesmente não sabia o que ela estava vendo até hoje.

— Você tem que procurar Houston novamente — disse ela. Parecia terrivelmente assustada, mas a expressão confusa de dúvida e angústia desaparecera dos seus olhos. — Os exames de metabolismo...

— Heidi, ouça... — começou ele e então parou.

— O quê? O que é, Billy?

Por um momento, ele quase lhe disse, quase contou tudo. Alguma coisa o deteve, e nunca teve certeza do que seria... exceto que, por um momento, sentado na beira da escrivaninha e encarando-a, a filha vendo tevê na sala, com um dos cigarros da esposa na mão, ele sentiu um súbito e selvagem momento de ódio por ela.

A lembrança do que tinha acontecido — do que *estivera* acontecendo — um minuto ou pouco mais antes de a velha cigana se meter no meio do trânsito retornou-lhe em um lampejo de plena recordação. Heidi arrastara-se para junto dele, passara o braço esquerdo por seus ombros... e então, quase antes de perceber o que estava acontecendo, ela lhe abrira o zíper. Ele sentiu os dedos dela — leves e oh, tão hábeis! — deslizarem pela fenda e depois pela abertura em sua cueca.

Quando adolescente, Billy Halleck às vezes lia atentamente (com mãos suadas e olhos um tanto arregalados) o que seus companheiros chamavam de "livros calmantes". E, algumas vezes, naqueles "livros calmantes", uma "garota ardente" envolvia seus "dedos hábeis" em torno do "membro enrijecido" de algum sujeito. Naturalmente, tudo não passava de sonhos eróticos em forma impressa, é claro... exceto que ali estava Heidi, ali estava sua esposa segurando seu membro enrijecido. E, droga, ela começara a masturbá-lo. Ele olhara para ela, espantado, e vira apenas o sorriso malicioso em seus lábios.

— Heidi, o que você está...?
— Psst... Não diga nada.

O que a possuíra? Ela jamais fizera tal coisa antes, e Halleck podia jurar que algo assim nunca passara pela cabeça de sua esposa. No entanto, ela fizera justamente isso, e então a velha cigana tinha irrompido...

Ora, fale a verdade! Já que você resolveu ver a verdade que a balança mostra, por que não encarar todas de uma vez? De que adianta mentir para si mesmo? Já está ficando tarde demais para isso. Pois aí estão os fatos, senhora!

Certo, os fatos. O *fato* era que a atitude inesperada de Heidi o tinha deixado tremendamente excitado, talvez por *ter* sido inesperada. Estendera a mão direita para ela, e Heidi puxou a saia para cima, exibindo uma calcinha de náilon amarelo, absolutamente comum. Aquela calcinha nunca o tinha excitado antes, mas agora... Talvez fosse pela maneira como ela suspendera a saia. Heidi tampouco fizera isso antes. O *fato* era que cerca de 85% de sua atenção fora desviada da direção, mesmo que em nove entre dez mundos paralelos as coisas provavelmente *ainda* tivessem transcorrido normalmente; durante a semana, as ruas de Fairview não eram apenas tranquilas, eram absolutamente sonolentas. Mas isso não vinha ao caso, pois o *fato* é que ele não estivera em nove entre dez mundos paralelos; estivera neste aqui. O *fato* era que a velha cigana não tinha *irrompido* entre o Subaru e o Firebird com as listras de corrida; o *fato* era que a mulher simplesmente saíra *caminhando* entre os dois carros, segurando em uma das mãos contorcidas e repletas de manchas senis uma sacola cheia de compras, o tipo de sacola trançada que as inglesas costumam usar quando saem em compras pela rua principal da aldeia. Havia uma caixa de sabão em pó na sacola trançada da cigana; Halleck podia recordar isso. Ela não tinha olhado para os lados, ele podia afirmar com segurança. Contudo, o *fato* final era simplesmente que ele não vinha a mais de 55 quilômetros por hora e devia estar a quase 40 metros de distância da cigana quando ela surgiu diante de seu Oldsmobile. Haveria tempo de sobra para frear se ele estivesse no controle da situação. Entretanto, o *fato* é que estava à beira de um orgasmo explosivo, tendo tudo exceto uma diminuta fração de sua consciência concentrado na parte abaixo da cintura, enquanto a mão de Heidi comprimia e relaxava, deslizava para baixo e para cima, com lenta e deliciosa fricção, pausava, apertava e tornava a relaxar. A reação dele fora desesperadamente lenta, desesperadamente tardia, e a mão de Heidi o apertara, sufocando o orgasmo que o choque provocara, durante um interminável segundo de dor e de um prazer que era inevitável, mas, ainda assim, horripilante.

Aqueles eram os *fatos*. Mas espere um momento, pessoal! Esperem um pouco, amigos e vizinhos! Havia mais dois *fatos*, não é mesmo? O primeiro fato era que, se Heidi não tivesse escolhido aquele dia em particular para experimentar um pequeno autoerotismo, Halleck estaria plenamente consciente de seus atos e de sua responsabilidade como condutor de um veículo motorizado. Então, o Oldsmobile teria parado a pelo menos um metro e meio da velha cigana, parado com um rangido de freios que provocaria uma rápida atenção das mães conduzindo bebês em seus carrinhos pelos arredores. Ele poderia ter gritado: "Ei, por que não olha por onde anda?", para a velha, enquanto ela o fitaria com uma espécie de temor e incompreensão idiotas. Ele e Heidi a teriam visto cruzar a rua apressadamente, ambos com o coração batendo forte no peito. Talvez Heidi tivesse chorado ao ver que as sacolas de compras tinham caído, bagunçando e sujando o tapete traseiro do carro.

Mas aí as coisas estariam bem. Não teria havido inquirição, nenhum cigano velho de nariz corroído esperando do lado de fora para acariciar a face de Halleck e sussurrar sua terrível maldição de duas palavras. Esse era o primeiro *fato* subsidiário. O segundo *fato* subsidiário, que provinha do primeiro, era que tudo isso podia ser remontado diretamente a Heidi. Tudo o que ocorrera tinha sido culpa dela. Ele não lhe pedira que fizesse aquilo; não lhe sugerira: "Ei, o que acha de me fazer gozar enquanto voltamos para casa, Heidi? São 5 quilômetros de trajeto, você terá tempo." Não. Ela apenas tomara a iniciativa... e, caso você se pergunte, a escolha do momento foi péssima.

Sim, tinha sido culpa dela, mas o velho cigano ignorava isso, de maneira que foi Halleck quem recebeu a maldição, e Halleck é que agora tinha perdido um total de 28 quilos. E ali estava Heidi, com olheiras escuras e pele lívida, mas aqueles círculos sombrios debaixo dos olhos não iam *matá-la*, iam? Não. O mesmo para a pele macilenta. O velho cigano não *a* tocara.

Assim, o momento em que poderia ter confessado seus temores a ela, quando poderia ter dito simplesmente: *Acho que estou perdendo peso porque fui amaldiçoado*, esse momento passou. O momento do ódio cru e límpido, uma pedra emocional disparada de seu subconsciente por alguma tosca e primitiva catapulta, passou também.

Ouça, ele havia dito, e, como boa esposa, ela respondera: *O que foi, Billy?*

— Tornarei a procurar Houston amanhã — disse ele, embora originariamente não tivesse a menor intenção de dizer isso. — Pedirei que vá em frente com os tais exames de metabolismo. Como Albert Einstein estava habituado a dizer: "Que se foda!".

— Oh, Billy! — ela exclamou, e estendeu os braços para ele, que se deixou abraçar, e porque ali havia consolo, ele sentiu vergonha do vívido ódio de poucos minutos antes. Mas nos dias que se seguiram, quando a primavera de Fairview prosseguiu em seu ritmo costumeiro, atenuado, e sutilmente preparando o verão de Fairview, o ódio retornou com mais e mais frequência, apesar de tudo o que fizesse para detê-lo ou sufocá-lo.

Capítulo 10: 81

Halleck marcou consulta com Houston para os exames de metabolismo. O médico pareceu menos otimista após saber que ele continuava perdendo peso com regularidade e que estava com 13 quilos a menos desde o exame clínico de um mês antes.

— Ainda pode haver uma explicação perfeitamente normal para tudo isso — disse Houston, ligando três horas mais tarde para confirmar a consulta e dar a informação. Isso disse a Halleck tudo o que ele precisava saber. A explicação perfeitamente normal, antes o cavalo favorito no páreo mental de Houston agora se tornara o azarão da corrida.

— Ahan — respondeu Halleck, olhando para onde a barriga um dia estivera.

Ele jamais pensara que poderia sentir falta da pança que se projetava à frente do corpo, uma pança que ficara grande o bastante para esconder as pontas dos sapatos — ele precisara inclinar-se para ver se precisava ou não engraxá-los; particularmente, jamais acreditaria se alguém lhe dissesse que isso era possível, enquanto ele subia um lance de escada após um exagero em bebidas na noite anterior, agarrando a pasta ferozmente, sentindo o suor na testa e perguntando-se se nesse dia é que o ataque cardíaco chegaria, com uma dor paralisante no lado esquerdo do peito que subitamente se libertava e percorria o braço esquerdo. No entanto, era verdade: ele *sentia falta* da maldita pança. De uma forma curiosa, que nem agora entendia, aquela pança se tornara um *amigo*.

— Se ainda existe uma explicação normal — disse para Houston —, qual é?

— Isso é o que aqueles caras irão dizer para você — respondeu Houston. — Esperamos que sim.

A consulta seria na Clínica Henry Glassman, um pequeno estabelecimento particular em Nova Jersey. Queriam que ele ficasse lá por três dias. O custo estimado de sua permanência e a série de exames que pretendiam fazer nele deixaram Halleck muito satisfeito por ter total cobertura médica.

— Me mande um cartão de "Estimo suas melhoras" — respondeu Halleck desolado e desligou.

A consulta seria no dia 12 de maio — dali a uma semana. Nesse ínterim, ele se viu continuando a erodir e lutou para conter o pânico que lentamente ia turvando sua decisão de bancar o machão.

— Você está perdendo peso demais, papai — comentou Linda, inquieta, durante o jantar de certa noite. Apegado tenazmente à sua decisão, Halleck devorara três grossas costeletas de porco com molho de maçã. Também repetira a porção de purê. Com molho. — Se está fazendo dieta, acho que está na hora de parar.

— Parece que estou fazendo dieta? — perguntou ele, apontando o prato com um garfo de onde o molho pingava.

Sua voz era branda o bastante, porém o rosto de Linda começou a contorcer-se e, um momento depois, ela saiu da mesa soluçando, o guardanapo apertado contra o rosto.

Halleck olhou sombriamente para Heidi, que lhe devolveu o olhar também sombrio.

É assim que o mundo termina, pensou Halleck de forma idiota. *Não com um tiro, mas com uma fraqueza geral.*

— Vou falar com ela — disse ele, começando a levantar-se.

— Se for consolá-la mostrando sua aparência neste momento, acho que a matará de susto — retrucou Heidi, e ele sentiu aquela onda de ódio vivo e metálico novamente.

Oitenta e quatro, 83, 82, 81. Era como se alguém — o velho cigano de nariz carcomido, por exemplo — estivesse usando uma louca e sobrenatural borracha sobre ele, apagando-o, quilo a quilo. Qual fora a última vez que pesara 81 quilos? Na universidade? Não... provavelmente nunca depois do último ano do ensino médio.

Em uma de suas noites insones entre 5 e 12 de maio, viu-se recordando uma explicação sobre vodu que uma vez lera — o vodu funciona porque a vítima *pensa* que ele funciona. Nada de força sobrenatural; simplesmente o poder da sugestão.

Talvez Houston esteja certo, ele pensou, *e a força de meu pensamento me esteja tornando magro... porque aquele velho cigano queria que eu emagrecesse. Só que agora não consigo parar. Eu podia ganhar um milhão escrevendo uma resposta àquele livro de Norman Vicent Peale... Seria intitulado* O Poder do Pensamento Negativo.

Sua mente, contudo, sugeria que a velha ideia sobre poder da sugestão era, nesse caso pelo menos, um monte de besteiras. Tudo que aquele velho cigano disse foi: "Mais magro." Ele não disse: "Pelo poder de que fui investido, eu o amaldiçoo para que perca de 3 a 4 quilos por semana até morrer." Ele não disse: "Uni-duni-tê, em breve você precisará de outro cinto Niques ou você estará arquivando protestos de cueca." Porra, Billy, você só chegou a recordar o que ele tinha dito depois que começou a emagrecer!

Talvez só então é que percebi conscientemente *o que ele disse,* argumentou Halleck em resposta. *Contudo...*

Então, a discussão prolongou-se.

Se aquilo *era* psicológico, então, se *era* o poder da sugestão, a pergunta sobre o que ele ia fazer a respeito continuava existindo. Como combater aquilo? Haveria um meio de imaginar-se gordo novamente? Supondo-se que fosse a um hipnotizador — merda, um psiquiatra! — e explicasse o problema... O cara poderia hipnotizá-lo e plantar bem fundo a sugestão de que a maldição do cigano não era válida. Isso poderia funcionar.

Ou então, é claro, poderia não funcionar.

Duas noites antes da data marcada para ir à Clínica Glassman, Billy subiu à balança e olhou desanimadamente para o mostrador — 81 naquela noite. Ficou parado, de olhos fixos no mostrador, e então lhe ocorreu, de maneira perfeitamente natural — da maneira como as coisas costumam ocorrer à mente consciente, após o subconsciente tê-las analisado por dias e semanas —, que a pessoa a quem devia realmente procurar e falar sobre aqueles loucos temores era o juiz Cary Rossington.

Rossington podia ser um agarrador de tetas quando bêbado, mas era um sujeito razoavelmente cordial e compreensivo quando sóbrio... até certo ponto, pelo menos. Além disso, era dos que ficam de boca fechada. Mais ou menos. Halleck supôs ser possível que, em alguma festinha com bebedeiras ou algo assim (e, juntamente com todas as demais constantes do universo físico — nascer do sol no leste, pôr do sol no oeste, o retorno do cometa de Halley —, podia-se ter certeza de que, em *algum lugar* da cidade após as nove da noite, havia pessoas bebendo manhattans, pescando azeitonas verdes em martínis e, com grande possibilidade, bolinando tetas de esposas alheias), ele podia ser indiscreto sobre as ideias paranoico-esquizofrênicas do velho Billy Halleck relacionadas a ciganos e maldições. No entanto, desconfiava que Rossington talvez pensasse duas vezes antes de espalhar a história, mesmo sob o efeito do álcool. Não que algo ilegal houvesse ocorrido na audiência; havia sido um caso didático de disparate municipal, claro, porém nenhuma testemunha fora subornada, nenhuma prova fora negada. De qualquer modo, aquilo era uma casa de marimbondos, e caras espertos como Cary Rossington não andam por aí cutucando esses bichinhos. Sempre era possível — não provável, mas razoavelmente possível — que isso levantasse uma questão sobre o fato de Rossington não se ter declarado sob suspeição. Ou ainda o fato de que o policial investigador não se tivesse preocupado em fazer em Halleck um teste do bafômetro após ter visto quem era o motorista (ou quem era a vítima). Aliás, Rossington tampouco perguntara, durante o interrogatório, por que fora negligenciado esse procedimento fundamental da investigação. Havia ainda outras perguntas que ele podia ter feito e não fizera.

Não, Halleck acreditava que sua história estaria em segurança se a contasse a Cary Rossington, pelo menos até que o assunto dos ciganos fosse perdendo o interesse com o tempo... cinco anos, digamos, talvez sete. Nesse ínterim, Halleck estava preocupado com o ano em curso. No pé em que estavam as coisas, ele pareceria um fugitivo de campo de concentração antes que o verão chegasse ao fim.

Vestiu-se rapidamente, desceu ao térreo e tirou uma jaqueta do closet.

— Aonde você vai? — perguntou Heidi, saindo da cozinha.
— Vou sair — replicou Halleck. — Não vou demorar.

Leda Rossington abriu a porta e olhou para Halleck como se nunca o tivesse visto antes — a luz no teto do corredor, atrás dela, deixava em relevo seus malares emaciados, porém aristocráticos, os cabelos negros severamente puxados para trás e mostrando os primeiros fios brancos (*Não*, pensou Halleck, *fios brancos, não, fios de prata... Leda jamais teria algo tão plebeu como cabelos brancos*), o vestido Dior verde-grama, uma coisinha singela, que talvez não tivesse custado mais de 1.500 dólares.

A expressão dela o deixou francamente desconcertado. *Será que eu perdi tanto peso que ela nem mesmo sabe quem eu sou?*, perguntou-se ele, mas, mesmo com a nova paranoia sobre sua aparência pessoal, ele custava a acreditar nisso. Tinha o rosto mais abatido, havia algumas novas linhas de preocupação em torno da boca e bolsas escuras sob os olhos, em virtude da falta de sono, mas fora isso, era o rosto do mesmo velho Billy Halleck. A lâmpada ornamental na outra extremidade do corredor (uma reprodução em ferro trabalhado de um poste de luz de 1880, Nova York, Coleção Horchow, 687 dólares mais despesas postais) lançava apenas uma luminosidade turva até onde ele se encontrava, e Halleck estava vestido com a jaqueta. Certamente, ela não podia ver o quanto ele emagrecera... ou poderia?

— Leda? Sou eu, Bill. Bill Halleck.
— Claro que é. Olá, Billy.

Ainda assim, a mão dela pairou abaixo do queixo, o punho meio fechado, tocando a pele da parte superior do pescoço, em um gesto intrigado e introspectivo. Mesmo com as feições incrivelmente lisas para seus 59 anos, as cirurgias plásticas pouco tinham feito pelo pescoço dela, onde a carne se mostrava flácida, não inteiramente repuxada.

Acho que ela está bêbada. Ou... Halleck pensou em Houston, diligentemente aplicando pitadas do alvo pó boliviano no nariz. *Drogas? Leda Rossington? Era difícil acreditar que ela fosse capaz, quando sabia blefar no pôquer com uma mão francamente medíocre... e sair-se bem no jogo.* E logo a seguir: *Ela está assustada. Desesperada. O que será? E isso, de algum modo, estará relacionado ao que me vem acontecendo?*

Isso era loucura, claro... mas ainda assim, ele sentia uma necessidade quase frenética de descobrir por que Leda Rossington tinha os lábios tão comprimidos, por que, mesmo à luz mortiça e apesar dos melhores cosméticos que o dinheiro podia comprar, a pele sob seus olhos estava quase tão frouxa e descolorida quanto a pele sob os dele, por que a mão que agora dedilhava na gola do vestido Dior tremia ligeiramente.

Billy e Leda Rossington avaliaram-se em profundo silêncio durante talvez uns 15 segundos... e então falaram exatamente ao mesmo tempo.

— Leda, Cary está...

— Cary não está aqui, Billy. Ele...

Ela parou. Billy fez um gesto para que ela continuasse.

— Ele foi chamado a Minnesota. A irmã dele está muito doente.

— Que interessante — disse Halleck —, uma vez que Cary não tem irmã alguma.

Ela sorriu. Era uma tentativa do tipo de sorriso refinado e magoado que pessoas educadas reservam para os que não tiveram intenção de ser rudes. Não funcionou. Foi apenas um repuxar de lábios, mais uma careta do que um sorriso.

— Eu falei irmã? Oh, tudo isso tem sido muito cansativo para mim... para *nós*. Eu queria dizer o irmão dele. Seu...

— Cary é filho único, Leda — disse Halleck, delicadamente. — Conversamos sobre irmãos em uma tarde de bebedeira, eu e ele, no saguão do Hastur. Deve ter sido... oh, faz uns quatro anos. O Hastur pegou fogo não muito depois. Aquela loja psicodélica para jovens, a King in Yellow, está lá agora. É onde minha filha compra jeans.

Ele não sabia por que continuava; de algum modo vago, achava que assim a deixaria mais à vontade. Agora, no entanto, à luz do corredor, sob a luminosidade fraca da lâmpada em ferro forjado, viu o rastro brilhante de uma lágrima deslizando no canto do olho direito dela até quase o canto da boca. Enquanto olhava, as palavras enredando-se umas nas outras e depois cessando de repente, ela piscou duas vezes, rapidamente, e a lágrima teve sequência. Outra desceu pela face esquerda.

— Vá embora — disse ela. — Quer ir embora, Billy, por favor? Não faça perguntas. Eu não quero responder.

Halleck olhou para ela e captou certa implacabilidade em seus olhos, logo abaixo das lágrimas. Ela não pretendia dizer-lhe onde Cary estava. Então, num impulso para o qual não encontrou explicação nem depois, sem qualquer estratégia para convencê-la, puxou para baixo o zíper da jaqueta e a manteve aberta, como se estivesse se exibindo para ela. Ouviu a exclamação surpresa da mulher.

— Olhe para mim, Leda — disse. — Perdi 32 quilos. Ouviu bem? *Trinta e dois quilos!*

— Eu não tenho nada a ver com isso! — exclamou ela, em uma voz baixa e rouca.

A pele dela adquirira uma tonalidade doentia, lívida; manchas avermelhadas lhe surgiram nas faces, como a coloração das bochechas de um palhaço. Os olhos não tinham expressão. Os lábios repuxaram-se para trás em uma careta aterrorizada, mostrando os dentes perfeitos.

— Não tem, mas preciso falar com Cary — insistiu Halleck. Ele subiu o primeiro degrau da varanda, ainda mantendo a jaqueta aberta. *E vou falar*, pensou. *Não tinha certeza antes, mas agora tenho.* — Por favor, Leda, me diga onde ele está. Cary está em casa?

A resposta dela foi uma pergunta e, por um momento, ele não conseguiu respirar, em absoluto. Agarrou-se à balaustrada da varanda com a mão entorpecida.

— Foram os ciganos, Billy?

Por fim, ele conseguiu insuflar ar nos pulmões bloqueados. O oxigênio penetrou com um ruído abafado.

— Onde está Cary, Leda?

— Primeiro, responda ao que perguntei. Foram os ciganos?

Agora que o problema havia sido exposto — uma chance de realmente falar sobre ele —, Halleck descobriu que precisava se esforçar para isso. Engoliu — engoliu em seco — e assentiu.

— Sim, acho que sim. Uma maldição. Algo mais ou menos como uma praga. — Fez uma pausa. — Não, não é algo *mais ou menos como isso*. Isso é enrolação e é um equívoco. Acho que um cigano realmente me rogou uma praga.

Esperou que ela desse uma risada de desprezo esganiçada — ouvira reação semelhante muitas vezes, em seus sonhos e suas conjecturas —, mas os ombros dela apenas decaíram e a cabeça abaixou-se. Leda era um tal retrato de infelicidade e pesar que, apesar de seu recente terror, Halleck sentiu uma empatia aguda por ela, quase dolorosa — pela confusão e horror daquela criatura. Subiu o segundo, depois o terceiro degrau da varanda, tocou-lhe o braço delicadamente... e ficou chocado pelo ódio vivo no rosto dela quando ergueu a cabeça. Recuou de repente, piscando... e então precisou agarrar a balaustrada da varanda para não tropeçar e cair de bunda no chão. A expressão dela era um reflexo exato da maneira como ele se sentira quanto a Heidi na outra noite. Foi inexplicável e aterrador o fato de tal expressão ser dirigida contra ele.

— A culpa é sua! — sibilou Leda para ele. — A culpa é toda sua! Por que teve de atropelar aquela puta cigana idiota? *Foi tudo culpa sua!*

Ele olhou para ela, incapaz de falar. *Puta?*, pensou confusamente. *Ouvi mesmo Leda Rossington dizer "puta"? Quem acreditaria que ela ao menos conhecesse tal palavra?* Seu segundo pensamento foi: *Você está com a noção errada, Leda; foi Heidi, não eu... e ela está simplesmente ótima. Vendendo saúde. Feliz da vida. Com todos os cilindros funcionando. Dando uma banana para o diabo. Tomando...*

Então, o rosto de Leda mudou; ela fitou Halleck com uma polidez calma e absolutamente inexpressiva.

— Entre — convidou.

Ela trouxe o martíni que ele pediu em um copo duplo — duas azeitonas e duas cebolas diminutas estavam empaladas no espetinho para misturar, que era uma pequena espada dourada. Talvez fosse de ouro maciço. O martíni estava muito forte, porém Halleck estava pouco ligando... embora soubesse, pelo que bebera nas últimas três semanas, que se não fosse devagar, logo estaria bêbado; sua capacidade para a bebida diminuíra juntamente com o peso.

Ainda assim, tomou um generoso gole para começar e fechou os olhos com gratidão quando o álcool explodiu no seu estômago em ondas de calor. *Gim... uma maravilha em excesso de calorias*, pensou.

— Ele *está* em Minnesota — disse ela, desanimada, sentando-se com seu martíni na mão, ainda maior do que o preparado para Billy. — Só que não foi visitar parentes. Está na Clínica Mayo.

— Na Mayo...

— Cary meteu na cabeça que está com câncer — prosseguiu ela. — Mike Houston não encontrou nada de errado nele e tampouco os dermatologistas que Cary consultou na cidade. Mesmo assim, continua convencido de que é câncer. Sabe que a princípio ele achava que fosse herpes? Pensava que eu tinha pegado herpes de alguém.

Billy baixou os olhos, envergonhado, mas não havia necessidade disso. Leda olhava por cima do ombro direito dele, como se recitasse a história para a parede. Dava frequentes goles de passarinho na bebida, cujo nível ia baixando lenta, mas continuamente.

— Eu ri quando ele por fim confessou os temores dele. Ri e falei: "Cary, se acha que *isso* é herpes, então você entende menos de doenças venéreas do que eu de termodinâmica." Eu não devia ter dado risada, mas era uma forma de... aliviar a tensão, compreende? A tensão e a ansiedade. Ansiedade? Melhor seria dizer o *pavor*.

"Mike Houston receitou-lhe pomadas que não adiantaram nada, os dermatologistas receitaram pomadas que também não fizeram efeito, e então lhe deram injeções que não funcionaram. Eu é que me lembrei do velho cigano, aquele com o nariz meio comido. Lembrei a maneira como ele saiu da multidão na feira de objetos usados em Raintree, no fim de semana após a sua audiência, Billy. O cigano saiu da multidão e o tocou... tocou Cary. Pôs a mão no rosto de Cary e disse qualquer coisa. Perguntei a Cary naquele momento, tornei a perguntar depois que a coisa começou a espalhar-se, mas ele não me disse. Apenas sacudiu a cabeça."

Halleck tomou um segundo gole da bebida no mesmo momento que Leda colocou o copo vazio sobre a mesa ao lado dela.

— Câncer de pele — disse ela. — Cary convenceu-se de que está com câncer de pele porque este tipo tem cura em 90% dos casos. Sei como a mente dele funciona. Seria curioso se eu não soubesse, depois de vivermos juntos 25 anos. Depois de vê-lo se tornar juiz e fazer negócios imobiliários, beber e fazer negócios imobiliários, caçar esposas dos outros e fazer negócios imobiliários... Oh, merda, fico aqui sentada, pensando no que eu diria no funeral dele se alguém me desse uma dose de calmante uma hora antes do sepultamento. Acho que diria algo como: "Ele comprou um bocado de terrenos em Connecticut que viraram shopping centers, puxou muitos sutiãs e bebeu um bocado de Wild Turkey, me fez uma viúva rica e vivi com ele os melhores anos de minha vida, mas tive mais malditos casacos de pele do que orgasmos. Então, vamos todos dar o fora daqui, vamos para algum restaurante de beira de estrada dançar um pouco. Depois de algum tempo, pode ser que alguém fique bêbado o suficiente para esquecer que já tive a maldita da pele do meu queixo puxada para trás das minhas malditas orelhas três malditas vezes, duas na maldita Cidade do México e uma na maldita Alemanha, e então puxe a porra do *meu* sutiã." Oh, merda. Por que estou lhe dizendo tudo isso? As únicas coisas que homens como você entendem são como trepar, como fazer apelações judiciais e como apostar em jogos de futebol.

Ela estava chorando novamente. Billy Halleck, que agora percebia que aquele copo de bebida estava longe de ser o primeiro de Leda naquela noite, remexeu-se desconfortavelmente na cadeira e deu um bom gole de seu martíni. O álcool atingiu seu estômago com um calor suspeito.

— Ele se convenceu de que é câncer de pele porque não admite acreditar em algo tão ridiculamente velho mundo, tão supersticioso e tão novela barata, como maldições ciganas. Mas eu vi uma coisa bem no fundo dos olhos dele, Billy. Vi muitas vezes ao longo desse último mês. Especialmente à noite. Ficava um pouco mais claro a cada noite. Acho que foi um dos motivos de ele ter ido, entende? Porque me viu vendo aquilo. Quer outra dose?

Billy recusou com a cabeça, entorpecido. Viu-a ir até o bar e preparar um novo martíni para si mesma. Reparou que Leda preparava martínis extremamente simples: bastava encher um copo de gim e deixar cair nele duas azeitonas. As azeitonas deixavam trilhas duplas borbulhantes à medida que afundavam no copo. Mesmo de onde estava sentado, no outro lado da sala, ele podia sentir o cheiro do gim.

O que havia com Cary Rossington? O que acontecera a ele? Uma parte de Billy Halleck não sentia a menor vontade de saber. Houston aparentemente não fizera qualquer ligação entre o que acontecia a Billy e o que acontecia a Rossington — por que deveria? Houston não sabia sobre os ciganos. Além do mais, Huston bombardeava regularmente o próprio cérebro com grandes torpedos brancos.

Leda voltou e sentou-se.

— Se ele telefonar dizendo que vai voltar — disse ela tranquilamente para Billy —, eu vou para a nossa propriedade em Captiva. Lá deve estar quente como o inferno nesta época do ano, mas se eu tiver gim suficiente, mal sentirei a temperatura. Acho que não suportarei mais ficar sozinha com ele. Ainda o amo... sim, à minha maneira, continuo a amá-lo... mas acho que não suportaria. Pensar nele na cama ao lado... pensar que ele poderia... poderia *tocar-me*...

Ela estremeceu e derramou parte de seu martíni. Bebeu o resto imediatamente e então emitiu um som grave e soprado, como um cavalo sedento que acabou de saciar-se.

— O que há de errado com ele, Leda? O que aconteceu?

— O que aconteceu? *O que aconteceu?* Ora, Billy querido, pensei que já lhe tinha dito ou que você já soubesse de algum modo.

Billy negou com a cabeça. Começava a crer que não sabia de *nada*.

— Ele está criando escamas. Cary está ficando com escamas.

Billy olhou para ela de boca aberta.

Leda ofereceu-lhe um sorriso seco, divertido, hediondo, e sacudiu a cabeça ligeiramente.

— Não, acho que não me expressei bem. A pele dele está *virando* escamas. Ele se tornou um caso de involução, um monstro de circo. Ele está se transformando em peixe ou réptil.

Leda riu de repente, um guincho rouco que fez o sangue de Halleck gelar. *Ela está chegando à beira da loucura,* pensou ele. A revelação o deixou ainda mais gelado. *Acho que ela provavelmente irá para Captiva, haja o que houver. Se quiser manter a lucidez, terá que sair de Fairview. Sim, é isso.*

Leda levou as mãos à boca e depois se desculpou, como se tivesse arrotado ou talvez vomitado em vez de apenas rir. Incapaz de falar até então, Billy fez somente um gesto de assentimento com a cabeça e levantou-se para preparar um novo drinque, pois estava mesmo precisando.

Ela pareceu achar mais fácil falar agora que ele não estava olhando para ela, agora que ele se encontrava no bar, de costas. E Billy, propositadamente, demorou-se lá.

Capítulo 11: A Balança da Justiça

Cary tinha ficado furioso — totalmente furioso — ao ser tocado pelo velho cigano. Tinha ido procurar o chefe de polícia de Raintree, Allen Chalker, no dia seguinte. Chalker era seu parceiro de pôquer e se mostrara compreensivo.

Disse a Cary que os ciganos tinham ido diretamente de Fairview para Raintree, e ficara esperando que eles fossem embora espontaneamente. Já tinham cinco dias de permanência em Raintree e, em geral, três dias era o prazo costumeiro — tempo suficiente para que todos os adolescentes interessados da cidade tivessem sua sorte lida e para que alguns homens impotentes desesperados, bem como um número igual de mulheres desesperadas na menopausa, se esgueirassem até o acampamento, protegidos pelas sombras da noite, onde comprariam poções, panaceias e cremes oleosos estranhos. Após três dias, sempre terminava o interesse da cidade pelos estranhos. Então, Chalker concluíra que eles estavam à espera da feira de objetos usados no domingo. Era um evento anual em Raintree, que atraía boas multidões das quatro cidades vizinhas. Em vez de criar um caso pela prolongada presença dos forasteiros — ciganos, disse ele a Cary, podiam ser piores do que vespas terrestres se cutucados com muita força —, ele resolveu deixar que se apresentassem para os visitantes da feira. Contudo, se não tivessem ido embora na manhã de segunda-feira, faria com que se fossem.

Entretanto, não houve necessidade. Na manhã de segunda-feira, o terreno da fazenda em que os ciganos tinham acampado estava vazio, exceto por marcas de rodas no solo, latas vazias de cerveja e refrigerante (aparentemente, os ciganos não se preocuparam com a nova lei de Connecticut sobre a devolução de garrafas e latas vazias), os remanescentes enegrecidos de várias pequenas fogueiras e três ou quatro cobertores tão imundos que o agente enviado por Chalker para investigar só mexeu neles com uma vara comprida. Em algum momento entre o pôr e o nascer do sol, os ciganos haviam abandonado o terreno, abandonado Raintree, abandonado o condado de Patchin... talvez até mesmo abandonado o planeta, conforme Chalker relatou a seu parceiro de pôquer Cary Rossington, e ele não queria saber nem se importava. E já foram tarde.

Na tarde de domingo, o velho cigano tocara o rosto de Cary com a mão; na noite de domingo, eles tinham partido; na manhã de segunda-feira, Cary tinha procurado Chalker para apresentar uma queixa (qual seria a base legal para essa queixa, Leda Rossington ignorava); na manhã de terça-feira começara o problema. Após tomar a ducha, Cary havia descido para o café da manhã usando apenas o roupão de banho.

— Veja isto — dissera.

"Isto" era um pedaço de pele áspera pouco acima do plexo solar. A pele era ligeiramente mais clara do que o resto ao redor, esta com uma atraente tonalidade café com leite (golfe, tênis, natação e uma lâmpada ultravioleta no inverno mantinham aquele bronzeado impecável). O pedaço áspero pareceu amarelado a Leda, da maneira como às vezes ficavam os calos em seus próprios calcanhares quando o tempo estava muito seco. Ela tocara o local (a voz falhou momentaneamente nesse instante) e depois afastou os dedos rapidamente. A textura era áspera, quase como lixa, e surpreendentemente dura. *Encouraçada* — era a palavra que sua mente evocara.

— Você não acha que aquele maldito cigano me transmitiu alguma coisa, acha? — perguntara Cary, preocupado. — Micose, impetigo, qualquer droga dessas?

— Ele tocou seu rosto, não seu peito, querido — replicara Leda. — Agora, se vista o mais depressa que puder. Vamos comer brioches. Use o terno cinza-escuro com a gravata vermelha e fique bem elegante nesta terça-feira. Para mim, está bem? Você é um amor.

Duas noites mais tarde, ele a chamara no banheiro, e a voz dele parecera tanto com um grito que Leda fora correndo para lá (*Todas as nossas piores revelações acontecem no banheiro,* pensou Billy). Cary estava sem camisa, com o barbeador esquecido e zumbindo em uma das mãos, os olhos esbugalhados fitando o espelho.

A área de pele dura e amarelada se espalhara. Tornara-se uma placa, que lembrava o formato de árvore e se espalhava para cima, na área entre os mamilos, e para baixo, alargando-se na direção do umbigo. Esta pele modificada se erguia acima do nível normal da pele do ventre e do estômago em quase 3 milímetros, e Leda notou que havia fundas rachaduras cruzando-a de lado a lado, várias delas profundas o bastante para que ali se enfiasse a borda de uma moeda. Pela primeira vez, ela pensou que o marido começava a parecer... bem, escamoso. E sentiu náuseas.

— O que é *isso*? — Cary quase gritou. — O que é *isso*, Leda?

— Eu não sei — respondeu ela, procurando mostrar uma voz calma —, mas acho bom você procurar Michael Houston. Isso é óbvio. Amanhã mesmo, Cary.

— Não, amanhã, não — respondeu ele, ainda observando-se ao espelho, fitando a inchada placa de pele amarelada em forma de flecha. — Isto pode estar melhor amanhã. Irei depois de amanhã se não melhorar, mas não amanhã.

— Cary...

— Me dê aquele creme Nívea, Leda.

Ela lhe passou o creme e ficou lá mais um momento, porém a visão dele espalhando o creme branco sobre a pele dura e amarela, ouvindo as pontas dos dedos passarem raspando sobre a crosta, aquilo foi mais do que pôde suportar, e ela correu de volta para o quarto. Foi a primeira vez, contou a Halleck, que ficou conscientemente satisfeita pelas camas separadas, conscientemente satisfeita por ele não poder se virar enquanto dormia e... e tocá-la. Contou que ficara horas acordada, ouvindo o suave barulho dos dedos dele movendo-se de um lado para outro naquela superfície estranha.

Na noite seguinte, Cary lhe disse que estava melhor; na outra, alegou que ficara ainda melhor. Ela supunha que deveria ter visto a mentira nos olhos dele... e que Cary mentia mais para si mesmo do que para ela. Mesmo nesse caso extremo, permanecia o mesmo egoísta filho da puta que ela achava que ele sempre tinha sido. Entretanto, nem tudo fora culpa de Cary, acrescentou de maneira ferina, sem se virar do bar em que agora mexia sem objetivo nos copos. Ela também desenvolvera sua própria espécie de egoísmo altamente especializado no correr dos anos. Ela quisera, necessitara da ilusão quase tanto quanto ele.

Na terceira noite, ele entrara no quarto usando apenas a calça do pijama. Tinha os olhos vagos e sofridos, aturdidos. Ela estava relendo um livro de mistério de Dorothy Sayers — sempre tinha sido sua leitura predileta — e o livro escorregou-lhe dos dedos assim que o viu. Teria gritado, ela contou a Billy, mas era como se não tivesse ar nos pulmões. Billy teve tempo de refletir que nenhum sentimento humano era verdadeiramente único, embora alguém pudesse pensar o contrário: tudo indicava que Cary Rossington tinha passado pela mesma fase de autoilusão, seguida pelo autodespertar assustador pelo qual Billy também passara.

Leda tinha visto que a pele dura e amarela (as *escamas* — não havia mais jeito de pensar nelas de outra forma) agora cobria a maior parte do peito de Cary e toda a barriga. Era tão horrível e franzida como tecido queimado. As rachaduras ziguezagueavam em todos os sentidos, profundas e escuras, chegando a um forte rosa-avermelhado na parte mais profunda, onde ninguém desejaria olhar. E, embora a princípio se pensasse que as tais rachaduras eram ao acaso como as da cratera aberta pela explosão de uma bomba, após um momento os olhos começavam a perceber que não. Em cada borda, a dura pele amarela erguia-se ligeiramente mais. Escamas. Não escamas de peixe, mas grandes e toscas escamas de réptil, como as de um lagarto, jacaré ou iguana.

O arco castanho do mamilo direito era ainda visível; o restante desaparecera, sepultado sob aquela carapaça amarelo-escura. O mamilo direito sumira de todo, e uma retorcida linha daquela estranha e nova pele chegava debaixo da axila e a contornava na direção das costas como a garra aderente de alguma monstruosidade inenarrável. O umbigo se fora. E...

— Ele desceu as calças do pijama — prosseguiu Leda, agora manipulando o terceiro drinque, fazendo-o desaparecer em diminutos goles. Novas lágrimas correram-lhe dos olhos, mas isso foi tudo. — Então, recuperei minha voz e gritei, pedi que parasse. Ele parou... mas não antes de eu poder ver que aquilo se ramificava na direção da virilha. Ainda não lhe chegara ao pênis... pelo menos ainda não... mas até onde avançara, os pelos púbicos tinham desaparecido e havia apenas aquelas escamas amarelas.

"'Você não disse que isso estava melhorando?', perguntei.

"'Sinceramente, pensei que estivesse', respondeu ele.

"Então, no dia seguinte, Cary marcou uma consulta com Houston."

E Houston provavelmente contou a ele, pensou Halleck, *a mesma história do universitário sem cérebro e da velha com a terceira dentição. E perguntou se ele não gostaria de cheirar um pouco do velho acelerador cerebral.*

Uma semana depois, Rossington havia consultado a melhor equipe de dermatologistas de Nova York. Eles logo souberam o que havia de errado com ele, disseram, e logo se seguiu uma longa bateria de raios X. A pele escamosa continuou a avançar, a espalhar-se. Não doía, Rossington disse a ela; havia uma ligeira coceira nas bordas entre a pele antiga e este horrível invasor, mas era tudo. A pele nova não apresentava a menor sensibilidade. Exibindo o sorriso forçado e acabrunhado que começava a ser sua única expressão, ele contou que dias antes acendera um cigarro e o apagara contra a barriga... lentamente. Não houvera dor alguma, em absoluto.

Ela tapou os ouvidos e gritou-lhe para calar a boca.

Os dermatologistas disseram a Cary que estavam um tanto desconcertados. "O que querem dizer com isso?", perguntou ele. "Vocês disseram que *sabiam*. Disseram que tinham *certeza*." "Bem", responderam eles, "estas coisas acontecem. Raramente, ha-ha, *muito* raramente, mas aconteceu *agora*." Todos os exames, afirmaram, apontavam para uma nova conclusão. Um regime de hipovitas — vitaminas de alta potência, para aqueles não familiarizados com o jargão dos médicos de altos honorários — e injeções glandulares foram o passo seguinte. Ao mesmo tempo que esse novo tratamento estava em andamento, as primeiras áreas escamosas começaram a surgir no pescoço de Cary... abaixo do queixo... e por fim no rosto. Foi quando os dermatologistas finalmente admitiram que se encontravam diante de um impasse. Um impasse momentâneo, é claro. Uma coisa assim não é incurável. A medicina moderna... uma dieta especial... e coisa e tal... Ademais, blá-blá-blá...

Cary não queria mais ouvi-la se ela tentava falar-lhe sobre o velho cigano, ela contou a Halleck. Em uma ocasião, chegou até a levantar a mão como se fosse agredi-la... e então ela vira as primeiras dobras e asperezas na pele tenra entre o polegar e o indicador da mão direita do marido.

— Câncer de *pele*! — gritou ele. — Isto é câncer *de pele*, câncer *de pele*, câncer *de pele*! E agora, pelo amor de Deus, pare de falar naquele velho!

Evidentemente, ele era o único que falava com algum sentido lógico; ela falava em absurdos do século XIV... No entanto, Leda *sabia* que aquilo era obra do cigano velho que se destacara da multidão na feira de objetos usados em Raintree e tocara no rosto de Cary. Sabia, e, nos olhos dele, mesmo quando ergueu a mão contra ela daquela vez, viu que *Cary também sabia.*

Ele conseguira uma semana de licença com Glenn Petrie, que ficara chocado ao saber que seu velho amigo, colega jurista e parceiro de golfe Cary Rossington estava com câncer de pele.

Seguiram-se duas semanas, contou Leda a Halleck, sobre a qual ela mal conseguia se lembrar ou falar. Cary dormira como um morto alternando o quarto do casal, a grande poltrona do estúdio dele ou com a cabeça sobre os braços à mesa da cozinha. Começou a beber muito, todas as tardes, a partir das quatro horas. Sentava-se na sala de televisão segurando pelo gargalo uma garrafa de uísque J.W. Dant com a mão áspera e escamosa. Primeiro via programas cômicos como *Guerra, Sombra e Água Fresca* e *The Beverly Hillbillies,* depois o noticiário local e o nacional, e então game shows como *The Joker's Wild* e *Family Feud,* seguindo-se três horas de filmes inéditos, mais noticiários e mais filmes, até as duas ou três da madrugada. E, durante todo esse tempo, bebia uísque como se fosse Pepsi, diretamente do gargalo.

Em algumas dessas noites, ele chorava. Ela entrava e o via chorando enquanto Warner Anderson, aprisionado na tela gigante da televisão Sony, gritava: "Vamos ao videoteipe!", com o entusiasmo de um homem convidando todas as ex-namoradas para um cruzeiro até Aruba com ele. Em outras noites — felizmente em menor número — ele delirava como Ahab durante os últimos dias do *Pequod,* cambaleando e tropeçando pela casa, segurando a garrafa de uísque com algo que deixara de ser uma mão, gritando que aquilo era câncer de pele, ela ouvia bem? Que era uma *porra de câncer de pele* e que ele o pegara da porra da lâmpada ultravioleta, que iria processar os cretinos que tinham feito isso com ele, *ia processar os filhos da mãe até acabar com a raça deles,* litigar os canalhas até não terem mais que uma só cueca borrada para enfiar no corpo. Às vezes, quando Cary entrava nessas fases temperamentais, costumava quebrar coisas.

— Por fim, reparei que ele estava tendo esses... esses acessos... nas noites depois que a sra. Marley vinha fazer a faxina — disse Leda monotonamente. — Cary subia para o sótão quando ela chegava, sabe? Se ela o visse, dentro de pouco tempo a cidade inteira ficaria sabendo. Era nas noites depois de ela ir embora, depois de ele ficar lá em cima, no escuro, que ele se sentia mais como um proscrito, creio eu. Mais como uma aberração.

— E então ele foi para a Clínica Mayo — disse Billy.

— Isso mesmo — respondeu Leda e, por fim, encarou-o. O rosto dela estava embriagado e aterrorizado. — O que vai ser dele, Billy? O que *será* dele?

Billy balançou a cabeça. Não fazia a menor ideia. Além do mais, concluiu que não tinha mais vontade de considerar essa questão do que tivera de contemplar a famosa foto exibida nos noticiários mostrando o general sul-vietnamita baleando o suposto colaborador vietcongue na cabeça. De uma maneira estranha, que ele não conseguia entender, uma coisa era como a outra.

— Ele fretou um avião particular para levá-lo ao Minnesota, já lhe contei isso? Só porque não suportaria que outras pessoas o olhassem. Já lhe contei isso, Billy?

Billy tornou a negar com a cabeça.

— O que será dele?

— Eu não sei — disse Halleck, pensando: *E por falar nisso, o que será de mim, Leda?*

— No fim, antes que ele entregasse os pontos e fosse para lá, as mãos dele pareciam garras. Os olhos eram duas... duas brilhantes faisquinhas azuis no fundo de concavidades fundas e escamosas. O nariz...

Leda levantou-se e cambaleou em direção a ele, batendo com a perna na quina da mesinha de centro com tanta força que a mesinha saiu do lugar. *Ela nem sentiu a pancada agora,* pensou Halleck, *mas amanhã vai ter um doloroso hematoma na canela. E nem saberá onde ou como fez aquilo.*

Ela agarrou a mão dele. Os olhos eram poças brilhantes de perplexo terror. Falava em um tom confidencial sibilante e medonho, que arrepiou a pele do pescoço de Billy. O hálito dela estava impregnado do cheiro azedo de gim não digerido.

— Ele agora parece um jacaré — disse Leda, num sussurro quase íntimo. — Sim, é o que ele parece, Billy. Como uma coisa que tivesse vindo rastejando de um pântano e vestido roupas humanas. É como se estivesse se transformando em jacaré, e fiquei contente por ele ter ido. *Contente*. Acho que se Cary não tivesse ido, eu é que sairia de casa. Sim. Faria as malas e... e...

Ela se inclinava para ele, cada vez mais perto. Billy ficou em pé subitamente, incapaz de suportar aquilo por mais tempo. Leda Rossington balançou-se para trás sobre os calcanhares, e ele mal teve tempo de segurá-la pelos ombros... ele também tinha bebido além da conta. Se não a tivesse segurado, ela poderia perfeitamente ter rachado o cérebro na mesma mesinha de tampo de vidro e pés de bronze (loja Triffles, 587 dólares mais despesas postais) em que batera com a perna... só que, em vez de acordar com um hematoma, poderia amanhecer morta. Fitando-lhe os olhos alucinados, Billy perguntou-se se Leda Rossington não acolheria a morte de bom grado.

— Preciso ir agora, Leda.

— Oh, claro — respondeu ela. — Veio apenas ouvir fofocas, não foi, Billy querido?

— Sinto muito — disse ele. — Lamento por tudo o que aconteceu. Por favor, acredite. — Então, insanamente, ouviu-se acrescentando: — Quando falar com Cary, dê-lhe lembranças.

— É difícil falar com ele agora — ela disse, vagamente. — Está acontecendo dentro da boca, sabe. As gengivas estão engrossando, a língua achatando... Eu posso falar com ele, mas tudo o que ele me diz, todas as respostas, são grunhidos.

Ele estava recuando para o corredor, afastando-se dela, querendo se ver livre dos tons suaves e incansavelmente refinados, precisando se libertar daqueles olhos horripilantes e vidrados.

— Ele está realmente se transformando em um jacaré — disse ela. — Acho que em breve terão que colocá-lo em um tanque... eles talvez precisem conservar a pele dele molhada.

Lágrimas deslizaram dos olhos sensíveis, e Billy viu que ela segurava o copo inclinado, deixando a bebida entornar nos sapatos.

— Boa noite, Leda — sussurrou.

— Por que, Billy? Por que você teve que atropelar a velha? Por que tinha que trazer isso para Cary e para mim? Por quê?

— Leda...

— Volte dentro de duas semanas — disse ela, ainda avançando, enquanto ele procurava desesperadamente a maçaneta da porta de saída, só mantendo o sorriso cortês por enorme força de vontade. — Volte e me deixe dar uma olhada em você quando tiver emagrecido mais uns 18 ou 20 quilos. Então eu vou rir... rir... rir...

Ele encontrou a maçaneta. Girou-a. O ar fresco foi como uma bênção ao bater em seu rosto ruborizado e quente.

— Boa noite, Leda. Eu sinto muito...

— *Guarde suas desculpas!* — gritou ela, atirando-lhe o copo de martíni. O copo atingiu o batente da porta à direita de Billy e estilhaçou-se. — Por que tinha de atropelá-la, seu cretino? Por que tinha de jogar tudo isso sobre todos nós? Por quê? Por quê? *Por quê?*

Halleck conseguiu chegar à esquina de Park Lane com Lantern Drive. Então, desmoronou sobre o banco do ponto de ônibus, tremendo como se estivesse com um acesso de febre, a garganta e o estômago queimando pela azia, a cabeça zumbindo com o gim.

Pensou: *Eu a atropelei e a matei. Agora estou emagrecendo e não consigo parar. Cary Rossington conduziu a audiência, libertou-me com nada mais que um tapinha no pulso e agora está internado na Clínica Mayo. Está lá e, se pudermos acreditar na esposa dele, parece um fugitivo da obra de Maurice Sendak,* Jacarés em Toda Parte. *Quem mais teve parte nisso? Quem mais esteve envolvido de maneira a provocar a vontade de vingança do velho cigano?*

Halleck pensou nos dois tiras afugentando os ciganos quando eles apareceram na cidade... quando se supunha que começariam a exibir seus truques ciganos no parque comunitário. Um deles tinha sido apenas intermediário, claro. Apenas um policial de carro-patrulha, seguindo...

Seguindo ordens.

Ordens de quem? Ora, ordens do chefe de polícia, naturalmente. Ordens de Duncan Hopley.

Os ciganos tinham sido expulsos porque não possuíam permissão para trabalhar no parque comunitário. Evidentemente, deviam ter percebido que a mensagem continha algo mais do que isso. Para quem quisesse se ver livre de ciganos, havia um punhado de regulamentos. Vagabundagem. Desordem em via pública. Cuspir na calçada. Qualquer coisa era válida.

Os ciganos haviam feito um trato com um fazendeiro do lado oeste da cidade, um homem azedo chamado Arncaster. Sempre havia uma fazenda, como sempre havia um fazendeiro rabugento, e os ciganos sempre o encontravam. *Os narizes deles foram treinados para farejar sujeitos como Arncaster,* pensou Billy, sentado no banco e ouvindo as primeiras gotículas da chuva de primavera fustigando o teto da cobertura do ponto de ônibus. Mera evolução. *Tudo o que é preciso são 2 mil anos sendo afugentados. Fala-se com algumas pessoas; talvez Madame Azonka leia algumas mãos de graça. Fareja-se o nome do sujeito que possui terras mas deve dinheiro, o sujeito que não sente grande amor pela cidade ou pelos regulamentos da cidade, o sujeito que prega cartazes proibindo a entrada em seus pomares de maçãs durante a estação de caça por pura maldade — porque ele preferiria deixar os cervos comerem as maçãs a deixar que os caçadores pegassem os cervos. Fareja-se o nome e sempre se encontra alguém, porque sempre existe pelo menos um Arncaster nas mais ricas cidades e, às vezes, pode-se escolher entre dois ou três deles.*

Eles estacionavam os carros e trailers em círculo, justamente como seus ancestrais haviam estacionado carroças e carrinhos de mão em círculo, duzentos, quatrocentos, oitocentos anos antes. Obtinham uma licença para as fogueiras, e à noite havia conversas, risos e, indubitavelmente, uma ou duas garrafas passando de mão em mão.

Tudo isso, pensou Halleck, teria sido aceitável para Hopley. Assim eram feitas as coisas. Quem quisesse comprar o que quer que os ciganos vendessem dirigiria da estrada oeste de Fairview até a propriedade de Arncaster; pelo menos, ficava fora de vista, e a propriedade de Arncaster era um tanto feia, antes de mais nada — as fazendas que os ciganos escolhiam sempre eram desse tipo. Logo depois eles seguiriam para Raintree ou Westport, desaparecendo da vista e do pensamento.

Só que, após o acidente, depois que o velho cigano se fizera notar de maneira desagradável ao subir os degraus do tribunal e tocar em Billy Halleck, esse "assim eram feitas as coisas" deixara de ser válido.

Hopley dera um prazo de dois dias aos ciganos, recordou Halleck. Quando eles não deram sinais de breve partida, ele os *fizera* viajar. Primeiro, Jim Roberts suspendera a licença para fogueiras. Embora tivessem ocorrido fortes temporais todos os dias da semana anterior, Roberts dissera a eles que o perigo de incêndios aumentara subitamente, aumentara demais. Lamentável. E, por falar nisso, eles precisavam recordar que os mesmos regulamentos controlando fogueiras aplicavam-se também a fogões a gás, churrasqueiras e braseiros.

Como providência seguinte, Hopley certamente visitaria um certo número de negociantes locais em que Lars Arncaster tinha crédito aberto — um crédito que costumava ser muito dilatado no tocante a pagamentos. Essas visitas incluiriam a loja de ferragens, a loja de rações e adubos em Raintree Road, a cooperativa dos fazendeiros em Fairview Village e o posto de gasolina e oficina Normie's. Hopley poderia também ter ido visitar Zachary Marchant no Connecticut Union Bank... o banco que detinha a hipoteca de Arncaster.

Tudo fazia parte do trabalho. Uma xícara de café com este, um encontro para almoçar com aquele — talvez algo tão simples como sanduíches e limonadas no Dave's Dog Wagon —, uma garrafa de cerveja com um terceiro. Então, ao pôr do sol do dia seguinte, todos com quem Lars Arncaster tivesse algum débito ou algo a dever dariam um telefonema para ele, mencionando como seria realmente bom terem os malditos ciganos fora da cidade... como todos ficariam realmente *gratos*.

O resultado foi exatamente o que Duncan Hopley esperava. Arncaster procurou os ciganos, devolveu a diferença de fosse qual fosse a soma combinada que pagaram como aluguel e, indubitavelmente, fez ouvidos de mercador a quaisquer protestos apresentados (Halleck pensava especificamente no rapaz dos malabarismos com pinos de boliche, que parecia ainda não ter percebido a imutabilidade de sua condição na vida). Aquilo não era como se os ciganos tivessem algum contrato de aluguel a ser questionado judicialmente.

Sóbrio, Arncaster poderia ter-lhes dito que tinham sorte em lidar com um homem honesto, capaz de devolver a parte não usada da soma que tinham pago. Embriagado — Arncaster era um homem de dúzia-e-meia-de-cervejas-por-noite —, ele poderia tornar-se mais expansivo. Talvez dissesse que havia forças na cidade desejando a partida dos ciganos. A pressão chegara a um ponto que um fazendeiro pobre como Lars Arncaster simplesmente não podia suportar, em particular se a chamada "gente de bem" da cidade tinha a faca e o queijo na mão contra ele.

Não que qualquer dos ciganos (talvez à exceção do malabarista, pensou Halleck) precisasse de uma tradução das regras.

Billy se levantou e começou a caminhar lentamente para casa, em meio a uma chuvinha fria e persistente. Havia uma luz acesa no quarto; Heidi, esperando por ele.

Nada contra o cara do carro-patrulha; não havia necessidade de vingança nesse caso. Arncaster também estava de fora; tivera uma chance de abocanhar quinhentos dólares em dinheiro vivo, mas mandara os ciganos embora porque não tinha outra alternativa.

Duncan Hopley?

Hopley, talvez. Um *forte* talvez, emendou Billy. De certa forma, Hopley não passava de uma espécie de cão treinado, cujas diretrizes mais urgentes visavam à preservação do bem cuidado status quo de Fairview. Contudo, Billy não acreditava que o velho cigano se dispusesse a aceitar uma visão tão sociológica das coisas, e não apenas porque Hopley os afugentara com tamanha eficiência em seguida ao processo. Afugentar era uma coisa. Eles estavam acostumados com isso. A falha de Hopley ao investigar o acidente que tirara a vida da velha...

Ah, isso pesava um pouco, não é mesmo?

Falha ao investigar? Porra, Billy, não me faça rir! Falha ao investigar é um pecado de omissão. O que Hopley fez foi lançar tanta fumaça quanto pôde sobre qualquer culpabilidade possível. A começar pela evidente negligência de um teste do bafômetro. Aquilo tinha sido um desvio dos princípios gerais. Você sabe disso, e Cary Rossington também sabia.

O vento aumentava e a chuva estava mais forte agora. Ele podia ver os pingos nas poças da rua. A água tinha uma aparência singularmente lustrosa à luminosidade ambarina das lâmpadas de alta segurança da Lantern Drive. Mais acima, galhos gemiam e rangiam ao vento, e Billy Halleck ergueu a cabeça para o alto, inquieto.

Eu devia procurar Duncan Hopley.

Algo faiscou — algo que podia ter sido a fagulha de uma ideia. Então, ele pensou no rosto bêbado e horrorizado de Leda... pensou nela dizendo: *É difícil falar com ele agora... Está acontecendo dentro da boca, sabe... Tudo o que me responde é em grunhidos.*

Esta noite, não. Por esta noite, ele já tivera o suficiente.

— Aonde você foi, Billy?

Ela estava na cama, em meio a uma poça de luz que vinha do abajur de leitura. Agora tinha o livro de lado, sobre a coberta, e olhava para ele. Billy viu as olheiras fundas e escuras de Heidi. Aquelas olheiras não pareciam lhe despertar precisamente piedade... pelo menos aquela noite. Por um breve instante, ele pensou em dizer: *Fui procurar Cary Rossington, mas já que ele não estava, tomei alguns drinques com a esposa dele — o tipo de drinques que tomaria um gigante durante uma bebedeira. E você não imagina o que ela me contou, Heidi querida. Cary Rossington, que pegou no seu peitinho durante as badaladas da meia-noite na véspera do ano-novo, está virando um jacaré. Quando ele finalmente morrer, poderão transformá-lo em um produto novo em folha: Eis Aqui o Juiz Bolsa de Senhoras.*

— A lugar nenhum — respondeu. — Apenas saí. Fiquei andando. Pensando.

— Você cheira como se tivesse caído em um arbusto de zimbro ao voltar para casa.

— Acho que foi isso mesmo, de certa maneira. A diferença é que fui cair no bar Andy's.

— Quantos tomou?

— Dois.

— Pelo cheiro, parecem ter sido cinco.

— Isso é um interrogatório, Heidi?

— Não, meu bem. Eu apenas gostaria que não se preocupasse tanto. Aqueles médicos certamente descobrirão o que há de errado quando fizerem os exames de metabolismo.

Halleck grunhiu. Ela virou para o marido, a expressão ansiosa, assustada.

— Só agradeço a Deus por não ser câncer.

Ele pensou — e quase disse — que devia ser ótimo para ela estar fora daquilo; devia ser ótimo poder ver as graduações do horror. Halleck ficou calado, mas algo do que sentia certamente transpareceu em seu rosto, porque foi intensificada a expressão de cansaço e infelicidade de Heidi.

— Sinto muito — disse ela. — Apenas... parece difícil dizer alguma coisa que não seja errada.

Você está por dentro, queridinha, pensou ele, e o ódio cintilou novamente, quente e azedo. Depois do gim, isso o fazia sentir-se deprimido e fisicamente mal. Mas diminuiu, sendo substituído pela vergonha. A pele de Cary transformava-se em só Deus sabia o quê, algo apropriado para ser visto apenas em tendas de espetáculos circenses. Duncan Hopley podia estar bem, ou algo ainda pior talvez estivesse lá para Billy descobrir. Porra, emagrecer não era tão ruim, era?

Ele se despiu, tomando o cuidado de primeiro apagar o abajur de Heidi, e a tomou nos braços. Ela se mostrou tensa a princípio. Então, justamente quando ele começava a pensar que não ia ser bom, sentiu-a suavizar-se. Ouviu o soluço que ela tentou sufocar. Pensou então, infeliz, que se todos os livros de história estivessem certos, se havia nobreza a ser encontrada na adversidade e caráter a ser construído na tribulação, ele vinha se saindo muito mal tanto em encontrar como em construir.

— Eu sinto muito, Heidi — disse.

— Se, pelo menos, eu pudesse *fazer* alguma coisa — soluçou ela. — Oh, Billy, se eu pudesse *fazer* alguma coisa!...

— Você pode — disse ele, e tocou-lhe o seio.

Fizeram amor. Billy começou a pensar: *Isso é para ela,* mas descobriu que, afinal, fora para ele mesmo; em vez de ver o rosto assombrado de Leda Rossington e os olhos chocados e vidrados dela na escuridão, conseguiu adormecer.

Na manhã seguinte, a balança marcou 79 quilos.

Capítulo 12: Duncan Hopley

Halleck havia providenciado uma licença do escritório a fim de submeter-se aos exames de metabolismo — Kirk Penschley se mostrara quase indecentemente ansioso em atender seu pedido, deixando-o com uma verdade que não gostaria de ter que enfrentar: queriam ficar livres dele. Com dois de seus três queixos anteriores agora desaparecidos, as maçãs do rosto visíveis pela primeira vez em anos, os outros ossos da face aparecendo quase com idêntica clareza, ele se tornara o bicho-papão do escritório.

— Ora, diabo, mas *claro*! — respondera Penschley quase antes de Billy terminar de fazer o pedido. Expressava-se em voz demasiado calorosa, a voz que as pessoas adotam quando todos sabem que há algo seriamente errado e ninguém quer admiti-lo. Ele baixou os olhos, fitando o lugar onde antes estaria a barriga de Halleck. — Tire quanto tempo for necessário, Billy.

— Três dias devem bastar — ele havia replicado.

Agora, ligava para Penschley do telefone público no café Barker's, para dizer-lhe que talvez precisasse de mais do que três dias. Mais do que três dias, sim — mas possivelmente não apenas para os exames de metabolismo. A ideia lhe voltara, cintilante. Não era ainda uma esperança, nada tão importante assim, mas era *alguma coisa*.

— Quanto tempo? — perguntou Penschley.

— Não sei ao certo — respondeu Halleck. — Duas semanas, talvez. Possivelmente um mês.

Houve um silêncio momentâneo no outro extremo do fio, e Halleck percebeu que Penschley estava lendo um subtexto: *O que realmente quero dizer, Kirk, é que nunca mais vou voltar. Eles finalmente diagnosticaram um câncer. Agora virão o cobalto, as drogas para a dor, o interferon, se pudermos consegui-lo, o laetrile, se perdermos a cabeça e resolvermos ir ao*

México. Quando me vir novamente, Kirk, eu estarei em uma caixa comprida com um travesseiro de seda debaixo da cabeça.

E Billy, que havia sentido medo e quase nada mais do que isso nas últimas seis semanas, sentiu os primeiros pruridos de raiva. *Não é isso que quero dizer, droga! Pelo menos por enquanto.*

— Não há problema, Bill. Passaremos o caso Hood para Ron Baker, mas acho que o restante pode esperar um pouco.

Esperar porra nenhuma! Você começará a distribuir todo o trabalho entre o pessoal ainda esta tarde. E quanto ao caso Hood, já o entregou a Ron Baker semana passada — ele ligou para mim na quinta-feira perguntando onde é que Sally guardara os malditos depoimentos das testemunhas. Sua ideia de esperar, Kirk querido, tem a ver unicamente com churrascos de galinha em tardes de domingo na sua casa em Vermont. Portanto, não me venha com cascatas.

— Providenciarei para que ele receba os arquivos — disse Billy e, não resistindo, acrescentou: — Aliás, acho que ele já está com os depoimentos das testemunhas.

Houve um reflexivo silêncio do lado de Kirk Penschley enquanto ele digeria o que ouvira. Depois disse:

— Bem... se houver alguma coisa que eu possa fazer...

— Há uma coisa — disse Billy. — Mas você vai achar meio doido.

— O que é? — perguntou Penschley, agora em tom cauteloso.

— Lembra-se do meu problema no início desta primavera? O acidente?

— S-sim...

— A mulher que atropelei era uma cigana. Você sabia disso?

— Estava no jornal — replicou Penschley, hesitante.

— Ela fazia parte de um... um... o quê? Um bando, acho que se pode dizer assim. Um bando de ciganos. Estavam acampados aqui, nos arredores de Fairview. Fizeram um trato com um fazendeiro local que precisava de dinheiro vivo...

— Espere, espere um segundo — disse Kirk Penschley, a voz um tanto agitada, inteiramente diferente de seu anterior tom pesaroso. Billy sorriu de leve. Conhecia este segundo tom e gostava dele infinitamente mais. Podia visualizar Penschley, 45 anos, calvo, mal chegando a um metro e meio de altura, agarrando um bloco de folhas amarelas e uma das suas queridas canetas de escrita fina. Quando estava a todo vapor, Kirk era um dos sujeitos mais inteligentes, mais tenazes que Halleck conhecia. — Muito bem, continue. Quem era esse fazendeiro local?

— Arncaster. Lars Arncaster. Depois que atropelei a mulher...

— Qual era o nome dela?

Halleck fechou os olhos e tentou recordar. Engraçado... tudo aquilo, e nem mesmo pensara no nome dela após a audiência.

— Lemke — disse por fim. — O nome dela era Susanna Lemke.

— L-e-m-p-k-e?

— Sem o P.

— Certo.

— Depois do acidente, os ciganos descobriram que não eram bem-vindos em Fairview. Tenho motivos para crer que agora estão em Raintree. Quero saber se consegue descobrir por onde passaram depois que saíram daqui. Quero saber onde se encontram neste momento. Pagarei do meu bolso os honorários da investigação.

— É claro que sim! — exclamou Penschley jovialmente. — Bem, se eles foram para o norte, dentro da Nova Inglaterra, acho que poderemos descobrir que caminho seguiram. Entretanto, se foram para o sul, na direção de Nova York ou Jersey, não sei. Está receando alguma ação cível, Billy?

— Não — respondeu ele. — Acontece que preciso falar com o marido da tal mulher. Se é que era marido dela.

— Oh! — disse Penschley.

Novamente, Billy Halleck podia ler o pensamento dele com tanta clareza como se Kirk houvesse dito em voz alta: *Billy Halleck está ordenando seus assuntos, pondo a contabilidade em dia. Talvez queira dar um cheque ao velho cigano, talvez queira apenas falar com ele, desculpar-se e permitir que o homem tenha a chance de esmurrar-lhe um olho.*

— Obrigado, Kirk — disse Halleck.

— Não tem que agradecer — respondeu Penschley. — Só desejo que se cuide e fique bem.

— Certo — disse Billy, e desligou.

Seu café estava frio.

Ele não ficou muito surpreso ao descobrir que Rand Foxworth, assistente do chefe de polícia, estava dirigindo as coisas no posto policial de

Fairview. Ele cumprimentou Halleck com suficiente cordialidade, mas tinha um ar apoquentado e, para o olho experiente de Halleck, parecia haver uma papelada muito mais volumosa na caixa de Entrada, em cima da mesa dele, do que na caixa de Saída. O uniforme de Foxworth estava impecável, mas... ele tinha os olhos injetados de sangue.

— Dunc pegou um resfriado forte — disse, em resposta à pergunta de Billy, uma resposta em tom automático, como se já houvesse sido dada muitas vezes. — Não veio trabalhar nos últimos dois dias.

— Entendo — disse Billy. — Uma gripe forte.

— É isso aí — replicou Foxworth, e seus olhos desafiaram Billy a tirar novas conclusões.

A recepcionista informou que o dr. Houston estava com um paciente.

— É urgente— insistiu Billy. — Por favor, diga-lhe que só preciso trocar uma ou duas palavras com ele.

Teria sido mais fácil pessoalmente, mas Halleck não sentia vontade de dirigir todo o trajeto até o centro da cidade. Como resultado, encontrava-se em uma cabine telefônica (um ato que não teria conseguido executar até bem pouco tempo antes) em frente ao posto policial. Por fim, Houston atendeu.

A voz dele era impessoal e distante, mais do que um pouco irritada. Halleck, que estava ficando bom em ler informações subliminares ou talvez estivesse de fato ficando paranoico, ouviu uma mensagem clara no tom frio: *Você não é mais meu paciente, Billy. Farejo em você alguma degeneração irreversível que me deixa muito, muito nervoso. Dê--me algo que eu possa diagnosticar e receitar um remédio, é só o que peço. Se não puder dar-me isso, francamente, não há qualquer base para uma troca entre nós. Jogamos algumas boas partidas de golfe juntos, mas não creio que qualquer de nós acharia que somos amigos. Tenho um bipe Sony, um equipamento para diagnósticos no valor de 200 mil dólares e uma seleção de remédios para receitar tão ampla que... bem, se meu computador a imprimisse por inteiro, a folha iria das portas de entrada do Country Club por toda a distância até o cruzamento de Park Lane com Lantern Drive. Tendo tudo isso ao meu alcance, eu me sinto inteligente. Eu me sinto útil. Então, aparece você e faz com que eu me sinta um médico do século XVII, com um frasco de sanguessugas para a pressão alta e um trépano para dor de cabeça. Acontece que não gosto de me sentir assim, grande Billy. De maneira alguma. Não tem nada de legal nisso. Portanto, suma. Lavo as mãos em relação a você. Irei vê-lo em seu caixão... a menos, naturalmente, que meu bipe toque e eu precise ir embora.*

— Medicina moderna — murmurou Billy.

— O que, Billy? Fale mais alto. Não quero apressá-lo, mas meu assistente adoeceu e estou arrancando os cabelos esta manhã.

— É apenas uma pergunta, Mike — disse Billy. — O que há de errado com Duncan Hopley?

Durante quase dez segundos, houve o mais absoluto silêncio no outro extremo do fio. E então:

— Por que acha que há algo errado com ele?

— Ele não está no posto policial. Rand Foxworth me disse que Duncan ficou gripado, mas Rand Foxworth mente tão mal quanto um velho que diz que trepa.

Houve outra longa pausa.

— Sendo você advogado, Billy, eu não precisaria dizer para você que está querendo uma informação confidencial. Posso ficar em dificuldades.

— Se alguém descobrir o que há no vidrinho que guarda em sua mesa, estou certo de que se veria mesmo em dificuldades. Dificuldades tão grandes que fariam um trapezista ter acrofobia.

Mais silêncio. Quando Houston tornou a falar, a voz dele estava tensa pela raiva... e havia também um tom de medo.

— Isso é uma ameaça?

— Não — respondeu Billy cansado. — Apenas não banque o escrupuloso comigo, Mike. Me diga o que há de errado com Hopley e isso será tudo.

— Por que quer saber?

— Oh, pelo amor de Deus! Você é a prova viva de que um homem pode ser tão burro quanto quer ser, sabia disso, Mike?

— Não faço a menor ideia do que...

— Neste último mês, você viu três enfermidades muito estranhas em Fairview. Não percebeu qualquer relacionamento entre elas. De certo modo, é compreensível: foram todas diferentes em seus sintomas. Por outro lado, são todas similares por serem todas singulares. Eu gostaria de saber se outro médico, um que não houvesse descoberto o prazer de enfiar no focinho cinquenta dólares de cocaína diariamente, por exemplo, teria encontrado uma conexão, apesar dos sintomas diferentes.

— Ei, espere aí um minuto!

— Não, não espero. Você perguntou por que eu queria saber e, por Deus, eu lhe direi. Venho perdendo peso constantemente, e continuo perdendo, mesmo que enfie pela garganta 8 mil calorias todos os dias. Cary Rossington apresentou uma curiosa doença de pele. A esposa dele diz que ele está virando um monstro de circo. Ele foi para a Clínica Mayo. Agora, eu quero saber o que há de errado com Duncan Hopley e, em segundo lugar, saber se você teve quaisquer outros casos inexplicáveis.

— A coisa não é bem assim, Billy. Você parece estar com alguma ideia maluca na cabeça. Não sei o que possa ser...

— Não, e está bem assim. Mas quero uma resposta. Se não a conseguir de você, conseguirei de outra maneira.

— Espere um segundo. Se temos que discutir isso, prefiro falar com você do telefone de meu escritório. Lá tenho mais privacidade.

— Ótimo.

Houve um clique quando Houston deixou Billy na espera. Sentado na cabine telefônica e suando, ele se perguntou se esta seria uma forma de Houston se livrar dele. Então, houve outro clique.

— Ainda está aí, Billy?

— Estou.

— Muito bem — disse Houston, com uma nota de indiscutível decepção na voz que chegava a ser cômica. Ele suspirou. — Duncan Hopley apresentou um caso de acne devastadora.

Billy ficou em pé e abriu a porta da cabine telefônica. De repente, ali dentro ficou demasiado quente.

— *Acne!*

— Espinhas. Pústulas. Cravos. Foi isso. Satisfeito?

— Houve mais alguém?

— Não. E, ouça, Billy, eu não considero espinhas um caso exatamente incomum. Por um momento, você me soou um pouco como romance de Stephen King, mas a coisa não é bem assim. Dunc Hopley apresenta um desequilíbrio glandular temporário, nada mais. E isso não é nenhuma novidade para ele, se quer saber. Ele tem um histórico de problemas de pele remontando à sétima série.

— Muito lógico. Entretanto, se você adicionar à equação Cary Rossington com sua pele de jacaré e William J. Halleck com seu caso de anorexia nervosa involuntária, a coisa começa novamente a soar um pouco como romance de Stephen King, não acha?

Houston respondeu, pacientemente:

— Você tem um problema metabólico, Bill. Quanto a Cary... eu não sei. Já vi algumas...

— Coisas estranhas, eu sei — disse Billy. Esse imbecil cocainômano fora realmente seu médico de família por dez anos? Santo Deus, seria isso verdade? — Você tem visto Lars Arncaster ultimamente?

— Não — respondeu Houston, impaciente. — Arncaster não é meu paciente. Pensei que você havia mencionado apenas *uma* pergunta.

Claro que ele não pode ser seu paciente, pensou Billy, imediatamente. *Arncaster não paga as contas em dia, certo? E um sujeito como você, um sujeito com gostos dispendiosos, certamente não pode se dar ao luxo de esperar, não é mesmo?*

— Esta é a última — disse Billy. — Quando viu Duncan Hopley pela última vez?

— Faz duas semanas.

— Obrigado.

— Marque uma consulta da próxima vez, Billy — disse Houston com a voz inamistosa e desligou.

Evidentemente, Hopley não morava em Lantern Drive. Seu posto como chefe de polícia lhe pagava bem, e ele tinha uma boa casa de dois pavimentos em Ribbonmaker Lane.

Billy estacionou na entrada da garagem ao anoitecer. Foi até a porta e tocou a campainha. Não houve resposta. Tocou novamente. Nada. Insistiu. Ainda sem resultado. Foi até a garagem, colocou as mãos ao redor do rosto e espiou. O carro de Hopley, um conservado Volvo caramelo, estava lá dentro. A placa era FVW 1. Não havia um segundo carro. Hopley era solteiro. Billy voltou à porta e começou a esmurrá-la. Esmurrou-a por quase três minutos, e seu braço estava ficando cansado quando uma voz rouca gritou:

— Vá embora! Vá se foder!

— Me deixe entrar! — gritou Billy em resposta. — Preciso falar com você.

Silêncio. Após um minuto, ele recomeçou a esmurrar a porta. Desta vez não houve resposta em absoluto... mas quando parou de repente, ouviu um ruído de movimento no outro lado. Visualizou de súbito o outro homem parado ali — *agachado* — esperando que o indesejado, insistente visitante fosse embora e o deixasse em paz. Paz, ou o que quer que significasse isso para o mundo de Duncan Hopley naqueles dias. Billy abriu a mão latejante.

— Eu acho que você está aí, Hopley — disse, em tom tranquilo. — Não precisa dizer nada, apenas me ouça. Sou eu, Billy Halleck. Há dois meses, estive envolvido em um acidente. Uma velha cigana atravessou a rua sem prestar atenção...

Um movimento atrás da porta; tinha certeza agora. Um farfalhar.

— Eu a atropelei e a matei. Agora, estou perdendo peso. Sem dieta ou qualquer coisa assim; só estou emagrecendo. Até agora, cerca de 34 quilos. Se isso não parar logo, vou ficar parecendo o Esqueleto Humano em um espetáculo de feira.

"Cary Rossington, o juiz Rossington, presidiu a audiência preliminar e declarou que não havia culpa. Pois ele apareceu com uma estranha moléstia de pele..."

Billy pensou ter ouvido uma sufocada exclamação de surpresa.

— ... e foi para a Clínica Mayo. Os médicos lhe disseram que não é câncer, mas tampouco sabem o *que* seja. Rossington desejaria acreditar que *é* câncer, em vez do que sabe ser *realmente* a coisa.

Billy engoliu em seco. Sentiu um estalo doloroso na garganta.

— É uma maldição cigana, Hopley. Sei que isso pode parecer loucura, mas é a pura verdade. Havia um velho. Ele me tocou quando saí do tribunal. Também tocou em Rossington quando ele e a esposa foram ao mercado de objetos usados em Raintree. Ele tocou em você, Hopley?

Houve um longo, longo silêncio... e então uma palavra chegou aos ouvidos de Billy através da fenda para correspondência, como uma carta repleta de más notícias de casa:

— Tocou...

— Quando? Onde?

Não houve resposta.

— Hopley, para onde os ciganos foram quando deixaram Raintree? Você sabe?

Nenhuma resposta.

— Eu preciso falar com você! — disse Billy, desesperadamente. — Tive uma ideia, Hopley. Acho que...

— Você não pode fazer nada — sussurrou Hopley. — Já é tarde demais. Você compreende, Halleck? Tarde... demais.

Novamente aquele suspiro — áspero, terrível.

— Há uma *chance*! — disse Halleck, furioso. — Você chegou a um ponto em que isso não significa nada?

Nenhuma resposta. Billy esperou, procurando mais palavras, outros argumentos. Não encontrou nem uma coisa nem outra. Hopley não ia deixá-lo entrar. Começou a dar meia-volta quando ouviu um clique e a porta entreabriu-se.

Billy espiou pela fenda negra entre a porta e o batente. Tornou a ouvir aqueles movimentos farfalhantes, agora se afastando, no fundo, indo para o corredor escuro. Sentiu a pele se arrepiar nas costas, nos lados e nos braços; por um momento, quase decidiu ir embora de vez. *Deixe Hopley pra lá*, pensou, *se alguém pode encontrar aqueles ciganos, este alguém é Kirk Penschley, então não se incomode com Hopley. Você não precisa dele, não há necessidade de ver no que ele se transformou.*

Procurando sufocar o pensamento, Billy agarrou a maçaneta da porta dianteira da casa do chefe de polícia, abriu-a e entrou.

Viu uma forma vaga no outro extremo do corredor. Uma porta à esquerda se abriu e a forma passou por ela. Havia uma luz suave acesa e, por um momento, uma sombra estirou-se, comprida e esquálida, através do piso do corredor, dobrando-se para subir até meio caminho na parede oposta, onde havia uma foto emoldurada de Hopley recebendo um prêmio do Rotary Club de Fairview. A cabeça deformada da sombra pairou sobre a foto como um augúrio.

Billy caminhou pelo corredor, agora assustado — não queria ser apanhado desprevenido. Quase esperou que a porta às suas costas batesse e se fechasse... *e então o cigano irromperá das sombras para agarrar-me pelas costas, como a grande cena assustadora em um filme barato de terror. Certamente. Vamos, idiota, procure raciocinar!* Entretanto, seu coração em disparada não diminuiu as batidas.

Ele percebeu que a casa de Hopley tinha um cheiro desagradável — sufocante e penetrante, como carne estragando-se lentamente.

Ficou parado junto à porta aberta por um momento. Parecia dar para um estúdio ou sala íntima, porém a luz era tão fraca que não permitia distinguir.

— Hopley.

— Entre — sussurrou a voz enrouquecida.

Billy entrou.

Era a sala de descanso de Hopley. Havia mais livros do que Billy esperava e um cálido tapete turco no chão. Era um aposento pequeno, provavelmente aconchegante e agradável em outras circunstâncias.

Havia uma escrivaninha de madeira clara no centro. Sobre ela, um abajur extensível. Hopley tinha baixado o suporte da lâmpada a tal ponto que a cúpula ficava a menos de 2 centímetros da superfície da mesa, ali formando um pequeno e fortemente concentrado foco de luz; o restante do aposento era uma fria região de sombras.

O próprio Hopley era um vulto em forma de homem no que poderia ser uma poltrona.

Billy cruzou a porta. Havia uma cadeira no canto. Sentou-se nela, percebendo que escolhera o assento mais distante de Hopley. No entanto, viu-se tentando ver o outro claramente. Era impossível. O homem não passava de uma silhueta. Billy quase esperou que o chefe de polícia girasse o suporte do abajur a fim de que a luz focalizasse em cheio o rosto do visitante. Então, Hopley se inclinaria para a frente, um tira saído de um *film noir* dos anos 1940, gritando: *"Sabemos que foi você, McGonigal! Não adianta ficar negando! Confesse! Confesse e deixaremos que fume um cigarro! Confesse e lhe daremos um copo com água gelada! Confesse e deixaremos que vá ao banheiro!"*

Hopley, porém, continuou recostado em sua poltrona. Houve um leve farfalhar quando ele cruzou as pernas.

— Pois então? Você queria entrar. Já entrou. Conte sua história e vá embora, Halleck. Atualmente, você não é exatamente a minha pessoa predileta no mundo.

— Também não sou a pessoa predileta de Leda Rossington — respondeu Billy — e, francamente, estou me lixando para o que ela pense. Ou para o que você pense. Ela acha que sou o culpado. Talvez você ache o mesmo.

— Quanto tinha bebido quando atropelou a mulher, Halleck? Minha suposição é que se Tom Rangely o tivesse submetido ao teste etílico, aquele balãozinho flutuaria direto para o céu.

— Não bebi nada e também não usei drogas — respondeu Billy. Seu coração ainda estava disparado, porém agora era mais impulsionado pela raiva do que pelo medo. Cada pancada enviava um nauseante raio de dor à sua cabeça. — Quer saber o que aconteceu? Quer? Minha esposa, depois de 16 anos de casados, escolheu justamente aquele dia para me masturbar no carro. Ela nunca tinha feito *nada* parecido antes. Não tenho a menor *ideia* de por que escolheu logo aquele dia para isso. Assim, enquanto você e Leda Rossington, e provavelmente também Cary Rossington, ocupavam-se em me atirar a culpa porque eu estava ao volante, estive ocupado em culpar minha esposa, porque ela estava com a mão dentro da minha calça. E talvez devamos todos responsabilizar o destino, a sina ou algo assim e parar de nos preocupar com quem tem a culpa.

Hopley grunhiu.

— Ou você prefere que lhe conte como supliquei de joelhos a Tom Rangely para que não fizesse comigo o teste do bafômetro ou um exame de sangue? Como chorei em seu ombro pedindo para abafar a investigação e chutar aqueles ciganos para fora da cidade?

Desta vez, Hopley nem mesmo grunhiu. Era apenas uma sombra silenciosa fazendo volume na poltrona.

— Não acha que é um pouquinho tarde para *todas* essas brincadeiras? — perguntou Billy. Sua voz estava rouca e, com certo espanto, ele percebeu que estava à beira das lágrimas. — Minha esposa estava me masturbando, é verdade. Atropelei e matei aquela mulher, é verdade. Ela estava a pelo menos 50 metros do cruzamento mais próximo e saiu do meio de dois carros, é verdade. Você abafou a investigação e afugentou os ciganos para fora da cidade assim que Cary Rossington me inocentou de tudo, isso também é verdade. E nada disso significa *merda* nenhuma. Entretanto, se *prefere* ficar aqui, sentado no escuro, atribuindo culpas, meu amigo, não se esqueça de reservar uma porção generosa para você.

— Uma grande recapitulação, Halleck. Formidável. Certamente viu Spencer Tracy naquele filme do julgamento do macaco, não? Deve ter visto.

— Foda-se! — disse Billy, e levantou-se.

Hopley suspirou.

— Sente-se.

Billy Halleck vacilou, percebendo que parte dele queria usar sua raiva para propósitos não tão nobres. Essa parte queria que saísse dali num acesso de ressentimento inventado, simplesmente porque aquela sombra escura e amontoada na outra poltrona o deixava borrado de medo.

— Não seja um babaca hipócrita — disse Hopley. — Sente-se, pelo amor de Deus!

Billy sentou-se, sentindo a boca seca e notando que havia pequenos músculos em suas coxas que saltavam e dançavam descontroladamente.

— Que seja como você quiser, Halleck. Sou mais parecido com você do que imagina. E também não dou a mínima pro que veio depois. Você tem razão: eu não pensei, apenas fiz. Eles não foram o primeiro grupo de andarilhos que já botei para fora da cidade, e também fiz outros trabalhinhos cosméticos quando algum figurão da cidade se metia em sujeiras. Evidentemente, eu nada podia fazer se o tal figurão se envolvesse na sujeira fora dos limites de Fairview... mas você ficaria surpreso se soubesse quantos de nossos maiorais nunca aprenderam que ninguém deve cuspir no prato em que comeu.

"Ou talvez você nem ficasse surpreso."

Hopley deu uma risada arfante e rouca que provocou arrepios nos braços de Billy.

— Tudo faz parte do serviço. Se nada tivesse acontecido, nenhum de nós, nem você, nem eu, nem Rossington a esta altura se lembraria da existência daqueles ciganos.

Billy abriu a boca para uma negativa calorosa, para dizer a Hopley que ele se lembraria, pelo resto da vida, do repugnante baque duplo que tinha ouvido... e então recordou os quatro dias em Mohonk com Heidi, rindo e comendo como cavalos, fazendo caminhadas e fazendo amor a cada noite, às vezes até nas tardes. Há quanto tempo isso acontecera? Duas semanas?

Tornou a fechar a boca.

— O que aconteceu, aconteceu. Creio que o único motivo de tê-lo deixado entrar foi por ser bom saber que outra pessoa também acredita que isso esteja acontecendo, por mais louco que seja. Ou, talvez, fosse apenas por me sentir solitário. E estou com medo, Halleck. Com muito medo. *Apavorado.* Você tem medo?

— Sim — disse Billy simplesmente.

— Sabe o que mais me amedronta? Posso viver como estou por bastante tempo. Isso me amedronta. A sra. Callaghee compra minha comida e vem aqui duas vezes por semana para limpar e lavar a roupa. Tenho televisão e gosto de ler. Meus investimentos foram bem aplicados no correr dos anos e, com um padrão de vida modesto, sem dúvida prosseguirei indefinidamente. E, afinal, em minha situação, que tentação sentirá um homem em gastar? Eu compraria um iate, Halleck? Fretaria um Lear e voaria para Monte Carlo com minha garota para assistir à corrida do Grande Prêmio no mês que vem? O que você acha? Para quantas festas você acha que eu seria convidado, agora que meu rosto está desmoronando?

Billy sacudiu a cabeça, aturdido.

— Então... poderia viver aqui, com isto... isto continuando. Como continua neste momento, a cada dia, a cada noite. E isso me amedronta, porque é errado continuar vivendo assim. A cada dia em que não me suicido, a cada dia em que me limito a ficar aqui, sentado no escuro, assistindo a jogos e a outros programas, aquele velho cigano babaca está rindo de mim.

— Quando... quando foi que ele...?

— Tocou em mim? Faz apenas umas cinco semanas, se é que faz alguma diferença. Fui a Milford visitar meus pais. Levei-os para almoçar fora. Tomei algumas cervejas antes e mais algumas durante o almoço; então, antes de sairmos, resolvi ir ao banheiro. A porta estava fechada. Esperei, ela se abriu, e *ele* saiu. O velho nojento, com o nariz comido. Ele tocou no meu rosto e disse alguma coisa.

— O quê?

— Não ouvi direito — disse Hopley. — Naquele exato momento, alguém da cozinha deixou cair uma pilha de pratos no chão. Mas eu nem precisava ouvir. Tudo o que preciso fazer é olhar no espelho.

— Você provavelmente não sabe se eles estavam acampados em Milford.

— Na verdade, procurei me certificar com a polícia de Milford no dia seguinte — disse Hopley. — Chame a isso de curiosidade profissional. Eu tinha reconhecido o velho cigano. Ninguém esquece uma cara daquelas, se entende o que quero dizer.

— Sim — disse Billy.

— Eles tinham acampado em uma fazenda a leste de Milford por quatro dias. O mesmo tipo de negócio que tinham feito com o cretino do Arncaster. O policial com quem falei disse que não tirou o olho de cima deles e que pareciam ter ido embora justamente aquela manhã.

— Depois que o velho tocou em você.

— Certo.

— Acha que ele sabia de sua ida para lá? Que iria exatamente àquele restaurante?

— Eu nunca tinha levado meus velhos lá antes — disse Hopley. — Era um estabelecimento antigo que acabara de ser reformado. Em geral, vamos a um restaurante italiano, no outro lado da cidade. Foi ideia da minha mãe. Queria ver o que tinham feito com os tapetes, os painéis ou algo assim. Sabe como são as mulheres.

— Não respondeu ao que perguntei. Acredita que ele soubesse de sua ida ao restaurante?

Houve um longo e reflexivo silêncio de parte da forma encolhida na poltrona atrás da mesa.

— Sim — disse Hopley por fim. — Sim, eu acho. Mais loucuras, Halleck, certo? Ainda bem que não há ninguém anotando a contagem dos pontos, hein?

— Sim — concordou Billy. — Creio que sim.

Uma risadinha peculiar escapou de sua garganta. Soava como um gritinho agudo.

— E agora, qual é a sua ideia, Halleck? Não tenho dormido muito nesses últimos dias, mas em geral começo a me remexer na cama a esta hora da noite.

Solicitado a traduzir em palavras o que apenas visualizara no silêncio da própria mente, Billy começou a achar-se absurdo — sua ideia era frágil e tola, não chegando a ser bem uma ideia, mas apenas um sonho.

— A firma de advocacia em que trabalho usa uma equipe de investigadores — falou. — Agência de Detetives Barton.

— Já ouvi falar neles.

— Dizem que são os melhores em seu ramo de atividade. Eu... Isso significa que...

Ele sentiu a impaciência de Hopley irradiando-se em ondas, embora não esboçasse o menor movimento. Apelou para a dignidade que lhe restava, dizendo a si mesmo que certamente sabia tanto quanto Hopley sobre o que estava acontecendo, que tinha o mesmo direito de falar; afinal de contas, acontecia também com ele.

— Eu quero encontrá-lo — disse Billy. — Quero um confronto com ele. Quero contar-lhe o que aconteceu. Eu... eu acho que preciso me justificar, mesmo supondo que, se pôde fazer essas coisas conosco, ele certamente está a par de tudo.

— Entendo — disse Hopley.

Sentindo-se encorajado, Billy prosseguiu:

— Mas ainda quero contar a ele a minha versão dos fatos. Direi que foi culpa minha, claro, eu devia ter sido capaz de frear a tempo. Em circunstâncias normais, eu *teria* freado a tempo. Direi que foi culpa de minha esposa, por causa do que ela fazia a mim. Que foi culpa de Rossington por aliviar meu lado, e também sua por afrouxar a investigação e afugentá-los da cidade.

Billy engoliu em seco.

— Então, direi a ele que foi culpa *dela* também. Sim. Ela estava atravessando *fora do sinal*, desatenta, Hopley. Certo, não é um crime pelo qual se seja condenado à câmara de gás, porém, o motivo de ser contra a lei é porque um pedestre pode morrer da maneira como *ela* foi morta.

— Você quer dizer isso a ele?

— Eu não *quero*, mas vou dizer. Ela surgiu do meio de dois carros estacionados, sem olhar para os lados. A gente aprende isso na escola.

— Não creio que ela tenha recebido instruções do Policial Amigo na escola — disse Hopley. — Aliás, creio que ela *jamais* frequentou a escola, sabe?

— Mesmo assim — insistiu Billy com teimosia. — O mero bom-senso...

— Halleck, você deve ser masoquista — respondeu a sombra que era Hopley. —Você está perdendo peso agora. Quer se candidatar ao grande prêmio? Da próxima vez, ele talvez lhe suspenda as funções intestinais ou aqueça seu sangue a 43 graus. Ou...

— *Não vou ficar aqui em Fairview, de braços cruzados, esperando para ver o que acontece!* — Billy falou de forma veemente. — Talvez ele possa reverter o que fez, Hopley. Já pensou nisso?

— Estive lendo sobre o assunto — disse Hopley. — Acho que eu sabia o que estava acontecendo quase desde que me surgiu a primeira espinha acima de uma sobrancelha. Era onde sempre começavam meus ataques de acne na adolescência. E, naquele tempo, eram ataques terríveis, fique certo. Então, fui ler a respeito. Como já falei, gosto de ler. E, se quer saber, Halleck, há uma infinidade de livros sobre *rogar* pragas e maldições, mas bem poucos sobre revertê-las.

— Bem, talvez ele não possa fazer isso. Talvez não. *Provavelmente* não poderá, mas mesmo assim quero procurá-lo, droga. Quero olhar na cara dele e dizer: "Você cortou a torta de modo errado, velho. Devia ter cortado uma fatia para minha esposa e uma para a *sua* esposa também. E já que tocamos nisso, velho, que tal uma fatia para você? Onde estava enquanto ela andava pela rua, sem olhar para onde ia? Devia saber que ela não estava acostumada ao trânsito no centro de uma cidade. Pois então, onde estava no momento? Por que não estava lá para tomá-la pelo braço e indicar-lhe a faixa de pedestres da esquina? Por quê...?"

— Já chega — Hopley interrompeu-o. — Se eu fosse de um júri, você me convenceria, Halleck. Entretanto, esqueceu o dado mais importante.

— Qual? — perguntou Billy, tenso.

— A natureza humana. Podemos ser vítimas do sobrenatural, mas na realidade estamos lidando é com a natureza humana. Como policial... perdão, *ex*-policial... eu poderia apenas concordar que não existe um certo absoluto e não existe um errado absoluto; tudo surge em tonalidades de cinza. E acha mesmo que o *marido* dela vai engolir essa bosta?

— Não sei.

— *Eu* sei — retrucou Hopley. — *Eu* sei, Halleck. Posso entender tão bem aquele tipo de cara que às vezes penso que ele deve estar me enviando sinais de rádio. A vida inteira ele viveu perambulando, mandado embora de um lugar assim que a "gente fina" comprava toda a maconha ou haxixe que quisesse, assim que houvesse perdido na roda da fortuna todas as moedas que queria. A vida inteira ele se ouviu sendo chamado de cigano sujo. A "gente fina" cria raízes; ele não tem nenhuma. Esse sujeito, Halleck, viu tendas de lona serem incendiadas por brincadeira nos anos 1930 e 1940, e talvez houvesse bebês e velhos incendiados em algumas daquelas tendas. Ele viu suas filhas ou as filhas dos amigos serem atacadas, talvez violentadas, porque toda aquela "gente fina" sabe que ciganos trepam como coelhos e que um pouco mais não fará diferença, mas, mesmo que faça, quem se importa? Ele talvez tenha visto seus filhos ou os filhos dos amigos serem surrados até quase a morte... e por quê? Porque os pais dos garotos que os surraram perderam algum dinheiro nos jogos de azar. É sempre a mesma coisa: chegam à cidade, a "gente fina" fica com o que quer e depois os mandam embora. Às vezes deixam que trabalhem uma semana na colheita de ervilhas ou um mês com os trabalhadores da estrada local. E então, Halleck, para finalizar, vem o estalo final do chicote. O advogado figurão de três queixos e bochechas de buldogue atropela e mata sua esposa na rua. Ela tem 70, 75 anos, é meio cega, talvez apenas se aventure no meio da rua depressa demais por querer voltar para sua gente antes de se mijar. E ossos velhos quebram fácil, ossos velhos são como vidro, e você fica por ali, pensando que desta vez, *apenas desta vez*, haverá um pouco de justiça... um instante de justiça, como indenização por toda uma vida de merda e...

— Pare com isso — exclamou Billy roucamente. — Quer parar com isso?

Ele tocou o rosto, aturdido, pensando que devia estar suando em profusão. Contudo, não havia suor em sua face; eram lágrimas.

— Não, você merece — Hopley continuou com selvagem jovialidade —, e vou lhe dar tudo. Não estou dizendo para não ir em frente, Halleck. Depois do envolvimento de Daniel Webster com o júri de Satã, que diabo, acho que tudo é possível. Mas acho que você ainda acalenta ilusões demais. Este sujeito é *louco*, Halleck. Ele está *furioso*. A essa altura ele pode ter perdido a cabeça, e nesse caso seria melhor ir fazer seu discurso no hospício de Bridgewater. Ele está ansioso por vingança, e quando alguém decide vingar-se, não está apto a ver como tudo se compõe de tonalidades de cinza. Quando sua mulher e filhos perdem a vida em um desastre de avião, você não quer saber como o circuito A fundiu o botão B, como o controlador de tráfego C tinha um toque da doença virótica D e o navegador E escolheu a hora errada para ir ao banheiro F. Você só deseja processar a linha aérea... ou matar alguém com sua arma. Você quer um *bode expiatório*, Halleck. Quer machucar alguém. E nós estamos sendo machucados. Pior para nós. Ótimo para ele. Talvez eu entenda a coisa um pouquinho melhor do que você, Halleck.

Lenta, muito lentamente, a mão dele deslizou para o estreito círculo de luz lançado pelo abajur flexível e o girou, de maneira que iluminasse seu rosto. Halleck ouviu um ofegar sufocado e percebeu que proviera de sua garganta.

Ouviu Hopley dizendo: *A quantas festas acha que eu seria convidado agora que meu rosto está desmoronando?*

A pele de Hopley era uma paisagem alienígena sombria. Malignas pústulas vermelhas do tamanho de pires de chá brotavam de seu queixo, pescoço, braços e costas das mãos. Erupções menores devastavam-lhe as faces e a testa; o nariz era uma zona pontilhada de cravos. Pus amarelado fluía em estranhos canais entre dunas protuberantes de carne estufada. O sangue pingava aqui e ali. Ásperos pelos negros, pelos de barba, brotavam em loucos tufos esparsos. A mente de Halleck, completamente sobrecarregada de horror, percebeu que fazer a barba se tornara impossível algum tempo antes em um rosto de tão cataclísmicas convulsões. E no centro de tudo aquilo, irremediavelmente incrustados naquela vermelha paisagem gotejante, estavam os olhos fixos de Hopley.

Eles fitaram Billy Halleck pelo que pareceu um período interminável, lendo sua repulsa e seu visível horror. Por fim Hopley assentiu, como se satisfeito, e tornou a girar o abajur flexível para baixo.

— Meu Deus, Hopley, eu sinto muito...

— Não é preciso — disse Hopley, de novo com aquela voz fantasticamente jovial. — Em seu caso, a coisa será mais lenta, mas um dia chegará lá. Minha pistola de serviço está na terceira gaveta desta mesa e, se a situação ficar insustentável, eu a usarei, pouco importando qual o saldo em minha conta bancária. Meu pai costumava dizer que Deus odeia os covardes. Eu queria que você me visse para que compreendesse. Sei como aquele velho cigano se sente. Por isso, não lhe faria nenhum belo discurso legal. Não me preocuparia com quaisquer motivos atenuantes. Eu o mataria pelo que fez comigo, Halleck.

Aquela sombra horrível moveu-se e deslocou o peso do corpo. Halleck ouviu Hopley levar os dedos à face, e então ouviu o som indescritível e nauseante de pústulas inflamadas que se rompiam em secreções. *Rossington está criando escamas, Hopley está apodrecendo e eu estou desaparecendo,* pensou. *Oh, Deus, que isso seja um sonho, mesmo que me deixe louco... mas não permita que essa coisa esteja acontecendo!*

— Eu o mataria bem devagarinho — disse Hopley. — Pouparei você dos detalhes.

Billy tentou falar, mas nada emitiu além de um grasnido seco.

— Compreendo sua intenção, mas tenho bem poucas esperanças quanto aos resultados de sua missão — concluiu Hopley num tom vazio. — Por que não considera a ideia de matá-lo em vez disso, Halleck? Por que você não...?

Mas Halleck já chegara ao seu limite. Fugiu do escritório sombrio de Hopley tão apressadamente que bateu o quadril com força na quina da escrivaninha. Tinha a louca certeza de que Hopley estenderia uma daquelas mãos terríveis e o tocaria. Mas Hopley não se moveu.

Halleck correu para fora da casa e ficou lá, parado, respirando ar puro em grandes golfadas, a cabeça baixa, as coxas trêmulas.

Capítulo 13: 78

Durante o resto da semana, ele pensou insistentemente em ligar para Ginelli no Three Brothers. Ginelli parecia uma resposta de alguma espécie — embora ele ignorasse *de que* espécie seria. Mas acabou resolvendo se internar na Clínica Glassman e iniciou os exames de metabolismo. Se fosse solteiro e sozinho como Hopley (nos sonhos da noite anterior, Hopley fizera várias aparições), teria cancelado tudo aquilo. Entretanto, era preciso pensar em Heidi... e havia Linda — Linda, que era na verdade um espectador inocente, sem entender nada do que estava acontecendo. Assim, internou-se na clínica, ocultando seu louco conhecimento, como um homem ocultando seu vício em drogas.

Afinal de contas, ali era um lugar para ficar e, enquanto estivesse lá, Kirk Penschley e a agência de detetives Barton cuidariam do que lhe interessava. Pelo menos, assim esperava.

Então ele foi furado e sondado. Bebeu uma hedionda solução de bário com gosto de giz. Foi submetido a raios X, a uma tomografia axial computadorizada, a um eletroencefalograma e a um eletrocardiograma, além de um exame metabólico completo. Médicos visitantes eram levados para vê-lo, como se ele fosse um animal raro em exibição no zoológico. *Um panda gigante ou talvez o último pássaro dodô,* pensou Billy, sentado no solário e tendo nas mãos uma revista *National Geographic* que não estava lendo. Havia band-aids nas costas das duas mãos. Eles o tinham furado com um monte de agulhas.

Em sua segunda manhã na clínica, enquanto era submetido a mais uma rodada de espetadelas, sondagens e exames, notou que podia ver as saliências de suas costelas pela primeira vez desde... desde a adolescência? Não, desde sempre. Seus ossos estavam ficando visíveis, lançando sombras contra a pele, expondo-se triunfalmente. Não apenas o pneu de gordura acima dos quadris se fora como as lâminas de seus ossos pélvicos eram claramente visíveis. Ao tocar uma delas, achou que parecia ter uma forma arredondada, como no câmbio do primeiro carro que tivera, um Pontiac 1957. Riu um pouco, mas depois sentiu lágrimas arderem nos olhos. Todos os seus dias agora eram assim. Cheios de altos e baixos, tempo instável, possibilidade de aguaceiros.

Eu o mataria bem devagarinho, ouviu Hopley dizendo. *Pouparei você dos detalhes.*

Por quê?, pensou Billy, deitado insone na cama de hospital com as grades laterais erguidas. *Você não me poupou nada mais.*

Durante os três dias de internação na Glassman, Halleck perdeu 3 quilos. *Não era muita coisa,* pensou com sua própria espécie de lúgubre jovialidade. *Não era muita coisa; menos do que o peso de um saco médio de açúcar. Nesse ritmo, eu me transformarei em nada quando for... meu Deus! Quase outubro!*

Setenta e oito, cantou sua mente. *Setenta e oito, agora... Se você fosse pugilista, estaria saindo da categoria peso-pesado para peso médio... você se incomodaria se tentasse o peso meio-médio, Billy? Ou peso leve? Peso-galo? E que tal o peso-mosca?*

Chegaram flores: de Heidi, da firma. Linda enviou um pequeno buquê — escrito no cartão, em sua caligrafia singela e espichada, estava: *"Fique bom depressa, papai. Amo você, Lin."* Billy Halleck chorou ao lê-lo.

No terceiro dia, novamente vestido, teve um encontro com os três médicos designados para seu caso. Sentiu-se bem menos vulnerável de jeans e camiseta com o dizer ENCONTRE-ME EM FAIRVIEW; era realmente espantoso o quanto significava estar sem a maldita camisola do hospital. Ele ouviu os médicos, pensou em Leda Rossington e conteve um sorriso sarcástico.

Os médicos disseram que sabiam exatamente o que havia com ele; não tinham ficado confusos, em absoluto. *Au contraire,* estavam tão excitados que pareciam prestes a fazer xixi na calça. Bem... talvez uma certa cautela fosse necessária. Talvez ainda não soubessem *exatamente* o que havia de errado com ele, mas só podia ser uma entre duas coisas (ou possivelmente três). Uma delas era uma rara doença devastadora que nunca fora constatada fora da Micronésia. Outra era uma rara doença metabólica que jamais havia sido completamente descrita. A terceira — apenas uma possibilidade, note bem! — era uma forma psicológica de *anorexia nervosa*, coisa tão rara que há muito era suspeitada, mas nunca fora de fato provada. Billy pôde notar pelo brilho quente dos olhos deles que eles pendiam para esta última alternativa; teriam seus nomes inscritos em livros médicos. Enfim, Billy Halleck era, de qualquer modo, decididamente uma *avis rara*, e seus médicos pareciam crianças na manhã do dia de Natal.

O desfecho era que o queriam na Glassman por mais uma ou duas semanas (possivelmente três). Iam descobrir em definitivo o que havia de errado com ele. Sem sombra de erro. Começariam com séries de megavitaminas (claro!), mais injeções de proteína (evidentemente!) e uma boa batelada de mais exames (sem a menor dúvida!).

Houve o equivalente profissional a desalentados gemidos — e foram gemidos, quase *literalmente* — quando Billy lhes comunicou, tranquilamente, que ficava muito grato, mas queria ir embora. Eles procuraram argumentar, explicaram, doutrinaram. E para Billy, que ultimamente vinha pensando com frequência que devia estar perdendo o juízo, o trio de médicos começou a assemelhar-se fantasticamente aos Três Patetas. Ele quase esperou que passassem a saltitar e fazer gracinhas entre si, cambaleando pelo consultório ricamente montado com os jalecos brancos balançando, quebrando coisas e gritando com sotaque do Brooklyn.

— Você sem dúvida se sente bem agora, sr. Halleck — disse um deles. — Afinal de contas, sem dúvida apresentava um notável excesso de peso, segundo seu histórico. Mas devo adverti-lo de que pode ser enganosa a maneira como se sente agora. Se continuar emagrecendo, poderá esperar que surjam feridas na boca, problemas de pele...

Se quiserem ver um problema de pele real, deveriam examinar o chefe de polícia de Fairview, pensou Halleck. *Oh, perdão, ex-chefe.*

Decidiu, no ímpeto do momento e a propósito de nada, que voltaria a fumar.

— ... doenças similares ao escorbuto ou beribéri — prosseguiu o médico com firmeza. — Ficará extremamente suscetível a infecções; a tudo, de resfriados e bronquites à tuberculose. *Tuberculose*, sr. Halleck! — acentuou ele, comovente. — No entanto, se ficar aqui...

— Não — disse Billy. — Por favor, compreendam que não se trata nem mesmo de uma opção.

Um dos outros levou os dedos delicadamente às têmporas, como se acabasse de sentir uma dor de cabeça lancinante. E, pelo que Billy sabia, o sujeito devia mesmo estar com a tal dor de cabeça. Ele era o médico que aventara a ideia de anorexia nervosa psicológica.

— O que podemos dizer para convencê-lo, sr. Halleck?

— Nada — replicou Billy.

A imagem do velho cigano surgiu espontaneamente em sua mente — ele tornou a sentir o toque suave e acariciante da mão do homem em sua face, o roçar de calosidades duras. *Sim*, pensou, *vou começar a fumar de novo. Algo bem forte, como Camels, Pall Malls ou Chesterfoggies. Por que não? Quando os malditos médicos começam a parecer com Larry, Curly e Moe, é hora de fazer alguma coisa.*

Eles lhe pediram que aguardasse um momento e saíram juntos. Billy não se incomodou de esperar — sentia que por fim chegara ao intervalo naquela peça louca, o olho da tempestade, e ficou contente com isso... isso e o pensamento de todos os cigarros que fumaria, talvez dois ao mesmo tempo.

Os médicos voltaram, com expressões sérias, mas parecendo de certo modo exaltados — homens que se tinham decidido ao sacrifício final. Eles o deixariam permanecer na clínica sem qualquer custo, disseram; Billy pagaria apenas o serviço laboratorial.

— Não — respondeu Billy, armando-se de paciência. — Os senhores não me entenderam. O plano de saúde já cobre todas essas despesas; eu verifiquei. A questão é que vou embora. Simplesmente, vou embora. Vou cair fora.

O trio olhou para ele sem compreender, começando a irritar-se. Billy pensou em dizer-lhes o quanto se pareciam com os Três Patetas, mas decidiu que seria uma péssima ideia. Isso complicaria as coisas. Sujeitos como aqueles não estavam acostumados a serem desafiados, a ter seus "feitiços" rejeitados. Halleck não podia omitir a possibilidade de que eles ligassem para Heidi e sugerissem a conveniência de um exame de sanidade mental. E Heidi poderia acatar a sugestão.

— Pagaremos também os exames — disse um deles afinal, num tom de esta-é-nossa-oferta-definitiva.

— Eu vou embora — disse Billy.

Expressava-se com absoluta tranquilidade, mas viu que por fim acreditavam nele. Talvez fosse a própria tranquilidade na voz que os convenceu de que não se tratava de uma questão de dinheiro, de que ele estava realmente louco.

— Ora, sr. Halleck, mas *por quê? Por quê?*

— Porque — disse Billy —, embora pensem que podem me ajudar... ah... cavalheiros, os senhores não podem.

Então, olhando para aqueles rostos incrédulos e intrigados, Billy concluiu que nunca se sentira tão solitário na vida.

A caminho de casa, parou em uma tabacaria e comprou um maço de Chesterfield Kings. As primeiras baforadas o deixaram tão tonto e nauseado que jogou os cigarros fora.

— Um preço alto demais por essa experiência — disse no carro em voz alta, rindo e chorando ao mesmo tempo. — Voltem à velha prancheta de desenho, crianças...

Capítulo 14: 71

Linda não estava lá.
 Com as normalmente finas linhas ao lado dos olhos e cantos da boca mostrando agora fundos sinais de tensão (Billy viu que *ela* estava fumando como uma locomotiva — um Vantage 100 após outro), Heidi lhe disse que enviara Linda para a casa da tia Rhoda no condado de Westchester.
 — Fiz isso por dois motivos — explicou. — O primeiro é que... que ela precisa ficar algum tempo longe de você, Billy. Longe do que lhe vem acontecendo. Linda está meio fora de si. A ponto de eu não conseguir convencê-la de que você não tem câncer.
 — Ela devia falar com Cary Rossington — murmurou Billy, entrando na cozinha para fazer café. Precisava desesperadamente de uma xícara, forte e puro, sem açúcar. — Os dois parecem almas gêmeas.
 — O que disse? Não ouvi direito.
 — Nada, nada. Quero apenas tomar um café.
 — Ela não tem dormido — explicou Heidi quando ele retornou. Agora, torcia as mãos incessantemente. — Você compreende?
 — Sim, compreendo.
 Ele compreendia... mas era como se tivesse um espinho fincado em algum ponto dentro de si. Perguntou-se se Heidi entenderia que ele precisava também de Linda, se ela realmente entendia que a filha também era uma parte de seu sistema de apoio. Contudo, sendo ou não parte desse sistema de apoio, ele não tinha o direito de erodir a confiança de Linda, seu equilíbrio psicológico. Heidi tinha razão nisso. Tinha razão, pouco importando o quanto sua atitude custasse.
 Billy tornou a sentir aquele ódio vivo no coração. Mamãe levara a filhinha para a casa da titia assim que Billy telefonou anunciando que estava a caminho de casa. E por quê? Ora, porque o papai-papão ia voltar para casa! Não comece a chorar, queridinha, é apenas o Homem-Palito...
 Por que aquele *dia? Por que tinha de escolher* aquele *dia?*

— Billy? Tudo bem com você? — A voz de Heidi estava estranhamente vacilante.

Céus! Sua piranha burra! Aí está você, casada com o Incrível Homem que Encolhe, e tudo que se lembra de perguntar é se está tudo bem comigo?

— Acho que sim, até onde é possível. Por quê?

— Porque... por um momento, você pareceu muito esquisito.

Foi mesmo? Realmente? Por que escolheu justamente aquele *dia, Heidi? Por que escolheu* aquele *dia para enfiar a mão na minha calça, depois de todos os anos recatados em que tudo era feito no escuro?*

— Bem, suponho que me sinto um tanto esquisito o tempo todo ultimamente — respondeu Billy, pensando: *Você tem que parar com isso, meu amigo. Não adianta. O que está feito, está feito.*

Mas era difícil parar. Difícil parar quando ela estava ali, fumando um cigarro atrás do outro, mas parecendo e demonstrando sentir-se perfeitamente bem e...

Ora, você vai parar com isso, Billy. Jure que vai!

Heidi se virou e amassou a ponta do cigarro em um cinzeiro de cristal.

— O segundo motivo é que... você está escondendo algo de mim, Billy. Algo que tem a ver com isso. Às vezes, fala dormindo. Passou noites fora. Agora, quero saber o que é. Acho que *mereço* saber.

Ela estava começando a chorar.

— Você quer saber? — perguntou Halleck. — Quer mesmo?

Sentiu um estranho sorriso seco lhe surgir no rosto.

— Quero! Quero!

Então, Billy lhe contou.

Houston ligou para ele no dia seguinte. Após um longo prólogo sem qualquer sentido, finalmente chegou ao ponto. Heidi estava com ele. Haviam tido uma longa conversa (*Você ofereceu a ela uma pitada de cocaína?*, Halleck pensou em perguntar, mas resolveu que era melhor ficar calado). O resultado da longa conversa havia sido simplesmente este: ambos achavam que Billy estava completamente louco.

— Mike — disse Billy —, o velho cigano era real. Ele tocou-nos, os três: a mim, a Cary Rossington e a Duncan Hopley. Certo, um sujeito como você não acredita no sobrenatural, eu aceito isso. Entretanto, imagino que acredite em raciocínio dedutivo e indutivo. Portanto, tem que ver as possibilidades. Nós três fomos tocados por ele, nós três passamos a apresentar misteriosas enfermidades físicas. Ora, pelo amor de Deus, antes de decidir que estou louco, pelo menos considere os vínculos lógicos.

— Não *existe* vínculo algum, Billy.

— Eu apenas...

— Estive conversando com Leda Rossington. Ela disse que Cary foi para a Clínica Mayo por causa de um câncer de pele. Segundo Leda, o negócio está um pouco avançado, mas eles têm certeza de que Cary vai ficar bom. Aliás, ela disse que não vê você desde a festa de Natal dos Gordon.

— Está mentindo!

Silêncio de Houston... e aquele som seria o de Heidi chorando ao fundo? Billy apertou o fone até os nós dos dedos ficarem brancos.

— Falou com ela pessoalmente ou só por telefone?

— Por telefone. Não que eu ache que faça diferença.

— Se a visse, você saberia. Leda parece uma mulher cuja vida foi roubada por um acontecimento chocante.

— Ora, se alguém descobre que o marido está com câncer de pele, se a doença já está em fase avançada...

— Você falou com Cary?

— Ele está sob tratamento intensivo. E pessoas sob tratamento intensivo só falam ao telefone em circunstâncias muito extremas.

— Eu baixei para 77 quilos — disse Billy. — Trata-se de uma perda bruta de 36,5 quilos. Eu diria que isso é bastante extremo.

Silêncio no outro lado. Exceto por aquele som que podia ser o de Heidi chorando.

— Vai *falar* com ele? Tentará, pelo menos?

— Se os médicos dele permitirem que receba uma ligação e se ele falar comigo, claro. Entretanto, Billy, esta sua alucinação...

— ISSO NÃO É NENHUMA PORRA DE ALUCINAÇÃO!

Não grite, por Deus, não faça isso!

Billy fechou os olhos.

— Está bem, está bem — falou Houston tentando tranquilizá-lo. — Essa *ideia*. Acha a palavra melhor? Só o que eu quis dizer é que essa *ideia* não o ajudará a melhorar. Na verdade, pode ser a raiz causadora desta psicoanorexia, caso seja realmente esse o seu mal, conforme acredita o dr. Young. Você...

— Hopley — disse Billy.

O suor escorria pela sua face. Passou o lenço na testa. Visualizou Hopley de relance, aquele rosto que deixara de ser rosto para transformar-se em um mapa do inferno. Inflamações alucinantes, horrenda umidade e o som, aquele *som* indescritível de quando ele passara as unhas pela face.

Houve um prolongado silêncio no lado de Houston.

— Fale com Duncan Hopley. Ele confirmará...

— Impossível, Billy. Duncan Hopley se suicidou há dois dias. Enquanto você estava na Clínica Glassman. Matou-se com um tiro de pistola.

Halleck fechou os olhos com força e oscilou sobre os pés. Era como quando tentara fumar. Beliscou o rosto com fúria para impedir que perdesse os sentidos e caísse.

— Então, você sabe — disse, com os olhos ainda fechados. — Você ou alguém mais sabe... alguém que o tenha visto.

— Grand Lawlor o viu — disse Houston. — Falei com ele por telefone faz apenas alguns minutos.

Grand Lawlor. Por um momento, a mente confusa e atordoada de Billy não entendeu. Pensou que Houston houvesse proferido uma versão embrulhada da expressão *grande júri*. Então entendeu. Grand Lawlor era o legista do condado. E agora que pensava nisso, sim, Grand Lawlor havia testemunhado em algumas audiências perante o grande júri.

O pensamento provocou-lhe um acesso irracional de risadinhas. Billy pressionou o bocal do fone com a palma da mão e torceu para que Houston não as ouvisse, porque então pensaria que ele estava decididamente louco.

E você gostaria mesmo de acreditar que estou louco, não é, Mike? Porque se eu ficasse doido e resolvesse começar a tagarelar sobre o frasquinho e a colherinha de marfim, ora, ninguém me daria crédito, certo? É claro que não.

Isso foi o suficiente; o acesso de riso passou.

— Você perguntou a ele...

— Sobre alguns detalhes envolvendo a morte? Depois da história de terror que sua esposa me contou, pode apostar que perguntei. — A voz de Houston ficou momentaneamente formal. — E você devia ficar feliz porque quando ele perguntou qual o motivo de minhas indagações, nem mencionei seu nome.

— E o que ele disse?

— Que o rosto de Hopley estava horrendo, mas nada semelhante ao espetáculo de horror que você descreveu para Heidi. Pela descrição de Grand, acredito que tenha sido uma erupção violenta da acne adulta da qual venho tratando Duncan intermitentemente desde a primeira vez que o examinei, em 1974. As erupções o deixavam muito deprimido, e isso não era surpresa para mim. Eu diria que a acne adulta, quando grave, é uma das perturbações não letais mais psicologicamente devastadoras que conheço.

— Você acha que ele ficou deprimido por sua aparência e então se matou.

— Em essência, é isso mesmo.

— Me deixe entender — disse Billy. — Você acredita que foi uma erupção mais ou menos comum da acne adulta que ele teve durante anos... mas ao mesmo tempo acredita que ele se matou por causa do que via no espelho. É um diagnóstico muito *estranho*, Mike.

— Eu nunca afirmei que tenha sido apenas por causa da erupção — respondeu Houston, agora parecendo aborrecido. — A pior coisa nos problemas é que sempre parecem surgir em duplas, trios e bandos inteiros, nunca um por um. Os psiquiatras são os que mais se suicidam em cada 10 mil membros da profissão, Billy, porém os policiais não ficam muito atrás. Provavelmente houve uma combinação de fatores. Essa última erupção poderia ter sido apenas a gota que fez o copo transbordar.

— Você devia ter visto — disse Billy ferozmente. — Aquilo não foi uma gota, foi a porra do World Trade Center.

— Como ele não deixou um bilhete, acho que nunca saberemos, não é mesmo?

— Céus! — disse Billy, e passou uma das mãos sobre os cabelos. — Meu Deus!

— E os motivos para o suicídio de Duncan Hopley realmente não importam, não é?

— Importam para mim — replicou Billy. — Mesmo.

— Para mim, a verdade das coisas é que sua mente lhe pregou uma peça desagradável, Billy. Provocou-lhe um sentimento de culpa. Você estava com a pulga atrás da orelha sobre... sobre maldições ciganas... e quando procurou Duncan Hopley aquela noite, simplesmente viu algo que não estava lá. — Agora, a voz de Houston assumia um tom aconchegante, íntimo. — Você não parou no bar do Andy para tomar umas doses antes de ir à casa de Duncan? Apenas para ganhar um pouco de coragem para o encontro?

— Não.

— Tem certeza? Heidi me disse que você tem passado um bocado de tempo no Andy's.

— Se eu tivesse — disse Billy —, sua mulher teria me visto lá, não acha?

Houve um longo período de silêncio. Depois Houston disse, em um tom inexpressivo:

— Este foi um maldito golpe baixo, Billy. Mas seria exatamente o tipo de comentário que eu esperaria de um homem sob forte tensão mental.

— Forte tensão mental... Anorexia psicológica... Acho que vocês têm um rótulo para tudo. De qualquer modo, devia tê-lo visto. Devia...

Billy fez uma pausa, pensando nas pústulas avermelhadas nas faces de Duncan Hopley, nas espinhas fluindo pus, no nariz que se tornara quase insignificante no horrendo e convulso terremoto daquele rosto assombrado.

— Billy, não consegue perceber que sua mente procura uma explicação lógica para o que está acontecendo com você? Sente-se culpado sobre a cigana e, então...

— A maldição terminou quando ele se matou — Billy ouviu-se dizendo. — Talvez por isso não mostrasse uma aparência tão terrível. É como nos filmes de lobisomem que víamos quando pequenos, Mike. Se o lobisomem for baleado, transforma-se novamente em homem!

O excitamento substituiu a confusão que sentira pela notícia do suicídio de Hopley e de a enfermidade dele ser mais ou menos comum. Sua mente começou a trilhar este novo caminho, explorando-o rapidamente e analisando as possibilidades e probabilidades.

Para onde vai uma maldição quando o amaldiçoado finalmente bate as botas? Droga, seria o mesmo que perguntar para onde vai a última respiração de um moribundo. Ou para onde vai a alma dele. Vai embora. Desaparece. Some, some, some. Existirá um meio de expulsar *a maldição?*

Rossington — ele era a primeira coisa. Rossington, internado na Clínica Mayo, aferrando-se desesperadamente à ideia de estar com câncer de pele, porque a alternativa era muito pior. Quando Rossington morresse, voltaria a ser um...?

Billy percebeu que Houston silenciara. E havia um ruído ao fundo, desagradável, mas familiar. Soluços? Seria Heidi chorando?

— Por que ela está chorando? — indagou Billy rispidamente.

— Billy...

— Passe o telefone para ela!

— Billy, se você pudesse se *ouvir*...

— *Droga, passe o telefone para ela!*

— Não. Não farei isso. Não enquanto você se portar assim.

— Por que, seu viciadozinho barato...

— *Billy, pare com isso!*

O rugido de Houston foi alto o suficiente para fazer Billy afastar o fone do ouvido por um instante. Quando tornou a aproximá-lo, o choro havia cessado.

— Agora, ouça — disse Houston. — Não existem lobisomens nem maldições ciganas. Me sinto um tolo até mesmo em dizer-lhe essas coisas.

— Não vê que isso é parte do *problema*, cara? — perguntou Billy suavemente. — Não compreende que foi assim que aqueles sujeitos conseguiram levar avante essa coisa pelos últimos vinte séculos ou coisa assim?

— Se existe alguma maldição em você, Billy, foi lançada por seu próprio subconsciente. Ciganos velhos não amaldiçoam. *Entretanto, a sua própria mente, mascarada de velho cigano, pode fazer isso.*

— Eu, Hopley e Rossington — disse Halleck implacavelmente. — Os três ao mesmo tempo. O cego é você, Mike. Pense nisso.

— Atribuo tudo a uma coincidência, nada mais. Quantas vezes vamos ter que repetir essa brincadeira, Billy? Volte para a Glassman. Deixe que eles o ajudem. Está deixando sua esposa louca.

Por um momento, ele se viu tentado a entregar os pontos e acreditar em Houston — a lucidez e racionalidade na voz dele, embora fosse uma voz exasperada, eram consoladoras.

Então, pensou em Hopley virando a lâmpada flexível para que lhe iluminasse o rosto cruamente. Pensou em Hopley dizendo: *Eu o mataria bem devagarinho... pouparei você dos detalhes.*

— Não — respondeu. — Eles não podem me ajudar na Glassman, Mike.

Houston suspirou fundo.

— Então, quem pode? O velho cigano?

— Talvez, se ele puder ser encontrado — respondeu Halleck. — Apenas talvez. Também existe outro sujeito que sei que poderia me ajudar de algum modo. Um pragmático, como você.

Ginelli. O nome emergira em sua mente enquanto ele falava.

— Mas o que acho mesmo é que preciso ajudar a mim mesmo.

— Justamente o que estive lhe *dizendo*!

— Oh... Eu tinha a impressão de que você apenas me aconselhara a voltar para a Clínica Glassman.

Houston suspirou.

— Acho que seu cérebro também está perdendo peso, Billy. Já refletiu sobre o que está fazendo com sua esposa e sua filha? Já pensou nisso?

Heidi lhe contou o que ela estava fazendo quando aconteceu o acidente? Billy quase soltou. *Ela já lhe contou, Mike? Não? Oh, devia perguntar a ela... Claro, pergunte!*

— Billy?

— Heidi e eu discutiremos o assunto — disse Billy tranquilamente.

— Mas você não...

— Acho que você tinha razão em pelo menos uma coisa, Mike.

— É mesmo? Que ótimo. O que era?

— Já repetimos essa brincadeira o suficiente — disse Billy, e desligou o telefone.

Mas eles não discutiram o assunto.

Billy tentou algumas vezes, porém Heidi se limitava a balançar a cabeça, com o rosto pálido e tenso, o olhar acusador. Ela só respondeu em uma ocasião.

Aconteceu três dias após a conversa telefônica com Houston, aquela em que ele a ouvira chorando ao fundo. Estavam acabando de jantar. Halleck devorara sua costumeira refeição de lenhador, três hambúrgueres (com complementos), quatro espigas de milho (com manteiga), meia travessa de batatas fritas e duas porções de torta de pêssego com chantilly. Ele ainda tinha pouco ou nenhum apetite, mas descobrira um fato alarmante: se não comesse, perdia mais peso. Heidi voltara para casa depois da conversa — discussão — de Billy com Houston pálida e silenciosa, o rosto inchado das lágrimas derramadas no consultório do médico. Perturbado e infeliz, ele não quisera almoçar nem jantar e, quando se pesou na manhã seguinte, viu que havia perdido 2 quilos, baixando para 76.

Olhou fixamente para o número, sentindo um frio esvoaçar de asas em seu estômago. *Dois quilos*, pensou. *Dois quilos em um só dia! Meu Deus!*

A partir de então, ele não pulou mais nenhuma refeição.

Agora, apontando para o prato vazio — as espigas limpas, os farelos dos hambúrgueres, salada, batatas fritas e sobremesa —, perguntou:

— Acha que isso lhe parece anorexia nervosa, Heidi? Acha?

— Não — respondeu ela, contrariada. — Não, mas...

— Estive comendo assim durante todo o *mês* passado — disse Halleck —, e no mês passado perdi cerca de 27 quilos. Agora, poderia explicar como meu subconsciente me pregou essa peça? Perder praticamente um quilo por dia com um consumo de aproximadamente 6 mil calorias em 24 horas?

— Eu... eu não sei... mas Mike... Mike disse...

— Você não sabe e eu também não sei — disse Billy, atirando o guardanapo no prato com raiva; seu estômago gemia e se contorcia pelo peso do alimento que ele consumira. — E nem Michael Houston sabe.

— *Bem, se for uma maldição, por que nada está acontecendo comigo?* — Heidi gritou subitamente para ele, e embora os olhos dela ardessem de raiva, Billy pôde ver as lágrimas que lhe começavam a despontar.

Chocado, assustado e temporariamente incapaz de controlar-se, Halleck gritou:

— *Porque ele não sabia! Esse é o único motivo! Porque ele não sabia!*

Soluçando, ela empurrou a cadeira para trás, quase caiu e então fugiu da mesa. Tinha a mão apertada ao lado do rosto como se acabasse de ser acometida por uma monstruosa dor de cabeça.

— Heidi! — bradou ele, levantando-se tão depressa que derrubou a cadeira. — Volte aqui, Heidi!

Os pés dela não fizeram pausa nos degraus. Ele ouviu uma porta bater com estrondo — não a do quarto deles. O som viera mais do fundo do corredor. A porta do quarto de Linda ou do quarto de hóspedes.

Halleck apostava no quarto de hóspedes. Estava certo. Heidi não voltou a dormir com ele durante a semana anterior a Billy sair de casa.

Aquela semana — a última — teve a consistência de um confuso pesadelo na mente de Billy quando ele tentou rememorá-la depois. O tempo se tornara quente, opressivo e difícil, como se os dias mais quentes do verão tivessem chegado mais cedo esse ano. A própria Lantern Drive, gramada, fresca e exuberante, parecia ter murchado um pouco. Billy Halleck comia e suava, suava e comia... enquanto seu peso diminuía devagar mas sem interrupção durante aquele período. No fim da semana, quando alugou um carro na Avis e partiu, seguindo pela interestadual 95 rumo a New Hampshire e ao Maine, havia perdido outros 5 quilos, chegando a 71.

No decorrer daquela semana, os médicos da Clínica Glassman telefonaram insistentemente. Michael Houston tornou a ligar várias vezes. Heidi observava o marido com os olhos lívidos, fumava e nada dizia. Quando ele falou em ligar para Linda, ela disse apenas, numa voz seca e cortante:

— Eu preferiria que não fizesse isso.

Na sexta-feira, um dia antes de ele partir, Houston ligou de novo.

— Michael — disse Billy, fechando os olhos —, já parei de atender os telefonemas dos médicos da Glassman. E se você não parar de falar nesta merda, vou deixar de atender os seus também.

— Eu não faria isso, não ainda — replicou Houston. — Quero apenas que me ouça com atenção, Billy. É muito importante.

Billy ouviu o novo discurso de Houston sem nenhuma surpresa real, com apenas um profundo e fosco despertar de raiva e traição. Afinal de contas, já não devia esperar por aquilo?

Heidi estivera lá novamente. Ela e Houston haviam tido uma longa conversa que terminara com mais lágrimas. Houston, por sua vez, mantivera uma longa conversa com os três patetas da Clínica Glassman ("Não fique preocupado, Billy, está tudo dentro da ética profissional"). Houston tornara a ver Heidi. Todos eles achavam que Billy talvez se beneficiasse de uma batelada de exames psiquiátricos.

— Quero insistir firmemente com você para que faça os exames por sua livre e espontânea vontade — encerrou Houston.

— Aposto que sim. Como *também* aposto que sei onde gostaria que eu fizesse os tais exames. Na Clínica Glassman, certo? Ganhei uma boneca de prêmio?

— Bem, todos achamos que seria o lógico...

— Oh, ahan, entendo. E enquanto estiverem fazendo exames em meu cérebro, presumo que os clisteres de bário continuem, certo?

Houston fez um pesado silêncio.

— E se eu me recusar?

— Heidi tem meios legais para obrigá-lo — disse Houston, cautelosamente. — Você compreende?

— Compreendo — respondeu Billy. — Está falando sobre você, Heidi e os três patetas lá da Clínica Glassman tramando a minha ida para o hospício de Sunnyvale Acres, Tecelagem de Cestos é a Nossa Especialidade.

— Isso é puro melodrama, Billy. Ela está tão preocupada com Linda quanto com você.

— Ambos estamos preocupados com Linda — disse Billy. — E também me preocupo com Heidi. Quero dizer, há momentos em que sinto tanta raiva dela que passo mal do estômago, porém em geral continuo a amá-la. E, portanto, me preocupo. Sabe, ela o enganou até certo ponto, Mike.

— Não sei do que está falando.

— Sei que não sabe, porém não vou dizer. Ela poderia, porém acho que isso não vai acontecer. Tudo que Heidi quer é esquecer que esse negócio todo aconteceu, e fornecer a você certos detalhes que ela pode ter negligenciado antes atrapalharia isso. Digamos apenas que ela tem a própria culpa para trabalhar. O consumo de cigarros dela passou de um maço diário para dois e meio.

Uma longa pausa... e então Mike Houston retomou o estribilho original:

— Seja como for, Billy, deve convir que estes exames serão do maior proveito para todos os envol...

— Adeus, Mike — disse Halleck, e desligou suavemente.

Capítulo 15: Dois Telefonemas

Billy passou o resto da tarde preocupado, andando de um lado para outro da casa com o ar-condicionado ligado, captando relances de seu novo eu em espelhos e superfícies polidas.

A forma como nos vemos depende muito mais da ideia que fazemos de nosso volume físico do que pensamos.

Ele nada encontrou de consolador em tal pensamento.

Meu senso do que valho depende de quanto do mundo desloco enquanto caminho? Céus, é uma ideia degradante. Aquele tal sr. T. podia pegar um Einstein e andar com ele por aí o dia inteiro, debaixo de um braço, como um... um livro de escola ou coisa assim. Então isso faz o sr. T. parecer melhor de algum modo, mais importante?

Um eco obsessivo de T. S. Eliot repicou em sua cabeça como um sino distante em uma manhã de domingo: *Não foi isso que eu quis dizer, não foi isso que eu quis dizer em absoluto.* E não era mesmo. A ideia de tamanho como uma dádiva de graça, de inteligência ou de prova do amor de Deus se tinha esvaído pela época em que o obeso e gigante William Howard Taft passara a presidência para o andrógino — quase esquálido — Woodrow Wilson.

Como vemos, a realidade *depende muito mais da ideia que fazemos de nosso volume físico do que pensamos.*

Sim — realidade. Isso estava bem mais próximo do âmago da questão. Quando você se vê sendo apagado quilo por quilo, como uma complexa equação sendo apagada do quadro-negro linha por linha e cálculo por cálculo, isso produz algo em seu senso de realidade. Sua própria realidade pessoal, a realidade em geral.

Ele tinha sido gordo — não volumoso, não com alguns quilos a mais, mas decididamente gordo como um porco. Então, passara a corpulento, depois a apenas mais ou menos normal (se é que realmente havia tal coisa — de qualquer modo, os três patetas da Clínica Glassman achavam que havia), depois a magro. Agora, contudo, a magreza começava a deslizar para um novo estado: o esquelético. O que viria depois disso? Definhamento, supunha ele. E, em seguida, algo que ainda pairava além dos limites da imaginação.

Ele não se preocupava seriamente em ser arrastado para o hospício; tais procedimentos demoravam algum tempo. Mas a conversa final com Houston indicava claramente até que ponto a situação havia chegado e o quanto seria impossível alguém acreditar nele, agora e sempre. Queria telefonar para Kirk Penschley — a ânsia era quase insuportável, embora soubesse que Kirk ligaria para ele quando, e se, alguma das três agências de investigação que a firma usava descobrisse algo.

Em vez disso, ligou para um número em Nova York, folheando a caderneta de endereços até a última página para encontrá-lo. O nome de Richard Ginelli oscilara inquietamente para cima e para baixo em sua mente desde o início de tudo aquilo. Agora era hora de telefonar para ele.

Apenas por precaução.

— Three Brothers — disse a voz do outro lado. — O especial desta noite inclui *marsala* de vitela e nossa própria versão de *fettuccine* Alfredo.

— Meu nome é William Halleck e eu gostaria de falar com o sr. Ginelli, caso ele possa atender.

Após um instante de avaliativo silêncio, a voz repetiu:

— Halleck.

— Exatamente.

O fone emudeceu. Ao fundo, Billy podia ouvir o barulho de panelas e frigideiras batendo. Alguém praguejava em italiano. Outra pessoa estava rindo. Como tudo o que vinha acontecendo atualmente em sua vida, aquilo parecia muito distante para ele.

Por fim, pegaram o fone.

— William! — Ocorreu a Billy mais uma vez que Ginelli era a única pessoa no mundo que o chamava assim. — Como tem passado, *paisano*?

— Emagreci um bocado.

— Oh, mas isso é ótimo! — exclamou Ginelli. — Você estava corpulento demais, William. Sou franco, grande demais. Quantos quilos perdeu?

— Nove.

— Opa! Meus parabéns! Seu coração também deve estar satisfeito. É difícil perder peso, não? Bem, não precisa responder, eu sei disso. As malditas calorias grudam na gente. Em irlandeses como você, ficam penduradas bem acima do cinto. Em carcamanos como eu, um dia descobrimos que estamos rasgando a costura dos fundilhos sempre que nos abaixamos para amarrar os sapatos.

— No meu caso, não foi nada difícil.

— Bem, apareça aqui no Three Brothers, William. Prepararei para você meu prato especial. Frango à napolitana. Você recuperará todo o peso perdido em uma só refeição.

— Estou quase aceitando a oferta — respondeu Billy, sorrindo de leve.

Podia se ver no espelho da parede do seu escritório, e parecia haver dentes demais em seu sorriso. Dentes demais, muito próximos à parte frontal da boca. Ele parou de sorrir.

— Pois aceite, é realmente um convite. Sinto sua falta. Faz um bocado de tempo. E a vida é curta, *paisano*. Isso mesmo, a vida é *curta,* certo?

— Acho que tem razão.

A voz de Ginelli baixou um pouco.

— Soube que você teve um problema em Connecticut — disse. Fazia Connecticut soar como se fosse algum lugar na Groenlândia, pensou Billy. — Lamentei saber disso.

— Como é que soube? — perguntou Billy, francamente admirado.

Houvera uma menção do acidente no *Reporter* de Fairview — algo decoroso, sem menção de nomes — e fora tudo. Nada nos jornais de Nova York.

— Eu me mantenho informado — replicou Ginelli.

Porque se manter informado é, de fato, o *que há de importante,* pensou Billy, e estremeceu.

— Estou com alguns problemas por causa daquilo — falou Billy, escolhendo cuidadosamente as palavras. — Não de... natureza legal. A mulher... você soube a respeito dela?

— Soube. Ouvi dizer que era uma cigana.

— Exato, uma cigana. E tinha um marido. Ele... ele me causou uns problemas.

— Como é o nome dele?

— Lemke, eu acho. Vou tentar resolver isso sozinho, mas gostaria de saber se... caso eu não consiga...

— Claro, claro, claro. Basta me ligar. Talvez eu possa fazer alguma coisa, talvez não. Talvez eu decida que não quero. Isto é, amigos sempre são amigos e negócios sempre são negócios, entende o que quero dizer?

— Sim, entendo.

— Às vezes, amigos e negócios se misturam, mas às vezes não se misturam, concorda?

— Concordo.

— O cara está tentando acabar com você?

Billy vacilou.

— Ainda é cedo para afirmar com segurança, Richard. O negócio é muito peculiar. Bem, sim, ele está acabando comigo. Me atingindo com dureza.

— Ora, merda, William, temos que conversar! Agora!

A preocupação na voz de Ginelli era nítida e imediata. Billy sentiu as lágrimas arderem calidamente em suas pálpebras e passou a mão com rudeza por uma face.

— Agradeço, agradeço muito, porém quero tentar resolver isso sozinho primeiro. Nem mesmo tenho muita certeza sobre o que desejaria que você fizesse.

— Se quiser telefonar, William, vou estar por aqui. Certo?

— Certo. E obrigado. — Billy hesitou. — Me diga uma coisa, Richard: você é supersticioso?

— Eu? Vem perguntar logo a um carcamano como eu se sou supersticioso? Eu que fui criado em uma família em que minha mãe, minha avó e todas as tias viviam se benzendo e rezando para todos os santos conhecidos e outros de que nunca ouvimos falar, cobrindo os espelhos quando alguém morria e fazendo figa para os corvos e gatos negros que cruzassem seus caminhos? *Eu?* Logo a *mim* você faz uma pergunta dessas?

— Exato — disse Billy, sorrindo um pouco a despeito de si mesmo. — Logo a você faço uma pergunta dessas.

A voz de Richard Ginelli chegou até ele inexpressiva, seca, áspera, inteiramente desprovida de humor.

— Eu só acredito em duas coisas, William. Armas e dinheiro, é nisso que acredito. E pode ter certeza disso. Supersticioso? Não eu, *paisano*. Você deve estar pensando em outro carcamano.

— Isso é muito bom — respondeu Billy.

Seu sorriso aumentou. Era o primeiro sorriso real em seu rosto durante quase um mês e fazia bem — fazia um bem *danado*.

Naquela noite, pouco depois de Heidi chegar, Penschley telefonou.

— Seus ciganos têm brincado de gato e rato conosco — disse ele. — Você já acumulou quase 10 mil dólares de despesa, Billy. Paramos?

— Primeiro, me diga o que conseguiu — respondeu Billy, sentindo o suor cobrir as mãos.

Penschley começou a falar em sua voz seca de estadista idoso.

O bando cigano tinha ido primeiramente para Greeno, uma cidade em Connecticut uns 50 quilômetros ao norte de Milford. Uma semana depois de terem sido expulsos de Greeno, apareceram em Pawtucket, perto de Providence, Rhode Island. Após Pawtucket, Attleboro, Massachusetts. Em Attleboro, um deles fora preso por perturbação da paz, pagou uma fiança irrisória e fugiu antes do julgamento.

— O que parece ter ocorrido foi o seguinte — disse Penschley. — Um morador da cidade, um tipo de valentão, perdeu dez pratas apostando moedinhas na roda da fortuna. Ele disse ao operador que a roda estava engatilhada, mas que iria à forra. Dois dias depois, ele viu o cigano saindo de uma loja. Discutiram e terminaram partindo pra briga no estacionamento. Duas testemunhas de fora da cidade disseram que foi o sujeito quem provocou a briga. Mais duas, moradoras locais, alegaram que o cigano a começara. De qualquer modo, foi o cigano que prenderam. Quando ele pagou a fiança e fugiu, os policiais locais ficaram eufóricos, porque isso lhes poupou as despesas de um julgamento e botou os ciganos para fora da cidade.

— Em geral, é assim que funciona, certo? — perguntou Billy.

Seu rosto ficou subitamente quente e ardente. Por algum motivo, tinha certeza de que o homem preso em Attleboro era o mesmo rapaz que jogara os pinos de boliche no parque comunitário de Fairview.

— Sim, na maioria das vezes — concordou Penschley. — Os ciganos conhecem o script; assim que dão as costas, os policiais locais ficam felizes. Nada de busca por meio das polícias vizinhas, nada de perseguição. É como um grão de poeira no olho. A gente pensa apenas no grão de poeira. Então, o olho lacrimeja e expulsa a poeira. A dor cessa imediatamente e nem queremos saber para onde foi o grão de poeira, não é mesmo?

— Um grão de poeira — disse Billy. — É isso o que ele era?

— Para a polícia de Attleboro, exatamente isso. Quer ouvir o resto agora, Billy, ou devemos debater os apuros dos vários grupos minoritários por um momento?

— Diga o resto, por favor.

— Os ciganos acamparam novamente em Lincoln, Massachusetts. Ficaram lá uns três dias antes de serem chutados de lá.

— Sempre o mesmo grupo? Você tem certeza?

— Tenho. Sempre os mesmos veículos. Tenho comigo uma lista com as placas, a maioria do Texas e Delaware. Quer a lista?

— Mais tarde, agora não. Prossiga.

Não havia muito mais. Os ciganos tinham aparecido em Revere, logo ao norte de Boston, ficaram lá dez dias e foram embora por vontade própria. Quatro dias em Portsmouth, New Hampshire... e então simplesmente desapareceram.

— Podemos levantar a pista novamente, se você quiser — disse Penschley. — Agora, estamos menos de uma semana atrasados. Há três investigadores de primeira classe da agência de detetives Barton nisso, e eles acham que a essa altura é quase certo que os ciganos estejam em alguma parte do Maine. Seguiram paralelos à interestadual 95, por toda a subida ao longo do litoral, partindo de Connecticut. Porra, pelo menos a partir das Carolinas, pelo que os homens de Greeley conseguiram encontrar do rastro deles. É quase como uma excursão de circo. É provável que eles trabalhem as zonas turísticas do sul do Maine, como Ogunquit e Kennebunkport, subindo para Boothbay Harbor e terminando em Bar Harbor. Então, quando a temporada de turismo vai chegando ao fim, eles descem para a Flórida ou costa do golfo no Texas para passar o inverno.

— Há um velho com eles? — perguntou Billy. Seus dedos apertavam o fone fortemente. — Com cerca de 80 anos? E um nariz horrendo, com... ferida, câncer, qualquer coisa assim?

Houve um som de papel sendo folheado que pareceu durar uma eternidade. E então:

— Taduz Lemke — disse Penschley com voz calma. — O pai da mulher que você atropelou. Sim, o velho está com eles.

— *Pai?* — bradou Halleck. — É impossível, Kirk! A mulher era *velha,* teria uns 70, 75...

— Taduz Lemke tem 106 anos.

Billy não conseguiu falar durante um longo tempo. Seus lábios se moviam, mas era tudo. Parecia um homem beijando um fantasma. Então, conseguiu repetir:

— É impossível...

— Uma idade que, sem dúvida, todos nós invejaríamos — disse Penschley —, mas não de todo impossível. Há registros de toda essa gente, sabe? Eles não perambulam mais em caravanas pela Europa oriental, embora eu imagine que alguns dos mais velhos, como este tal Lemke, desejassem o contrário. Tenho fotos para você... Números do seguro social... impressões digitais, se quiser. Lemke tem alegado estar com 106, 108 e 120 anos. Escolhi acreditar em 106 porque confere com a informação do seguro social obtida pelos agentes da Barton. Susanna Lemke era filha dele mesmo, não há qualquer dúvida neste sentido. E, se isso vale para alguma coisa, ele é mencionado como "presidente da companhia Taduz" nas várias permissões para jogos que eles precisam obter... assim significando que é o cabeça da tribo, do bando ou seja lá que nome deem a si mesmos.

Filha dele? *Filha* de Lemke? Na mente de Billy, isso pareceu modificar tudo. E se alguém matasse Linda por atropelamento? E se fosse Linda a atropelada como um cachorro vira-lata?

— ... que encerremos?

— Como? — disse Billy, procurando voltar a atenção para Kirk Penschley.

— Perguntei se não quer mesmo que encerremos. O dinheiro está saindo do seu bolso, Billy.

— Por favor, peça que investiguem um pouco mais — disse Billy. — Tornarei a ligar dentro de quatro dias, não, três, para saber se os localizaram.

— Não é preciso — respondeu Penschley. — Se... *quando...* o pessoal da Barton localizar os ciganos, você será o primeiro a saber.

— Não estarei aqui — disse Halleck lentamente.

— Oh? — A voz de Penschley era cautelosamente descompromissada. — E onde acha que estará?

— Estarei viajando — disse Halleck, e desligou logo depois.

Ficou quieto, a mente num confuso turbilhão, os dedos — seus dedos muito *finos* — tamborilando inquietamente na borda da mesa.

Capítulo 16: A Carta de Billy

Pouco depois das dez horas do dia seguinte, Heidi saiu para fazer compras. Não se preocupou em dizer a Billy aonde ia ou quando voltaria, um velho e amistoso hábito que deixara de existir. Ele ficou em seu escritório observando o Olds descer de ré da garagem até a rua. Por um rápido momento, Heidi virou a cabeça, e os olhos de ambos pareceram se encontrar, os dele, confusos e assustados, os dela, silenciosamente acusadores: *Você me fez mandar nossa filha para longe, não quer procurar a ajuda profissional de que precisa, nossos amigos já começam a comentar. Você parece querer um copiloto para acompanhá-lo à terra das palhaçadas e fui a escolhida... Pois bem, foda-se, Billy Halleck. Deixe-me em paz. Pegue fogo se quiser, mas você não tem o direito de me pedir que lhe faça companhia.*

Apenas uma ilusão, claro. Ela não podia vê-lo tão recuado na sala, em meio às sombras.

Apenas uma ilusão, mas doía.

Depois que o Oldsmobile desapareceu descendo a rua, Billy colocou uma folha de papel em sua máquina de escrever Olivetti e escreveu "Querida Heidi" no alto. Foi a única parte da carta que saiu com facilidade. Ele escreveu uma frase dolorosa de cada vez, sempre preocupado com a ideia de que ela voltaria e o encontraria ainda batendo a carta na máquina. Mas ela não voltou. Billy finalmente puxou a folha da máquina de escrever e a leu.

    Querida Heidi,
    Quando ler isto, já terei partido. Não sei exatamente para onde e não sei ao certo por quanto tempo, mas espero que, ao voltar, tudo isso esteja encerrado. Esse pesadelo com o qual temos vivido.
    Michael Houston está enganado, Heidi — enganado em tudo. Leda Rossington realmente me *contou* que o velho cigano — o nome

dele é Taduz Lemke, por falar nisso — tocou em Cary. Ela também realmente me *contou* que a pele de Cary estava se transformando em placas endurecidas. E Duncan Hopley *estava* realmente coberto de espinhas... Era mais terrível do que você possa imaginar.

Houston se recusa a examinar seriamente a cadeia de lógica que apresentei em defesa do que acredito. Também se recusa *firmemente* a relacionar essa cadeia de lógica à inexplicabilidade do que vem acontecendo comigo (70 quilos esta manhã, quase 45 a menos agora). Ele não pode fazer tais coisas, porque, se o fizesse, seria lançado inteiramente fora de órbita. Prefere encerrar-me em um asilo pelo resto da vida a pelo menos *considerar* com seriedade a hipótese de que tudo esteja acontecendo em decorrência da maldição de um cigano. A ideia de que coisas peculiares como pragas ciganas possam existir — seja em que lugar for do mundo, mas especialmente em Fairview, Connecticut — é a condenação de tudo aquilo em que Michael Houston acredita. Os deuses dele saem de frascos, não do ar.

Mas creio que em algum lugar, bem no fundo, *você* talvez acredite que isso seja possível. Acho que um pouco de sua raiva contra mim nessa última semana foi por minha insistência em crer no que *seu coração sabe ser verdade*. Acuse-me de bancar o psiquiatra amador caso deseje, mas venho raciocinando da seguinte maneira: acreditar na maldição é acreditar que apenas um de nós esteja sendo punido por algo em que ambos tivemos parte. Eu me refiro a você fugir da culpa... e Deus sabe, Heidi, que, no lado covarde e ansioso de minha alma, acho que, se estou passando por esse declínio infernal, você também deveria estar passando por um... A infelicidade anseia por companhia, e acho que todos temos em nossa natureza um traço de pura mesquinharia tão estreitamente ligado ao nosso lado bom que jamais nos libertaremos dela.

Contudo, existe outro lado em mim, uma parte que a ama, Heidi, que nunca desejaria vê-la atingida pelo menor sofrimento. Esta minha parte melhor tem também um lado lógico e intelectual, daí o motivo desta partida. Preciso encontrar aquele cigano, Heidi. Preciso encontrar Taduz Lemke e dizer a ele a que conclusões cheguei nas últimas seis semanas mais ou menos. É fácil acusar, fácil querer vingança. Entretanto, quando analisamos as coisas em detalhes, começamos a ver que cada evento é encadeado a outro evento; que as coisas às vezes acontecem simplesmente porque têm de acontecer. Nenhum de nós gosta de pensar que seja assim, porque então jamais poderíamos agredir alguém para amenizar a dor; teria que encontrar outro meio, e nenhum dos outros meios é tão simples ou tão satisfatório. Quero dizer a ele que não houve intenção deliberada. Quero pedir-lhe para reverter o que fez... sempre presumindo que tenha o poder para tanto. Mas o que quero fazer, acima de tudo, é simplesmente desculpar--me. Pedir desculpas em meu nome... no seu... no de toda Fairview. Agora sei muito mais sobre ciganos do que antes. Poderia dizer que meus olhos se abriram. Assim, acho justo dizer-lhe mais uma coisa, Heidi — se ele puder reverter o que fez, se eu constatar que para mim existirá um futuro, afinal —, não passarei esse futuro em Fairview. Descobri que estou saturado do bar do Andy, de Lantern Drive, do Country Club, de toda esta cidade suja e hipócrita. Se eu tiver esse futuro, espero que você e Linda venham comigo para esse outro lugar mais limpo, e que nós três o partilhemos. Se não quiserem ou não puderem, irei assim mesmo. Se Lemke não quiser ou nada puder fazer para me ajudar, pelo menos vou sentir que fiz tudo que estava ao meu alcance. Então, talvez volte para casa e me interne espontaneamente na Clínica Glassman, caso seja ainda a sua vontade.

Sugiro que mostre esta carta a Mike Houston se for o seu desejo, ou para os médicos da Glassman. Imagino que todos concordem ser uma excelente terapia o que estou fazendo. Afinal, raciocinarão, se ele age dessa maneira consigo mesmo como punição (eles insistem em anorexia nervosa psicológica, aparentemente acreditando que, quando uma pessoa se sente culpada o suficiente, pode acelerar o próprio metabolismo até ele queimar calorias em excesso diariamente), enfrentar Lemke pode ser exatamente o tipo de expiação de que ele precisa. Ou, raciocinarão eles, há duas outras possibilidades: uma, que Lemke ria e replique que jamais lançou uma maldição em sua vida, assim estraçalhando o sustentáculo psicológico em que se equilibra a minha obsessão; outra, que Lemke reconheça uma possibilidade de lucro, que minta e afirme que me amaldiçoou, então me cobre por alguma "cura" charlatanesca — porém (pensarão eles), uma cura mentirosa para uma maldição mentirosa poderá ser totalmente eficaz!

Contratei detetives por intermédio de Kirk Penschley e concluí que os ciganos têm seguido sempre para o norte, subindo a interestadual 95. Espero encontrá-los no Maine. Se algo decisivo acontecer, você ficará sabendo o quanto antes; nesse ínterim, farei o possível para não importuná-la. Mas acredite que eu a amo de todo o coração.
     Seu,
Billy

Colocou a carta em um envelope com o nome de Heidi rabiscado na frente. Deixou-o recostado à bandeja giratória da mesa da cozinha. Em seguida, telefonou para um táxi levá-lo à agência Hertz em Westport. Ficou nos degraus esperando o táxi chegar, ainda com a esperança vaga de que Heidi aparecesse antes e pudessem conversar sobre o assunto da carta.

     Só depois que o táxi manobrou para a entrada da garagem e que Billy se viu ocupando o banco traseiro, ele admitiu para si mesmo que conversar com Heidi a essa altura talvez não fosse uma ideia tão boa — conseguir falar com ela fazia parte do passado, do tempo em que ele habitava a Cidade da Gordura... de mais de um jeito, e sem mesmo se dar conta disso. Isso era passado. Se houvesse algum futuro, este se encontrava depois de quilômetros de rodovia, em algum ponto do Maine, e Billy devia começar a procurá-lo antes que seu corpo se dissolvesse e se transformasse em nada.

Capítulo 17: 62

Billy passou a noite em Providence. Ligou para o escritório, foi atendido pelo serviço de recados e deixou uma mensagem para Kirk Penschley: ele poderia fazer a gentileza de enviar fotos disponíveis dos ciganos e todos os detalhes possíveis sobre seus veículos, incluindo números das placas e documentação para o Hotel Sheraton em South Portland, Maine?

O atendente releu a mensagem corretamente — um pequeno milagre, na opinião de Billy — e ele foi dormir. O trajeto de Fairview a Providence tinha menos de 240 quilômetros, porém ele estava exausto. Dormiu sem sonhar pela primeira vez em semanas. Na manhã seguinte, descobriu que não havia balança no banheiro do motel. Obrigado por esses pequenos favores, meu Deus, pensou Billy Halleck.

Vestiu-se rapidamente, parando apenas uma vez, quando amarrava os sapatos, muito espantado ao ouvir-se assobiando. Retornou à interestadual por volta das oito e meia, e se registrou no Sheraton em frente a um grande shopping center quando eram seis e meia da tarde. Uma mensagem de Penschley esperava por ele: *Informação a caminho, mas difícil. Talvez leve um dia ou dois.*

Que ótimo, pensou Billy. *Com quase um quilo por dia, Kirk, que diabo... em três dias posso perder o equivalente a uma embalagem de seis latas grandes de cerveja. Em cinco dias, posso perder um saco de farinha de tamanho médio. Leve o tempo que precisar, cara, por que não?*

O Sheraton de South Portland era redondo, e o quarto de Billy tinha a forma de uma fatia de torta. Sua mente sobrecarregada, que até então convivera com tanta coisa, considerou quase impossível lidar com um dormitório terminado em ponta. Estava cansado de dirigir e com dor de cabeça. Refletiu que o restaurante era mais do que podia enfrentar... em especial se também terminasse em ponta. Em vez de ir até lá, pediu que o servissem no quarto.

Ele acabara de sair do chuveiro quando soou a batida do garçom. Enfiou o roupão que a gerência cortesmente providenciara (um pequeno cartão despontava do bolso do roupão com a inscrição NÃO ROUBARÁS) e cruzou o quarto gritando: "Um momento."

Halleck abriu a porta... e pela primeira vez passou pela desagradável experiência de saber como devem se sentir as aberrações de circo. O garçom era um rapazinho com não mais de 19 anos, cabelos sujos e faces encovadas, como uma imitação dos punks ingleses. Nada de mais. Olhou para Billy com o vago desinteresse do sujeito que vê centenas de homens em roupões do hotel a cada turno de trabalho; o desinteresse diminuiria um pouco quando ele baixasse os olhos para a conta a fim de verificar o montante da gorjeta, mas foi só isso. Então, os olhos do garçom se arregalaram em uma expressão sobressaltada que era quase de horror. Foi apenas um instante; logo o ar desinteressado retornou. Entretanto, Billy percebera.

Horror. Era quase horror.

E a expressão sobressaltada continuava lá — disfarçada, mas ainda lá. Billy pensou que podia percebê-la agora, porque fora acrescentado outro elemento: fascinação.

Os dois ficaram paralisados por um instante, ligados pela desconfortável e indesejada parceria de quem olha espantado e de quem é objeto desse olhar. Billy pensou aturdidamente em Duncan Hopley, sentado em sua aconchegante residência da Ribbonmaker Lane, com todas as luzes apagadas.

— Muito bem, vá entrando — disse de forma grosseira, interrompendo o momento com demasiado vigor. — Vai ficar aí fora a noite inteira?

— Oh, não, senhor — disse o garçom do serviço de quarto. — Sinto muito.

Sangue quente subiu-lhe o rosto e Billy sentiu pena dele. Não era um punk, nem algum cruel delinquente juvenil que fora ao circo ver os crocodilos vivos. Era apenas um universitário com um emprego de verão, surpreendido por um homem esquelético que podia ou não ter alguma espécie de doença.

O velhote me lançou uma praga em mais de um sentido, pensou Billy.

O rapazinho não tinha culpa se Billy Halleck, saído de Fairview, Connecticut, havia perdido peso suficiente para quase alcançar o status de aberração. Billy lhe deu um dólar a mais e se livrou dele o mais depressa possível. Depois foi ao banheiro e olhou para si mesmo, abrindo o roupão lentamente, um arquétipo de exibicionista praticando na intimidade do próprio quarto. Tinha amarrado frouxamente o cinto do roupão; então a maior parte do tórax e parte da barriga ficaram à vista. Não era difícil entender o choque do garçom só em olhar para aquilo. Ficava ainda mais fácil com o roupão inteiramente aberto e toda a parte frontal do corpo refletida no espelho.

Cada costela se destacava claramente. As clavículas eram arestas perfeitamente definidas cobertas por pele. As maçãs do rosto estavam salientes. O esterno era um nó congestionado, a barriga uma concavidade, a pélvis uma horripilante fúrcula articulada. As pernas continuavam mais ou menos como se lembrava delas, compridas e ainda bem musculosas, os ossos ainda enterrados — afinal, nunca engordara muito naquelas áreas. Mas da cintura para cima ele estava realmente se transformando em um fenômeno de parque de diversões — o Esqueleto Humano.

Sessenta e cinco quilos, pensou. *O suficiente para tirar do armário o homem de marfim escondido. Agora você sabe como é sutil o limite entre o que sempre aceitou como garantido, imaginando que sempre seria assim, e esta loucura absoluta. Se um dia você se questionou, agora sabe. Você ainda parece normal — bem, razoavelmente normal — quando vestido, mas quanto tempo levará para receber olhares semelhantes ao do garçom, mesmo vestido? Uma semana?*

A dor de cabeça estava pior, e embora antes se sentisse faminto, constatou que só conseguia beliscar o jantar. Dormiu mal e acordou cedo. Não assobiou enquanto se vestia.

Decidiu que Kirk Penschley e os investigadores da Barton tinham razão — os ciganos seguiriam a linha da costa. Durante o verão no Maine, era lá que havia atividade, porque lá é que se achavam os turistas. Eles vinham nadar em água fria demais, tomar banho de sol (muitos dias permaneciam enevoados e com um chuvisco constante, porém os turistas pareciam nunca se lembrar disso), comer lagostas e mariscos, comprar cinzeiros pintados com gaivotas, ir a teatros de verão em Ogunquit e Brunswick, fotografar os faróis de Portland e Pemaquid ou apenas perambular por lugares em evidência, como Rockport, Camden e, naturalmente, Bar Harbor.

Os turistas estavam ao longo do litoral e, acompanhando-os, os dólares que eles pareciam ansiosos em tirar das carteiras. Era também onde os ciganos estariam — mas em que lugar, exatamente?

Billy anotou mais de cinquenta cidadezinhas litorâneas e então desceu para o térreo. O barman era de Nova Jersey e nada conhecia além de Asbury Park, porém Billy encontrou uma garçonete que passara a vida inteira no Maine, estava familiarizada com o litoral e adorava falar a respeito.

— Estou procurando algumas pessoas e tenho quase certeza de que estão em uma cidade do litoral, mas não uma cidade chique. Um lugar mais...

— Uma cidade mais descontraída? — perguntou ela.

Billy assentiu com a cabeça. A garçonete percorreu a lista dele.

— Old Orchard Beach — disse ela. — É a cidadezinha mais descontraída de todas. Da maneira como são as coisas por lá, até o Dia do Trabalho* seus amigos só chamariam a atenção se cada um tivesse três cabeças.

— Há outras cidades?

— Bem... a maioria das que existem ao longo do litoral costuma ficar um pouco descontraída no verão — explicou ela. — Veja Bar Harbor, por exemplo. Quem já ouviu falar de lá tem uma imagem de Bar Harbor como sendo um lugar elegante... com classe... cheio de gente rica andando de Rolls-Royce.

— E não é assim?

— Não. Frenchman's Bay, talvez, mas não Bar Harbor. No inverno, é apenas uma cidadezinha morta onde a barca das 10h25 é a coisa mais excitante que ocorre o dia inteiro. No verão, Bar Harbor vira uma cidade de loucos. É como Fort Lauderdale durante as férias da primavera: repleta de maconheiros, bichas e hippies velhos. Pode-se estar na

---

* Nos Estados Unidos, o Dia do Trabalho é comemorado na primeira segunda-feira de setembro. (N. da T.)

divisa da cidade com Northeast Harbor, respirar fundo e ficar doidão com toda a droga que há em Bar Harbor se o vento estiver soprando na direção certa. E a rua principal, até depois do Dia do Trabalho, é uma rua de festa. A maioria das cidades de sua lista funciona mais ou menos assim, mas Bar Harbor é mais do que todas as outras, entende?

— Estou entendendo — disse Billy, sorrindo.

— Eu costumava ir lá algumas vezes, em julho ou agosto. Passava um tempo lá, mas parei. Agora estou velha demais para isso.

O sorriso de Billy se tornou melancólico. A garçonete aparentava ter, no máximo, uns 23 anos.

Ele lhe deu cinco dólares; ela lhe desejou um agradável verão e boa sorte para encontrar os amigos. Billy assentiu, mas, pela primeira vez, não ficou tão ansioso por tal possibilidade.

— Aceitaria um conselho, senhor?

— Claro — respondeu ele, achando que ela talvez fosse sugerir qual considerava o melhor lugar para começar. Só que *isso* há muito ele havia decidido por si mesmo.

— Acho que devia engordar um pouco — disse a jovem. — Coma massa. É o que minha mãe lhe diria. Muita massa. Engorda alguns quilos.

No terceiro dia em South Portland, chegou para Halleck um envelope pardo cheio de fotos e informações sobre veículos. Ele examinou as fotos lentamente, olhando para cada uma. Ali estava o rapaz que fizera malabarismos com os pinos de boliche; seu nome também era Lemke, Samuel Lemke. Olhava para a câmera com uma franqueza descompromissada, parecendo tão propenso ao prazer e à amizade como à raiva e ao retraimento. Ali estava a bela jovem que estivera assentando o alvo para os tiros com o estilingue quando os policiais chegaram — e, sim, era tão bonita quanto Halleck supusera ao vê-la de longe no parque. Chamava-se Angelina Lemke. Billy colocou a foto dela ao lado da de Samuel Lemke. Irmão e irmã. Netos de Susanna Lemke?, ele se perguntou. Bisnetos de Taduz Lemke?

Ali estava o homem de idade que estivera distribuindo os folhetos — Richard Crosskill. Havia mais outros com o nome Crosskill. Também Stanchfield. Starbird. Mais Lemke. E então... nas últimas fotos...

Era ele. Os olhos, apanhados entre redes finas de rugas, eram escuros, equilibrados e cheios de límpida inteligência. Tinha um lenço passado sobre a cabeça e amarrado ao lado da face esquerda. Um cigarro estava enfiado entre os lábios rachados. O nariz era um horror, aberto e úmido, pustulento e terrível.

Billy contemplou a foto como hipnotizado. Havia algo quase familiar naquele velho, alguma conexão que sua mente não conseguia efetuar. Então, descobriu o que era. Taduz Lemke o fazia lembrar daqueles velhos dos comerciais do iogurte Danone, aqueles da Geórgia russa, que fumavam cigarros sem filtro e bebiam vodca barata, e que chegavam a idades incríveis de 130, 150, 160 anos. Então, um verso de uma canção de Jerry Jeff Walker lhe ocorreu, aquela sobre Mr. Bojangles: *Ele parecia a própria imagem da velhice...*

Sim. Era isso que ele via no rosto de Taduz Lemke — era a própria imagem da velhice. Naqueles olhos, Billy viu um profundo conhecimento capaz de fazer sombra a todo o século XX e estremeceu.

Nessa noite, quando se pesou na balança do banheiro anexo ao seu quarto em forma de fatia, o marcador indicava 62.

Capítulo 18: A Busca

Old Orchard Beach, a garçonete tinha dito. *É a cidadezinha mais descontraída de todas.* O recepcionista concordou. O mesmo disse a jovem da cabine de informações turísticas, 6 quilômetros abaixo na autoestrada, embora se recusasse a usar termos tão nitidamente pejorativos. Billy manobrou o carro alugado na direção de Old Orchard Beach, que ficava a cerca de 30 quilômetros ao sul.

O tráfego ficou lento ainda a uns 2 quilômetros da praia. Naquele cortejo, a maioria dos veículos tinha placas canadenses. Muitos deles eram veículos recondicionados, parecendo grandes o suficiente para transportar equipes inteiras de futebol americano. A maior parte das pessoas que Billy via, fosse no trânsito arrastado, fosse caminhando às margens da rodovia, parecia vestir o mínimo que a lei permitia, às vezes ainda menos — havia um bocado de biquínis fio dental, um bocado de sungas apertadas, um bocado de pele coberta de óleo em exibição.

Billy vestia jeans, uma camisa branca de colarinho aberto e paletó esporte. Sentado ao volante de seu carro, sofria com o calor, mesmo com o ar-condicionado ligado no máximo. Entretanto, não esquecera a maneira como o rapaz do serviço de quarto do hotel olhara para ele. Seu traje era o mínimo possível que se permitiria, mesmo que terminasse o dia com os tênis encharcados de suor.

O trânsito rastejante passou por pântanos marinhos, duas dúzias de tendas vendendo lagostas e mariscos, para finalmente desembocar em uma zona de casas de veraneio, coladas umas às outras de alto a baixo. Veranistas também com o mínimo de roupa ocupavam cadeiras de jardim diante da maioria daquelas casas, comendo, lendo romances ou simplesmente apreciando o fluxo interminável do tráfego.

Céus, pensou Billy, *como podem aguentar o fedor dos canos de descarga?* Ocorreu-lhe que talvez até gostassem, que talvez por isso mesmo estivessem sentados ali, em vez de na praia, que o cheiro os fazia lembrar de casa.

As residências deram lugar a motéis com cartazes anunciando ON PARLE FRANÇAIS ICI e MOEDA CANADENSE NO VALOR DE 1 PARA 1 ACIMA DE 250 DÓLARES e TEMOS TELEVISÃO A CABO e 3 MINUTOS ATÉ O MAR e *BONJOUR A NOS AMIS DE LA BELLE PROVINCE!*

Os motéis deram lugar a uma via comercial que parecia ter principalmente lojas de material fotográfico barato, de suvenires e empórios de livros pornográficos. Jovens em shorts e tops caminhavam lentamente, indo e vindo, alguns de mãos dadas ou olhando vitrines sujas com uma completa falta de interesse, outros andando de skate e abrindo caminho através de grupos de pedestres sem ânimo algum. Aos olhos fascinados e desalentados de Billy Halleck, todos pareciam acima do peso e todos — mesmo os garotos dos skates — pareciam estar comendo alguma coisa: uma fatia de pizza aqui, um sorvete ali, um saco de Doritos, um saco de pipocas ou um tufo de algodão-doce acolá. Avistou um sujeito gordo, de camisa branca para fora das bermudas verdes e frouxas e de chinelo, devorando um cachorro-quente de uns 30 centímetros. Do seu queixo escorria uma tira de algo que poderia ser cebola ou *sauerkraut*. Exibia outros dois cachorros-quentes entre os dedos rechonchudos da mão esquerda e, para Billy, parecia um mágico de palco exibindo bolas de borracha vermelha antes de fazê-las desaparecer.

A rua principal veio em seguida. Uma montanha-russa delineava-se contra o céu. Uma réplica gigantesca de um barco viking oscilava para frente e para trás em íngremes semicírculos enquanto os passageiros gritavam. Sinos tocavam e luzes piscavam em um fliperama à esquerda de Billy; à sua direita, adolescentes em camisetas regata listradas dirigiam carrinhos bate-bate em uma pista. Pouco além do fliperama, um rapaz e uma moça se beijavam. Os braços dela estavam ao redor do pescoço dele. Uma das mãos do rapaz estava no traseiro dela; na outra, ele segurava uma lata de cerveja.

Sim, pensou Billy. *Sim, é este o lugar. Tem de ser!*

Ele parou o carro em um estacionamento com piso de asfalto fervendo, pagou 17 dólares ao atendente por uma permanência de metade do dia, transferiu a carteira do bolso traseiro da calça para o bolso interno do paletó esporte e iniciou a caçada.

A princípio, pensou que a perda de peso talvez houvesse se acelerado. Todos olhavam para ele. A parte racional de sua mente assegurou prontamente que era apenas por causa das roupas, não pela aparência do corpo *por baixo* delas.

As pessoas olhariam para você da mesma maneira se estivesse caminhando na calçada desta cidade de veraneio usando sunga e camiseta em outubro, Billy. Vá com calma. Você é apenas algo para alguém olhar e, por aqui, há um bocado para se olhar.

Era a pura verdade. Billy viu uma mulher gorda usando um biquíni preto, a pele muito bronzeada reluzindo de óleo. A barriga dela era pródiga, o movimento dos músculos longos nas coxas, algo quase mítico e estranhamente excitante. Ela se movia para a amplidão da faixa branca de areia como um transatlântico, as nádegas flexionando-se como ondas do mar. Ele viu um poodle grotescamente gordo, o pelo cacheado já tosado para o verão, a língua — mais cinza do que rosada — pendendo languidamente, acomodado à sombra de uma barraca de pizza. Viu duas brigas a socos. Viu uma enorme gaivota de asas manchadas de cinza e olhos foscos e negros arremeter para baixo como flecha e arrancar um gorduroso bolinho da mão de um bebê em um carrinho.

Além de tudo isso, estendia-se o alvo crescente da praia de Old Orchard, sua brancura agora quase inteiramente obscurecida por pessoas deitadas para o banho de sol pouco depois do meio-dia no princípio do verão. Contudo, tanto a praia como o Atlântico além dela pareciam de certo modo reduzidos e inferiorizados pela vibração e pausas eróticas da rua principal — a confusão de pessoas com restos de comida secando nas mãos, bocas e faces, os gritos dos ambulantes ("Adivinho seu peso!", Billy ouviu alguém gritar em um ponto à sua esquerda; "Se eu errar por mais de 2 quilos e meio, você ganha o dólar da aposta!"), os guinchos estridentes dos brinquedos no parque de diversões, a barulhenta música do rock que se ouvia nos bares.

De repente, Billy começou a se sentir irreal — fora de si mesmo, como se estivesse tendo um daqueles exemplos de projeção astral da revista *Destino*. Nomes — Heidi, Penschley, Linda, Houston — pareciam subitamente soar falsos e distantes, como nomes inventados na pressa do momento para uma história ruim. Tinha a sensação de que podia olhar por trás das coisas e ver as luzes, as câmeras, técnicos de iluminação e algum inimaginável "mundo real". O cheiro do mar parecia abafado pelo de comida estragada e sal. Os sons chegavam distantes, como flutuando através de um comprido corredor.

Projeção astral, uma ova, pronunciou uma voz fraca. *Você está a caminho de uma insolação, meu amigo.*

Isso é ridículo. Nunca tive uma insolação na vida.

Bem, acho que, quando uma pessoa perde 54 quilos, isso realmente lhe pifa o termostato. Se não sair já do sol, você vai acabar na sala de emergência de algum pronto-socorro fornecendo o número de sua Blue Cross e Blue Shield. O que prefere?

— Certo, você me convenceu — murmurou Billy, e um garoto que passava despejando na boca o conteúdo de uma caixa de biscoitos se virou e o fitou com ar penetrante. Havia um bar adiante chamado The Seven Seas. Dois cartazes fixados na porta anunciavam: TEMPERATURA GELADA e PARADA DA HAPPY HOUR. Billy entrou.

O Seven Seas não apenas tinha uma temperatura gelada como estava misericordiosamente sossegado. Um aviso no jukebox dizia: UM CRETINO ME CHUTOU A NOITE PASSADA E AGORA ESTOU AVARIADO. Mais abaixo havia uma tradução francesa dando a mesma explicação. Mas Billy deduziu que, pela aparência envelhecida do aviso e pela poeira no jukebox, a "noite passada" em questão devia ter acontecido vários anos antes. Havia alguns fregueses no bar, em sua maioria homens de idade, vestidos mais ou menos como Billy — mais para passear na rua do que para a praia. Uns jogavam damas e gamão. Quase todos usavam chapéu.

— O que vai querer? — perguntou o barman, aproximando-se.

— Uma Schooner, por favor.

— Certo.

A cerveja chegou. Billy bebeu lentamente, observando o fluxo e refluxo na calçada além das vidraças do bar, ouvindo o murmúrio dos homens de idade. Sentiu que algo de sua força — algo de seu senso de *realidade* — começava a retornar.

O barman voltou.

— Mais uma?

— Por favor. E, se tiver tempo, gostaria de falar com você.
— Sobre o quê?
— Sobre certas pessoas que podem ter passado por aqui.
— Aqui, onde? No Seas?
— Em Old Orchard.

O homem riu.

— Pelo que posso ver, todo mundo no Maine e metade do Canadá passam por aqui no verão, meu chapa.
— Eu me refiro a ciganos.

O homem resmungou e trouxe para Billy outra garrafa de Schooner.

— Está querendo falar dos andarilhos. Todos que vêm a Old Orchard no verão são andarilhos. Aqui dentro é um pouco diferente. A maioria dos que vêm ao bar é de sujeitos residentes aqui mesmo. As pessoas lá fora... — Ele acenou para as vidraças, rejeitando os transeuntes com uma torção de pulso. — Andarilhos. Como você, meu chapa.

Billy despejou cuidadosamente a Schooner no copo inclinado e depois colocou uma nota de dez dólares sobre o balcão do bar.

— Acho que não nos entendemos bem. Estou falando sobre ciganos de verdade, não sobre turistas ou veranistas.
— Ciganos de verdade... Oh, deve estar falando daqueles sujeitos que acamparam fora daqui, lá por Salt Shack.

O coração de Billy bateu mais rápido no peito.

— Posso lhe mostrar algumas fotos?
— Não adiantaria nada. Eu não os vi. — Olhou para a nota de dez por um momento e depois chamou: — Lon! Lonnie! Venha cá um minuto!

Um dos homens idosos que estivera sentado perto da janela se levantou e caminhou para o bar arrastando os pés. Usava calças de algodão cinza, uma camisa branca grande demais para ele e um chapéu de palha de aba virada. Tinha o rosto cansado. Apenas os olhos eram vivos. Fazia Billy recordar alguém e, após um instante, soube quem era. O velho parecia Lee Strasberg, o professor e ator.

— Este é Lon Enders — apresentou o barman. — Ele tem uma pequena propriedade a oeste da cidade. Fica no mesmo lado de Salt Shack. Lon vê tudo o que acontece em Old Orchard.
— Eu sou Bill Halleck.

— Prazer em conhecê-lo — disse Lon Enders em uma voz rouca, acomodando-se na banqueta ao lado. Ele não pareceu se sentar realmente; os joelhos deram a impressão de estalar assim que o traseiro tocou na almofada da banqueta. — Aceita uma cerveja? — perguntou Billy.

— Não posso — replicou a voz rouca, e Billy moveu a cabeça ligeiramente para fugir do hálito fortemente adocicado do velho. — Já tomei a minha de hoje. O doutor disse que não posso passar de uma. Tripas avariadas. Se eu fosse um carro, estaria pronto para o ferro-velho.

— Oh — exclamou Billy, desajeitadamente.

O barman se afastou e começou a encher a máquina de lavar louça com copos de cerveja. Enders olhou para a nota de dez dólares. Depois olhou para Billy.

Halleck explicou novamente enquanto o rosto cansado e muito lustroso de Enders fitava sonhadoramente as sombras do Seven Seas e os sons do fliperama ao lado eram ouvidos ao longe, como sons entreouvidos em um sonho.

— Eles estiveram aqui — disse Enders quando Billy terminou. — Estiveram sim. Há sete anos ou mais que eu não via ciganos. E não via esse bando há talvez uns vinte.

A mão direita de Billy apertou o copo de cerveja que segurava, e ele teve que relaxar a pressão conscientemente para não quebrá-lo. Depositou o copo cuidadosamente sobre o balcão.

— Quando? O senhor tem certeza? Tem alguma ideia de para onde eles iriam? Poderia...?

Enders ergueu a mão. Era tão branca como a de um afogado retirado de um poço e, para Billy, pareceu ligeiramente transparente.

— Devagar, meu amigo — disse ele com voz sussurrante. — Direi tudo o que sei.

Com o mesmo esforço consciente, Billy se obrigou a ficar calado. A apenas esperar.

— Vou ficar com as dez pratas porque você me parece poder pagar, meu amigo — sussurrou Enders. Enfiou a nota no bolso da camisa e depois introduziu na boca o polegar e o indicador da mão esquerda, ajustando a dentadura superior. — Mas eu falaria de graça. Diabo, quando a gente fica velho, descobre que pagaria a alguém para escutar... Quer perguntar a Timmy ali se ele pode me arrumar um copo de água gelada? Confesso que até uma cerveja só está ficando demais para mim. Parece queimar o que me resta de estômago, mas é duro um homem desistir de todos os seus prazeres, mesmo quando eles não lhe dão mais nenhum prazer.

Billy chamou o barman e ele trouxe a água gelada para Enders.

— Você está bem, Lon? — perguntou ao colocar o copo no balcão.

— Já estive melhor e já estive pior — sussurrou Lon, e ergueu o copo. Por um momento, Billy pensou que seria pesado demais para ele. Mas Enders conseguiu levá-lo à boca, embora derramasse um pouco no trajeto. — Você quer falar com este cara? — perguntou Timmy.

A água fria pareceu reavivar Enders. Ele pousou o copo no balcão, olhou para Billy e depois para o barman.

— Acho que alguém devia falar com ele — respondeu. — Não me parece ainda tão mal como eu... mas vai chegar lá.

Enders morava em uma pequena colônia de aposentados em Cove Road. Disse que Cove Road fazia parte da "verdadeira Old Orchard — aquela para a qual a patota não liga".

— Patota? — estranhou Billy.

— Os veranistas, meu amigo, os veranistas. Eu e minha esposa viemos para esta cidade em 1946, logo depois da guerra. Ficamos aqui desde então. Aprendi a diferenciar um veranista de um morador local com o Solitário Tommy McGhee, morto agora faz muitos anos. Gastei as tripas de tanto gritar, foi o que fiz, e o que você ouve agora é tudo o que sobrou.

Houve novamente a risadinha, quase tão fraca como um hálito de brisa antes do alvorecer.

Enders parecia ter conhecido todos os que estavam associados à feira de verão que era Old Orchard — os negociantes, ambulantes, trabalhadores braçais, vendedores de lembrancinhas, mecânicos de parque de diversões, jogadores, trabalhadores de temporada, traficantes e gigolôs. Em sua maioria, eram pessoas que viviam ali, que ele conhecia há décadas, ou gente que voltava em todos os verões, como pássaros migratórios. Eles compunham uma comunidade bastante agradável, jamais vista pelos veranistas.

Enders também conhecia uma grande porção do que o barman chamara de "andarilhos". Estes eram os verdadeiros viajantes, pessoas que vinham por uma ou duas semanas, faziam alguns negócios na exaltada atmosfera de cidade-festa que era Old Orchard, depois iam para outro lugar.

— E o senhor se lembra de *todos* eles? — perguntou Billy duvidosamente.

— Oh, eu não me lembraria se fossem pessoas diferentes de ano para ano — sussurrou Enders —, mas não é assim com os andarilhos. Este pessoal não é tão regular como os empregados de manutenção das máquinas no parque de diversões e os biscateiros, mas também tem um padrão. Você vê um cara andando pela calçada da praia em 1957 vendendo bambolês pendurados no braço. Torna a vê-lo em 1960, vendendo relógios de luxo por três pratas cada. O cabelo dele talvez esteja preto em vez de louro, e então ele pensa que os outros não o reconhecerão. Acredito que os veranistas não o reconheceriam, mesmo se tivessem andado por aqui em 1957, porque eles vão embora e apagam tudo da cabeça. Só que nós o conhecemos. Conhecemos os andarilhos. Nada muda, exceto o que eles vendem, mas o que eles vendem está sempre alguns passos à margem da lei.

"Com os traficantes a coisa é outra. São muitos e estão sempre indo para a cadeia ou morrendo. Quanto às prostitutas, envelhecem muito depressa para serem lembradas. Mas você queria falar sobre ciganos. Acho que são os andarilhos mais antigos de todos, se pensarmos nisso um instante."

Billy tirou o envelope de fotografias do bolso do paletó esporte e dispôs as fotos cuidadosamente, como em um jogo de pôquer: Gina Lemke. Samuel Lemke. Richard Crosskill. Maura Starbird.

Taduz Lemke.

— Ah! — O velho na banqueta inspirou com força quando Billy mostrou a última foto, e então falou diretamente para ela, provocando um arrepio gelado na pele de Billy: — Teddy, seu velho devasso!

Ergueu os olhos e sorriu, mas Billy Halleck não se deixou enganar — o velho estava com medo.

— Pensei que fosse ele — falou. — Vi apenas uma sombra no escuro. Isso foi há três semanas. Apenas uma sombra no escuro, mas pensei... não, eu *soube*...

Tornou a levar à boca o copo de água gelada, derramando mais, agora no peito da camisa. A friagem o fez ofegar.

O barman se aproximou e lançou a Billy um olhar hostil. Enders ergueu a mão para indicar que tudo estava bem com ele. Timmy recuou de novo para perto da máquina de lavar louça. Enders virou a foto de Taduz Lemke. No verso estava escrito: *Foto tirada em Attleboro, Mas., meados de maio de 1983.*

— Ele não envelheceu um só dia desde que o vi e aos amigos dele pela primeira vez por aqui, no verão de 1963 — terminou Enders.

Os ciganos tinham acampado atrás do Galpão de Lagostas Salt Shack, de Era, na rota 27. Haviam ficado lá quatro dias e quatro noites. Na quinta manhã, simplesmente desapareceram. Cove Road ficava perto, e Enders contou que caminhara os 800 metros até lá na segunda noite de permanência dos ciganos (Billy achava difícil imaginar aquele homem espectral dando volta ao quarteirão, mas ficou calado). Disse que queria vê-los, porque lhe recordavam os velhos tempos, quando um homem podia dirigir seu negócio se ele tivesse um negócio para dirigir, com os homens da lei fora do caminho.

— Fiquei lá, do lado da estrada, por algum tempo — disse ele. — Era o mesmo espetáculo ambulante, a mesma reunião cigana, e quanto mais as coisas mudam, mais elas continuam as mesmas. Antigamente eles usavam barracas, agora usam furgões e caminhonetes, mas o que acontece lá dentro não varia. Uma mulher lendo o futuro. Duas, três mulheres vendendo pós para as senhoras... dois, três homens vendendo pós para os cavalheiros. Acho que teriam ficado mais tempo, porém ouvi dizer que organizaram uma briga de cães para alguns canadenses ricos e os tiras estaduais ouviram falar.

— Briga de cães!

— As pessoas gostam de apostar, meu amigo, e os andarilhos estão sempre querendo providenciar as coisas nas quais os outros querem apostar. Esta é uma das funções dos andarilhos. Cães ou galos com esporões de aço, talvez até mesmo dois homens com aquelas facas afiadas e pontudas que mais parecem estacas, e cada um deles segura a ponta de um cachecol na boca e aquele que deixar sua ponta cair primeiro é o perdedor. Os ciganos dizem que isso é uma "briga justa".

Enders olhava para si mesmo no espelho atrás do bar — para si mesmo e através de si mesmo.

— Tudo como nos velhos tempos, claro — ele disse, sonhadoramente. — Eu podia sentir o cheiro da carne deles, da maneira como a defumam, de pimentões verdes e daquele óleo de oliva deles que cheira rançoso quando sai da lata e depois fica adocicado quando cozido. Podia ouvi-los falando aquela linguagem esquisita, aquele *Tum! Tum! Tum!* que significava alguém atirando facas em uma tábua. E alguém assava pão à moda antiga, sobre pedras quentes.

"Era como nos velhos tempos, mas eu não me sentia assim. Estava amedrontado. Bem, os ciganos *sempre* me meteram certo medo; a diferença era que, antigamente, eu iria lá de qualquer modo. Diabo, eu era um homem branco, não era? Nos velhos tempos, eu caminhava bem até a fogueira deles, empertigado e confiante, para comprar uma bebida ou talvez algumas bugigangas. Não que quisesse uma bebida ou um amuleto, mas apenas dar uma espiada no local. Entretanto, os velhos tempos me tornaram um homem velho, meu amigo, e quando um velho está assustado, ele não segue em frente como fazia quando mal acabara de aprender a se barbear.

"Então fiquei lá, parado no escuro, com a Salt Shack de um lado e todos aqueles veículos, furgões e caminhonetes do outro. Eu os observava andarem para lá e para cá diante da fogueira, ouvia-os conversando e rindo, sentia o cheiro da comida. E então, a porta de trás de um trailer se abriu. Havia o desenho de uma mulher no lado e um cavalo branco com um chifre brotando da cabeça, um sei-lá-como-se-chama..."

— Unicórnio — disse Billy, e sua voz parecia ter partido de outro lugar ou de outra pessoa. Ele conhecia perfeitamente aquele trailer; vira-o a primeira vez quando os ciganos chegaram ao parque comunitário de Fairview.

— Então, alguém saiu — continuou Enders. — Apenas uma sombra e o vermelho da ponta de um cigarro, mas eu sabia quem era. — Ele bateu o dedo pálido sobre a foto do homem com lenço na cabeça. — Ele. Seu amigo.

— Tem certeza?

— Ele deu uma tragada longa no cigarro e eu vi... isso.

Enders apontou para o que restava do nariz de Taduz Lemke, mas não chegou a tocar a superfície luzidia da foto, como se o toque pudesse arriscá-lo a uma contaminação.

— O senhor falou com ele?

— Não — disse Enders —, mas ele falou comigo. Eu estava lá no escuro e juro por Deus que ele nem olhava na minha *direção*. E então ele disse: "Você sente falta de sua esposa, hein, Flash? Está tudo bem, logo vai estar com ela." Depois ele jogou fora a ponta do cigarro com um peteleco e caminhou para junto da fogueira. Vi a argola na orelha dele cintilar uma vez à luz do fogo, e isso foi tudo.

Enders enxugou pequenas gotas de água do queixo, passando as costas da mão sobre elas. Depois olhou para Billy.

— Flash era como costumavam me chamar quando eu trabalhava no píer lá pelos anos 1950, meu amigo, mas há anos ninguém me chamava assim. Eu estava lá, escondido nas sombras, mas ele me viu e me chamou por meu antigo nome, o que os ciganos diriam ser meu nome secreto, imagino. Eles valorizam muito o fato de saber o nome secreto de um homem.

— É mesmo? — perguntou Billy, quase para si próprio.

Timmy, o barman, aproximou-se novamente. Dessa vez, falou com Billy quase com gentileza... e como se Lon Enders não estivesse ali.

— Ele mereceu os dez, meu chapa. Deixe-o em paz. Ele não anda bem e essa pequena conversa não o está deixando melhor.

— Está tudo bem comigo, Timmy — disse Enders.

Timmy não olhou para ele. Olhou para Billy Halleck.

— Quero que vá embora — disse para Billy, naquele mesmo tom razoável, quase gentil. — Não gosto de sua aparência. É como se carregasse a má sorte, pronta para acontecer em qualquer lugar. As cervejas são oferta da casa. Agora vá.

Billy olhou para o homem, sentindo-se amedrontado e, de certo modo, também deprimido.

— Está bem — falou. — Só mais uma pergunta e irei embora. — Virou-se para Enders. — Para onde é que eles foram?

— Eu não sei — disse Enders prontamente. — Ciganos não deixam endereços quando partem, meu amigo.

Os ombros de Billy encurvaram-se.

— Mas eu já tinha me levantado quando eles partiram na manhã seguinte. Quase não tenho mais sono e, por outro lado, a maioria dos furgões e carros que eles usam não tem bons silenciosos. Vi quando seguiram para a autoestrada 27 e depois viraram na direção norte, pela rota 1. Imagino que tenham ido para... Rockland. — O velho soltou um profundo e trêmulo suspiro que fez Billy se virar para ele, preocupado. — Rockland ou talvez Boothbay Harbor. Sim. E isso é tudo que sei, meu amigo, exceto que quando ele me chamou de Flash, quando me chamou por meu nome secreto, mijei pela perna abaixo até meu tênis esquerdo.

Ao terminar, Lon Enders começou subitamente a chorar.

— Quer ir *embora*, meu chapa? — insistiu Timmy.

— Já estou indo — respondeu Billy.

Levantou-se e parou apenas para apertar o estreito e quase etéreo ombro do velho.

Lá fora, o sol o atingiu como uma martelada. Era meio da tarde agora, o sol indo para o oeste e, ao olhar para a esquerda, Billy viu sua sombra, tão esquelética quanto a figura franzina de uma criança, despejada sobre a quente areia branca como tinta.

Ele discou 203, o código da área.

Eles valorizam muito o fato de saber o nome secreto de um homem. Discou 555.

Quero que vá embora. Não gosto de sua aparência.

Discou 9231 e ouviu o telefone tocar em casa, na Cidade dos Gordos.

É como se carregasse a má sorte, pronta para acontecer...

— Alô?

A voz, ansiosa e um pouco sem fôlego, não era de Heidi, mas de Linda. Deitado na cama, em seu quarto-fatia do hotel, Billy fechou os olhos contra o súbito ardor das lágrimas. Viu-a como ela estivera na noite em que ambos tinham caminhado por Lantern Drive e ele lhe falara sobre o acidente, com aquele short velho, as compridas pernas de potranca.

O que vai dizer a ela, garotão? Que passou o dia suando na praia, que almoçou duas cervejas e que, apesar do farto jantar, não com um, mas dois bifes de alcatra, hoje perdeu mais de um quilo, em vez dos 900 gramas costumeiros?

— Alô?

Que você carrega a má sorte, pronta para acontecer em qualquer lugar? Que lamenta ter mentido, mas todos os pais fazem isso?

— Alô, tem alguém na linha? É você, Bobby?

De olhos ainda fechados, ele disse:

— É o papai, Linda.

— *Papai?*

— Não posso falar, meu bem — ele disse. *Porque estou quase chorando.* — Ainda estou perdendo peso, mas acho que encontrei a pista de Lemke. Diga isso para sua mãe. Acho que encontrei a pista de Lemke, consegue lembrar disso?

— Oh, papai, volte para casa, *por favor*! — Ela estava chorando. A mão de Billy ficou lívida no telefone. — Sinto saudade de você e não vou deixar que *ela* torne a me mandar embora.

Ele conseguiu ouvir Heidi ao longe:

— Lin? É papai?

— Eu amo você, boneca — disse ele. — E amo sua mãe.

— *Papai...*

Uma confusão de pequenos sons. Então, Heidi estava ao telefone.

— Billy? Billy, por favor, pare com isso e volte para casa, para nós!

Billy desligou o telefone devagar e, rolando sobre a cama, colocou o rosto sobre os braços cruzados.

Ele deixou o Sheraton de South Portland na manhã seguinte e rumou para o norte pela U.S. 1, a longa rodovia litorânea que começa em Fort Kent, no Maine, e termina em Key West, na Flórida. O homem do Seven Seas tinha dito Rockland ou talvez Boothbay Harbor, mas Billy não quis arriscar. Parou a cada dois ou três postos de gasolina na margem norte da estrada; parou em lojas à frente das quais se sentavam velhos em cadeiras de jardim, mascando palitos de dente ou de fósforo. Mostrou as fotos a todos que quisessem vê-las; trocou dois cheques de viagem de cem dólares cada por notas de dois dólares, que foi distribuindo como um homem promovendo um programa de rádio de audiência duvidosa. As fotos que mostrava com mais regularidade eram a da jovem Gina, com sua pele moreno-clara e os promissores olhos escuros; a do Cadillac adaptado; a do furgão VW com a moça e o unicórnio pintados na lataria lateral; e a de Taduz Lemke.

Como Lon Enders, as pessoas não queriam segurar esta última, nem mesmo tocá-la.

Mas elas ajudaram, e Billy Halleck não encontrou o menor problema em seguir os ciganos litoral acima. Não se tratava das placas de fora do estado; durante o verão, no Maine havia montes de veículos com placas de outros estados. Era a maneira como os carros e furgões viajavam juntos, quase para-choque colado em para-choque; as pinturas coloridas nas laterais; os próprios ciganos. A maioria daqueles com quem Billy falou alegava que as mulheres ou crianças tinham roubado coisas, porém todos se mostravam vagos sobre o que exatamente havia sido roubado, e ninguém, pelo que Billy observou, havia chamado a polícia por causa dos supostos roubos.

Quase todos se lembravam do velho cigano com o nariz carcomido — se o tivessem visto, era de quem mais se recordavam.

Quando sentou no Seven Seas com Lon Enders, Billy se encontrava três semanas atrás dos ciganos. O dono do posto de serviço Bob's não conseguira recordar o dia em que enchera o tanque dos carros, furgões e trailers dos ciganos, um após outro; sabia apenas que eles "fediam como índios". Billy pensou que o próprio Bob não teria cheiro melhor, porém decidiu que dizer isso não seria de todo prudente. O universitário que trabalhava na Falmouth Beverage Barn, do outro lado da estrada, pôde dar a data exata: havia sido em 2 de junho, dia de seu aniversário, quando ele se sentira infeliz por estar trabalhando. Billy falou com ele dia 20 de junho; estava agora 18 dias atrás. Os ciganos haviam tentado encontrar um local de acampamento pouco mais ao norte na área de Brunswick, mas foram forçados a seguir. Em 4 de junho, acamparam em Boothbay Harbor. Não no próprio litoral, claro, mas haviam encontrado um fazendeiro disposto a alugar-lhes um campo de feno na área de Kenniston Hill por vinte dólares a noite.

Os ciganos permaneceram apenas três dias na área — a temporada de verão apenas começava e, aparentemente, os ganhos tinham sido magros. O nome do fazendeiro era Washburn. Quando Billy lhe mostrou a foto de Taduz Lemke, ele assentiu e fez o sinal da cruz rapidamente e (Billy estava certo disso) sem perceber que o fazia.

— Nunca vi um velho se mover com mais agilidade do que aquele. E o vi empilhando mais madeira pro fogo do que meus filhos podiam carregar. — Washburn hesitou antes de acrescentar: — Não fui com a cara dele e não era só por causa do nariz, não. Diabo, meu avô teve câncer de pele, e antes que essa desgraceira o levasse, deixou um buraco na bochecha que era do tamanho de um cinzeiro. A gente podia olhar pelo buraco e ver a comida que ele mastigava. Bem, ninguém gostava *disso*, mas a gente ainda gostava do *avô,* se é que me entende. — Billy assentiu. — Aquele sujeito, no entanto... não gostei dele. Parecia um papão.

Billy pensou em pedir uma tradução dessa gíria da Nova Inglaterra, mas decidiu que não precisava. *Papão, duende, bicho-papão...* O significado estava nos olhos do fazendeiro Washburn.

— Ele *é* um papão — disse Billy, com a maior sinceridade.

— Eu tinha decidido mandá-los embora — disse Washburn. — Vinte pratas por noite só pra limpar alguma sujeira não deixa de ser uma boa grana, mas minha esposa estava com medo deles e eu também. Então levantei naquela manhã pra dar essa notícia ao tal Lemke antes que a coragem me faltasse, mas eles já estavam se preparando para ir. Isso me deixou um bocado aliviado.

— E foram para o norte outra vez.

— Ah, sim, claro. Fiquei bem lá em cima daquela colina — apontou o fazendeiro — e vi quando manobraram pra entrar na U.S. 1. Continuei espiando até eles sumirem de vista. Também fiquei satisfeito ao ver que eles tinham se mandado.

— Sim, imagino que tenha ficado mesmo.

Washburn lançou um olhar crítico, um tanto preo-cupado, para Billy.

— Não quer entrar um pouco e tomar um copo de leite frio? O senhor parece abatido.

— Obrigado, mas pretendo estar nas proximidades da área de Owl's Head antes de o sol se pôr, caso seja possível.

— Procurando por ele?

— Sim.

— Bem, se você encontrá-lo, espero que ele não o coma, porque a mim me pareceu faminto.

Billy falou com Washburn no dia 21 — o primeiro dia oficial do verão, embora as estradas já estivessem apinhadas de turistas e ele precisasse dirigir até Sheepscot para encontrar um motel anunciando vagas — e os ciganos tinham saído de Boothbay Harbor na manhã do dia 8.

Estava atrasado agora 13 dias.

Teve dois dias ruins então, quando pareceu que os ciganos tinham desaparecido no ar. Não haviam sido vistos em Owl's Head nem em Rockland, embora ambas fossem cidadezinhas badaladas no verão. Empregados de postos de gasolina e garçonetes olharam para as fotos e balançaram a cabeça.

Esforçando-se ao máximo para conter a ânsia de vomitar preciosas calorias sobre a balaustrada — Billy nunca fora bom marinheiro —, ele tomou a barca que fazia o percurso entre Owl's Head e Vinalhaven, percorrendo as ilhas; porém, os ciganos tampouco tinham ido para lá.

Na noite do dia 23, ligou para Kirk Penschley, esperando obter informações novas. Quando Kirk atendeu, soou um curioso clique duplo no momento exato em que ouviu a voz:

— Como é que vai, garotão? E *onde* você está?

Billy desligou rapidamente, suando. Tinha conseguido a única vaga no Harborview Motel, em Rockland, e sabia que provavelmente não encontraria nenhuma outra entre aquele lugar e Bangor, mas de repente resolveu que seguiria em frente, mesmo que isso significasse passar a noite dormindo dentro do carro em alguma estrada rural. Aquele clique duplo. Não tinha se preocupado com aquele ruído duplo. Por vezes, ouve-se tal som quando o telefone foi grampeado ou está sendo usado um equipamento de rastreamento.

Heidi assinou a papelada para interditá-lo, Billy.
É a coisa mais idiota que já ouvi.
Ela assinou e Houston assinou também.
Deem-me uma maldita trégua!
Caia fora daqui, Billy.

Partiu. Deixando de lado Heidi, Houston e a possibilidade do equipamento de rastreamento, aquela foi a melhor decisão que poderia tomar. Quando se registrava no Ramada Inn de Bangor, às duas da madrugada, mostrou as fotos ao recepcionista — a essa altura, isso já se tornara um hábito —, que assentiu imediatamente.

— Ah, sim... Levei minha namorada lá para lerem a sorte dela — respondeu ele. Pegou a foto de Gina Lemke e revirou os olhos. — Ela sabia o que fazer com aquela atiradeira! E dava a impressão de também saber o que fazer em outros sentidos, se entende o que quero dizer. — Sacudiu a mão como se estivesse sacudindo água das pontas dos dedos. — Minha namorada não gostou muito da maneira como eu olhava para ela e me arrastou de lá bem depressa. — Ele riu.

Pouco antes, Billy se sentia tão cansado que não pensava em outra coisa a não ser em uma cama. Agora, estava inteiramente desperto novamente, o estômago tendo cólicas de adrenalina.

— Onde? Onde é que eles estavam? Ou ainda estão...?

— Não, não estão mais aqui. Estavam em Parsons', mas já foram embora. Estive lá já faz dias.

— Parsons' é alguma fazenda?

— Não, é onde ficava a loja de pechinchas Parsons', até pegar fogo no ano passado. — O rapaz deu uma olhada inquieta na maneira como o moletom de Billy pendia frouxo em torno dele, nas maçãs salientes sob a pele e nos contornos do rosto, semelhantes aos de um esqueleto cujos olhos queimavam como chamas de velas. — O... o senhor vai fazer o checkin?

Billy encontrou a loja de pechinchas Parsons' na manhã seguinte. Era um bloco carbonizado de apenas paredes em meio ao que pareciam quatro hectares de estacionamento abandonado. Caminhou lentamente pelo piso rachado, os calcanhares dos sapatos fazendo ruído. Ali havia latas vazias de cerveja e de refrigerante. Um pedaço de queijo cheio de besouros. Uma cintilante esfera metálica. ("Olá, Gina!", falou uma voz espectral em sua cabeça.) Ali havia restos flácidos de balões de gás estourados e também restos de dois preservativos usados, muito semelhantes aos balões.

Sim, eles haviam estado ali.

— Sinto o seu cheiro, velho — sussurrou Billy para a carcaça vazia da loja de pechinchas.

Os espaços abertos que tinham sido janelas pareceram devolver o olhar, fitando o homem-espantalho esquelético com nítido desdém. O lugar parecia assombrado, mas Billy não sentiu medo. Voltava a sentir raiva, e ele a usava como um casaco. Raiva de Heidi, raiva de Taduz Lemke, raiva dos chamados amigos, como Kirk Penschley, que deveriam estar do seu lado, mas que tinham se virado contra ele. Já tinham se virado ou se virariam.

Não importava. Mesmo sozinho, mesmo com 59 quilos, havia o bastante dele para chegar até o velho cigano.

E o que aconteceria, então?

Bem, eles veriam, não?

— Sinto o seu cheiro, velho — repetiu Billy, caminhando para um lado do prédio incendiado.

Ali havia um cartaz com o nome de um corretor imobiliário. Billy tirou a caderneta de notas do bolso traseiro da calça e anotou nela a informação.

O nome do corretor era Frank Quigley, mas ele insistiu para que Billy o chamasse de Biff. Nas paredes havia fotos emolduradas de Biff Quigley adolescente. Na maioria delas, Biff usava um capacete de futebol americano. Sobre a mesa de trabalho de Biff repousava uma pilha de excrementos de cachorro feita de bronze. CARTEIRA DE MOTORISTA DO FRANCÊS, dizia a pequena placa abaixo.

Sim, disse Biff, ele alugara o espaço para o velho cigano, com a aprovação do sr. Parsons.

— Ele falou que aquilo não poderia ficar pior do que já estava — disse Biff Quigley —, e acho que tinha toda razão.

Ele se reclinou na cadeira giratória, os olhos passeando incessantemente pelo rosto de Billy, medindo a folga entre o colarinho e o pescoço, a maneira como o peito da camisa pendia em dobras, como uma bandeira num dia sem vento. Entrelaçou as mãos atrás da cabeça, reclinou-se mais na cadeira e pousou os pés em cima da mesa, ao lado dos excrementos de bronze.

— Não que aquilo deixe de estar à venda, compreenda. Trata-se de um terreno industrial de primeira e, cedo ou tarde, alguém com visão irá fazer um *diabo* de negócio. Sim, senhor, um *diabo* de...

— Quando foi que os ciganos partiram, Biff?

Biff Quigley retirou as mãos de trás da cabeça e se sentou ereto. A cadeira emitiu um ruído semelhante a um grunhido mecânico de porco — *coin!*

— Importa-se em dizer por que quer saber?

Os lábios de Billy Halleck, que estavam mais finos também, e mais afastados, de maneira que nunca se encontravam por completo, se repuxaram em um sorriso de amedrontadora intensidade e espectral ossatura.

— Sim, Biff, eu me importo.

Biff se retraiu por um instante, então assentiu e tornou a se reclinar na cadeira. Seus mocassins tornaram também a se acomodar sobre a mesa. Um pé passou por cima do outro, e Biff tamborilou, pensativo, nos excrementos.

— Tudo bem, Bill. Um homem deve manter seus negócios em sigilo. Um homem tem *motivos* que devem ser só seus.

— Ótimo — respondeu Billy. Sentia a raiva voltar e procurava dominá-la. Irritar-se com aquele sujeito nojento, com seus mocassins Quoddy, seus crus insultos étnicos e aquele corte de cabelo armado não lhe faria bem algum. — Então, já que estamos de acordo...

— Mas ainda lhe custará duzentas pratas.

— O quê? — O queixo de Billy caiu. Por um momento, sua raiva foi tão forte que não conseguiu se mover ou dizer qualquer outra coisa. Isso provavelmente era bom para Biff Quigley, porque se Billy pudesse se mover, teria pulado sobre ele. Seu autocontrole também perdera bastante peso nos dois últimos meses.

— Não pela informação que lhe dou — disse Biff Quigley. — Isso é grátis. Os duzentos paus são pela informação que *não* darei a eles.

— Não... dará... a quem? — Billy conseguiu dizer.

— Sua esposa — disse Biff —, seu médico e um homem que diz trabalhar para uma firma chamada Agência de Detetives Barton.

Billy apreendeu tudo em um relance. As coisas não eram tão ruins como sua mente paranoica imaginara: eram ainda piores. Heidi e Mike Houston tinham procurado Kirk Penschley e o convencido de que Billy Halleck estava louco. Penschley continuava usando a agência Barton para rastrear os ciganos, mas agora estavam todos como astrônomos que procuravam Saturno apenas para poderem estudar Titã — ou trazer Titã de volta à Clínica Glassman.

Também podia ver o detetive da Barton que sentara nesta mesma cadeira dias antes falando com Biff Quigley, dizendo-lhe que um homem muito magro chamado Bill Halleck apareceria ali dentro em breve e que, quando aparecesse, aquele era o número para o qual devia ligar.

Isso foi seguido por uma visão ainda mais clara: ele se viu saltando através da mesa de Biff Quigley, agarrando a pilha de excrementos caninos de bronze e batendo na cabeça de Biff Quigley com ela. Viu isso com a mais total e selvagem nitidez: a pele se abrindo, o sangue escorrendo em um fino jato de gotículas (algumas delas salpicando os retratos emoldurados), o brilho alvo do osso se estilhaçando para revelar a textura da mente tortuosa do indivíduo; então se viu enfiando os excrementos de cachorro no lugar a que pertenciam — de certa maneira, no lugar de onde tinham vindo.

Quigley pareceu ter captado isso — ou parte disso — no rosto feroz de Billy, porque em seu próprio rosto surgiu uma expressão de alarme. Removeu apressadamente os pés de cima da mesa e as mãos de trás da cabeça. A cadeira tornou a emitir o guincho de porco mecânico.

— Bem, podemos discutir o assunto... — começou ele, e Billy viu a mão manicurada estirando-se para o interfone.

A raiva de Billy evaporou-se abruptamente, deixando-o trêmulo e frio. Ele acabara de visualizar um quadro em que espatifava os miolos do outro, não de maneira vaga, mas no equivalente mental em tecnicolor e som Dolby. E o bom e velho Biff também percebera que ele estava pensando nisso.

O que aconteceu com o velho Bill Halleck, que costumava contribuir para o United Fund e encher a cara na véspera do Natal?

Sua mente replicou: *Certo, aquele era o Billy Halleck que morava na Cidade dos Gordos. Ele se mudou. Sumiu, sem retorno.*

— Não há necessidade disso — falou Billy, indicando o interfone.

A mão estremeceu, depois se desviou para uma gaveta da mesa, como se esta tivesse sido a intenção o tempo todo. Biff pegou um maço de cigarros.

— Eu nem pensava em tal coisa, ha-ha. Cigarro, sr. Halleck?

Bill pegou um, olhou para ele e se inclinou para acendê-lo. A primeira tragada o deixou de cabeça leve.

— Obrigado.

— E quanto aos duzentos, talvez eu tenha me enganado.

— Não, você estava certo — disse Billy.

A caminho dali, descontara cheques de viagem no valor de trezentos dólares, imaginando que talvez precisasse molhar algumas mãos — porém nunca lhe ocorrera que iria molhá-las por um motivo como este. Tirou a carteira, removeu quatro notas de cinquenta e as jogou sobre a mesa de Biff, ao lado dos excrementos caninos.

— Vai ficar de boca fechada quando Penschley ligar?

— Oh, mas é claro! — Biff pegou o dinheiro e o enfiou na gaveta com os cigarros. — Pode ter certeza!

— Assim espero — disse Billy. — Agora, me fale dos ciganos.

O relato foi breve e fácil de seguir; a única parte realmente complicada havia sido a das preliminares. Os ciganos haviam chegado a Bangor dia 10 de junho. Samuel Lemke, o rapaz malabarista, juntamente com um homem que correspondia à descrição de Richard Crosskill, tinha ido ao escritório de Biff. Após um telefonema para o sr. Parsons e outro para o chefe de polícia de Bangor, Richard Crosskill assinara um formulário padronizado de arrendamento-a-curto-prazo-renovável — no caso, o curto prazo fora especificado em 24 horas. Crosskill assinara como secretário da Sociedade Anônima Taduz, enquanto o jovem Lemke permanecia junto à porta do escritório de Biff com os braços musculosos cruzados.

— E quanta grana eles passaram para a sua mão? — perguntou Billy.

Biff ergueu as sobrancelhas.

— Como disse?

— Você ficou com duzentos meus, talvez uns cem da parte de minha esposa preocupada e amigos, via detetive da Barton que o visitou. Eu só gostaria de saber quanto os ciganos lhe soltaram. Você se sai muito bem nisso, seja para onde se vire, não é mesmo, Biff?

Biff ficou calado por um instante. Então, sem responder à pergunta de Billy, terminou a história.

Crosskill voltara nos dois dias seguintes para renovar o acordo de arrendamento. Tornou a voltar no dia 13, mas então Biff havia recebido um telefonema do chefe de polícia e outro de Parsons. Tinham começado as queixas dos cidadãos locais. O policial achava que era hora de os ciganos se mudarem. Parsons pensava o mesmo, mas aceitaria que eles ficassem mais um dia se aumentassem o pagamento — digamos, de trinta pratas para cinquenta por noite.

Crosskill ouviu isso e sacudiu a cabeça. Saiu sem falar. Movido por um impulso, Biff foi de carro até os escombros incendiados da antiga loja de pechinchas por volta do meio-dia. Chegou a tempo de ver a caravana de ciganos começando a rodar.

— Eles rumaram para a ponte Chamberlain — disse —, e isso é tudo o que sei. E agora, por que não se manda daqui, Bill? Para ser franco, você parece um anúncio de férias em Biafra. Olhar para você me dá arrepios.

Billy ainda estava segurando o cigarro, apesar de não ter dado nem uma tragada depois da primeira. Naquele momento ele se inclinou para a frente e o apagou no excremento de cachorro de bronze. O cigarro caiu fumegante na escrivaninha de Biff.

— Para ser honesto — ele disse a Biff —, me sinto exatamente do mesmo jeito em relação a você.

A raiva tornou a inundá-lo. Saiu rapidamente do escritório de Biff Quigley, antes que a fúria o impelisse na direção errada ou fizesse suas mãos falarem em alguma terrível linguagem que pareciam conhecer.

Era dia 24 de junho. Os ciganos tinham deixado Bangor pela ponte Chamberlain no dia 13. Agora, ele estava somente 11 dias atrasado. Mais perto... mais perto, porém ainda demasiado longe.

Descobriu que a rota 15, que começava no lado da ponte voltado para Brewer, era conhecida como estrada Bar Harbor. Tudo indicava que ele acabaria indo até lá. Contudo, durante o trajeto não falaria mais com corretores de imóveis e não se hospedaria mais em motéis de primeira classe. Caso o pessoal da Barton continuasse à frente dele, Kirk bem poderia ter posto mais gente para vigiá-lo.

Os ciganos haviam viajado 70 quilômetros até Elisworth no dia 13 e obtido permissão para acampar nos terrenos do parque de diversões durante três dias. Então, cruzaram o rio Penobscot para Bucksport, onde tinham ficado mais três dias, antes de se moverem para o litoral novamente.

Billy descobriu tudo isso no dia 25; os ciganos haviam deixado Bucksport no final da tarde de 19 de junho.

Agora, estava a apenas uma semana deles.

* * *

Bar Harbor era tão loucamente movimentada quanto a garçonete avisara, e Billy pensou que, pelo menos, ela também indicara algumas das inconveniências do balneário: *E a rua principal, até depois do Dia do Trabalho, é uma rua de festa. A maioria dessas cidades é assim, mas Bar Harbor é mais do que todas as outras, entende?... Eu costumava ir lá algumas vezes em julho ou agosto, mas parei. Agora estou velha demais para isso.*

Eu também, pensou Billy, sentado em um banco de parque, vestindo calça de algodão, uma camiseta em que se lia BANGOR'S GOT SOUL e uma jaqueta que pendia diretamente do cabide ossudo de seus ombros. Estava tomando um sorvete de casquinha e atraindo muitos olhares.

Estava cansado — alarmava-se ao perceber que agora estava *sempre* cansado, a menos que fosse tomado por um de seus acessos de raiva. Quando estacionara o carro e saíra aquela manhã para começar a exibição de fotos, experimentara um terrível momento de déjà vu quando a calça iniciou um deslizamento quadris abaixo — *excusez-moi,* pensou, *quando iniciaram um deslizamento por meus ex-quadris.* Comprara as calças de brim no depósito de uniformes do exército-marinha em Rockland. Tinham uma cintura de 71 centímetros. O vendedor lhe dissera (um pouco nervoso) que breve teria problemas em adquirir calças para adulto, porque estava agora quase com cintura de menino. A altura de sua perna, contudo, continuava sendo de 81 centímetros, e não havia muitos garotos de 13 anos com 1,86 metro de altura.

Agora, sentado com a casquinha de sorvete de pistache, ele esperava que sua força retornasse em parte e tentava decidir o que era tão desagradável naquela linda cidadezinha onde não se podia estacionar um carro e mal se conseguia caminhar pelas calçadas.

Old Orchard tinha sido vulgar, porém era uma vulgaridade honesta e, de certo modo, animada. Uma pessoa sabia que os prêmios das tendas Tente-Até-Acertar eram quinquilharias que se desfaziam quase imediatamente, que os suvenires eram quinquilharias que se desfaziam quase no exato momento em que o ganhador se distanciava o bastante para não querer voltar e reclamar até devolverem seu dinheiro. Em Old Orchard muitas das mulheres eram velhas e quase todas eram gordas. Algumas usavam biquínis obscenamente reduzidos, porém a maioria preferia os maiôs inteiriços, semelhantes a relíquias dos anos 1950 —

ao passar por uma daquelas sacolejantes mulheres na calçada da praia, sentia-se que tais maiôs sofriam a mesma terrível pressão que um submarino viajando muito abaixo da profundidade permitida. Se um daqueles miraculosos tecidos iridescentes cedesse, a gordura explodiria.

Os cheiros pairando no ar eram de pizza, sorvete, cebolas fritas e, de vez em quando, do vômito nervoso de alguma criancinha que ficara tempo demais nos brinquedos giratórios do parque de diversões. Em sua maioria, os carros trafegavam lentamente, indo e vindo, para-choque contra para-choque e, em Old Orchard, quase todos eram de modelos antigos, enferrujados na parte inferior das portas e geralmente grandes demais. Muitos queimavam óleo.

Old Orchard era vulgar, mas possuía uma certa candura que parecia faltar em Bar Harbor.

Aqui, tantas coisas eram o inverso exato de Old Orchard que Billy se sentia mais ou menos como se tivesse passado para o outro lado do espelho — havia poucas mulheres velhas, e aparentemente não havia nenhuma gorda; quase nenhuma usava maiô. O uniforme de Bar Harbor parecia constar de roupas curtas de malha e tênis brancos ou jeans desbotados, camisas de rúgbi e sandálias. Billy viu poucos carros antigos e ainda menos carros americanos. A maioria era de Saabs, Volvos, Datsuns, BMWs, Hondas. Todos tinham adesivos nos para-choques, dizendo coisas como: ABAIXO AS USINAS E BOMBAS ATÔMICAS ou U.S., FORA DE EL SALVADOR e LEGALIZEM A ERVA. Aqui também havia ciclistas — eles cruzavam por entre o lento tráfego em direção ao centro da cidade, indo e vindo, em caras bicicletas de dez marchas, usando óculos escuros polarizados e visores, exibindo sorrisos ortodonticamente perfeitos e ouvindo walkman Sony. Abaixo da cidade, no porto propriamente dito, acumulava-se uma floresta de mastros — não os mastros grossos e pintados de tinta fosca dos barcos de pesca, mas os esguios e brancos dos barcos a vela, que iriam para diques secos depois do Dia do Trabalho.

As pessoas que iam para Bar Harbor eram jovens, inteligentes, elegantemente liberais e ricas. Aparentemente, também se divertiam noite adentro. Billy telefonara antecipadamente para fazer uma reserva no Motel Frenchman's Bay e ficara acordado até a madrugada ouvindo a mistura de rock proveniente de seis ou oito bares diferentes. O relato das batidas de carros e violações de trânsito (principalmente dirigir embriagado) no jornal local era impressionante e um pouco desanimador.

Billy viu um *frisbee* voar acima das multidões em suas roupas jovens e pensou: *Quer saber por que este lugar e estas pessoas o deprimem? Eu lhe direi. Elas estão estudando para viver em lugares como Fairview, eis o motivo. Os rapazes terminarão os estudos, se casarão com mulheres que terão concluído seus primeiros casos e séries de análise mais ou menos à mesma época e depois vão se estabelecer nas Lantern Drives deste país. Usarão calças vermelhas quando jogarem golfe e cada véspera de ano-novo será a ocasião para bolinar muitos peitos.*

— Sim, isso é deprimente, sem dúvida — murmurou, e um casal que passava olhou para ele com estranheza.

Eles ainda estão aqui.

Sim. Eles ainda estavam ali. O pensamento era tão natural, tão positivo, que não chegava a ser surpreendente nem particularmente excitante. Billy estivera uma semana atrasado em relação a eles — a essa altura poderiam ter subido até Maritimes ou estar descendo a costa novamente. O padrão anterior deles sugeria que já teriam ido embora. Bar Harbor, onde as próprias lojas de suvenires pareciam luxuosas salas de leilão no East Side, certamente era moderna demais para suportar um bando molambento de ciganos durante muito tempo. Tudo verdade. Exceto pelo fato de que eles ainda estavam ali, e Billy sabia.

— Eu sinto o seu cheiro, velho — sussurrou.

É claro que sente o cheiro dele. Você tem que sentir.

Tal pensamento provocou um instante de desconforto. Então ele se levantou, jogou o restante da casquinha em uma lixeira e retornou ao sorveteiro. O vendedor não pareceu particularmente satisfeito em vê-lo de volta.

— Acho que você poderia me ajudar — disse Billy.

— Não, cara, acho que não posso — respondeu o vendedor, e Billy viu a repulsa em seus olhos.

— Você talvez se surpreenda.

Billy experimentou um senso de profunda calma e predestinação — não um déjà vu, mas real predestinação. O sorveteiro queria se virar, mas Billy o deteve com os olhos — descobriu que agora era capaz disso, como se houvesse se transformado em uma espécie de criatura sobrenatural. Pegou o maço de fotos, que estava amassado e manchado de suor. Exibiu a agora familiar mão de tarô de imagens, alinhando-as ao longo do balcão.

O vendedor olhou para elas, e Billy não se surpreendeu com o reconhecimento nos olhos do homem, nenhum prazer, mas apenas aquele medo vago, como a dor esperando para se instalar assim que desaparecer o efeito da anestesia local. Havia um nítido cheiro de maresia no ar e gaivotas grasnavam acima do porto.

— *Este* sujeito — disse o vendedor de sorvete, olhando fascinado para a fotografia de Taduz Lemke. — *Este* sujeito... medonho!

— Eles ainda estão por aqui?

— Estão — disse o vendedor de sorvete. — Acho que estão. Os tiras os chutaram para fora da cidade no segundo dia, mas eles conseguiram alugar um campo de um fazendeiro em Tecknor, uma cidade mais para o interior. Eu os vi por aí. Os tiras chegaram a um ponto em que estão multando os caras por faróis quebrados e coisas assim. Era de se imaginar que eles entenderiam o recado.

— Obrigado.

Billy começou a recolher as fotos de novo.

— Quer outro sorvete?

— Não, obrigado.

O medo era mais forte agora, porém a raiva continuava lá, zumbindo, um tom pulsante sob tudo o mais.

— Então poderia ir embora, chefe? Sua presença não ajuda muito nos negócios.

— É — disse Billy. — Acho que não ajuda.

Encaminhou-se para o seu carro. O cansaço o abandonara.

Naquela noite, às 21h15, Billy estacionou o carro alugado no acostamento da rota 37-A, que parte de Bar Harbor para o noroeste. Estava no topo de uma colina e uma brisa marinha soprava em torno dele, agitando-lhe os cabelos e fazendo as roupas frouxas baterem contra o corpo. Da retaguarda, trazida pela brisa, vinha o som da festa de rock que iniciava em Bar Harbor.

Abaixo dele, à direita, Billy podia ver uma grande fogueira de um acampamento circundado por carros, furgões e trailers. As pessoas estavam no interior do círculo — de vez em quando uma delas passava diante do fogo, como uma silhueta de cartão negro. Ele podia ouvir conversas e risos ocasionais.

Encontrara o que queria.

O velho está lá embaixo, esperando por você, Billy — ele sabe que você se encontra aqui.

Sim. Sim, claro. O velho podia ter levado seu pequeno bando até o fim do mundo — pelo menos, o mais distante que Billy Halleck poderia imaginar —, se assim quisesse. No entanto, fora outra a sua vontade. Em vez disso, fizera Billy vir aos trancos e barrancos de Old Orchard até ali. Era *isso* que ele queria.

O medo se impôs novamente, esgueirando-se como fumaça através de seus vazios — agora pareciam existir muitos vazios nele. Entretanto, a raiva ainda estava presente.

É o que eu queria também — e posso até surpreendê-lo. Tenho certeza de que ele espera o medo. Quanto à raiva... Isso pode ser uma surpresa.

Billy olhou para o carro por um momento, depois balançou a cabeça. Começou a descer pelo gramado que cobria a colina em direção à fogueira.

Capítulo 19: No Acampamento dos Ciganos

Ele parou atrás do furgão com o unicórnio e a dama na lataria, uma estreita sombra entre outras sombras, porém mais constante do que aquelas lançadas pelas chamas oscilantes. Ficou lá, ouvindo a tranquila conversa deles, os acessos de riso ocasionais, o barulho de um nó de madeira estourando no fogo.

Não posso ir até lá, insistia sua mente, com absoluta segurança. Havia medo nesta certeza; porém, entrelaçados a ele, havia sentimentos inarticulados de vergonha e decoro — tinha tanta vontade de irromper nos círculos concêntricos do acampamento e na conversa e privacidade deles como tivera vontade de ver a própria calça caindo na sala de audiências de Hilmer Boynton. Afinal de contas, era o infrator. Era...

Então, o rosto de Linda surgiu em sua mente; ouviu-a pedindo que ele voltasse para casa e começando a chorar enquanto pedia.

Ele era o infrator, sim; mas não tinha sido o único.

A raiva começou novamente a crescer dentro dele. Ele a reprimiu, tentou comprimi-la, transformá-la em algo um pouco mais útil — achava que uma simples severidade seria suficiente. Então, passou por entre o furgão e a caminhonete estacionada ao lado, os mocassins Gucci farfalhando no capim seco, e penetrou no meio deles.

Eram realmente círculos concêntricos: primeiro, o desajeitado círculo de veículos e, dentro dele, um círculo de homens e mulheres sentados ao redor da fogueira, que queimava em uma concavidade e era circundada de pedras. Ali perto, um galho cortado de cerca de 1,80 metro de altura tinha sido fincado na terra. Uma folha amarela de papel — Billy supôs que seria uma permissão para acampamento com fogueira — estava enfiada em sua ponta.

Os homens e as mulheres mais novos se sentavam sobre a relva achatada ou em colchões infláveis. Muitos dos mais velhos estavam sentados em cadeiras de jardim, feitas de tubos de alumínio e tiras trançadas de plástico. Billy viu uma velha recostada em travesseiros sobre uma espreguiçadeira, um cobertor aconchegado à sua volta. Ela fumava um cigarro de fabricação caseira e colava cupons de desconto em um álbum.

No lado oposto da fogueira, três cães começaram a latir sem entusiasmo. Um dos homens mais jovens ergueu os olhos bruscamente e puxou para trás um lado de seu colete, revelando um revólver niquelado em um coldre de ombro.

— *Enkelt!* — disse rispidamente um dos homens mais velhos, pousando a mão na do rapaz.

— *Bodde har?*

— *Just det. Han och Taduz!*

O jovem olhou na direção de Billy Halleck, que agora se encontrava no meio deles, inteiramente deslocado em sua frouxa jaqueta e sapatos de cidade. Havia uma expressão no rosto dele, não de medo, mas de momentânea surpresa e — Billy poderia jurar — também de compaixão. Então o rapaz se afastou, parando apenas para dar um chute em um dos cães e grunhir: *Enkelt!* O cão rosnou apenas uma vez e então todos eles se calaram.

Ele foi chamar o velho, pensou Billy.

Olhou a sua volta. Toda a conversa havia cessado. Eles o fitavam com escuros olhos ciganos e ninguém disse uma palavra. *É esta a sensação quando a calça da gente realmente cai no tribunal,* pensou ele, mas não havia a menor verdade nisso. Agora que estava realmente diante deles, desaparecera a complexidade de suas emoções. O temor estava lá, assim como a raiva, mas ambos se mantinham quietos, em algum lugar profundo.

Também há algo mais. Eles não parecem surpresos em vê-lo... e tampouco estranham a sua aparência.

Então era verdade; absoluta verdade. Nada de anorexia psicológica; nada de forma exótica de câncer. Billy concluiu que o próprio Michael Houston ficaria convencido ante aqueles olhos escuros. Ali, sabiam o que tinha acontecido a ele. Sabiam por que estava acontecendo. E sabiam como aquilo terminaria.

Eles se entreolharam, os ciganos e o homem esquálido de Fairview, Connecticut. E de repente, sem o menor motivo, Billy começou a sorrir.

A velha dos cupons gemeu e fez para ele o sinal contra mau-olhado.

Passos se aproximaram e uma mulher jovem falava rápido e irritada:

— *Vad sa han! Och plotsligt brast han dybbuk, Papa! Alskling, grat inte! Snalla dybbuk! Ta mig Mamma!*

Vestindo um camisolão que chegava até os joelhos ossudos, Taduz Lemke parou descalço à luz da fogueira. Perto dele, usando uma camisola de algodão que se arredondava docemente contra os quadris enquanto caminhava, estava Gina Lemke.

— *Ta mig Mamma! Ta mig...*

Ela viu Billy, parado no centro do círculo, a jaqueta pendendo frouxa, o fundilho da calça caído até quase abaixo da bainha do paletó. Gina apontou bruscamente a mão na direção dele e então se virou para o velho como se fosse atacá-lo. Os outros olhavam em silêncio, impassivos. Outro nó de madeira estourou no fogo. Faíscas espiralaram, um diminuto ciclone.

— *Ta mig Mamma! Va dybbuk! Ta mig inte till mormor! Ordo! Vu' derlak!*

— *Sa hon lagt, Gina* — replicou o velho. O rosto e a voz dele eram serenos. Uma de suas mãos deformadas afagou a vasta cascata negra da cabeleira da jovem, que lhe caía até a cintura. Até então, Taduz Lemke não tinha olhado para Billy uma só vez. — *Vi ska stanna.*

Por um momento, ela sossegou e, apesar das curvas luxuriantes, pareceu muito jovem a Billy. Em seguida, ela se voltou para ele novamente com o rosto reacendendo. Era como se alguém houvesse jogado um pouco de gasolina em um fogo que se apagava.

— *Não entende nossa língua, senhor?* — gritou para ele. — Eu disse a meu vovô que você matou minha vovó! Disse que você é um demônio e que devemos matá-lo!

O velho pousou a mão no braço dela. Gina se libertou e andou rapidamente até Billy, os pés ágeis por pouco não pisando na fogueira. Os cabelos voavam atrás do corpo dela.

— *Gina, verkligen glad!* — gritou alguém, alarmado, mas ninguém mais falou. A expressão serena do velho não se alterou. Ele observou

Gina se aproximar de Billy como um pai paciente observa um filho desobediente.

Ela cuspiu nele — uma enorme quantidade de saliva quente e branca, como se estivesse com a boca cheia. Billy pôde sentir o gosto de parte daquela saliva em seus lábios. Tinha o sabor de lágrimas. Gina ergueu para ele os enormes olhos escuros e, apesar de tudo que havia acontecido, apesar do quanto ele havia perdido de si mesmo, Billy percebeu que ainda a desejava. Percebeu também que ela sabia disso — as sombras nos olhos de Gina estavam mais cheias de desdém.

— Se isso pudesse trazê-la de volta, você poderia cuspir em mim até eu me afogar em saliva — disse ele, com voz surpreendentemente clara e firme. — Mas não sou um *dybbuk*. Não um *dybbuk*, não um demônio, não um monstro. O que você vê... — Ele ergueu os braços e, por um momento, o clarão da fogueira se infiltrou pela jaqueta, dando-lhe a aparência de um enorme mas desnutrido morcego branco. Billy então baixou lentamente os braços contra os lados do corpo. — ... É tudo o que eu sou.

Por um momento ela pareceu vacilar, quase temerosa. Embora a saliva ainda escorresse pelo rosto de Billy, ele viu que o desdém desaparecera dos olhos dela e ficou grato por isso.

— Gina!

Era Samuel Lemke, o malabarista. Surgira ao lado do velho e ainda abotoava a calça. Usava uma camiseta com uma imagem de Bruce Springsteen.

— *Enkelt men tillrackligt!* — exclamou o rapaz.

— Você é um idiota assassino — disse ela para Billy, e retornou por onde se aproximara. O irmão tentou passar o braço em torno dela, mas ela o sacudiu e desapareceu nas sombras. O velho se virou para vê-la ir e então, por fim, seus olhos fitaram Billy Halleck. Por um momento, Billy olhou para o hediondo buraco no meio do rosto de Lemke, e então seus olhos foram atraídos para os olhos do homem. Os olhos da velhice, ele tinha pensado? Eram algo mais... e algo menos. Foi vazio que viu neles; o vazio era a verdade fundamental deles, não a consciência que havia na superfície deles como luar sobre águas turvas. Um vazio tão profundo e completo como os espaços que podem jazer entre galáxias.

Lemke fez sinal com o dedo para Billy e, como em um sonho, este caminhou lentamente em torno da fogueira até onde estava parado o velho em seu camisolão cinza-escuro.

— Entende *rom*? — perguntou Lemke quando Billy chegou à frente dele e parou.

O tom dele era quase íntimo, mas foi ouvido claramente no acampamento silencioso, onde o único som era o do fogo devorando a madeira seca. Billy negou com a cabeça.

— Em *rom*, nós o chamamos de *skummade igenom,* que significa "homem branco da cidade".

Ele sorriu, mostrando dentes apodrecidos e manchados de fumo. O buraco escuro em que houvera um nariz se estirou e repuxou.

— Mas também significa o que parece: *escória ignorante*. — Os olhos dele finalmente se desviaram dos de Billy. Lemke pareceu perder todo o interesse. — Vá agora, homem branco da cidade. Não tem negócios conosco e nós não temos negócios com você. Se tivemos negócios, já foram efetuados. Volte para a sua cidade.

O velho começou a dar meia-volta.

Por um momento, Billy continuou onde estava, de boca aberta, mal percebendo que o cigano o hipnotizara — fizera isso tão facilmente, como um fazendeiro faz uma galinha dormir ao enfiar-lhe a cabeça debaixo da asa.

Só ISSO?, gritou subitamente parte dele. *Após dirigir tanto, caminhar tanto, fazer tantas perguntas, ter tantos pesadelos, todos os dias e noites, e só ISSO? Vai ficar aí parado sem dizer uma palavra? Vai deixar que ele o chame de escória ignorante e depois vai voltar para a cama?*

— Não, não vai ser só *isso* — disse Billy, em voz alta e rouca.

Alguém deixou escapar uma intensa e surpresa exclamação. Samuel Lemke, que estava ajudando o velho a voltar para um dos trailers, olhou ao redor assustado. Após um momento, o próprio Lemke se virou. Sua expressão era de cansaço e divertimento, mas Billy pensou que, por um momento apenas, ao serem suas feições banhadas pela claridade da fogueira, ele também parecera surpreso.

Ali perto, o rapaz que primeiro vira Billy tornou a enfiar a mão debaixo do colete, onde estava o revólver.

— Ela é muito bonita — disse Billy. — Gina.

— Cale a boca, homem branco da cidade — disse Samuel Lemke. — Não quero ouvi-lo pronunciar o nome de minha irmã.

Billy ignorou-o. Em vez disso, olhou para o velho.

— Ela é sua neta? Bisneta?

Taduz Lemke o observou como se tentasse decidir se havia ali alguma outra coisa implícita — qualquer som além do som do vento em um solo côncavo. Então, começou a se virar novamente.

— Talvez você possa esperar um minuto, enquanto anoto o endereço de minha filha — disse Billy, erguendo a voz. Não a ergueu muito; não precisava disso para alcançar seu tom imperativo, um tom que havia cultivado em muitas sessões no tribunal. — Ela não é tão bonita quanto a sua Gina, mas nós a achamos linda. Talvez elas tenham em comum o assunto injustiça. O que acha, Lemke? Elas seriam capazes de falar sobre isso depois que eu estiver tão morto quanto sua filha? Quem pode realmente decidir onde existe uma injustiça? Os filhos? Netos? Um momento, vou escrever o endereço. É só um minuto; vou anotá-lo nas costas de uma foto sua que tenho. Se elas não conseguirem resolver essa confusão, talvez se encontrem um dia e se matem a tiros; então, os filhos *delas* poderão fazer uma tentativa. O que acha, velho... isso faz mais sentido do que esta merda?

Samuel pôs um braço sobre o ombro de Lemke. Ele se libertou do braço e tornou a caminhar lentamente ao encontro de Billy. Agora, seus olhos estavam cheios de lágrimas de fúria. As mãos encarquilhadas se abriam e fechavam devagar. Todos os outros olhavam, calados e assustados.

— Você atropelou e matou minha filha na rua, homem branco — disse ele. — Matou minha filha na rua, e ainda tem... ainda tem *borjade rulla* bastante para vir aqui e falar de sua boca para meu ouvido. Ei, eu sei quem fez o quê. Eu cuidei disso. Em geral, damos meia-volta e abandonamos a cidade. Em geral, sim, é o que fazemos. Só que, às vezes, fazemos nossa justiça. — O velho ergueu a mão enrugada diante dos olhos de Billy. De repente, ela se tornou um punho fechado. Um momento mais tarde, começou a gotejar sangue. Dos outros brotou um murmúrio, não de medo ou surpresa, mas de aprovação. — Justiça *rom, skummade igenom*. Quanto aos outros dois, já cuidei deles. O juiz, ele pulou de uma janela faz duas noites. Ele está...

Taduz Lemke estalou os dedos e depois soprou a polpa do polegar, como se estivesse espalhando sementes de dente-de-leão.

— Isso trouxe sua filha de volta, sr. Lemke? Ela voltou quando Cary Rossington bateu no chão em Minnesota?

Lemke contorceu os lábios.

— Não preciso que ela volte. A justiça não traz os mortos de volta, homem branco. Justiça é justiça. É bom ir embora daqui antes que eu lhe faça algo mais. Sei o que você e sua mulher estavam fazendo. Acha que não tenho a visão? Pois eu tenho. Pergunte a qualquer deles. Há cem anos que tenho a visão.

Um murmúrio de assentimento elevou-se dos que estavam à roda da fogueira.

— Não me interessa há quanto tempo tem a visão — respondeu Billy. Estendeu o braço deliberadamente e agarrou o ombro do velho.

Um grunhido de fúria soou em algum lugar. Samuel Lemke começou a se aproximar. Taduz Lemke virou a cabeça e cuspiu uma só palavra em romani. O rapaz estacou, incerto e confuso. Houve expressões similares em muitos dos rostos à volta da fogueira, mas Billy não viu isso; olhava apenas para Lemke. Inclinou-se para diante, mais e mais perto, até seu nariz quase tocar a confusão enrugada e esponjosa que era o que restava do nariz do velho.

— Foda-se a sua justiça! — ele disse. — Você sabe tanto sobre justiça quanto eu sobre motores a jato. Tire a maldição de mim.

Os olhos de Lemke se fixaram nos de Billy, aquele vácuo horrível logo abaixo da inteligência.

— Me solte ou farei ainda pior — disse ele, calmamente. — Tão pior que você pensaria que o abençoei da primeira vez.

O sorriso irrompeu subitamente no rosto de Billy — o sorriso esquelético, semelhante a uma lua crescente deitada de costas.

— Pois faça — disse. — Experimente. Entretanto, saiba de uma coisa: não creio que você possa.

O velho olhou para ele em silêncio.

— Porque eu também contribuí para isso — disse Billy. — Aliás, eles tinham razão. É uma parceria, não? O amaldiçoado e aquele que amaldiçoa. Estávamos todos juntos nisso, com você. Hopley, Rossington e eu. Só que estou caindo fora, velho. Minha esposa estava me masturbando em meu grande e luxuoso carro, certo, e sua filha saiu do meio de dois carros estacionados, na metade do quarteirão, completamente distraída, o que também é verdade. Se ela tivesse atravessado a rua na esquina, agora estaria viva. Houve culpa dos dois lados, mas ela está morta e eu não posso voltar ao que era minha vida de antes. Um compensa o outro. Não é a melhor compensação na história do mundo, mas uma coisa compensa a outra. Em Las Vegas, eles têm um nome para isso. Dizem que estamos quites. Estamos quites, velho. Vamos parar aqui.

Um temor estranho e quase singular surgiu nos olhos de Lemke quando Billy começou a sorrir, mas foi logo substituído pela raiva, empedernida e inflexível.

— Eu *nunca vou* anulá-la, homem branco da cidade. Morro com a maldição em minha boca.

Billy baixou lentamente o rosto até sua testa quase tocar a de Lemke e ele sentir o cheiro do velho; um cheiro de teias de aranha, de tabaco e levemente de urina.

— Então torne-a pior. Vá em frente. Faça isso... Como foi que disse? De maneira que pareça ter me abençoado da primeira vez.

Lemke o fitou por um momento mais e, agora, Billy sentiu que o velho tinha sido apanhado. Então, subitamente, Lemke virou a cabeça para Samuel.

— *Enkelt av lakan och kanske alskade! Just det!*

Samuel Lemke e o rapaz com a pistola debaixo do colete puxaram Billy do lado de Taduz Lemke. O peito do velho subia e descia rapidamente. Seus cabelos ralos estavam em desalinho.

Ele não está acostumado a que o toquem — não está acostumado a que lhe falem com raiva.

— Estamos quites — disse Billy quando o empurravam dali. — Ouviu bem?

O rosto de Lemke se contorceu. De repente, horrivelmente, ele estava com 300 anos de idade, um terrível espectro vivo.

— *Nada disso!* — gritou ele para Billy, sacudindo o punho. — Nada disso, nunca! Vai morrer magro, homem da cidade! Vai morrer assim!

O velho juntou os punhos e Billy sentiu uma súbita, dolorida pontada nos lados, como se estivesse entre aqueles punhos. Por um momento ficou sem poder respirar e era como se todas as suas entranhas estivessem sendo espremidas.

— *Vai morrer magro!* — repetiu o velho.

— Estamos quites — repetiu Billy, lutando para respirar.

— *Nada disso!* — bradou Lemke. Em sua fúria por ser insistentemente contrariado, finas linhas avermelhadas entrecruzaram suas faces. — Tirem-no daqui!

Começaram a arrastar Billy para fora do círculo. Taduz Lemke olhava, as mãos na cintura e o rosto como uma máscara de pedra.

— Antes que me levem embora, velho, saiba que minha própria maldição cairá sobre sua família — gritou Billy, e, apesar da dor nos lados, sua voz era forte e calma, quase jovial. — A maldição dos homens brancos da cidade!

Os olhos de Lemke se arregalaram ligeiramente, pensou ele. Pelo canto dos olhos, Billy viu que a velha com o álbum de cupons no cobertor em seu colo tornava a fazer para ele o sinal contra o mau-olhado.

Os dois rapazes pararam de puxá-lo por um instante; Samuel Lemke deu uma risada breve e admirada, talvez ante a ideia de que um advogado branco da classe média alta de Fairview, Connecticut, amaldiçoasse um homem que provavelmente era o mais velho cigano da América. O próprio Billy teria achado graça dois meses antes.

Taduz Lemke, entretanto, não estava rindo.

— Acha que homens como eu não têm o poder de amaldiçoar? — perguntou Billy. Ergueu as mãos, suas mãos finas, esquálidas, até cada lado do rosto e lentamente abriu os dedos. Parecia o mestre de cerimônias em um espetáculo de variedades pedindo à plateia que cessassem os aplausos. — Nós temos o poder. Somos bons em amaldiçoar depois que começamos, velho. Não me faça começar.

Houve um movimento atrás do velho — um relance de camisola branca e cabelos negros.

— Gina! — gritou Samuel Lemke.

Billy a viu avançar um passo na luz. Viu-a erguer a atiradeira, puxar a correia para trás e soltá-la, tudo no mesmo gesto suave — como um artista riscando uma linha em um bloco em branco. Pensou ter visto uma cintilação líquida riscar o ar quando a bola de aço voou através do círculo, mas isso tinha sido, sem dúvida, mera imaginação.

Houve uma pontada quente, lancinante, em sua mão esquerda. Desapareceu tão depressa como surgiu. Ele ouviu a esfera de aço que ela atirara bater com força na lataria de um furgão. No mesmo instante, percebeu que podia ver o rosto furioso e tenso da jovem, não emoldurado entre seus dedos abertos, mas através de sua palma, onde havia um perfeito furo redondo.

Ela me alvejou, pensou ele. *Santo Deus, ela fez isso!*

O sangue, negro como alcatrão à luz da fogueira, escorreu pela base de sua palma, encharcando a manga da jaqueta.

— *Enkelt!* — ganiu ela. — Fora daqui, *eyelak*! Fora daqui, assassino *filho da mãe*!

Ela jogou a atiradeira, que foi cair junto à fogueira. Era uma forquilha, à qual estava presa uma correia de borracha, do tamanho de um tapa-olho. Depois saiu correndo, gritando.

Ninguém se moveu. Os que estavam à roda do fogo, os dois rapazes, o velho e o próprio Billy, ficaram todos imobilizados. Houve a batida de uma porta, e os ganidos da jovem foram amortecidos. Ainda assim, não havia dor.

De repente, sem mesmo saber o que pretendia, Billy ergueu a mão sangrenta na direção de Lemke. O velho se encolheu e recuou, fazendo para ele o sinal contra o mau-olhado. Billy fechou a mão, como o velho tinha feito; o sangue escorreu-lhe do punho fechado, como escorrera do punho fechado de Lemke.

— A maldição do homem branco está sobre você, sr. Lemke. Não se escreve sobre isso em livros, mas estou lhe dizendo que é verdade, e *você* acredita *nisso*.

O velho gritou uma sucessão de palavras em romani. Billy se sentiu puxado para trás tão subitamente que sua cabeça sacolejou sobre o pescoço. Seus pés deixaram o solo.

Eles vão me atirar na fogueira. Cristo, vão me assar nela...

Em vez disso, foi carregado de volta ao caminho pelo qual viera, através do círculo (as pessoas saíram de suas cadeiras, afastando-se dele) e depois entre duas caminhonetes. De uma delas, Billy ouviu uma televisão irradiando um programa com som de risadas.

O homem do colete grunhiu, Billy foi balançado como um saco de batatas (um saco de batatas muito leve) e então, por um momento, estava voando. Aterrou sobre o capim além dos veículos estacionados com um baque surdo. A queda doeu muito mais do que o furo em sua mão. O corpo de Billy não tinha mais lugares acolchoados, e ele sentiu os ossos batendo como troncos soltos em um velho caminhão. Tentou se levantar, mas foi impossível a princípio. Luzes brancas dançavam diante de seus olhos. Ele gemeu.

Samuel Lemke caminhou até ele. O rosto atraente do rapaz estava calmo, mas fatal e inexpressivo. Ele enfiou a mão no bolso do jeans e pegou alguma coisa. A princípio, Billy pensou que fosse um pedaço de pau, e só identificou o que era quando Lemke abriu a lâmina.

Ele estendeu a mão sangrenta para a frente, a palma virada, e Lemke hesitou. Agora, havia uma expressão no rosto dele, uma expressão que Billy reconheceu por já tê-la visto tantas vezes em seu espelho do banheiro. Era medo.

O companheiro de Samuel Lemke murmurou algo para ele.

Lemke hesitou por um momento, olhando para Billy. Então, tornou a dobrar a lâmina, guardando-a no cabo escuro da faca. Cuspiu na direção de Billy. Um momento depois, os dois haviam desaparecido.

Ele ficou ali um instante, tentando reconstituir tudo, extrair algum sentido daquilo... mas isso era um truque de advogado e de nada adiantaria para ele naquele lugar escuro. A mão começava a reclamar com intensidade pelo que havia acontecido a ela, e ele concluiu que em breve estaria doendo muito mais. A menos, naturalmente, que eles mudassem de ideia e voltassem para pegá-lo. Então poderiam acabar com todo o sofrimento, em pouco tempo e para sempre.

Isso o fez se mover. Rolou sobre si mesmo, encolheu os joelhos para o que lhe sobrara de barriga e parou um instante, a face esquerda pressionada contra o capim amassado e o traseiro no ar enquanto uma onda de tonteira e náusea o percorria de alto a baixo. Quando passou, conseguiu ficar em pé e começou a subir a colina para onde o carro estava estacionado. Caiu duas vezes no trajeto. Na segunda, acreditou que seria impossível se levantar outra vez. De algum modo se pôs em pé — principalmente por ter pensado em Linda, dormindo tranquilamente e sem culpa alguma na cama. Agora, a sensação na mão era de uma vermelha e escura infecção pulsando, abrindo caminho pelo braço, na direção do cotovelo.

Infinitamente depois, ele chegou ao Ford alugado e procurou as chaves. Ele as tinha colocado no bolso esquerdo e precisou cruzar a mão direita sobre a frente do corpo para pegá-las.

Ligou o motor e parou por um momento, a mão latejante com a palma virada para cima sobre a coxa esquerda como um pássaro que houvesse sido baleado. Billy olhou para o círculo de furgões e caminhonetes e para o brilho da fogueira. Um fantasma de uma velha canção ocorreu a ele: *Ela dançou uma melodia cigana à volta da fogueira / Doce jovem em movimento, como me encantou...*

Ergueu lentamente a mão esquerda à frente do rosto. Uma espectral luminosidade esverdeada do painel de instrumentos do carro se filtrou pelo redondo buraco escuro em sua palma.

Ela me encantou, sem dúvida, pensou Billy, e ligou o carro. Com imparcialidade quase clínica, perguntou-se se conseguiria voltar ao Motel Frenchman's Bay.

De alguma maneira, ele conseguiu.

Capítulo 20: 54

— William? O que há de errado?

A voz de Ginelli, que estivera arrastada e pronta para se irritar, agora mostrava intensa preocupação. Billy encontrara o número da casa dele em sua caderneta de telefones, abaixo do número do restaurante Three Brothers. Discara-o sem grande esperança, certo de que deveria ter sido trocado naqueles anos de intervalo.

Amarrada com um lenço, sua mão esquerda jazia pousada no colo. Transformara-se em algo semelhante a uma estação de rádio, irradiando aproximadamente 50 mil watts de dor. O menor movimento provocava dores alucinantes que subiam pelo braço. Gotas de suor porejavam-lhe a testa. Imagens de crucificação ocorriam-lhe a todo instante.

— Desculpe por ligar para sua casa, Richard — falou —, e tão tarde.

— Que se foda. O que há de errado?

— Bem, o problema imediato é que fui atingido na mão com uma... — ele se remexeu ligeiramente, a mão pareceu pegar fogo, e seus lábios se repuxaram sobre os dentes — ... com uma bola metálica.

Silêncio na outra extremidade do fio.

— Sei como isso soa, mas é verdade. A mulher usou uma atiradeira.

— Jesus! O que... — Soou uma voz de mulher ao fundo. Ginelli falou brevemente com ela em italiano e voltou ao fone. — Não está brincando, William? Alguma prostituta furou sua mão com uma bola de metal disparada por atiradeira?

— Não ligo para ninguém às... — ele olhou para o relógio e outra onda de dor percorreu seu braço — ... às três da madrugada para fazer brincadeiras. Estou sentado aqui faz umas três horas esperando um momento mais civilizado. Mas a dor... — Ele riu um pouco; era um som dolorido, espantado, indefeso. — A dor é terrível.

— Isso tem a ver com o que me falou antes?

— Tem.
— Foram os ciganos?
— Foram. Richard...
— Ah, é? Bem, eu lhe prometo uma coisa: não se meterão mais com você depois disso!
— Richard, não posso ir a um médico para cuidar disso e... bem, a verdade é que sinto uma dor infernal. — *Billy Halleck, o Grande Mestre das Declarações Incompletas,* pensou. — Poderia me enviar alguma coisa? Talvez por entrega expressa? Algum tipo de analgésico?
— Onde você está?

Billy vacilou um instante, depois sacudiu a cabeça de leve. Todos em quem confiava tinham resolvido considerá-lo louco; imaginou ser bem provável que sua esposa e seu chefe tivessem tomado as providências necessárias — ou tomariam em breve — para interditá-lo juridicamente no estado de Connecticut. Agora, suas escolhas eram muito simples e maravilhosamente irônicas: confiar naquele gângster vendedor de narcóticos que não tinha visto nos últimos seis anos ou desistir inteiramente.

Fechando os olhos, disse:
— Estou em Bar Harbor, no Maine. Motel Frenchman's Bay. Unidade 37.
— Um momento.

A voz de Ginelli tornou a se distanciar do telefone. Billy o ouviu falando baixo em italiano. Não abriu os olhos. Finalmente, Ginelli voltou para o telefone.
— Minha esposa está fazendo umas ligações para mim — anunciou. — Você está acordando caras em Norwalk neste exato momento, *paisano.* Espero que fique satisfeito.
— Você é um cavalheiro, Richard — disse Billy.

As palavras saíram-lhe em um atropelo gutural e precisou pigarrear para limpar a garganta. Sentia muito frio. Seus lábios estavam muito secos e ele tentou molhá-los com a língua, mas ela também estava seca.
— Fique bem quieto, meu amigo — disse Ginelli. A preocupação voltara à voz dele. — Está me ouvindo? Bem quieto. Enrole-se em um cobertor se quiser, e não faça nada. Você foi baleado. Está em choque.
— Grande merda — Billy disse, tornando a rir. — Estou em choque há cerca de dois meses.

— De que está falando?
— Deixa pra lá.
— Certo, mas precisamos conversar, William.
— Está bem.
— Eu... Espere um momento. — Palavras ditas em italiano, suaves e distantes. Halleck fechou os olhos outra vez e prestou atenção na mão que irradiava dor. Após um momento, Ginelli tornou a falar com ele. — Um homem já está a caminho levando um analgésico para você. Ele...
— Oh, escute, Richard, não...
— Não me venha dizer o que fazer, William, apenas escute. O nome dele é Fander. Não é médico, esse cara, ou pelo menos não é mais; porém, vai dar uma olhada em você e resolver se terá que tomar alguns antibióticos além do analgésico. Ele estará aí antes do amanhecer.
— Não sei como agradecer, Richard — disse Billy. As lágrimas escorriam-lhe pelas faces; ele as enxugou automaticamente com a mão direita.
— Eu sei que não sabe — disse Ginelli. — Você não é um carcamano. E, lembre-se, Richard: fique aí quietinho!

Fander chegou pouco antes das seis da manhã. Era um homenzinho de cabelos prematuramente embranquecidos com uma valise de médico que atende em domicílio. Contemplou o corpo emaciado e esquelético de Billy por um longo momento sem falar, e então desenrolou cuidadosamente o lenço que ele pusera na mão esquerda. Billy precisou apertar a boca com a outra mão para conter um grito.
— Levante-a, por favor — pediu Fander.
Billy assim fez. A mão estava bastante inchada, com a pele repuxada e luzidia. Por um instante, ele e Fander se olharam pelo buraco da palma, agora contornado de sangue escuro. Fander tirou um odoscópio da valise e apontou a luz para examinar o interior do ferimento. Depois o desligou.
— Perfeito e limpo — disse. — Se foi uma bola metálica, há muito menos chance de infecção do que haveria com um cartucho de chumbo. — Fander fez uma pausa, pensativo. — A menos, naturalmente, que ela tenha posto algo na bola antes de atirá-la.
— Que ideia confortadora — resmungou Billy.
— Não sou pago para confortar pessoas — disse Fander friamente —, em especial quando arrancado da cama às três e meia da madrugada,

e tendo que trocar o pijama por roupas de sair dentro de um avião sacolejando a 11 mil pés de altitude. Disse que foi um rolamento de aço?

— Exato.

— Então, você provavelmente vai ficar bem. Não se pode encharcar uma bola de aço com veneno como os índios jivaros encharcavam pontas de flechas de madeira com curare. Tampouco parece provável que a mulher a tivesse pintado com alguma coisa, se tudo foi feito no ímpeto, conforme você disse. Isto cicatrizará bem, sem complicações. — Fander tirou desinfetante, gaze e ataduras elásticas da valise. — Vou fazer um curativo no ferimento e depois pôr ataduras. Vai doer como o diabo, mas pode acreditar que doeria muito mais, a longo prazo, se eu o deixasse aberto.

Fander lançou outro olhar avaliativo para Billy — não tanto o olhar compassivo de um médico, pensou Billy, mas o frio e calculista de quem executa um aborto.

— Esta mão será o menor de seus problemas se não começar a comer novamente.

Billy não respondeu.

Fander o contemplou por mais um momento antes de iniciar o curativo do ferimento. De qualquer modo, àquela altura uma conversa seria impossível para Billy: a estação transmissora de dor em sua mão passou de 50 mil para 250 mil watts em um rápido salto. Ele fechou os olhos, trincou os dentes e esperou que aquilo terminasse.

Por fim, *terminou*. Ele ficou sentado com a mão latejante e enfaixada no colo e observou Fander remexer novamente na valise.

— Pondo de lado outras considerações, sua magreza radical pode gerar problemas no que diz respeito a lidar com sua dor. Vai sentir bem mais desconforto do que sentiria se estivesse com um peso normal. Não posso lhe dar Darvon ou Darvocet porque poderiam deixá-lo em coma ou provocar-lhe arritmia. *Quanto* pesa, sr. Halleck? Uns 56?

— Mais ou menos isso — murmurou Billy.

Havia uma balança no banheiro e ele tinha se pesado antes de ir ao acampamento dos ciganos — era sua própria e bizarra forma de confrontar-se, ele achava. A balança marcara 54. Toda aquela correria sob o quente sol do verão contribuíra para acelerar consideravelmente as coisas.

Fander assentiu com uma leve careta de aversão.

— Vou lhe dar Empirin, que é razoavelmente forte. Tomará apenas um comprimido. Se não estiver cochilando dentro de meia hora e se a mão estiver muito, muito dolorida, poderá tomar metade de outro. Continuará assim dentro dos próximos três ou quatro dias. — Ele balançou a cabeça. — Voei quase mil quilômetros apenas para dar um vidro de Empirin a um homem. Não dá para acreditar. A vida pode ser perversa. Entretanto, considerando seu peso, até o Empirin pode ser perigoso. Deveria ser aspirina infantil.

Fander tirou outro vidrinho da valise, este sem rótulo.

— Aureomicina — disse. — Tome uma a cada seis horas. Mas, preste bem atenção, sr. Halleck, se começar a ter diarreia, *suspenda o antibiótico imediatamente*. Em seu estado, a diarreia pode matá-lo muito mais depressa do que uma infecção neste ferimento.

Ele fechou a valise e se levantou.

— Um último conselho que nada tem a ver com suas aventuras pela zona rural do Maine. Tome alguns comprimidos de potássio assim que possível; comece a tomar dois por dia. Um ao levantar, outro ao deitar. Poderá encontrá-los na drogaria, na seção de vitaminas.

— Por quê?

— Se continuar a perder peso, em breve estará tendo acessos de arritmia se tomar Darvon ou qualquer outro remédio. Esse tipo de arritmia é produzido por uma falta radical de potássio no organismo. Pode ter sido isso que matou Karen Carpenter. Bom dia, sr. Halleck.

Fander foi sozinho até a porta com as primeiras luzes do dia. Por um momento, ficou parado olhando na direção do barulho do oceano, que era muito nítido em meio à quietude.

— Devia suspender seja qual for a greve de fome que esteja fazendo, sr. Halleck — disse, sem se virar. — Em muitos sentidos, o mundo nada mais é do que um monte de bosta. Mas também pode ser muito bonito.

Caminhou para um Chevrolet azul parado ao lado do prédio e sentou no banco traseiro. O carro entrou em movimento e se afastou.

— Estou tentando sair dessa — disse Billy para o carro que desaparecia. — Estou tentando de verdade.

Fechou a porta e caminhou lentamente para a mesinha ao lado da cadeira. Olhou para os vidros de remédio e se perguntou como iria abri-los usando apenas uma das mãos.

Capítulo 21: Ginelli

Billy pediu que lhe enviassem um farto almoço. Nunca se sentira com menos apetite na vida, porém comeu tudo. Ao terminar, arriscou-se a tomar três dos Empirins de Fander, argumentando que os engolia após um sanduíche de peru, batatas fritas e uma fatia de torta de maçã cujo gosto parecia com asfalto velho.

Os comprimidos fizeram efeito com intensidade. Ele percebia que o transmissor de dor em sua mão tinha sido subitamente reduzido para apenas 5 mil watts, e então começou a ter uma febril série de sonhos. Gina dançava em um deles, nua, usando apenas argolas douradas nas orelhas. Depois ele rastejava através de um longo bueiro escuro na direção de um círculo redondo de luz que ficava sempre à mesma enlouquecedora distância. Havia alguma coisa atrás dele. Billy tinha o horrível pressentimento de que era um rato. Um rato *enorme*. De repente, conseguia sair da tubulação. Se pensara que aquilo significava a liberdade, estivera enganado — estava de volta à faminta Fairview. Cadáveres jaziam por todos os lados. Yard Stevens estava morto e caído no meio do parque, as tesouras de barbeiro enterradas fundo no que lhe restara da garganta. A filha de Billy estava apoiada em um poste, nada mais do que um punhado de palitos interligados em seu traje roxo e branco de animadora de torcida. Era impossível dizer se estava realmente morta como os outros ou apenas em coma. Um abutre voou baixo e pousou no ombro dela. Suas garras se flexionaram e sua cabeça se lançou para a frente, arrancando uma boa quantidade dos cabelos dela com o bico carcomido. Tiras sangrentas de couro cabeludo pendiam das raízes, como blocos de terra presos às raízes de uma planta arrancada brutalmente do solo. E ela *não* estava morta; Billy a ouviu gemer, viu as mãos se movendo fracamente no colo. *Não!*, gritou com voz estridente no sonho. Reparou que tinha a atiradeira da cigana na mão, carregada não com uma esfera metálica, mas com um peso de papéis que havia sobre uma mesa no corredor da casa de Fairview. Havia algo dentro do peso de papéis — uma mancha — semelhante a uma nuvem chuvosa, negro-azulada. Quando criança, Linda era fascinada por aquilo. Billy disparou o peso de papéis contra o abutre. Ele errou, e de repente a ave se transformou em Taduz Lemke. Um forte som ritmado começou em algum lugar — Billy se perguntou se seria seu coração, com um acesso fatal de arritmia. *Nunca suspenderei a maldição, homem branco da cidade,* disse Lemke e, de repente, Billy estava em outro lugar, enquanto o forte som ritmado continuava.

Olhou estupidamente em torno do quarto do motel, a princípio pensando que fosse apenas outro local em seus sonhos.

— William! — chamou alguém do outro lado da porta. — Você está aí? Abra ou vou arrombar! William! William!

Está bem, ele tentou dizer, e nenhum som lhe saiu da boca. Os lábios tinham secado, estavam colados. No entanto, sentiu um alívio extraordinário. A voz era de Ginelli.

— William! Will... Oh, foda-se!

Esse último foi em voz baixa, como falando para si mesmo, seguido por um baque surdo quando Ginelli jogou o ombro contra a porta.

Billy se levantou e o mundo inteiro oscilou, entrando e saindo de foco por um momento. Conseguiu finalmente abrir a boca, os lábios se separando com um suave rasgar, mais sentido do que ouvido.

— Tudo bem — falou com dificuldade. — Tudo bem, Richard. Estou aqui. Já acordei.

Cruzou o quarto e abriu a porta.

— Céus, William, pensei que você estivesse...

Ginelli parou abruptamente e olhou para ele, os olhos castanhos se arregalando cada vez mais até Billy pensar: *Ele vai correr. Ninguém olha assim para alguém ou alguma coisa e não dá meia-volta logo que passa a primeira onda de choque.*

Então, Ginelli beijou o polegar direito, fez o sinal da cruz e disse:

— Não vai me deixar entrar, William?

Ginelli trouxera um remédio melhor do que o de Fander: Chivas. Tirou a garrafa da pasta de couro de bezerro e despejou uma boa dose para cada um. Tocou a borda do copo plástico de motel na borda do de Billy.

— A dias mais felizes do que estes — falou. — O que acha?

— Eu acho ótimo — disse Billy, e bebeu tudo em um só gole.

Após a explosão de fogo diminuir um pouco em seu estômago, ele pediu licença e foi ao banheiro. Não precisava usar o banheiro, apenas não desejava que Ginelli o visse chorar.

— O que ele fez a você? — perguntou Ginelli. — Envenenou sua comida?

Billy começou a rir. Era a primeira boa risada em muito tempo. Sentou-se novamente em sua cadeira e riu até mais lágrimas lhe rolarem pelas faces.

— Adoro você, Richard — ele disse, quando as gargalhadas passaram para risos e, por fim, algumas risadinhas contidas. — Todo mundo, inclusive minha esposa, acha que estou louco. Da última vez que você me viu, eu tinha 18 quilos de excesso de peso, mas agora dou a impressão de estar me candidatando ao papel do espantalho na refilmagem de *O Mágico de Oz,* e a primeira coisa que lhe sai da boca é: "Ele envenenou sua comida?"

Ginelli ignorou o riso meio histérico de Billy e o elogio com a mesma impaciência. Billy pensou: *Lemke e Ginelli até que se parecem. Tratando-se de vingar e revidar, eles não têm o menor senso de humor.*

— E então? Envenenou?

— Imagino que sim. De certa forma, envenenou.

— Quantos quilos você perdeu?

Os olhos de Billy foram até o espelho que cobria a parede, no outro lado do quarto. Recordou ter lido — em uma novela de John D. MacDonald, pensou — que cada quarto de motel moderno nos Estados Unidos parece cheio de espelhos, embora a maioria de tais quartos seja usada por homens de negócios obesos que não sentem o menor interesse em se contemplar despidos. Seu estado era exatamente o contrário de alguém obeso, porém ele podia entender o sentimento antiespelho. Supôs que fosse seu rosto — não, não apenas o rosto, a cabeça inteira — que tivesse deixado Richard tão apavorado. O tamanho do crânio permanecera o mesmo e, como consequência, a cabeça apoiava-se sobre o corpo em desaparecimento como a exagerada e horrenda cabeça de um girassol gigantesco.

Nunca vou tirar a maldição de você, homem branco da cidade, ouviu Lemke dizer.

— Quantos quilos, William? — repetiu Ginelli.

Sua voz estava calma, até delicada, mas os olhos faiscavam de maneira clara, singular. Billy nunca vira os olhos de um homem faiscarem daquele jeito, e isso o deixou um pouco nervoso.

— Quando isso começou... Quando saí do tribunal e o velho me tocou... eu pesava praticamente 113 quilos. Hoje de manhã estava pesando 54, logo antes do almoço. Isso significa... 59 quilos?

— Jesus, Maria e José, o carpinteiro de Brooklyn Heights — sussurrou Ginelli, tornando a fazer o sinal de cruz. — Ele tocou em você?

É agora que ele vai embora — é agora que todos vão embora, pensou Billy e, por um instante, desejou mentir, inventar alguma louca história de envenenamento sistemático por alimentos. Contudo, se houvera um momento de mentir, já tinha passado. E se Ginelli fosse embora, ele o acompanharia, pelo menos até o carro. Abriria a porta para ele e agradeceria imensamente o fato de ter vindo. Faria isso porque Ginelli o tinha escutado quando ligara para ele de madrugada, porque Ginelli lhe enviara sua versão um tanto peculiar de médico e depois viera pessoalmente. Mas principalmente mostraria tal cortesia porque os olhos de Ginelli se tinham arregalado daquela forma quando Billy abrira a porta para ele, mas mesmo assim ele não fora embora.

Portanto, conte-lhe a verdade. Ele diz que só acredita em armas e dinheiro, e isso provavelmente é verdade, mas você lhe dirá a verdade porque é a única maneira de retribuir o favor de um cara como ele.

Ele tocou em você?, Ginelli havia perguntado e, apesar de ter sido há apenas um segundo, parecia ter sido há muito mais tempo na mente assustada e confusa de Billy. Disse então o que, para ele, era a coisa mais difícil de dizer.

— Ele não me tocou apenas, Richard. Ele me amaldiçoou.

Esperou que aquela louca faísca desaparecesse dos olhos de Ginelli. Esperou que Ginelli olhasse para o relógio, ficasse em pé e pegasse a pasta. *O tempo voa sem percebermos, não é? Eu gostaria de ficar e discutir este negócio de maldição com você, William, mas tenho um marsala de vitela à minha espera lá no Brothers, e...*

A faísca não desapareceu e Ginelli não ficou em pé. Cruzou as pernas, ajeitou o vinco das calças, tirou do bolso um maço de Camel e acendeu um cigarro.

— Me conte tudo — falou.

Billy Halleck contou tudo a Ginelli. Quando terminou, havia quatro guimbas de Camel no cinzeiro. Ginelli olhava fixamente para ele, como se estivesse hipnotizado. Seguiu-se um longo silêncio. Era desconfortável e Billy queria rompê-lo, mas não sabia como. Parecia ter gastado todas as suas palavras.

— Ele fez isto a você — disse Ginelli por fim. — Isto... — E moveu a mão na direção de Billy.

— Fez. Não espero que você acredite, mas ele fez.

— Eu acredito — disse Ginelli com uma expressão quase ausente.

— É mesmo? O que foi feito do cara que só acreditava em armas e dinheiro?

Ginelli sorriu, depois gargalhou.

— Eu lhe disse isso quando você telefonou daquela vez, não foi?

— Disse.

O sorriso desapareceu.

— Bem, há mais uma coisa em que acredito, William. Eu acredito naquilo que vejo. Por isso sou um homem relativamente rico. Por isso sou um homem *vivo*. Em sua maioria, as pessoas não acreditam no que veem.

— Não?

— Não. A menos que isso acompanhe algo em que elas já acreditavam. Sabe o que vi na drogaria em que faço compras? Aconteceu a semana passada.

— O que foi?

— Eles têm lá um aparelho de medir a pressão. É o tipo de aparelho que às vezes tem em shoppings também, mas na drogaria é grátis. Você enfia o braço por um vão e aperta um botão. O vão se fecha em torno do braço. A pessoa fica lá sentada um instante tendo pensamentos tranquilos e então o vão se abre. O resultado surge no alto, em enormes números vermelhos que piscam. Então a gente olha em uma tabela que diz "baixa", "normal" e "alta" para saber o que significam aqueles números. Deu para entender?

Billy assentiu.

— Muito bem. Pois lá estou eu, esperando que o cara me dê um vidro do remédio que minha mãe toma para úlcera. Então, chega um sujeito gordo balançando ao andar. Quero dizer, ele devia pesar uns bons 115 quilos e o traseiro dele dava a impressão de dois cães brigando debaixo de um cobertor. Os vasos sanguíneos no nariz e nas bochechas dele indicam o quanto ele bebe e posso ver um maço de Marlboro no bolso dele. Ele pega alguns daqueles protetores de calos dr. Scholl's e vai andando para a caixa registradora quando a máquina de tirar pressão atrai a atenção dele. O cara vai até lá, se senta, e a máquina faz o que tem de fazer. Logo surge o resultado: 22 por 13. Ora, eu pouco entendo as coisas do maravilhoso mundo da medicina, William, mas sei que 22 por 13 está na categoria do arriscado. É o mesmo que andar por aí com o cano de uma pistola carregada enfiado no ouvido, certo?

— Certo.

— Pois o que faz este imbecil? Olha para mim e diz: "Estas merdas digitais estão todas fodidas." Então, paga pelos protetores de calos e vai embora. Sabe qual é a moral da história, William? Certos caras, *muitos* caras, não acreditam no que estão vendo, principalmente se isso for contra a maneira como querem comer, beber, pensar ou acreditar. Eu não acredito em Deus, mas se o visse acreditaria. Não andaria por aí dizendo: "Bem, isso foi um grande efeito especial." A definição de um imbecil é um cara que não acredita no que vê. Pode escrever o que eu digo.

Billy olhou para ele pensativo por um instante, depois começou a rir. Após um momento, Ginelli riu também.

— Bem — disse ele —, você ainda parece o velho William quando está rindo. A questão é a seguinte, William: o que vamos fazer com esse velhote?

— Não sei. — Billy tornou a rir, um som breve. — Mas imagino que deva fazer alguma coisa. Afinal de contas, eu o amaldiçoei.

— É, você me disse. A maldição do sujeito branco da cidade. Considerando-se tudo o que os sujeitos brancos de todas as cidades fizeram nos últimos cem anos, sua maldição deve ser mesmo bem forte. — Ginelli fez outra pausa para acender mais um cigarro e então disse, despreocupadamente, através da fumaça: — Posso acertá-lo, você sabe.

— Não, isso não... — começou Billy, mas então fechou a boca. Podia ver Ginelli indo até Lemke e esmurrando-lhe um olho. Então, de súbito, percebeu que Ginelli falava em algo muito mais definitivo. — Não, você não pode fazer isso, terminou.

Ginelli não entendeu ou fingiu não entender.

— Claro que posso. E não posso mandar ninguém mais fazer isso, é claro. Pelo menos, ninguém de minha confiança. No entanto, sou tão capaz de fazer agora como quando tinha 20 anos. Sem compromisso, mas acredite, *seria* um prazer.

— Não. Não quero que você o mate e nenhuma outra pessoa — disse Billy. — Foi isso que eu quis dizer.

— Por que não? — perguntou Ginelli, ainda racional, embora seus olhos, conforme Billy podia ver, continuassem dando voltas e reviravoltas, daquele jeito louco. — Você está preocupado de ser cúmplice de um assassinato? Isso não seria assassinato, mas legítima defesa. Porque ele está matando *você*, Billy. Mais uma semana assim e as pessoas vão conseguir ler placas com você à frente delas sem precisarem pedir que você saia da frente. Em duas semanas, você não vai ter coragem de sair numa ventania por medo de ser jogado longe.

— Seu amigo médico sugeriu que eu poderia morrer de arritmia antes de chegar a esse ponto. Presumivelmente, meu coração está emagrecendo juntamente com o resto de meu corpo. — Billy engoliu em seco. — Sabe, nunca pensei nisso até esse momento. Aliás, desejo nunca ter pensado.

— Viu? Ele está matando você... mas deixa pra lá. Se não quer que eu o acerte, não o acertarei. Talvez não seja uma boa ideia. Poderia não significar o fim disso.

Billy assentiu. Isso também lhe ocorrera. *Tire a maldição de mim*, havia dito a Lemke. Aparentemente, até homens brancos da cidade compreendiam que aquilo era algo que devia ser feito. Com Lemke morto, a maldição simplesmente podia seguir seu curso natural.

— O problema — disse Ginelli, pensativo — é que não se pode voltar atrás quando se trata de morte.

— Não.

Ginelli esmagou a ponta do cigarro e se levantou.

— Tenho que meditar sobre isso, William. Há muito em que pensar e preciso ficar com a mente em estado sereno, entende? Não podemos ter ideias sobre uma merda complicada como essa se estivermos perturbados. E sempre que olho para você, *paisano,* minha única vontade é arrancar o pau desse sujeito e enfiá-lo no buraco onde ele tinha o nariz.

Billy se levantou e quase caiu. Ginelli o amparou e Billy se agarrou desajeitadamente a ele com o braço ileso. Antes desse momento, jamais pensara que um dia se abraçaria a um homem adulto.

— Obrigado por ter vindo — disse. — E por acreditar em mim.

— Você é um bom sujeito — disse Ginelli, soltando-o. — Está em péssimo estado, mas talvez consigamos tirá-lo disso. De um jeito ou de outro, vamos atirar alguns blocos de pedra no velhote. Preciso sair e andar por aí umas duas horas, Billy. Ficar com a mente serena. Matutar algumas ideias. Além disso, também quero dar uns telefonemas para a cidade.

— Sobre o quê?

— Eu digo mais tarde. Primeiro quero pensar um pouco. Acha que ficará bem?

— Sim.

— Então vai deitar. Seu rosto não tem o menor toque de cor.

— Está bem.

Billy estava sonolento outra vez, sonolento e inteiramente exaurido.

— A garota que atirou em você — disse Ginelli. — É bonita?

— Muito bonita.

— É mesmo?

Aquele brilho louco retornou aos olhos de Ginelli, mais faiscante do que nunca. Billy ficou preocupado.

— É.

— Deite-se, Billy. Tire uma soneca. Venho ver você mais tarde. Posso levar sua chave?

— Claro.

Ginelli saiu. Billy se deitou na cama e colocou a mão enfaixada cuidadosamente ao lado do corpo, sabendo perfeitamente que, se adormecesse, provavelmente rolaria sobre ela e tornaria a acordar.

Provavelmente ele está apenas sendo indulgente comigo, pensou Billy. *Deve estar telefonando para Heidi a essa altura. E quando eu acordar, os homens de jaleco branco estarão sentados aos pés da cama. Eles...*

Mas não pensou mais nada. Ele adormeceu e, de algum modo, conseguiu não rolar sobre a mão machucada.

E, dessa vez, não teve pesadelos.

Não havia enfermeiro nenhum no quarto quando ele acordou. Apenas Ginelli, sentado na poltrona do outro lado do quarto. Lia um livro intitulado *Este Selvagem Êxtase* e bebia uma lata de cerveja. Estava escuro lá fora.

Havia quatro latas de uma embalagem de seis em um balde de gelo em cima da televisão. Billy lambeu os lábios.

— Posso beber uma? — perguntou com voz rouca.

Ginelli ergueu os olhos.

— É Rip Van Winkle voltando da terra dos mortos! É claro que pode. Espere, eu abro uma pra você.

Levou a lata de cerveja para Billy, que bebeu metade dela de uma vez só. A cerveja estava gostosa e gelada. Ele havia posto o conteúdo do frasco de Empirin em um dos cinzeiros do quarto (os quartos de motel não tinham tantos cinzeiros quanto espelhos, pensou, mas quase o mesmo número). Pegou um comprimido e o tomou com outro gole da cerveja.

— Como vai a mão? — perguntou Ginelli.

— Melhor.

De certa forma era mentira, porque a mão doía terrivelmente. Mas de certa forma era verdade também. Porque Ginelli estava ali e isso aliviava mais a dor do que o Empirin ou mesmo a dose de Chivas. Tudo dói mais quando se está sozinho, essa era a questão. Isso o fez pensar em Heidi, porque ela é que devia estar a seu lado, não aquele gângster, mas não estava. Heidi continuava em Fairview, ignorando teimosamente tudo aquilo, porque para pensar em tais fatos ela teria que explorar os limites da própria culpa, algo que não lhe interessava. Billy sentiu um melancólico e latejante ressentimento. O que Ginelli tinha dito? *A definição de um imbecil é um cara que não acredita no que vê.* Tentou repelir o ressentimento — afinal de contas, ela era sua mulher. E ela estava agindo da maneira que julgava certa e melhor para ele... não estava? O ressentimento diminuiu, mas não muito.

— O que tem nessa sacola? — perguntou Billy. A sacola estava no chão.

— Mercadorias — disse Ginelli. Olhou para o livro que lia, depois o jogou na cesta de papéis. — Uma boa droga. Não consegui encontrar um Louis Lamour.

— Que espécie de mercadorias?

— Coisas para mais tarde. Para quando eu for visitar seus amigos ciganos.

— Não seja tolo! — exclamou Billy exaltado. — Quer terminar como eu? Ou talvez como um cabide humano?

— Calma, calma — disse Ginelli.

Falava em tom divertido e tranquilizador, mas aquela luz em seus olhos virava e revirava. De súbito, Billy percebeu que não havia sido tudo apenas uma tolice improvisada; ele realmente *tinha* amaldiçoado Taduz Lemke. A coisa com que o tinha amaldiçoado estava sentada à sua frente em uma poltrona barata de motel, bebendo uma cerveja Miller Light. E, com partes iguais de divertimento e horror, percebeu algo mais: talvez Lemke soubesse como retirar a *sua* maldição, mas Billy não tinha a menor ideia sobre como afastar a maldição imposta pelo homem branco da cidade. Ginelli estava se divertindo. Mais do que se divertia há muitos anos. Era como um profissional do boliche abandonando ansiosamente a aposentadoria para tomar parte em um evento beneficente. Eles conversariam, porém sua conversa não modificaria coisa alguma. Ginelli era seu amigo. Ginelli era um homem cortês, embora não muito chegado à gramática, e que o chamava de William em vez de Bill ou Billy. Também era um enorme e muito eficiente cão de caça que acabara de se libertar da coleira.

— Não me diga para ter calma — falou. — Apenas me diga o que pretende fazer.

— Ninguém vai se machucar — disse Ginelli. — Basta ficar sabendo disso, William. Sei que é importante para você. Sei que se apega a alguns princípios, mesmo que, de certo modo, não possa se dar ao luxo de mantê-los. Mas vou fazer sua vontade, porque é assim que você quer e é você a parte atingida. Ninguém vai sair machucado nessa história. Certo?

— Certo — disse Billy. Ficou um pouco aliviado... mas não muito.
— A menos que você mude de ideia — Ginelli disse.
— Não mudarei.
— Talvez mude.
— O que há na sacola?
— Bifes — disse Ginelli, e tirou um. Era carne de primeira, envolta em plástico transparente e etiquetada. — Parece bom, não? Comprei quatro.
— Para quê?
— Vamos falar sobre uma coisa de cada vez — disse Ginelli. — Saí daqui e fui para o centro da cidade. Que espetáculo nojento! A gente nem consegue caminhar pela calçada. Todos usam óculos de sol Ferrari e camisas com jacarés sobre as tetas. Parece que todo mundo aqui mandou pôr jaquetas nos dentes e que a maioria fez plástica no nariz.
— Eu sei.
— Escute isso, William. Vi uma garota e um cara caminhando juntos, certo? Pois o cara tinha a mão enfiada no bolso traseiro do short dela. Quero dizer, ali estavam eles em público, o rapaz com a mão no bolso traseiro da garota, apalpando a bunda dela. Cara, se fosse minha filha, ela não se sentaria em cima daquilo que o namorado apalpava durante uma semana e meia!

"Logo vi que naquele lugar não poderia ficar com a mente serena, e então desisti. Encontrei uma cabine telefônica e fiz algumas ligações. Oh, quase esqueci. O telefone ficava em frente a uma drogaria, então fui lá e trouxe isto para você."

Ele tirou do bolso um frasco de comprimidos. Jogou-o para Billy, que o apanhou com a mão ilesa. Eram comprimidos de potássio.
— Obrigado, Richard — disse Billy com a voz embargada.
— Não agradeça, apenas tome um. Depois de tanta coisa, o que você menos precisa é de uma porra de ataque do coração.

Billy pegou um comprimido e o engoliu com a cerveja. Sua cabeça começava agora a zumbir suavemente.
— Botei algumas pessoas para investigar umas duas coisinhas e desci até o porto — continuou Ginelli. — Fiquei olhando para os barcos por algum tempo. William, deve ter uns 20... 30... talvez 40 milhões de dólares em barcos naquele lugar! Chalupas, escaleres e malditas

fragatas, pelo que me consta. Não entendo nada de barcos, mas adoro olhar para eles. São...

Ele parou e olhou pensativamente para Billy.

— Será que alguns daqueles sujeitos com camisas de jacaré e óculos escuros Ferrari andam traficando drogas naqueles barcos?

— Bem, no inverno passado, li no *Times* que um lagosteiro das ilhas próximas daqui encontrou cerca de vinte embalagens de droga flutuando debaixo das docas da cidade. No fim, continham maconha de primeira.

— Certo. Foi justamente o que pensei. Todo este lugar tem esse ar. Amadores filhos da mãe! Deviam apenas ficar passeando em seus barcos e deixar o trabalho para quem entende do negócio, sabe? Quero dizer, algumas vezes eles atrapalham e então a gente tem que tomar algumas providências. É quando são encontrados corpos flutuando debaixo das docas em vez de embalagens da erva. Uma pena.

Billy bebeu outro longo gole de cerveja e tossiu.

— Mas isso agora não vem ao caso. Dei um passeio, olhei todos aqueles barcos e fiquei com minha mente serena. Então, decidi o que fazer... Ou, pelo menos, tive uma ideia da coisa e da forma que terá mais tarde. Ainda não alinhavei todos os detalhes, mas isso virá com o tempo.

"Voltei à rua principal e fiz mais algumas ligações, para saber o que mandei investigar antes. Não há nenhum mandado de prisão em seu nome, William, mas sua esposa e aquele médico bisbilhoteiro de vocês assinaram alguns papéis relacionados a você. Anotei aqui. — Ginelli tirou um pedaço de papel do bolso do peito. — 'Interdição *in absentia*.' É assim que se fala?"

Billy Halleck abriu a boca e dela escapou um som magoado. Por um momento, ficou absolutamente aturdido, e então a fúria, que se tornara sua intermitente companheira, tomou-o novamente. Ele havia *pensado* que isso podia acontecer, é claro, *pensara* que Houston daria tal sugestão, e até *pensara* que Heidi poderia concordar. No entanto, *pensar* em alguma coisa e saber que ela de fato aconteceu — que sua própria mulher esteve diante de um juiz, testemunhara que você ficou biruta, e que isso garantiu a ela um atestado de interdição, com o qual concordou e que assinou —, isso era muito diferente.

— Aquela *filha da puta* covarde! — murmurou com voz rouca, e o mundo foi bloqueado por uma intensa agonia. Ele tinha fechado as mãos sem pensar. Gemeu e olhou para as ataduras da mão esquerda, onde desabrochavam flores avermelhadas.

Não posso acreditar que pensou tal coisa de Heidi, sussurrou uma voz em sua mente.

É apenas porque não estou com a mente serena, ele respondeu à voz, e então o mundo escureceu por algum tempo.

Não chegou bem a ser um desmaio, e ele se recuperou rapidamente. Ginelli trocou as ataduras de sua mão e tornou a enfaixar o ferimento, em um trabalho desajeitado mas razoavelmente adequado. Enquanto fazia isso, continuava falando.

— Meu assistente disse que isso não tem o menor valor a menos que você volte a Connecticut, William.

— Sim, é verdade, mas... não compreende? Minha própria *mulher*...

— Não se preocupe com isso, William. Não importa. Se pudermos acertar a situação com o velho cigano, você começará a ganhar peso novamente e o caso deles ficará nulo. Se isso acontecer, você terá tempo de sobra para decidir o que quer fazer a respeito de sua mulher. Talvez ela precise de uma surra para amansar um pouco, sabia? Ou, talvez, você resolva apenas cair fora. Você poderá decidir essa merda sozinho se conseguirmos endireitar as coisas com o cigano, ou você pode pedir a opinião de algum conselheiro sentimental se quiser. Se não pudermos dar um jeito na situação, você vai morrer. De qualquer modo, haverá uma solução. Então qual é o problema de terem arrumado um papel contra você?

Billy conseguiu esboçar um sorriso com lábios lívidos.

— Você daria um grande advogado, Richard. Possui um jeito único de colocar as coisas em perspectiva.

— É mesmo? Você acha?

— Acho.

— Bem, obrigado. Meu telefonema seguinte foi para Kirk Penschley.

— Você falou com Kirk Penschley?

— Falei.

— Céus, Richard.

— Ora, está pensando que ele não aceitaria uma ligação de um bandido barato como eu? — Ginelli conseguiu soar magoado e divertido ao mesmo tempo. — Pois aceitou, acredite. Naturalmente, usei meu cartão de crédito para a chamada. Ele não ia querer meu nome na conta de telefone dele, quanto a isso não tenho dúvidas. Mas tenho feito muitos negócios com sua firma ao longo dos anos, William.

— Isso é novidade para mim — disse Billy. — Pensei que tinha sido apenas aquela única vez.

— Daquela vez, tudo podia ser feito abertamente e você era a pessoa mais indicada — disse Ginelli. — Penschley e seus vivaldinos sócios advogados jamais o envolveriam em algo desonesto, William. Você era um novato. Por outro lado, imagino que eles sabiam que você acabaria me conhecendo, cedo ou tarde, se ficasse na firma tempo suficiente. Assim, aquele primeiro trabalho seria como uma apresentação. E foi mesmo, para mim e para você, acredite. E se alguma coisa desse errado, se nosso negócio daquela época enveredasse pelo caminho inadequado ou coisa assim, você poderia ser sacrificado. Eles não gostariam de ter que fazer isso, mas achavam preferível sacrificar um novato a um advogado já firme no posto. Aqueles sujeitos são todos iguais, são muito previsíveis.

— Que outro tipo de negócio fez com a minha firma? — perguntou Billy, francamente fascinado; afinal, aquilo era mais ou menos como descobrir que a esposa o traíra muito depois de ter se divorciado dela por outros motivos.

— Bem, de todos os tipos, e não exatamente com sua firma. Digamos que eles intermediaram em negócios legais para mim e vários amigos, e deixemos por isso mesmo. De qualquer modo, conheço Kirk o suficiente para ligar para ele e pedir um favor. Ele concordou.

— Que favor?

— Pedi a ele que chamasse essa cambada da Barton e dissesse a eles para suspender tudo por uma semana. Que fiquem longe de você e longe dos ciganos durante esse tempo. Na verdade, estou mais preocupado com os ciganos, se quer saber. Podemos fazer isso, William, mas vai ficar mais fácil se não precisarmos ficar atrás deles, caçando-os.

— Você ligou para Kirk Penschley e disse a ele para ficar de fora — disse Billy, abismado.

— Não. Liguei para Kirk Penschley e lhe pedi que dissesse à agência Barton que suspendesse o trabalho — corrigiu Ginelli. — E não exatamente com essas palavras. Posso ser um pouco político quando é preciso, William. Me dê *algum* crédito.

— Cara, eu dou a você um bocado de crédito. Aumentando a cada minuto.

— Bem, obrigado. Muito obrigado, William. Aprecio isso. — Ginelli acendeu um cigarro. — De qualquer modo, sua esposa e o médico dela continuarão recebendo relatórios, só que um pouquinho modificados. Quero dizer, serão como a versão da verdade do *National Enquirer* e do *Reader's Digest*. Entende o que quero dizer?

Billy riu.

— Sim, entendo.

— Assim, temos uma semana de trégua. E uma semana deve ser o suficiente.

— O que vai fazer?

— Tudo que você me permitir, suponho. Vou assustá-los, William. Aliás, vou assustar a *ele*. Vou assustá-lo tanto que ele precisará colocar uma porra de uma bateria de trator Delco no marca-passo. E vou continuar aumentando o nível dos sustos até que aconteça uma de duas coisas. Ou ele irá gritar pela mamãe e retirar o que rogou contra você ou então descobriremos que o velho não se assusta. Se isso acontecer, volto a você e pergunto se mudou de ideia sobre machucar pessoas. Mas talvez as coisas não cheguem assim tão longe.

— Como irá assustá-lo?

Ginelli tocou na sacola de compras com a biqueira de uma bota e disse a ele como pretendia começar. Billy ficou abismado. Discutiu com Ginelli, como previra; depois falou com Ginelli, como também previra. E, embora Ginelli jamais erguesse a voz, seus olhos continuaram virando e revirando com aquele brilho louco, deixando Billy perceber que era o mesmo que falar com o vento.

E quando a recente dor na mão começou a diminuir para o latejamento anterior, ele tornou a se sentir sonolento.

— Quando você vai? — perguntou, entregando os pontos.

Ginelli olhou para o relógio.

— Saio às 10h10. Dou a eles mais quatro ou cinco horas. Estão fazendo bons negocinhos por lá, segundo ouvi na cidade. Lendo um bocado de sortes. E os cães... aqueles pit bulls. Meu Deus. Os cães que você viu não eram pit bulls, eram?

— Nunca vi um pit bull — disse Billy, sonolento. — Todos os que vi pareciam cães de caça.

— Pit bulls parecem um cruzamento entre terriers e buldogues. Custam uma grana alta. Quem quer assistir a uma briga de pit bulls tem primeiro que concordar em pagar por um cão morto antes mesmo que comecem as apostas. É um negócio sujo.

"Eles estão envolvidos em todas as coisas finas nesta cidade, não é mesmo, William? Óculos de sol Ferrari, barcos de droga, brigas de cães. Oh, perdão... também Tarô e *I Ching*."

— Tome cuidado — disse Billy.

— Serei cuidadoso, não se preocupe — disse Ginelli.

Billy dormiu logo depois. Quando acordou, faltavam dez minutos para as quatro da tarde, e Ginelli não estava. Viu-se tomado pela certeza de que Ginelli estava morto. Entretanto, Ginelli voltou faltando 15 para as seis, tão vivo e lépido que chegou a parecer grande demais para o lugar. Suas roupas, rosto e mãos estavam sujos de lama cheirando a maresia. Ele estava sorrindo. Aquele brilho louco lhe dançava nos olhos.

— William — disse —, vamos arrumar suas coisas e mudá-lo de Bar Harbor. Será mais ou menos como uma testemunha sob proteção do governo sendo posta em local seguro.

— O que foi que você fez? — perguntou Billy, alarmado.

— Vamos com calma, vamos com calma! Fiz apenas o que disse que ia fazer, nem mais nem menos. Mas, quando a gente atiça um vespeiro com uma vara, geralmente é boa ideia levarmos nossos cães estrada abaixo depois disso. Concorda, William?

— Sim, mas...

— Não temos tempo agora. Posso falar e arrumar suas coisas ao mesmo tempo.

— Para onde? — perguntou Billy, quase com um gemido.

— Não é longe. Eu digo quando estivermos a caminho. E agora, vamos andando. Talvez seja melhor você começar mudando de camisa.

Você é um bom sujeito, William, mas seu cheiro está ficando meio passado.

Billy tinha começado a caminhar para a recepção do motel, levando a chave, quando Ginelli tocou seu ombro e, delicadamente, a tirou de sua mão.

— Vou deixar isto na mesinha de cabeceira do seu quarto. Você se registrou aqui com um cartão de crédito, não foi?

— Sim, mas...

— Então vamos fazer disso uma espécie de saída informal. Não haverá prejuízos e atrairemos menos atenção para nós. Certo?

Uma mulher que corria à margem da autoestrada olhou casualmente para eles, tornou a fitar a estrada... mas então sua cabeça girou de volta, os olhos muito arregalados. Ginelli viu, mas Billy, felizmente, não percebeu.

— Vou deixar dez pratas para a arrumadeira — disse Ginelli. — Vamos no seu carro. Eu mesmo dirijo.

— Onde está o seu?

Billy sabia que Ginelli alugara um, mas só agora percebia tardiamente que não ouvira nenhum ruído de motor antes de seu amigo entrar no quarto. Tudo aquilo estava acontecendo rápido demais para sua mente — era impossível perceber cada detalhe.

— Tudo bem. Deixei o carro em uma estrada secundária a uns 5 quilômetros daqui. Depois vim andando. Removi a tampa do distribuidor e deixei um bilhete no para-brisa dizendo que havia um problema com o motor e que eu voltaria dentro de algumas horas, apenas para o caso de alguém querer bancar o bisbilhoteiro. Não creio que isso aconteça. Tinha capim crescendo no meio da estrada, sabe?

Um carro passou por eles. O motorista olhou para Billy Halleck e diminuiu a marcha. Ginelli pôde vê-lo se inclinando para fora e virando o pescoço.

— Vamos, Billy. Os outros estão olhando para você. O próximo bando pode ser dos caras errados.

Uma hora depois, Billy estava sentado diante da televisão em outro motel — desta vez estava na sala de estar de uma surrada e pequena suíte no Blue Moon Motor Court and Lodge, em Northeast Harbor. Estavam a menos de 24 quilômetros de Bar Harbor, porém Ginelli parecia satisfeito. Na tela da TV, o Pica-pau tentava vender seguros a um urso falante.

— Muito bem — disse Ginelli. — Descanse sua mão, William. Estarei fora o dia inteiro.

— Vai *voltar* lá?

— O quê? Voltar ao ninho de vespas com as vespas ainda voando? Eu não, meu amigo. Hoje vou brincar com carros. Esta noite haverá tempo suficiente para a Fase Dois. Talvez ainda sobre algum para cuidar de você, mas não conte com isso.

Billy só tornou a ver Richard Ginelli na manhã seguinte, às nove horas, quando ele apareceu dirigindo um Chevy Nova azul-marinho que certamente não tinha vindo da Hertz ou da Avis. A pintura era fosca e manchada, havia uma linha de rachadura na janela do passageiro e um enorme amassado no porta-malas. Mas a traseira era levantada e havia um supercompressor coberto no capô.

Desta vez, Billy dera Ginelli por morto desde umas boas seis horas antes, de maneira que o recebeu trêmulo, tentando não chorar de alívio. Ele parecia estar perdendo inteiramente o controle de suas emoções da mesma forma como ia perdendo peso... e esta manhã, quando o sol surgira, havia sentido as primeiras batidas instáveis de seu coração. Tinha ofegado por ar e batido no peito com o punho fechado. As pulsações por fim se normalizaram, mas não restaram dúvidas: aquele era o primeiro sintoma de arritmia.

— Pensei que você estivesse morto — disse quando Ginelli entrou.

— Você fica dizendo isso e eu continuo chegando. Gostaria que relaxasse a meu respeito, William. Sei cuidar de mim. Sou um garoto crescido. Se pensou que eu ia subestimar aquele velho babaca, bem, isso é uma coisa. Só que não o subestimei. Ele é esperto, e é perigoso.

— O que quer dizer?

— Nada. Contarei mais tarde.

— Agora!

— Não.

— Por que não?

— Por dois motivos — disse Ginelli pacientemente. — Primeiro, porque você talvez me pedisse para parar tudo. Segundo, porque há uns 12 anos não me sinto tão cansado. Vou lá para o quarto dormir umas oito horas. Depois, vou levantar e comer um quilo e meio da primeira comida que eu vir pela frente. Então, vou sair e fazer o diabo.

Ginelli parecia realmente cansado — quase exaurido. *Menos nos olhos,* pensou Billy. *Os olhos dele continuam girando e turbilhonando como dois cata-ventos luminosos de parque de diversões.*

— E se eu lhe pedisse para parar tudo? — perguntou Billy calmamente. — Você faria isso, Richard?

Richard o fitou por um momento, considerando a pergunta, e então deu a resposta que Billy já previa desde que percebera aquele brilho alucinado nos olhos de Ginelli.

— Agora eu não poderia mais — replicou Ginelli com a mesma calma. — Você está doente, William. Doente do corpo inteiro. Não tem capacidade para discernir o que é mais conveniente para você.

Em outras palavras, você também tem seus documentos para interditar-me. Billy abriu a boca para expressar esse pensamento em voz alta, mas tornou a fechá-la. Ginelli não tivera segundas intenções; havia dito apenas o que parecia mais lúcido.

— E também porque isso é pessoal, certo? — perguntou Billy.

— Certo — replicou Ginelli. — Agora é pessoal.

Ele foi para o quarto, tirou a camisa, a calça e se deitou. Cinco minutos depois, dormia sobre as cobertas.

Billy encheu um copo com água, engoliu um Empirin e depois esvaziou o copo em pequenos goles, em pé junto à porta. Seus olhos se moveram de Ginelli para a calça amarfanhada na cadeira. Ele chegara ali vestindo uma calça impecável de algodão, mas nos dois últimos dias usara jeans. As chaves do Nova estacionado lá fora sem dúvida estariam naquela calça. Billy pensou que poderia apanhá-las e ir embora dali... mas sabia que não faria isso, e o fato de que estaria assinando seu próprio atestado de óbito agindo assim agora parecia realmente secundário. No momento, o importante era ver como e onde tudo aquilo terminaria.

Ao meio-dia, enquanto Ginelli continuava dormindo profundamente no quarto, Billy teve outro acesso de arritmia. Logo depois, cochilou e teve um sonho. Foi curto e totalmente mundano, mas o encheu de estranha mescla de terror e odioso prazer. No sonho, ele e Heidi estavam sentados para o café da manhã na casa de Fairview. Havia uma torta entre eles. Heidi cortou uma boa fatia e a deu para Billy. Era uma torta de maçã. "Isto o engordará", disse ela. "Não quero ser gordo", respondeu ele. "Decidi que gosto de ser magro. Coma você." Deu-lhe o pedaço de torta, estirando sobre a mesa um braço não mais largo que um osso. Ela aceitou. Ele a viu comer cada bocado e, a cada bocado que Heidi comia, aumentavam os sentimentos de alegria perversa e de terror de Billy.

Outro acesso de leve arritmia o despertou desse sonho. Ficou sentado um momento, ofegando, esperando que o coração diminuísse para o ritmo normal, o que terminou acontecendo. Foi tomado pela sensação de que tivera mais do que um sonho — de que experimentara uma visão profética de alguma espécie. Entretanto, tais sensações costumam acompanhar sonhos muito vívidos e, à medida que o sonho esmaece, também esmaece a sensação. Isso aconteceu com Billy Halleck, embora não muito tempo depois ele tivesse motivos para recordar tal sonho.

Ginelli se levantou às seis da tarde, tomou uma ducha, vestiu o jeans e um suéter escuro de gola alta.

— Muito bem, eu o vejo amanhã de manhã, Billy — disse. — Então, saberemos.

Billy tornou a perguntar o que ele pretendia fazer, o que tinha acontecido até então, mas Ginelli novamente se recusou a falar.

— Amanhã — prometeu. — Enquanto isso, transmitirei a ela as suas lembranças.

— Minhas lembranças? A quem?

Ginelli sorriu.

— À adorável Gina. A puta que fez esse buraco em sua mão.

— Deixe-a em paz — disse Billy. Quando pensava naqueles olhos escuros, parecia impossível dizer qualquer coisa mais, pouco importando o que ela lhe tivesse feito.

— Ninguém vai sair machucado — insistiu Ginelli, e saiu.

Billy ouviu o Nova dando partida, com o som rouco e brusco do motor — uma rouquidão que só amenizaria quando ele alcançasse uns cento e poucos quilômetros por hora —, quando Ginelli saiu com o carro de ré, e refletiu que *ninguém vai sair machucado* não era o mesmo que concordar em deixar a jovem em paz. De maneira alguma.

Dessa vez, já passava do meio-dia quando Ginelli chegou. Havia um corte fundo na testa dele e outro ao longo do braço direito, onde a manga do suéter pendia em dois pedaços.

— Você perdeu mais peso — disse ele para Billy. — Está comendo?

— Estou tentando — respondeu Billy —, mas ansiedade não é muito bom para o apetite. Você parece ter perdido um pouco de sangue.

— Um pouco. Estou bem.

— Vai me contar agora que diabo anda fazendo?

— Vou. Conto tudo assim que sair do chuveiro e cuidar dos ferimentos. Você vai encontrá-lo esta noite, Billy. Este é o ponto importante. Precisa se preparar psicologicamente para isso.

Uma pontada de medo e excitação perfurou o ventre de Billy como um caco de vidro.

— Está falando dele? De Lemke?

— Exatamente — afirmou Ginelli. — Agora, me deixe tomar uma ducha, William. Acho que não sou mais tão jovem quanto pensei. Toda essa agitação me deixou exausto. — Depois, falou, olhando para trás: — Peça café. Bastante café. Diga ao cara que deixe fora da porta e enfie a nota por baixo, para você assinar.

Billy o observou entrar no banheiro, boquiaberto. Então, quando ouviu o ruído da água no chuveiro, fechou a boca com um estalo e foi para o telefone pedir o café.

Capítulo 22: A História de Ginelli

A princípio, ele falou em frases curtas e rápidas, pausando em cada intervalo para considerar o que dizer a seguir. A vitalidade de Ginelli parecia realmente baixa pela primeira vez desde que aparecera no Motor Inn de Bar Harbor, na tarde da segunda-feira. Não estava muito ferido — apresentava apenas profundos arranhões —, mas Billy achava que ele estava bastante abalado.

De qualquer modo, aquele brilho alucinado por fim começou a despertar outra vez nos olhos dele, a princípio pestanejando, indo e vindo como um sinal de néon, logo após ser ligado ao crepúsculo, depois adquirindo um brilho firme. Ele tirou um frasco do bolso interno da jaqueta e despejou uma tampa inteira de Chivas no café. Ofereceu o frasco a Billy. Billy recusou — não sabia o que o álcool podia causar ao seu coração.

Ginelli se sentou muito ereto, afastou o cabelo da testa e começou a falar em um ritmo mais normal.

Às três da madrugada de terça-feira, Ginelli havia estacionado em uma estrada arborizada que partia da rota 37-A, perto do acampamento cigano. Remexeu nos bifes por um instante e depois retornou à autoestrada, levando a sacola de compras. Nuvens altas deslizavam sobre a meia-lua como persianas. Ginelli esperou que ficasse claro e, quando isso aconteceu por um momento, pôde localizar o círculo de veículos. Cruzou a estrada e caminhou em diagonal naquela direção, através do campo.

— Sou um cara da cidade, mas meu senso de direção não é tão ruim como poderia ser — falou. — Posso confiar nele. E não queria ir pelo mesmo caminho que você foi, William.

Cruzou uns dois campos e um ralo arvoredo; caiu estatelado em um lugar pantanoso que cheirava como 10 quilos de bosta em um saco de 5 quilos. Seu fundilho também ficou preso em uma velha cerca de arame farpado, inteiramente invisível na escuridão sem luar.

— Se isso é o que se chama vida campestre, William, deixo-a de bom grado para os caipiras — disse ele.

Ginelli não esperara qualquer problema com os cães de caça do acampamento; a experiência de Billy era um bom exemplo. Os cães não se preocuparam em dar sinal de vida a não ser quando ele de fato chegou ao círculo do acampamento, embora certamente já o tivessem farejado antes.

— Era de esperar que os ciganos tivessem os melhores cães de guarda — comentou Billy. — Pelo menos, é o que se imagina.

— Tolice — disse Ginelli. — As pessoas podem encontrar todo tipo de motivos para afugentar ciganos sem que os próprios ciganos forneçam outros.

— Como cães que latem a noite inteira?

— Sim, mais ou menos isso. Está ficando muito esperto, William. Os outros acabarão pensando que é italiano.

Mesmo assim, Ginelli não se arriscara — movera-se lentamente ao longo das traseiras dos veículos estacionados, esquivando-se dos furgões e trailers em que haveria pessoas dormindo, olhando apenas nos carros e caminhonetes. Viu o que queria após examinar apenas alguns veículos: um paletó velho e amarrotado, jogado no assento de uma caminhonete Pontiac.

— O carro não estava trancado — explicou. — O paletó coube em mim, mas fedia como se tivesse um gambá morto em cada bolso. Vi um par de tênis velhos no piso traseiro. Ficaram um pouco apertados, mas eu os calcei assim mesmo. Dois carros adiante, encontrei um chapéu que parecia alguma coisa que tinha sobrado de um transplante de rim e enfiei na cabeça.

Ele quisera cheirar como um dos ciganos, explicou Ginelli, mas não para se garantir contra um bando de vira-latas inúteis, dormindo perto das brasas da fogueira — era o *outro* bando de cães que lhe interessava. Os cães valiosos. Os pit bulls.

Após ter percorrido três quartos do trajeto em torno do círculo, ele localizou um furgão com uma janela traseira coberta de aramado em vez de vidro. Espiou e nada viu no interior — os fundos do furgão estavam inteiramente vazios.

— No entanto, ali cheirava a cachorro, William — disse Ginelli.
— Então, olhei para o outro lado e arrisquei uma rápida espiada com a lanterna-caneta que levei. O relvado estava todo amassado, em uma trilha que partia da traseira daquele furgão. Ninguém precisaria ser Daniel Boone para ver aquilo. Eles tiraram os malditos cachorros do canil móvel e os levaram para outro lugar, de maneira a não serem encontrados pelo pessoal da sociedade protetora dos animais ou coisa assim caso alguém desse com a língua nos dentes. Acontece, porém, que eles deixaram uma trilha que até um garoto de cidade poderia seguir acendendo de vez em quando uma lanterna. Idiotas! Foi quando comecei realmente a acreditar que poderíamos dar bons sustos neles.

Ginelli seguiu a trilha sobre um outeiro até a beira de outra pequena área arborizada.

— Perdi a trilha — contou. — Fiquei lá parado, por alguns minutos, imaginando o que fazer em seguida. Foi então que ouvi, William. Ouvi alto e claramente. Às vezes, os deuses dão uma mãozinha.

— O que foi que ouviu?

— Um cachorro peidando — disse Ginelli. — Bem alto. Era como se alguém tocasse uma corneta com surdina adaptada.

Menos de 6 metros adiante, entre as árvores, ele encontrou um curral rústico em uma clareira. Não passava de um círculo de galhos grossos fincados no solo e depois ligados com arame farpado. Ali dentro, havia sete pit bulls. Cinco dormiam. Os outros dois olhavam sonolentamente para Ginelli.

Pareciam dopados porque *estavam* dopados.

— Imaginei que estariam drogados, embora não fosse muito seguro contar com isso. Quando se treina cães para brigar, eles se tornam um troço trabalhoso; eles lutam até com os companheiros e podem pôr todo o investimento a perder, a menos que se tomem precauções. Podem ser colocados em jaulas separadas ou dopados. A droga é mais barata e é também mais fácil de esconder. Se não estivessem dopados, não ia ser uma construção rústica de madeira como aquele curral de cães que os conteria. Os animais que estivessem apanhando fugiriam, mesmo que isso significasse deixarem metade do couro pendurado nos arames farpados atrás deles. Esses animais só são deixados sóbrios quando o montante de apostas subiu o bastante para justificar o risco. Pri-

meiro a droga, depois o espetáculo, e então mais droga. — Ginelli riu.
— Vê? Os pit bulls são apenas como umas porras de astros do rock. Isso os desgasta rapidamente, mas enquanto estiverem dando lucro o dono sempre pode conseguir mais pit bulls. Eles não tinham nem mesmo um guarda para os cães.

Ginelli abriu a sacola de compras e tirou os bifes. Após estacionar na estrada rural, retirara os bifes do envoltório plástico e injetara neles uma dose do que denominava Coquetel Pit Bull de Ginelli: uma mistura de heroína mexicana marrom e estricnina. Agora, acenava com os bifes no ar e observava os cães adormecidos voltarem lentamente à vida. Um deles deu um latido rouco, que soava como o ronco de um homem com sérios problemas nasais.

— Calado ou não terá jantar — disse Ginelli brandamente.

O cão que havia latido se sentou. Imediatamente passou a tombar para o lado e começou a voltar a dormir.

Ginelli atirou um dos bifes dentro do cercado. Um segundo. Um terceiro. E o último. Os cães passaram a disputá-los com ar apático. Houve alguns latidos, mas tinham a mesma qualidade rouca e espessa, fazendo Ginelli concluir que não existiam riscos para o seu lado. Além do mais, alguém que viesse do acampamento para vistoriar o canil artesanal estaria carregando uma lanterna, dando-lhe tempo de sobra para se esconder entre as árvores. Contudo, ninguém apareceu.

Billy ouvia com horrorizado fascínio enquanto Ginelli contava calmamente como se sentou lá perto, fumando um Camel e vendo os pit bulls morrerem. A maioria bateu as botas tranquilamente, relatou (haveria em sua voz o mais leve toque de arrependimento?, perguntou-se Billy, inquieto) — provavelmente devido à droga que já lhes tinha sido ministrada. Dois apresentaram convulsões brandas. Isso foi tudo. Afinal de contas, concluiu Ginelli, aquilo não foi tão ruim para os cães; os ciganos haviam planejado coisas bem piores para eles. Tudo terminou em pouco menos de uma hora.

Quando se certificou de que estavam todos mortos ou, pelo menos, profundamente inconscientes, ele tirou uma nota de um dólar da carteira e uma caneta do bolso do peito. Na nota de um dólar escreveu: DA PRÓXIMA VEZ PODERÃO SER SEUS NETOS, VELHO. WILLIAM HALLECK DIZ: RETIRE A MALDIÇÃO. Os pit bulls tinham coleiras feitas de trapos retorcidos e velhos. Ginelli enfiou a nota debaixo de uma das coleiras. Pendurou o paletó fedorento em um dos postes do curral e colocou o chapéu sobre ele. Descalçou os tênis e tirou seus próprios sapatos dos bolsos traseiros da calça. Calçou-os e foi embora.

Na volta, contou, *ficara* perdido por algum tempo e terminara caindo no pântano que fedia mal. Por fim, avistou luzes de uma casa de fazenda e pôde se orientar. Retornou à autoestrada, encontrou a estradinha rural, entrou no carro e voltou para Bar Harbor.

Estava na metade do trajeto, contou, quando o carro começou a parecer inadequado para ele. Não conseguia esclarecer bem o que sucedia — apenas aquele carro não lhe parecia mais adequado. Não que estivesse diferente ou que cheirasse diferente; apenas, não era adequado. Ele já tivera muitas intuições antes e, na maioria das vezes, nada haviam significado. Entretanto, em algumas delas...

— Decidi que queria abandoná-lo — disse Ginelli. — Não pretendia correr nem mesmo o mais ligeiro risco de que um deles pudesse ter tido insônia, caminhado pelos arredores e visto o carro. Não queria que eles soubessem o que eu estava dirigindo, porque então poderiam se espalhar, me caçar, me encontrar. Encontrar você. Vê? Eu os *levo* a sério mesmo. Olho para você, William, e tenho que levar a sério.

Então ele estacionara o carro em outra estrada secundária deserta, removera a tampa do distribuidor e caminhara os quase 5 quilômetros que faltavam para a cidade. Quando chegou lá, o dia vinha rompendo.

Após deixar Billy nos novos aposentos em Northeast Harbor, Ginelli voltara de táxi para Bar Harbor, dizendo ao motorista que fosse devagar porque procurava algo.

— O que é? — perguntou o homem. — Talvez eu saiba onde fica.

— Tudo bem — replicou Ginelli. — Vou saber quando encontrar. E assim fora, cerca de 3 quilômetros após Northeast Harbor, tinha visto um Nova com um anúncio de "À venda" no para-brisa, estacionado ao lado de uma pequena casa de fazenda. Verificou se o proprietário estava em casa, pagou o táxi e fechou negócio em dinheiro, ali mesmo. Por vinte pratas a mais, o proprietário um rapaz que, segundo Ginelli, parecia ter mais piolhos na cabeça do que pontos de QI... concordara em deixar no carro suas placas do Maine, aceitando de Ginelli a promessa de que as devolveria em uma semana.

— Posso até cumprir a palavra — declarou Ginelli, pensativo. — Se estivermos vivos, claro.

Billy o fitou com o olhar penetrante, porém Ginelli limitou-se a reiniciar sua história.

Já no carro, ele dirigira na direção de Bar Harbor, desviando da cidade e seguindo pela 37-A para o acampamento cigano. Parara somente a fim de ligar para uma pessoa, que identificou para Billy apenas como um "colega de negócios". Disse ao "colega de negócios" que ficasse ao lado de uma certa cabine telefônica no centro de Nova York ao meio-dia e meia — era uma cabine que Ginelli usava com frequência e, graças à sua influência, uma das raras em Nova York que dificilmente estava estragada.

Dirigiu pelos arredores do acampamento, percebeu sinais de atividade, fez meia-volta uns 2 quilômetros acima na estrada e retornou. Uma estrada improvisada fora traçada através do campo de feno, desde a rota 37-A até o acampamento. Havia um carro vindo por ela para a 37-A.

— Um Porsche turbo — disse Ginelli. — Um brinquedo de garoto rico. Tinha um decalque no vidro traseiro da Brown University. Dois garotões na frente, mais três no banco de trás. Freei e perguntei ao garoto motorista se havia ciganos mais adiante, conforme tinha ouvido. Ele disse que havia, mas que se eu ia lá para me lerem a sorte dera azar. Os garotos tinham ido lá com essa finalidade, mas tudo que conseguiram tinha sido um atendimento rápido porque estavam arrumando as coisas. Os ciganos iam embora. Afinal, depois do ocorrido com os pit bulls, isso não me surpreendeu.

"Voltei na direção de Bar Harbor e parei em um posto de gasolina; esse Nova bebe tanta gasolina que você nem acreditaria, William, mas consegue andar e falar, desde que a gente lhe ponha fogo nas veias e finque o pé na tábua. Também peguei uma Coca, que tomei com uns dois comprimidos estimulantes porque começava a me sentir um pouco devagar."

Ginelli havia ligado para seu "colega de negócios" e combinara encontrá-lo no aeroporto de Bar Harbor, às cinco daquela tarde. Então, voltara a Bar Harbor. Lá, deixou o Chevrolet em um estacionamento público e andou pela cidade durante algum tempo, procurando o homem.

— Que homem? — perguntou Billy.

— O *homem* — repetiu Ginelli pacientemente, como se falasse para um débil mental. — Aquele sujeito, William, que a gente sempre identifica quando o vê. Ele é parecido com todos os outros visitantes de verão, daqueles que poderiam convidar você para um passeio na lancha do papai ou arranjar dez gramas de boa cocaína ou apenas decidir se mandar do cenário de Bar Harbor e seguir em seu carrão até Aspen para as festividades de verão. Entretanto, o cara não é nada disso, e há duas maneiras rápidas de descobrir. Primeiro, a gente olha para os sapatos dele. Os sapatos dele são vagabundos. Estão reluzindo, mas são sapatos de má qualidade. Não têm classe e, pela maneira como ele caminha, pode-se ver que estão doendo nos pés. Depois, a gente olha para os olhos. Esta é a grande dica número dois. Esses caras dão a impressão de que nunca usam os óculos de sol Ferrari e a gente sempre pode ver os olhos deles. É como se precisassem anunciar o que são, da mesma forma como outros fazem suas besteiras e depois confessam aos tiras. Seus olhos dizem: "De onde virá a próxima refeição? De onde virá o próximo baseado? Onde está o cara que eu precisava encontrar quando vim para cá?" Dá para entender o que quero dizer?

— Sim, creio que dá.

— Principalmente, o que os olhos deles dizem é: "Como vou me dar bem?" Qual foi mesmo o nome que o velho em Old Orchard deu aos traficantes e artistas de ganho rápido?

— Andarilhos — disse Billy.

— Isso! — exclamou Ginelli. O brilho em seus olhos rodopiou. — Andarilhos, muito bem dito! O sujeito que eu procurava se encaixa entre os andarilhos de primeira classe. Nos balneários, esses tipos perambulam como prostitutas procurando clientes fixos. Eles raramente se metem em grandes empreendimentos, estão o tempo todo em movimento e são razoavelmente bem-vestidos... exceto pelos sapatos. Usam camisas J. Press e paletós esporte Paul Stuart, jeans de marca... mas quando a gente olha para os pés, os mocassins fodidos parecem dizer: "Fabricação Caldor's, US$ 19,95." Os mocassins dizem: "Eu sou útil, farei um trabalho para você." Com as prostitutas, são as blusas. Sempre blusas de raiom. A gente precisa treiná-las para que deixem de usá-las.

"Então, finalmente avistei o homem. Dei um jeito de puxar conversa com ele. Sentamos em um banco perto da biblioteca pública, um lugar bonito, e ali combinamos tudo. Eu tive de pagar um pouco mais porque eu não tinha tempo de amaciá-lo, mas ele estava ansioso o suficiente e achei que podia confiar nele. A curto prazo, claro. Para esses tipos, longo prazo é coisa que não existe. Acham que longo prazo é o tanto que eles demoravam para caminhar da aula de História Americana para a de Álgebra II.

— Quanto pagou a ele?

Ginelli fez um gesto com a mão.

— Estou lhe custando dinheiro — disse Billy, inconscientemente assumindo o ritmo da fala de Ginelli.

— Você é um amigo — disse Ginelli, um pouco enternecido. — Podemos resolver isso mais tarde, porém só se você quiser. Estou me divertindo. Isso foi um desvio *esquisito*, William. "Como passei minhas férias de verão", se entende o que quero dizer. Agora posso continuar falando? Estou ficando de boca seca, ainda há muito para contar e temos um bocado de coisas a fazer mais tarde.

— Continue.

O sujeito que Ginelli abordara era Frank Spurton. Ele disse que estudava na Universidade do Colorado e que estava de férias, mas para Ginelli parecia ter uns 25 anos — um universitário já meio velho. Não que fizesse diferença. Ginelli queria que ele fosse à estrada do bosque, onde deixara o Ford alugado, e então seguisse os ciganos quando eles partissem. Spurton deveria ligar para o Motor Inn de Bar Harbor quando tivesse certeza de que o bando parara para passar a noite. Ele não esperava que os ciganos fossem muito longe. Quando ligasse para o motel, Spurton deveria pedir para falar com John Tree. Spurton anotou o nome. Houve dinheiro trocando de mãos — 60% do total combinado. As chaves do carro e a tampa do distribuidor do Ford também trocaram de mãos. Ginelli perguntou a Spurton se ele sabia colocar direito a tampa no distribuidor. E Spurton, com um sorriso de ladrão de carros, disse que achava que podia dar um jeito.

— Você deu carona a ele até lá? — perguntou Billy.

— Pelo dinheiro que eu estava pagando, William, ele poderia muito bem levantar o polegar para uma carona.

De carro, Ginelli retornou ao Motor Inn de Bar Harbor e se registrou como John Tree. Embora fossem apenas duas da tarde, ele alugou para toda a noite o último quarto disponível — o funcionário lhe entregou a chave com o ar de alguém concedendo um grande favor. A temporada de verão estava chegando ao auge. Ginelli foi para o quarto, acertou o despertador na mesa de cabeceira para quatro e meia e cochilou até a campainha tocar. Então, se levantou e foi ao aeroporto.

Às 5h10 da tarde, um pequeno avião particular — talvez o mesmo que transportara Fander de Connecticut — aterrissou na pista. O "colega de negócios" desembarcou, e sua bagagem, uma caixa grande e três menores, foi retirada do compartimento bagageiro. Ginelli e o "colega de negócios" colocaram o pacote maior no banco traseiro do Nova e os menores no porta-malas. A seguir, o "colega de negócios" voltou para o avião. Ginelli não esperou para vê-lo decolar. Voltou ao motel e dormiu até as oito horas, sendo acordado pelo telefone.

Era Frank Spurton. Ligava de um posto Texaco, na cidade de Bankerton, 64 quilômetros a noroeste de Bar Harbor. Por volta das sete, segundo Spurton, a caravana cigana se dirigira para um campo nos arredores da cidade — parecia que tudo tinha sido providenciado de antemão.

— Provavelmente Starbird — comentou Billy. — Ele é quem providencia tudo.

Spurton parecera inquieto... assustado.

— Ele achava que tinha sido reconhecido — disse Ginelli. — Estava dirigindo despreocupadamente bem atrás, o que foi um erro. Alguns deles pararam para encher o tanque ou coisa assim. Spurton não os viu. Estava indo a uns 65 quilômetros por hora, rodando sem pressa, quando de repente duas velhas caminhonetes e um furgão VW passaram por ele, sacolejando. Foi aí que viu que estava no meio da porra do comboio em vez de atrás dele. Olhou pela janela lateral quando o furgão passou e então avistou um velho sem nariz no banco do passageiro, olhando fixamente para ele e sacudindo os dedos — não como se estivesse acenando, mas como se lhe lançasse um feitiço. Não estou colocando palavras na boca do sujeito, William; foi exatamente o que ele me disse ao telefone. "Sacudindo os dedos como se estivesse lançando um feitiço."

— Meu Deus — murmurou Billy.

— Quer uma dose no café?

— Não... sim.

Ginelli despejou uma tampa de Chivas na xícara de Billy e prosseguiu. Perguntou a Spurton se o furgão tinha uma pintura na lataria. Tinha. Mulher e unicórnio.

— Meu Deus — repetiu Billy. — Acha mesmo que eles reconheceram o carro? Que eles examinaram o terreno depois que encontraram os cães e o viram na estrada, onde você o tinha deixado?

— Sei que reconheceram — disse Ginelli, taciturno. — Ele me forneceu o nome da estrada em que eles estavam, Finson Road, e o número da estrada estadual de onde saíram para chegar lá. Depois pediu que deixasse o restante do dinheiro em um envelope com o nome dele no cofre do motel. "Quero pular fora", foi o que disse, e não o recrimino por isso.

Às 8h50 da noite, Ginelli deixou o motel dirigindo o Nova. Às 9h30, cruzou o limite entre Bucksport e Bankerton; dez minutos mais tarde, passou por um posto Texaco, que estava fechado para a noite. Havia um monte de carros parados em um pátio de chão batido a um lado do posto, alguns esperando reparos, outros à venda. No fim da fila, ele viu o Ford alugado. Seguiu em frente na estrada, deu meia-volta e retornou.

— Fiz isso mais duas vezes — contou. — Como não tornei a sentir aquela intuição de antes, subi a estrada até mais adiante e estacionei no acostamento. Depois voltei a pé.

— E...?

— Spurton estava no carro — disse Ginelli. — Atrás do volante. Morto. Um buraco na testa, logo acima do olho direito. Pouco sangue. Deve ter sido um .45, mas não tenho certeza. Não tinha sangue no banco. O que quer que o matou não saiu do outro lado. Um balaço .45 teria perfurado a cabeça, deixando um buraco atrás do tamanho de uma lata de sopa Campbell. Acho que alguém atirou nele com uma esfera de aço em uma atiradeira, do jeito como aquela moça atirou em você. É possível que ela mesma tenha feito o serviço.

Ginelli fez uma pausa, ruminando o assunto.

— Havia uma galinha morta no colo dele. Esquartejada. Uma palavra escrita em sangue na testa de Spurton. Sangue de galinha, suponho, mas não tive muito tempo para uma análise completa de laboratório de criminalística, se é que entende.

— Que palavra? — perguntou Billy, mas já sabia qual era, antes que Ginelli a pronunciasse.

— NUNCA.

— Céus — exclamou Billy, e estendeu a mão para o café com uísque. Levou a xícara à boca, mas tornou a largá-la. Se bebesse um só gole daquilo, iria vomitar. Não podia se dar ao luxo de vomitar. Mentalmente, podia ver Spurton sentado ao volante do Ford, a cabeça caída para trás, um buraco negro acima de um olho, uma bola de penas alvas no colo. A visão era tão nítida que pôde ver até o bico amarelo da galinha, semiaberto, os olhos negros vidrados...

O mundo se embaçou em tons acinzentados... e então houve o duro som de um tapa e um calor na bochecha. Ele abriu os olhos e viu Ginelli tornando a se sentar na cadeira.

— Desculpe, William, mas é como diz aquele comercial para loção após barba: você precisava disso. Acho que está se sentindo culpado pelo que aconteceu ao tal Spurton, mas quero que esqueça isso, ouviu? — O tom de Ginelli era brando, mas os olhos estavam irritados. — Você fica vendo as coisas completamente distorcidas, como aqueles juízes de coração mole que querem culpar todo mundo, a começar pelo presidente dos Estados Unidos, porque um cara drogado matou uma velha e roubou o cheque dela do Seguro Social... Todo mundo, menos o viciado filho da mãe que está ali, em pé diante dele, esperando que sua sentença seja suspensa para poder cair fora e repetir a façanha.

— Isso não faz o menor sentido! — começou Billy, mas Ginelli o interrompeu.

— Uma ova que não faz! — exclamou. — Você não matou Spurton, William. Aquilo foi obra de algum cigano e, seja ele quem for, o velho é que está por trás disso, e nós dois sabemos. Ninguém tampouco forçou Spurton a fazer alguma coisa. Ele é que se prontificou a um trabalhinho, em troca de pagamento, eis tudo. Um trabalhinho de nada. Descuidou-se e eles o pegaram. Agora, me diga, William, você quer que o velho tire a maldição ou mudou de ideia?

Billy suspirou pesadamente. Sua face ainda formigava, quente, no lugar em que Ginelli o esbofeteara.

— Ainda quero que ele a tire.
— Tudo bem, então esqueça o que ficou para trás.
— Certo.

Billy deixou que Ginelli falasse sem ser interrompido, até o fim do relato. A verdade é que estava pasmado demais com aquilo tudo para pensar em interrompê-lo.

Ginelli caminhou para os fundos do posto de gasolina e se sentou em uma pilha de pneus velhos. Queria estar com a mente serena, ele disse, e portanto ficou lá sentado por cerca de vinte minutos, contemplando o céu noturno — a última claridade do dia acabara de desaparecer no oeste — e tendo pensamentos serenos. Quando sentiu que estava com a cabeça no lugar, voltou para o Nova. Deu ré até o posto Texaco sem acender os faróis. A seguir, retirou o corpo de Spurton do Ford alugado e passou-o para o porta-malas do Nova.

— É possível que eles quisessem deixar uma mensagem para mim ou talvez apenas me ver em apuros quando os caras que trabalham no posto encontrassem um cadáver dentro de um carro com meu nome nos papéis da locadora dentro do porta-luvas. Mas foi burrice, William, porque se o sujeito *foi* alvejado por uma esfera metálica em vez de uma bala, os policiais mal dariam uma farejada na minha direção e depois se voltariam para eles... A garota faz uma demonstração de tiro ao alvo com uma atiradeira, pelo amor de Deus!

"Em outras circunstâncias, eu adoraria ver as pessoas de quem eu estou atrás se colocando numa situação dessas, porém esta é uma situação engraçada. É algo que temos que resolver sozinhos. Além do mais, eu esperava que os policiais fossem falar com os ciganos no dia seguinte a respeito de outra coisa bem diferente, se tudo saísse como eu queria, e Spurton só complicaria tudo. Assim, tirei o corpo de lá. Foi uma sorte aquele posto estar lá, fechado e solitário, em uma estrada rural. Caso contrário, eu não conseguiria fazer o que fiz."

Com o cadáver de Spurton na mala, enroscado à volta do trio de caixas menores que o "colega de negócios" trouxera aquela tarde, Ginelli foi em frente. Encontrou a estrada Finson, menos de um quilômetro acima. Na rota 37-A, uma boa estrada secundária partindo de Bar Harbor para oeste, os ciganos se tinham postado abertamente para negócios. A estrada Finson — sem pavimentação, esburacada e com mato crescido — era uma proposta inteiramente diversa. Eles tinham ido se esconder.

— Isso tornou a situação um pouco mais difícil, como ter que limpar o que eles tinham feito no posto de gasolina mas, em certo sentido, eu estava deliciado, William. Eu queria assustá-los, e eles agiam como pessoas que *estavam* assustadas. Quando as pessoas estão assustadas, vai ficando cada vez mais fácil mantê-las assustadas.

Ginelli apagou os faróis do Nova e dirigiu por mais cerca de meio quilômetro pela estrada Finson. Viu um desvio que levava a uma pedreira abandonada.

— Não poderia ser mais perfeito, mesmo se eu tivesse encomendado — disse ele.

Ginelli abriu o porta-malas, removeu o cadáver de Spurton e o cobriu de cascalho. Sepultado o corpo, ele voltou ao carro, engoliu mais dois comprimidos, e então desembrulhou o pacote maior, que estava no banco traseiro. Na caixa havia a inscrição ENCICLOPÉDIA MUNDIAL. Dentro dela havia uma semiautomática Kalishnikov AK-47 e quatrocentos cartuchos de munição, uma faca de mola, uma bolsa de couro feminina fechada por um cordel e repleta de balas de chumbo, um rolo de fita adesiva resistente e um pote de fuligem.

Ginelli escureceu o rosto e as mãos com a fuligem, depois prendeu a faca à batata da perna com tiras da fita. Enfiou o rolo no bolso e afastou-se dali.

— Dei o fora de lá — disse ele. — Já me sentia o super-herói de uma maldita história em quadrinhos.

Spurton tinha dito que os ciganos estavam acampados em um campo, quase 5 quilômetros estrada acima. Ginelli entrou no bosque e seguiu a estrada naquela direção. Não ousava perder a estrada de vista, explicou, porque receava se perder.

— A caminhada era muito lenta — disse. — A todo momento pisava em gravetos caídos e colidia contra galhos. Espero não ter encostado em nenhuma porra de hera venenosa. Sou alérgico demais.

Após duas horas de luta entre os emaranhados arbustos que cresciam no lado leste da estrada Finson, Ginelli avistara uma forma escura no estreito acostamento da estrada. A princípio, pensou ser alguma sinalização rodoviária ou uma espécie de poste. Pouco depois percebeu que era um homem.

— O cara estava lá em pé, tão duro como um açougueiro dentro de um frigorífico, mas acredito que era para me iludir, William. Quero dizer, eu *tentava* não fazer barulho, mas acontece que moro na cidade de Nova York. Acredite, não sou nenhum maldito apache. Assim, pensei que ele fingia não me ouvir para poder entender o que eu queria. E quando descobrisse a minha intenção, daria no pé para alertar os outros. Eu poderia ter-lhe estourado os miolos, mas isso acordaria todo mundo a 3 quilômetros de distância e, além do mais, já tinha prometido a você que não machucaria ninguém.

"Então, fiquei no mesmo lugar. Durante uns 15 minutos eu fiquei lá, pensando que se me movesse acabaria pisando em outro graveto, e então começaria a brincadeira. Foi quando ele andou do lado da estrada para a valeta para mijar e eu nem acreditei no que estava vendo. Não sei onde tomou aulas de treinamento de sentinelas, mas tenho certeza de que não foi em Fort Bragg. Ele carregava a mais antiga espingarda de caça que vi em vinte anos, uma arma chamada de *loup* pelos corsos. E, William, ele estava usando fones de ouvido de um walkman! Eu poderia ter chegado por trás dele, enfiado a mão debaixo do braço e feito meu sovaco peidar o hino *Salve, Columbia!* que ele nem se moveria do lugar."

Ginelli riu.

— Vou lhe dizer uma coisa: aposto como o velho não sabia que o cara estava ouvindo rock quando devia estar procurando por mim.

Assim que o vigia voltou para seu posto anterior, Ginelli caminhou na direção dele, evitando ser visto, mas sem se preocupar muito em andar silenciosamente. Tirou o cinto enquanto caminhava. Algo alertou o homem — algo visto de relance pelo canto do olho — no último momento. Nem sempre o último momento é tarde demais, mas dessa vez foi. Ginelli passou o cinto em torno do pescoço dele e puxou com força. Houve uma luta breve. O jovem cigano soltou a espingarda e agarrou o cinto. Os fones de ouvido escorregaram por suas faces, e Ginelli pôde ouvir os Rolling Stones, parecendo perdidos entre as estrelas, cantando *Under my Thumb*.

O rapaz começou a emitir ruídos sufocados e gorgolejantes. Foi diminuindo a intensidade da luta até cessar por completo. Ginelli continuou a pressionar por mais vinte segundos, depois relaxou ("Eu não queria que ele se sentisse tolo", explicou para Billy com ar sério) e o arrastou colina acima, para dentro do matagal. Era um homem atraente e musculoso, aparentando uns 22 anos. Usava jeans e botas. Ginelli achava que devia ser Samuel Lemke, a julgar pela descrição de Billy, e este concordou. Então, ao encontrar uma árvore de bom tamanho, prendeu-o ao tronco, usando a fita adesiva.

— Parece imbecilidade dizer que prendi alguém a uma árvore com fita adesiva, mas só se nunca fizeram isso com você. Se enrolarmos o suficiente daquela bosta, melhor nem tentar escapar. Fita adesiva é um negócio *forte*. O sujeito fica onde está até que apareça alguém e o solte. Não se pode romper uma fita adesiva e, fique certo, também não dá para desatá-la.

Ginelli cortou a metade inferior da camiseta de Lemke e a enfiou na boca do rapaz, usando novamente a fita para mantê-la no lugar.

— Então, virei a fita cassete do walkman e tornei a meter-lhe os fones nos ouvidos. Não queria que ficasse muito chateado ao acordar.

Ginelli passou depois a caminhar pela margem da estrada. Ele e Lemke tinham altura parecida, e ele estava disposto a correr o risco de encontrar outro vigia em vez de pego de surpresa. Além disso, estava ficando tarde e, até então, só tivera tempo para dois rápidos cochilos nas últimas 48 horas.

— Quando a gente dorme pouco demais, acaba fazendo besteira — disse. — Tudo bem, se estivermos jogando Banco Imobiliário. Mas se estamos lidando com sacanas que atiram em pessoas e depois escrevem palavras amedrontadoras com sangue de galinha na testa delas, somos candidatos à morte. Acontece que logo em seguida *cometi* um erro. Tive muita sorte em conseguir escapar. Às vezes, Deus perdoa.

Seu erro foi só ter visto o segundo vigia quando já estava praticamente em cima do sujeito. Isso aconteceu porque este segundo homem recuara para o abrigo das sombras, em vez de ficar em pé à beira da estrada, como fizera Lemke. Felizmente para Ginelli, o motivo não era se esconder, mas vigiar com conforto.

— Este último não estava ouvindo um walkman — disse Ginelli. — Ele dormia profundamente. Guardas de merda, mas o que se pode esperar de tais pessoas? Além disso, eles ainda não estavam convencidos de que eu representasse um problema a longo prazo. Quando achamos que alguém está mesmo querendo nos pegar de jeito, ficamos bem acordados. Cara, isso mantém a gente de olhos arregalados mesmo que a gente queira dormir.

Ginelli caminhou até o guarda adormecido, escolheu um ponto no crânio do sujeito e aplicou àquele ponto a coronha do Kalishnikov, com força razoável. Houve um baque surdo, como o som de uma mão flácida batendo contra uma mesa de mogno. O guarda, que estivera confortavelmente recostado a uma árvore, caiu sobre a relva. Ginelli se abaixou e tomou-lhe o pulso. Estava lá, lento, mas regular. Então, seguiu em frente.

Cinco minutos depois, alcançava o topo de um outeiro. Um campo ondulado se espraiava para baixo, à esquerda. Ginelli pôde ver o círculo escuro de veículos, estacionados a uns 200 metros da estrada. Não havia fogueira. Divisou luzes mortiças atrás de cortinas em alguns dos trailers, mas foi tudo.

Arrastando-se sobre a barriga e cotovelos, chegou até meio caminho na encosta do outeiro, mantendo à frente a semiautomática. Encontrou uma pedra sobressaindo do chão, que lhe permitiu assentar a arma firmemente e também observar o resto da encosta até o acampamento.

— A lua estava prestes a surgir, porém eu não pretendia esperar por isso. Além do mais, conseguia enxergar o suficiente, tendo em vista o que pretendia fazer. Àquela altura, estava a uns 75 metros deles. E eu não precisava fazer um trabalho de precisão. Afinal, o Kalishnikov não é bom para essas coisas. Melhor seria eu tentar tirar o apêndice de um sujeito com uma serra elétrica. O Kalishnikov é bom para assustar as pessoas. E eu as assustei. Aposto como todos eles molharam a cama. Só que não assustei o velho. Ele é um osso duro de roer, William.

Com a semiautomática e com um bom e firme ponto de apoio, Ginelli respirou fundo e mirou no pneu dianteiro do furgão com o unicórnio. Havia o som de grilos e de um pequeno córrego rumorejando nos arredores. Um curiango piou uma vez através do campo sombrio. Quando andava em meio ao trinado, Ginelli abriu fogo.

O trovejar do Kalishnikov fendeu a noite. O fogo pairou em coroa à volta da extremidade do cano quando o pente de balas — trinta cartuchos calibre 30, cada um em sua camisa quase do comprimento de um cigarro *king-size*, cada um com cento e tantos grãos de pólvora — acabou. O pneu dianteiro do furgão do unicórnio não apenas furou, como também explodiu. Ginelli disparou uma saraivada ao longo do furgão, porém apontando para baixo.

— Não fiz um só maldito buraco na lataria — disse —, mas o inferno correu solto no chão, abaixo do furgão. Apontei bem para baixo por causa do tanque de gasolina. Já viu um furgão VW explodir? É igualzinho ao que acontece quando se acende uma cabeça de negro e se coloca uma lata em cima. Já vi acontecer uma vez, na estrada de Nova Jersey.

O pneu traseiro do furgão explodiu. Ginelli substituiu o pente de balas gasto por outro. Lá, mais abaixo, começava o tumulto. Vozes gritando em um e outro lado, algumas enfurecidas, outras apenas assustadas. Uma mulher gritava.

Alguns deles — Ginelli não tinha como saber quantos — escapuliam pelas portas traseiras dos trailers, a maioria em pijamas e camisolas de dormir, todos parecendo confusos e assustados, todos tentando olhar em várias direções ao mesmo tempo. Então, Ginelli avistou Taduz Lemke pela primeira vez. O velho parecia quase cômico em sua camisola de dormir esvoaçante. Fiapos de cabelo escapavam de baixo da touca de dormir, com uma borla pendurada do alto. Ele chegou à frente do furgão do unicórnio, olhou para os pneus achatados e torcidos, depois diretamente para o alto, onde Ginelli estava deitado. Ele contou a Billy que nada havia de cômico naquele olhar flamejante.

— Eu sabia que ele não podia me ver — disse. — A lua não havia surgido e eu tinha fuligem no rosto e nas mãos, era apenas mais uma sombra em um campo cheio delas, mas... Eu acho que ele me *viu*, William, e isso me deixou com o coração gelado.

O velho se virou para sua gente, que começava a correr para ele, ainda gritando e agitando as mãos. Gritou para os outros em romani e girou um braço para a caravana. Ginelli não entendeu a linguagem, mas o gesto era bastante claro: *Protejam-se, seus tolos*.

— Tarde demais, William — disse Ginelli, presunçosamente.

Ele já havia disparado o segundo pente diretamente no ar, acima das cabeças deles. Agora, havia um bando de gente berrando — homens e também mulheres. Alguns se atiraram ao chão e começaram a rastejar, a maioria de cabeça agachada e traseiros movendo-se no ar. Os restantes correram em todas as direções, exceto para aquela de onde viera o fogo.

Lemke permaneceu ereto, gritando para eles, dando ordens. A touca lhe caiu da cabeça. Os que corriam continuaram correndo, os que rastejavam continuaram rastejando. Lemke poderia dirigi-los rotineiramente com pulso de ferro, mas Ginelli os deixara em pânico.

O Pontiac, uma caminhonete de onde ele havia tirado o paletó e os tênis na noite anterior, estava parado junto ao furgão, a frente virada para fora. Ginelli enfiou um terceiro pente no AK-47 e tornou a abrir fogo.

— Não havia ninguém nele na véspera e, do jeito como fedia, pensei que nessa noite também estaria vazio. Eu matei aquela caminhonete, William... Quero dizer, *aniquilei* aquele Pontiac filho da puta.

"Um AK-47 é uma arma de verdade, William. Pessoas que só veem filmes de guerra pensam que, quando se usa uma metralhadora ou rifle automático, os tiros formam uma perfeita linhazinha de furos, mas não é bem assim. Ele faz um estrago, a coisa é violenta, e acontece *rapidamente*. O para-brisa daquele Bonneville velho foi pelos ares. O capô se arqueou um pouco. Então as balas o pegaram de jeito e o arrancaram. Os faróis explodiram. Os pneus explodiram. A grade da frente caiu. Eu não podia ver a água esguichando do radiador, estava escuro demais para enxergar, mas quando o pente chegou ao fim, garanto que pude ouvi-la. Terminado o pente, aquele filho da puta parecia ter batido contra um muro de tijolos. E durante tudo isso, enquanto cromados e vidros voavam, aquele velho não se moveu. Limitou-se a ficar olhando para o clarão do cano do rifle para poder enviar as tropas atrás de mim se eu fosse idiota e esperasse que ele reunisse suas tropas. Decidi cair fora antes que ele fizesse isso."

Ginelli correu para a estrada, agachado como um soldado da Segunda Guerra Mundial avançaria debaixo do fogo. Uma vez lá, ergueu o corpo e disparou a toda velocidade. Passou pelo vigia do perímetro interno — aquele que recebera a coronhada — quase sem olhar para ele. Entretanto, ao alcançar o local onde prendera o sr. Walkman, parou para recuperar o fôlego.

— Não foi difícil encontrá-lo, mesmo no escuro — disse Ginelli. — Eu podia ouvir o mato rasteiro se agitando e estalando. Quando cheguei mais perto, pude também ouvi-lo: *unth, unth, uuth, uuth, glump, glump.*

Lemke conseguira contornar um quarto do tronco da árvore à qual fora preso, e o resultado era que estava agora mais preso do que nunca. Os fones de ouvido tinham escorregado e oscilavam em torno de seu pescoço, pendurados pelos fios. Ao ver Ginelli, ele parou de lutar e apenas olhou.

— Vi nos olhos dele que ele pensava que eu ia matá-lo e que estava simplesmente apavorado — disse Ginelli. — Aquilo me convinha perfeitamente. O velho não estava com medo, mas eu lhe digo, aquele garoto *deseja* sinceramente que eles nunca se tivessem metido com você, William. Infelizmente, não pude fazê-lo suar de verdade; não havia tempo.

Ele se ajoelhou ao lado de Lemke e ergueu o AK-47 para que ele pudesse ver o que era. Os olhos do cigano mostraram que sabia perfeitamente.

— Não tenho muito tempo, seu babaca, portanto ouça com atenção — disse Ginelli. — Diga ao velho que da próxima vez não vou atirar para o alto nem para baixo ou em carros vazios. Diga a ele que William Halleck disse para retirar a maldição. Sacou?

Lemke assentiu, tanto quanto a fita adesiva permitia. Ginelli a arrancou de sua boca e tirou a bola de pano.

— Vai haver muita movimentação por aqui — disse. — Grite que eles o encontrarão. Lembre-se do recado.

Virou-se então para ir embora.

— Você não compreende — disse Lemke roucamente. — Ele *nunca* vai retirá-la. Ele é o último dos grandes chefes magiares. O coração dele é um tijolo. Por favor, senhor, eu me lembrarei do recado, mas ele *nunca* vai retirar a maldição!

Pela estrada vinha uma picape sacolejando em direção ao acampamento cigano. Ginelli olhou naquela direção e depois para Lemke.

— Tijolos podem ser triturados — falou. — Diga isso a ele também.

Ginelli partiu em direção à estrada novamente, atravessou-a e correu de novo para a pedreira. Outra picape passou por ele, depois três carros enfileirados. Aquelas pessoas, compreensivelmente curiosas sobre quem estaria usando uma arma automática em sua cidadezinha, altas horas da noite, não apresentavam qualquer problema real para Ginelli. O brilho dos faróis se aproximando permitiu-lhe tempo de sobra para desaparecer entre o arvoredo espesso. Ouviu uma sirene chegando no momento em que entrou na pedreira.

Ligou o motor do carro e rodou sem faróis até o final do curto caminho de acesso. Um Chevrolet com uma luz azul no capô rugiu nas proximidades.

— Depois que ele se foi, limpei a sujeira de meu rosto e das mãos. Então, comecei a segui-lo — disse Ginelli.

— *Segui-lo?* — interrompeu Billy.

— Era mais seguro. Quando há tiroteio, pessoas inocentes quebram as pernas na ânsia de chegar ao local, todas querendo ver sangue antes que os policiais cheguem para mandá-las cair fora. Pessoas que tomam a direção contrária são suspeitas. Na maioria das vezes, fazem isso porque estão com armas nos bolsos.

Quando ele retornou ao campo, havia lá uma meia dúzia de carros estacionados ao longo do acostamento. Luzes de faróis entrecruzavam-se. Havia gente correndo de um lado para outro e gritando. O carro da polícia estava parado perto do local em que Ginelli atacara o segundo rapaz: a luz azul no capô lançava intermitências luminosas através das árvores. Ginelli baixou o vidro do carro.

— O que aconteceu, policial?

— Nada com que deva se preocupar. Vá rodando.

E caso aquele sujeito falasse inglês mas só entendesse russo, o policial agitou sua lanterna impacientemente na direção em que seguia a estrada Finson.

Ginelli rodou lentamente, subindo a estrada, desviando-se dos veículos estacionados — aqueles que pertenciam aos moradores locais, imaginou. Ficava mais difícil se mover entre espectadores que eram vizinhos, explicou a Billy. Havia dois grupos distintos de pessoas diante do carro que Ginelli acertara com seus tiros. Um era formado de homens ciganos de pijamas e camisolas de dormir. Eles falavam entre si, alguns gesticulando de forma extravagante. O outro grupo era de homens da cidade. Permaneciam em silêncio, de mãos nos bolsos, olhando para o destroço que agora era a caminhonete. Cada grupo ignorava o outro.

A estrada Finson prosseguia por uns 10 quilômetros, e Ginelli quase largou o carro, não uma, mas duas vezes, quando mais curiosos iam chegando em alta velocidade por uma estrada que não passava de um caminho de terra batida.

— Apenas sujeitos no meio da noite, esperando ver um pouco de sangue antes que os policiais os lavassem da calçada, William. Ou da grama, no caso.

Ele encontrou uma estrada de ligação que o levou a Bucksport e, de lá, virou para o norte. Por volta das duas da madrugada, estava de volta ao quarto de motel de John Tree. Acertou o despertador para as 7h30 e se deitou.

— Está querendo dizer — falou Billy, olhando-o fixamente — que durante todo o tempo em que fiquei aqui, preocupado e imaginando-o morto, você dormia no mesmo hotel que estávamos antes?

— Bem, foi isso mesmo. — Ginelli pareceu envergonhado por um instante, depois sorriu e deu de ombros ao mesmo tempo. — Atribua à inexperiência, William. Não estou acostumado a pessoas preocupadas comigo. Exceto minha mãe, naturalmente, mas isso é diferente.

— Deve ter dormido demais. Só chegou aqui lá pelas nove.

— Não. Levantei assim que o despertador tocou. Fiz uma ligação e então caminhei até a cidade. Aluguei outro carro. Agora, da Avis. Não vinha tendo muita sorte com a Hertz.

— Vai ter problemas com aquele carro da Hertz, não é?

— Negativo. Está tudo bem. Mas a coisa poderia ter ficado cabeluda. O telefonema foi por causa disso, o carro da Hertz. Pedi àquele meu "colega de negócios" que voasse de Nova York. Há um pequeno aeroporto em Ellsworth, e ele desceu lá. Então, o piloto foi para Bangor para aguardá-lo. Meu colega pediu carona até Bankerton. Ele...

— Esta coisa está crescendo — comentou Billy. — Sabia? Está virando um Vietnã.

— Merda, não! Não seja bobo, William!

— E então a faxineira voou de Nova York para cá.

— Bem, é isso aí. Não conheço ninguém no Maine e a única conexão que fiz aqui passou dessa pra melhor. Meu colega chegou a Bankerton por volta do meio-dia de ontem, e o único sujeito no posto de gasolina era o tal garoto que parecia ter alguns parafusos a menos na cabeça. O garoto vinha colocar gasolina quando chegava alguém, mas na maioria do tempo ficava fuçando lá nos fundos, lubrificando um carro ou coisa assim. Enquanto ele ficou sumido de vista, meu amigo fez uma ligação direta no Ford e tirou o carro de lá. Passou rente à garagem em que estavam os outros carros, mas o garoto nem virou a cabeça. Meu colega dirigiu até o Aeroporto Internacional de Bangor e estacionou o Ford em um dos cubículos da Hertz. Eu lhe tinha dito para procurar manchas de sangue, e quando falei com ele ao telefone, contou que encontrara um pouco de sangue no meio do assento dianteiro, que quase posso jurar que era sangue de galinha, e que o limpara com um daqueles lenços umedecidos. Depois preencheu as informações no canhoto do formulário, depositou-o na caixa de devolução expressa e então voou de volta à Grande Maçã.

— E quanto às chaves? Você disse que ele fez uma ligação direta.

— Bem — disse Ginelli —, as chaves eram um problema o tempo todo. Esse foi outro erro. Atribuo ao pouco tempo que tive para dormir, como aconteceu com o outro, mas talvez seja uma decorrência da idade que vai chegando. Elas estavam no bolso de Spurton e esqueci de apanhá-las quando o sepultei. Só que agora... — Ginelli pegou um par de chaves em um brilhante chaveiro amarelo da Hertz. Fez as chaves tilintarem. — *Lá-lá-lá!*

— Você voltou lá — exclamou Billy em voz meio rouca. — Meu Deus, você voltou lá e desenterrou o sujeito para pegar as chaves!

— Bem, cedo ou tarde as marmotas ou os ursos o teriam encontrado e arrastado de lá — disse Ginelli, com boa dose de razão. — Poderia também ser encontrado por caçadores. Provavelmente na estação de caça, quando eles vão caçar levando seus cães. Quero dizer, para o pessoal da Hertz seria um incômodo de nada receber um envelope expresso sem as chaves. Todos estão sempre esquecendo de devolver chaves de carros alugados ou de quartos de hotel. Às vezes devolvem, outras nem se dão ao trabalho. O gerente da agência então liga para certo número, fornece os dados de identificação do veículo, e o sujeito do outro lado, seja da Ford, GM ou Chrysler, lhe diz o padrão da chave. Pronto! Chaves novas. Mas se alguém encontrasse um cadáver em uma pedreira com uma esfera de aço enterrada na cabeça e chaves de carro no bolso, bem, a coisa poderia ser rastreada até mim... Mau negócio. Péssimo negócio. Sacou?

— Saquei.

— Por outro lado, eu tinha mesmo que voltar lá, você sabe — disse Ginelli suavemente. — E não podia usar o Nova.

— Por que não? Eles não o viram.

— Preciso contar em ordem, William. Então você entenderá. Mais um gole?

Billy negou com a cabeça. Ginelli se serviu.

— Muito bem. No começo da manhã de terça-feira, os cães. Horas mais tarde, na mesma manhã de terça, o Nova. Na noite de terça, o fogo cerrado. Manhã de quarta-feira, bem cedo, o segundo carro alugado. Está seguindo?

— Creio que sim.

— Agora, estamos falando de um sedã Buick. O sujeito da Avis queria me dar um Áries K, disse que era o único que tinha no momento e que eu estava com sorte por consegui-lo, mas um Áries K não era adequado. Precisava ser um sedã. Que não chamasse a atenção, mas razoavelmente grande; vinte pratas fizeram o cara mudar de ideia, e finalmente fiquei com o carro que me interessava. Voltei nele para o Motor Inn de Bar Harbor, estacionei e fiz mais algumas ligações, para me certificar de que tudo estava acontecendo como eu tinha programado. Então, vim para cá no Nova. Gostei desse Nova, Billy. Parece um vira-lata e por dentro fede como um gambá, mas tem *personalidade*.

"Assim, cheguei e finalmente deixei você aliviado. Só que estava quase desmoronando outra vez e cansado demais para até mesmo pensar em voltar a Bar Harbor, de modo que passei o dia inteiro na sua cama."

— Podia ter telefonado. Assim pouparia pelo menos uma viagem — disse Billy baixinho.

Ginelli sorriu para ele.

— Sim, eu podia ter telefonado, mas... foda-se! Um telefonema não me mostraria como você estava, William. Você não tem sido o único a ficar preocupado.

Billy baixou a cabeça um pouco e engoliu com certa dificuldade. Estava quase chorando novamente. Nos últimos tempos, parecia viver quase chorando.

— Tudo bem!

Ginelli se levanta, revigorado e praticamente sem nenhuma ressaca de anfetaminas. Toma uma ducha, pula para o Nova, agora cheirando a bosta de vaca mais do que nunca, após um dia inteiro ao sol, e volta para Bar Harbor. Uma vez lá, tira os pacotes menores do porta-malas do carro e os abre em seu quarto. Lá estão um Colt Woodsman .38 e um coldre de ombro num dos pacotes. O que encontra nos outros dois cabe nos bolsos do paletó. Então, deixa o quarto e troca o Nova pelo Buick. Por um minuto, pensa que se pudesse se dividir em dois, não teria de passar tanto tempo trocando de carros como um manobrista de um restaurante luxuoso de Los Angeles. Então, ele se encaminha para a teatral Bankerton, esperando que aquela seja a última maldita vez que faz isso. Para apenas uma vez durante o trajeto, num supermercado. Entra e compra duas coisas: um daqueles potes de vidro em que as mulheres colocam conservas e uma garrafa de meio litro de Pepsi. Chega a Bankerton justamente quando o crepúsculo começa a ficar mais denso. Dirige até a pedreira e vai em frente, sabendo que o momento não exige muitos escrúpulos — se o corpo foi encontrado devido à movimentação da noite anterior, ele se verá em apuros, de qualquer modo. Contudo, ninguém está ali e não há indícios de que alguém *esteve* ali. Assim, ele desenterra Spurton, tateia por um instante e recolhe o prêmio. Como os que vêm dentro de caixas de biscoitos.

A voz de Ginelli era absolutamente inexpressiva, mas para Billy esta parte foi como um filme passando em sua mente — e um filme não particularmente agradável. Ginelli agachado, usando as mãos para afastar o cascalho, encontrando a camisa de Spurton... o cinto... tateando no bolso do cadáver. Enfiando a mão. Os dedos remexendo em trocados cheios de areia que nunca seriam gastos. E, abaixo do bolso, carne gélida, endurecida no *rigor mortis*. Por fim, as chaves, o apressado ressepultamento.

— *Brrr!* — fez Billy, e estremeceu.

— É tudo uma questão de perspectiva, William — disse Ginelli calmamente. — Acredite, é isso mesmo.

Acho que foi o que mais me assustou, pensou Billy.

Então, com crescente espanto, ouviu Ginelli terminar o relato de suas extraordinárias aventuras.

Com as chaves da Hertz no bolso, Ginelli retornou ao Buick da Avis. Abriu a Pepsi-Cola, despejou-a no jarro de conservas e depois fechou o jarro com a tampa de pressão. Feito isto, rumou para o acampamento dos ciganos.

— Eu sabia que eles ainda estariam lá — disse. — Não porque quisessem, mas porque a polícia lhes diria que tinham de continuar ali até o final da investigação. Aqui temos um bando de nômades, eles bem que poderiam ser chamados assim, estranhos em uma cidadezinha como Bankerton, sem a menor dúvida, e então surge outro estranho, ou estranhos, no meio da noite para um tiroteio no local. Os tiras costumam ficar interessados em coisas desse tipo.

E eles estavam interessados, sem sombra de dúvidas. Havia uma viatura da polícia estadual do Maine e dois Plymouths sem marcas estacionados na beira do campo. Ginelli estacionou entre os Plymouths, saiu do carro e começou a descer a colina em direção ao acampamento. A falecida caminhonete já havia sido removida do local, presumivelmente para onde o pessoal da criminalística pudesse examiná-la.

Na metade da descida, Ginelli encontrou um policial estadual uniformizado, subindo a ladeira.

— Não tem nada a fazer por aqui, senhor — disse o policial. — Seria melhor ir andando.

Ginelli sorriu, ao dizer para Billy:

— Eu o convenci de que, pelo contrário, tinha muito a fazer por ali.

— Como fez isso?

— Mostrei isto aqui para ele.

Ginelli enfiou a mão no bolso traseiro e jogou para Billy uma carteira de couro. Billy a abriu. Imediatamente soube o que estava vendo, porque, em sua carreira como advogado, tivera oportunidade de examinar alguns. Supôs que teria visto inúmeros outros se fosse especializado em casos criminais. Era um cartão de identificação do FBI, plastificado, exibindo o retrato de Ginelli. Na foto, Ginelli parecia cinco anos mais novo. O corte do cabelo era bem curto, quase raspado. O cartão o identificava como o agente especial Ellis Stoner.

Tudo pareceu fazer sentido no cérebro de Billy. Ergueu o rosto para Ginelli.

— Então, você quis o Buick porque era mais parecido com...

— Com um carro oficial, claro. Um grande e discreto sedã. Eu não queria aparecer na lata de atum sobre rodas que o sujeito da Avis tentou me dar e, *evidentemente,* não queria aparecer no calhambeque que um fazendeiro qualquer usava para foder no drive-in.

— Isto é... é uma das coisas que seu colega lhe trouxe na segunda viagem?

— Exatamente.

Billy atirou-lhe o cartão de volta.

— Parece quase verdadeiro.

O sorriso de Ginelli diminuiu.

— Excetuando-se a foto — disse calmamente —, ele *é*.

Houve silêncio por um momento, enquanto Billy tentava digerir aquilo, sem pensar demais no que poderia ter ocorrido ao agente especial Stoner e se ele teria tido filhos. Por fim, disse:

— Você estacionou entre duas viaturas policiais e apresentou esse cartão de identidade a um tira estadual cinco minutos após ter recuperado as chaves de um carro no bolso de um cadáver sepultado em uma pedreira...

— Negativo — replicou Ginelli. — Foram uns dez minutos.

Enquanto seguia para o acampamento, Ginelli avistou dois indivíduos à paisana, mas sem dúvida policiais, de joelhos atrás do furgão do unicórnio. Cada um empunhava uma pequena colher de jardinagem. Um terceiro, em pé, apontava uma potente lanterna enquanto os outros escavavam o solo.

— Um momento, um momento, há outra aqui — um deles disse.

Com a colher, recolheu uma bala do solo e a deixou cair dentro de um balde próximo. *Plonk!* Duas crianças ciganas, evidentemente irmãs, estavam por perto, observando esta operação.

Ginelli ficou satisfeito com a presença dos policiais. Ali ninguém conhecia sua aparência, e Samuel Lemke tinha visto apenas um rosto manchado de fuligem. Também era inteiramente plausível que um agente do FBI aparecesse como resultado de uma ocorrência de tiroteio em que fora utilizada uma arma de fabricação russa. Entretanto, ele aprendera a sentir um profundo respeito por Taduz Lemke. Era mais do que a palavra escrita na testa de Spurton; era a maneira como Lemke permanecera firme diante daquelas balas calibre 30 que choviam da escuridão contra ele. E, naturalmente, havia aquilo que estava acontecendo com William. Ginelli achava possível que o velho até soubesse quem ele era. De algum modo, ele talvez pudesse ver em seus olhos ou cheirar em sua pele.

Em hipótese alguma pretendia deixar que o velho de nariz carcomido o tocasse.

Era a moça que ele queria.

Cruzou o círculo interno e bateu à porta de um dos trailers, ao acaso. Teve que bater novamente antes que fosse aberta por uma mulher de meia-idade, com olhos amedrontados e desconfiados.

— O que quer que deseje, não podemos atendê-lo — disse ela. — Estamos com problemas por aqui. O acampamento está fechado. Sinto muito.

Ginelli exibiu-lhe o cartão de identidade.

— Agente especial Stoner, senhora. FBI.

Os olhos dela se arregalaram. Ela fez o sinal da cruz rapidamente e disse qualquer coisa em romani. Depois exclamou:

— Oh, Deus, o que será agora? Nada mais anda certo. Desde que Susanna morreu, é como se estivéssemos amaldiçoados. Ou...

Ela foi empurrada para o lado pelo marido, que lhe disse para ficar calada.

— Agente especial Stoner — repetiu Ginelli.

— Sim, já ouvi o que disse.

O homem saiu do trailer. Ginelli deduziu que teria uns 45 anos, porém parecia mais velho, um homem extremamente alto e tão encurvado que quase parecia deformado. Usava uma camiseta da Disneyworld e enormes bermudas frouxas. Cheirava a vinho Thunderbird e vômitos prestes a ocorrer. Parecia do tipo a quem isso acontece com frequência. Mais ou menos três a quatro vezes por semana. Ginelli pensou reconhecê-lo da noite anterior — devia ser ele ou então por ali haveria outro cigano com 1,90 metro. Tinha sido um daqueles que haviam fugido, mostrando a graciosidade de um epiléptico cego tendo um ataque cardíaco, dissera a Billy.

— O que é que quer? Já tivemos tiras grudados aos nossos traseiros o dia todo. *Sempre* temos tiras nos traseiros, mas isto é simplesmente... uma bosta... de *ridículo*!

Expressava-se em tom irritado, autoritário, e sua esposa lhe falou agitadamente em romani. O homem se virou para ela.

— *Det krigiska jag-haller!* — disse, e acrescentou para ser mais bem entendido: — Cale a boca, sua vaca!

A mulher recuou. O homem da camiseta da Disney se virou novamente para Ginelli.

— O que quer? Por que não vai falar com seus chapas se deseja alguma coisa? — disse, apontando para o pessoal do laboratório de criminalística.

— Pode me dizer seu nome, por favor? — perguntou Ginelli, com a mesma polidez impessoal.

— Por que não pergunta a eles? — O homem cruzou truculentamente os braços enormes e flácidos. Sob sua camisa, peitos volumosos balançaram. — Já fornecemos nossos nomes a eles, fizemos declarações. Alguém deu uns tiros contra nós no meio da noite, é tudo o que sabemos. Nosso único desejo é que nos liberem. Queremos ir embora do Maine, da Nova Inglaterra, da porra da Costa Leste. — Com voz ligeiramente mais baixa, acrescentou: — Para nunca mais voltar.

Seu dedo indicador e o mínimo se esticaram em um gesto que Ginelli conhecia bem, tendo aprendido com sua mãe e sua avó — era o sinal contra o mau-olhado. Ele não acreditou que aquele homem estivesse cônscio de que o fizera.

— Isso pode ser resolvido de duas maneiras — disse Ginelli, ainda bancando o homem do FBI, cortês ao máximo. — Poderá me dar algumas informações, senhor, ou poderá terminar no centro de detenção estadual aguardando se será acusado ou não de obstruir a justiça. Se for condenado por obstrução, enfrentará cinco anos de prisão e uma multa de 5 mil dólares.

Outro jato de romani brotou do trailer, agora quase histérico.

— *Enkelt!* — gritou o homem roucamente, mas quando tornou a se virar para Ginelli, seu rosto estava bastante pálido. — Você ficou louco.

— Não, senhor — disse Ginelli. — Não é apenas um caso de alguns tiros. Foram pelo menos três descargas feitas por um rifle automático. É contra a lei dos Estados Unidos a posse privada de metralhadoras e armas automáticas de descarga rápida. O FBI está envolvido neste caso e, sinceramente, devo lhe comunicar que no momento o senhor está atolado na merda até a cintura, que está afundando cada vez mais, e não creio que saiba nadar.

O homem o fitou com o olhar sério por um minuto mais, e então disse:

— Meu nome é Heilig. Trey Heilig. Poderia ter conseguido com aqueles sujeitos. — E apontou com a cabeça.

— Eles têm o trabalho deles a fazer, eu tenho o meu. E agora, vai falar comigo?

O grandalhão assentiu resignadamente.

Ginelli fez Trey Heilig relatar o que ocorrera na noite anterior. A meio caminho do relato, um dos detetives estaduais se aproximou para saber quem ele era. Olhou para a identificação de Ginelli e então se afastou rapidamente, parecendo impressionado e também meio preocupado.

Heilig declarou que irrompera de seu trailer ao som dos primeiros tiros, que tinha localizado os clarões dos disparos e então se encaminhara para a esquerda da colina, esperando flanquear o atirador. Contudo, no escuro tropeçara em uma árvore ou coisa assim, batera de cabeça em uma rocha e perdera os sentidos por algum momento — porque do contrário certamente teria apanhado o filho da mãe. Para confirmar a história, ele mostrou uma desbotada equimose na têmpora esquerda com pelo menos três dias, provavelmente ocasionada por uma queda quando embriagado. *Ahan,* pensou Ginelli, e virou outra página de seu caderninho de notas. Bastava de tagarelice; era hora de agir.

— Muito obrigado, sr. Heilig, o senhor foi de grande ajuda.

Contar a ocorrência parecia ter amolecido o homem.

— Certo... tudo bem. Lamento tê-lo recebido daquela maneira, mas se você estivesse em nosso lugar... — E Heilig deu de ombros.

— Tiras — disse a mulher atrás dele.

Ela estava observando pela porta do trailer, como um texugo muito cansado olhando para fora da toca a fim de ver quantos cães havia pelos arredores e quão perigoso pareciam.

— Sempre há tiras, para onde quer que a gente vá. É sempre assim, mas dessa vez foi pior. As pessoas estão assustadas.

— *Enkelt, Mamma* — disse Heilig, porém agora mais gentilmente.

— Preciso falar com mais duas pessoas, se puder me orientar — disse Ginelli, olhando para uma página em branco do caderninho de notas. — Sr. Taduz Lemke e uma sra. Angelina Lemke.

— Taduz Lemke está dormindo lá — disse Heilig, apontando para o furgão do unicórnio. Ginelli considerou aquilo uma excelente notícia, caso fosse verdadeira. — É um homem muito idoso e isso tudo o deixou bastante cansado. Quanto a Gina, acho que está naquele trailer. Mas ela não é uma senhora.

Apontou um dedo sujo para um pequeno Toyota verde adaptado, a traseira coberta por um forro de madeira.

— Muito obrigado.

Ginelli fechou o caderninho e o enfiou no bolso traseiro. Heilig voltou a entrar no trailer (presumivelmente voltando também para sua garrafa), parecendo aliviado. Ginelli tornou a cruzar o círculo interno em meio à crescente penumbra, agora em direção ao trailer da moça. Seu coração, contudo, batia forte e depressa, ele contou a Billy. Respirando fundo, bateu à porta.

Não houve resposta imediata. Ia erguer a mão para bater de novo quando a porta se abriu. William tinha dito que ela era encantadora, porém ele não estava preparado para a *profundidade* do encanto da jovem. Olhos escuros, diretos, com córneas tão brancas que eram ligeiramente azuladas, a pele moreno-clara, com um leve tom rosado. Ginelli olhou um instante para as mãos dela, viu que eram fortes e nodosas. As unhas não estavam pintadas, mas estavam limpas e cortadas tão rente como as de um fazendeiro. Em uma daquelas mãos ela segurava um livro intitulado *Sociologia Estatística*.

— Sim?

— Agente especial Ellis Stoner, srta. Lemke — apresentou-se ele, e imediatamente aquela qualidade límpida, brilhante, abandonou os olhos dela, como se uma persiana os houvesse coberto. — FBI.

— Sim? — repetiu ela, com a mesma animação de uma secretária eletrônica.

— Estamos investigando o incidente do tiroteio que aconteceu aqui a noite passada.

— O senhor e meio mundo — disse ela. — Pois bem, investigue à vontade, mas se eu não conseguir colocar no correio de amanhã cedo minhas lições do curso por correspondência, vou perder pontos pelo atraso. Assim, se me dá licença...

— Temos motivos para crer que um homem chamado William Halleck pode estar por trás disso — falou Ginelli. — Este nome significa algo para a senhorita?

É claro que significava; por um momento, os olhos dela se arregalaram e simplesmente se inflamaram. Ginelli considerara a beleza daquela jovem quase inexprimível. Ainda a considerava, mas agora também acreditava que ela poderia, de fato, ter sido a assassina de Frank Spurton.

— Aquele *porco*! — cuspiu ela. — *Han satte sig pa en av stolarna! Han sneglade pa nytt mot hyllorna i vild! Vild!*

— Temos várias fotos de um homem que acreditamos ser Halleck — disse Ginelli brandamente. — Foram tiradas em Bar Harbor, por um agente usando teleobjetiva...

— Claro que é Halleck! — exclamou ela. — Aquele porco matou minha *tante-nyjad*, minha avó! Mas ele não vai nos incomodar por muito tempo. Ele...

Ela mordeu o carnudo lábio inferior, mordeu com força, estancando as palavras. Se Ginelli fosse o homem que alegava ser, ela já se teria garantido um detalhado e extremamente sério interrogatório. Ginelli, entretanto, fingiu não perceber.

— Em uma das fotos, parece haver dinheiro sendo trocado entre os dois homens. Se um deles é Halleck, então o outro provavelmente é o atirador que visitou este acampamento a noite passada. Eu gostaria que a senhorita e seu avô identificassem Halleck positivamente, se for possível.

— Ele é meu bisavô — disse ela, alheadamente. — Acho que agora está dormindo. Meu irmão está com ele. Eu detestaria acordá-lo. — Ela fez uma pausa. — Aliás, odeio perturbá-lo com isso. Os últimos dias têm sido muito difíceis para ele.

— Bem, que tal fazermos assim? — disse Ginelli. — A senhorita examina as fotos e, se puder identificar positivamente o homem como Halleck, não precisaremos incomodar o idoso sr. Lemke.

— Seria ótimo. Se pegar esse porco do Halleck, o senhor o prenderá?

— Oh, sim. Tenho comigo um mandado federal de prisão.

Isso a convenceu. Quando saltou do trailer, em um rodopiar de saia e um entontecedor relance de perna morena, ela disse algo que deixou o coração de Ginelli gelado:

— Não creio que sobre muito dele para ser preso.

Os dois passaram pelos policiais que ainda remexiam na terra, à crescente escuridão do final do crepúsculo. Passaram por vários ciganos, incluindo os dois irmãos, agora vestidos para dormir com pijamas camuflados idênticos. Gina assentiu para vários deles, eles assentiram em resposta, mas ficaram distantes. O homem alto com tipo de italiano ao lado de Gina era o FBI, sendo melhor não se envolverem em tais negócios.

Saíram do círculo e caminharam colina acima em direção ao carro de Ginelli, sendo engolidos pelas sombras da noite iminente.

— Não podia ser mais fácil, William — disse Ginelli. — A terceira noite seguida, e continuava fácil demais... Por que não? O lugar estava repleto de policiais. Como seria possível o sujeito que atirara neles voltar ali, com a polícia ainda presente? Eles jamais pensariam em tal coisa... mas acontece que são burros, William. Eu esperava isso do resto do bando, mas não do velho, não se passa a vida inteira aprendendo a odiar e não confiar nos tiras para, de repente, decidir que nos protegerão contra quem quer que estivesse pisando nossos calos. Mas o velho estava dormindo. Estava esgotado. Isso é ótimo. Talvez possamos vencê--lo, William. É possível.

Eles caminharam até o Buick. Ginelli abriu a porta do motorista, enquanto a moça permanecia em pé, no lado de fora. E quando ele se inclinou, tirando o .38 do ombro com uma das mãos e empurrando com a outra a tampa de pressão do jarro de conservas, sentiu que o estado de ânimo da jovem mudava bruscamente, de amarga exultação para súbita cautela. O próprio Ginelli estava alvoroçado, suas emoções e intuições voltadas para o exterior, elevadas a um grau quase singular. Ele pareceu captar a primeira percepção que Gina teve dos grilos, da escuridão em torno, da facilidade com que se afastara de sua gente, levada por um homem que nunca vira antes, em um momento quando deveria ter o cuidado de não confiar em homem *algum* que não conhecesse. Pela primeira vez, ela se perguntou por que "Ellis Stoner" não levara a documentação para o acampamento se estava tão ansioso em identificar Halleck. Entretanto, agora era tarde demais. Ele mencionara o único nome capaz de revolver-lhe as tripas com ódio, de cegá-la em sua ansiedade.

— Aqui estamos nós — disse Ginelli, e se virou para ela com a arma em uma das mãos e o jarro de vidro na outra.

Ela tornou a arregalar os olhos. Seus seios se elevaram quando ela abriu a boca para respirar.

— Você pode começar a gritar — disse Ginelli —, mas eu lhe garanto que será o último som que ouvirá de sua boca, Gina.

Por um momento, achou que ela gritaria assim mesmo... mas então ouviu-a exalar a respiração em um prolongado suspiro.

— *Você* é o sujeito que trabalha para aquele porco — disse Gina. — *Hans satte sig pa...*

— Fale inglês, sua puta — disse ele, quase casualmente, e ela se encolheu como se tivesse sido esbofeteada.

— Não me chame de puta — sussurrou Gina. — Ninguém vai me chamar de puta.

As mãos dela, aquelas mãos fortes, se arquearam e se crisparam em garras.

— Você chama meu amigo William de porco, eu a chamo de puta, a sua mãe de puta, o seu pai de cachorro puxa-saco — disse Ginelli.

Viu os lábios dela se repuxarem sobre os dentes em uma careta e sorriu. Algo naquele sorriso a fez vacilar. Ela não parecia precisamente amedrontada — mais tarde, Ginelli disse a Billy não ter certeza se a jovem teria medo —, mas alguma lucidez pareceu emergir através da fúria candente da cigana, algum senso de quem era aquele homem e de onde ela se metera.

— O que pensa que isto seja, alguma brincadeira? — perguntou ele. — Vocês lançam uma maldição contra alguém que tem esposa e uma filha e ainda acham que seja uma brincadeira? Pensam que ele atropelou aquela mulher, sua avó, de propósito? Acreditam que ele fosse um assassino contratado para matá-la? Acham que a Máfia o contratara para liquidar sua velha avó? Merda!

A moça agora chorava de fúria e ódio.

— A mulher dele o estava masturbando e ele a atropelou na rua! E então eles... eles *han tog in pojken*, o inocentaram de tudo, mas nós o pegamos de jeito. E você será o próximo, amigo de porcos! Não importa o que...

Com o polegar, ele puxou a tampa do vidro do jarro de boca larga. Os olhos dela fixaram-se no jarro pela primeira vez. Era exatamente onde Ginelli os queria.

— Ácido, sua puta — disse Ginelli, e atirou o líquido no rosto dela. — Veja quantas pessoas poderá alvejar com aquela sua atiradeira agora que está cega!

Ela emitiu um agudo e torturado som e levou as mãos aos olhos, tarde demais. Caiu ao chão. Ginelli pousou um pé no pescoço dela.

— Grite e eu a mato. Você e os três primeiros amigos seus que aparecerem aqui. — Ginelli afastou o pé. — Era Pepsi-Cola.

Ela ficou de joelhos, fitando-o através dos dedos afastados. Com aquela mesma sensação curiosamente sintonizada, quase telepática, Ginelli soube que não precisava ter dito que não era ácido. Gina sabia, soubera quase imediatamente apesar da ardência. Um instante depois, bem na hora, adivinhou que ela atacaria seus colhões.

Quando Gina saltou para ele, ágil como um gato, Ginelli deu um passo para o lado e chutou-a nas costelas. A parte traseira da cabeça dela bateu contra a borda cromada da porta, aberta no lado do motorista. Houve um ruído surdo e ela caiu encolhida, o sangue fluindo para o rosto impecável.

Ginelli se inclinou na direção dela, julgando-a inconsciente, mas Gina se revirou contra ele, sibilando. Uma mão acertou-lhe a testa, abrindo um fundo arranhão. A outra correu pelo braço da camisa, arrancando mais sangue.

Ginelli grunhiu e a empurrou para trás. Espetou a pistola em seu nariz.

— Vamos, é isto que está querendo? Quer mesmo? Vamos, sua puta! Continue! Você me feriu o rosto! Eu adoraria que me fizesse puxar o gatilho!

Ela ficou quieta, fitando-o com olhos negros como a morte.

— Você atacaria — disse ele. — Se fosse apenas por você, tornaria a me atacar. Mas isso o mataria, não é mesmo? O velho?

Ela nada disse, mas uma luz suave pareceu piscar momentaneamente dentro da escuridão daqueles olhos.

— Pois pense o que seria dele se eu tivesse *realmente* atirado ácido em seu rosto. Pense o que seria dele se, em vez de você, eu decidisse jogar ácido no rosto daqueles garotos com pijamas de soldado. Eu podia fazer isso, sua puta. Podia fazer isso, depois voltar para casa e comer um bom jantar. Olhe para meu rosto e vai saber que eu poderia.

Agora, por fim, ele viu confusão e um início de algo que podia ter sido medo — mas não por ela.

— Ele amaldiçoou vocês — disse ele. — Eu fui a maldição.

— Aquele porco! Foda-se a maldição dele! — sussurrou ela, e enxugou o sangue do rosto com um rápido e trêmulo movimento de dedos.

— Ele me disse para não ferir ninguém — prosseguiu Ginelli, como se não a tivesse ouvido. — Não feri. Só que isso termina esta noite. Não sei quantas vezes seu velho avô já fez o mesmo antes, mas ele não levará a melhor desta vez. Diga para ele suspender a maldição. Diga para ele que é a última vez que peço. Tome. Pegue isto.

Ginelli apertou um pedaço de papel na mão dela. Nele estava escrito o número do telefone daquela "cabine segura" em Nova York.

— Você vai ligar para este número hoje à meia-noite e me dizer o que o velho decidiu. Se quiser notícias minhas mais tarde, torne a ligar para este mesmo número, duas horas depois. Então, receberá o seu recado... caso haja algum. É só isso. De um modo ou de outro, a porta vai ser fechada. Ninguém nesse número saberá de que merda você está falando depois das duas desta madrugada.

— Ele nunca retirará a maldição.

— Bem, talvez não — disse Ginelli. — Seu irmão falou a mesma coisa noite passada. Enfim, não é da sua conta. Diga ao velho o que tem a dizer, e que ele decida o que fazer. Lembre-se de explicar a ele que, se disser não, aí então é que a festa vai *realmente* começar. Primeiro será você, então os dois garotos e depois qualquer um em quem eu puser as mãos. Diga isso a ele. Agora, entre no carro.

— Não.

Ginelli revirou os olhos.

— Quer ser esperta e entrar? Só pretendo me certificar de que tenho tempo para cair fora daqui sem 12 tiras nos calcanhares. Se quisesse matá-la, não lhe daria um recado para passar adiante.

Ela ficou de pé. Estava um pouco aturdida, mas conseguiu. Sentou-se atrás do volante e depois escorregou através do assento.

— Mais longe. — Ginelli limpou o sangue da testa com as pontas dos dedos e mostrou a ela. — Agora, quero ver você agachada contra aquela porta, como uma garota tomando chá de cadeira na primeira festa que vai.

Ela deslizou contra a porta.

— Ótimo — disse Ginelli, entrando. — Agora, fique aí!

Recuou pela estrada Finson, sem acender os faróis — as rodas do Buick derraparam um pouco sobre o mato seco. Ele trocou a arma de mão para dirigir com a mão que a empunhava, viu-a se contorcer e apontou novamente o cano da pistola para ela.

— Errado — disse. — Não se mova. Não se mova nem um *bocadinho*! Entendeu bem?

— Entendi.

— Muito bem.

Ele dirigiu de volta pelo mesmo trajeto da vinda, apontando a arma para ela.

— É sempre assim — disse Gina, em tom amargo. — Mesmo quando queremos um pouco de justiça, mandam-nos pagar caro demais. Esse porco do Halleck é seu amigo?

— Eu já lhe disse, não o chame assim. Ele não é porco.

— Ele nos amaldiçoou — disse ela, e havia uma espécie de admirado desdém em sua voz. — Diga-lhe em meu nome que *Deus* já nos amaldiçoou muito antes que ele ou qualquer outro de sua tribo o tivesse feito.

— Poupe isso para a assistente social, menina.

Ela ficou calada.

Uns 500 metros antes da pedreira em que jazia Frank Spurton, Ginelli parou o carro.

— Muito bem, já é distância suficiente. Saia.

— Certo. — Ela o encarou fixamente com aqueles olhos insondáveis. — Mas há uma coisa que precisa saber: nossos caminhos ainda se cruzarão. E quando se cruzarem, eu vou matá-lo.

— Não — disse ele —, você não vai. Porque você me deve a vida esta noite. E se isso não for o bastante para você, sua cadela ingrata, pode acrescentar a vida de seu irmão, ontem à noite. Você fala, mas ainda não entende como são as coisas, porque não vai levar a melhor ou porque *nunca* vai levar a melhor enquanto não desistir. Tenho um amigo que você poderia fazer voar como uma pipa se amarrasse um pedaço de barbante ao cinto dele. E o que *você* tem? Eu lhe digo o que você tem. Você tem apenas um velho sem nariz, que lançou uma maldição em meu amigo e depois fugiu no meio da noite, como uma hiena.

Agora ela chorava, e chorava com vontade. As lágrimas escorriam-lhe pelas faces sem parar.

— Está dizendo que tem Deus do seu lado? — ela perguntou a ele, com uma voz tão rouca que as palavras eram quase ininteligíveis. — Foi isso que o ouvi dizer? Pois devia queimar no inferno por blasfêmia. Somos hienas? Se somos, foram pessoas como seu amigo que nos tornaram assim. Meu bisavô diz que não *há* maldições, apenas espelhos que são erguidos para as almas dos homens e das mulheres.

— Saia — disse ele. — Não podemos conversar. Nem mesmo podemos ouvir um ao outro.

— É verdade.

Ela abriu a porta e saiu. Gritou quando ele começou a se afastar:

— *Seu amigo é um porco e vai morrer magro!*

— Mas, Billy, não acho que você morrerá — disse Ginelli.

— O que quer dizer com isso?

Ginelli consultou o relógio. Passava das três.

— Direi a você no carro — falou. — Você tem um compromisso para as sete horas.

Billy sentiu aquela penetrante e difusa agulhada de medo no estômago novamente.

— Com ele?

— Isso mesmo. Vamos.

Quando Billy se firmou sobre os pés, sobreveio outro acesso de arritmia — dessa vez ainda mais demorado. Ele fechou os olhos e botou a mão no peito. Ou o que restava de seu peito. Ginelli o agarrou.

— William, você está bem?

Billy olhou para o espelho e viu Ginelli segurando um grotesco monstro circense, envolto em roupas frouxas. A arritmia passou, sendo substituída por uma sensação ainda mais familiar — aquela raiva leitosa, azeda, que era dirigida ao velho... e a Heidi.

— Eu estou bem — respondeu. — Para onde vamos?

— Bangor — disse Ginelli.

Capítulo 23: A Transcrição

Foram no Nova. As duas observações que Ginelli tinha feito sobre o carro eram verdadeiras — ele exalava um tremendo fedor de esterco e comeu a estrada entre Northeast Harbor e Bangor com grande voracidade. Por volta das quatro, Ginelli parou para comprar uma enorme cesta de mariscos cozidos no vapor. Estacionaram em uma área de descanso à beira da estrada e liquidaram os mariscos, juntamente com seis latas de cerveja. Os grupos de famílias nas mesas de piquenique lançaram um olhar para Billy Halleck e se distanciaram o máximo possível.

Enquanto comiam, Ginelli terminou a história. Não levou muito tempo.

— Por volta das 11 horas da noite passada, eu estava de volta ao quarto que alugara como John Tree — disse ele. — Podia ter chegado antes, mas fiquei dando voltas para me certificar de que não era seguido por ninguém.

"No quarto, liguei para Nova York e mandei um sujeito para o telefone cujo número tinha dado à moça. Disse-lhe que levasse consigo um gravador e aquela peça para escuta, o tipo de dispositivo usado por repórteres em entrevistas telefônicas. Eu não queria confiar em uma versão de segunda mão, William, entende? Falei para ele que ligasse para mim com a fita gravada assim que ela desligasse.

"Desinfetei as unhadas dela enquanto aguardava a chamada do sujeito. Não vou dizer que a moça tivesse hidrofobia ou coisa assim, William, mas mostrava ódio demais, você sabe como é..."

— Eu sei — disse Billy, e pensou gravemente: *Sei de verdade. Porque estou ganhando. Neste sentido, estou ganhando.*

A ligação foi feita a 0h15. Fechando os olhos e pressionando os dedos da mão esquerda contra a testa, Ginelli pôde fornecer a Billy um recitativo quase exato do playback.

Homem de Ginelli: Alô.

Gina Lemke: Você trabalha para o homem que vi esta noite?

Homem de Ginelli: Sim, pode-se dizer que sim.

Gina: Diga a ele que meu bisavô falou...

Homem de Ginelli: Estou com um aparelho de escuta. Quero dizer, suas palavras estão sendo gravadas. O homem que você mencionou irá ouvir a gravação. Portanto...

Gina: Você pode fazer isso?

Homem de Ginelli: Posso. Portanto, de certo modo é com ele que você está falando agora.

Gina: Tudo bem. Meu bisavô manda dizer que retirará a maldição. Eu disse a ele que ele é louco, pior ainda, que está errado, mas ele foi firme quanto a isso. Disse que não pode haver mais sofrimento nem medo para o povo dele. Ele a retirará. Contudo, precisa se encontrar com Halleck. Não poderá retirá-la sem esse encontro. Às 19 horas de amanhã, meu bisavô estará em Bangor. Há um parque entre as ruas Union e Hammond. Ele estará lá, sentado em um banco. Irá sozinho. Portanto, você venceu, grandão. Você venceu, *mi hela po klockan*. Leve seu amigo porco para o Parque Fairmont, em Bangor, hoje às sete horas da noite.

Homem de Ginelli: Isso é tudo?

Gina: É, mas diga a ele que espero que o pau dele fique preto e caia.

Homem de Ginelli: Você é que está dizendo isso a ele, irmã. Não diria uma coisa dessas se soubesse com quem está falando.

Gina: E foda-se você também!

Homem de Ginelli: Você deverá telefonar novamente às duas da madrugada, para saber se há alguma resposta.

Gina: Eu telefonarei.

— Ela desligou — disse Ginelli. Derrubou as conchas vazias dos mariscos em uma lixeira, voltou e acrescentou, sem nenhuma pena: — Meu homem disse que ela parecia estar chorando durante toda a ligação.

— Meu Deus — murmurou Billy.

— Depois, fiz o sujeito colocar o dispositivo de escuta no telefone e gravei a mensagem que ele deveria rodar para a garota quando ela ligasse às duas horas. Foi mais ou menos assim: "Olá, Gina. Aqui é o agente especial Stoner. Recebi sua mensagem. Soa como um sinal verde.

Meu amigo William irá ao parque às sete desta noite. Irá sozinho, mas eu estarei vigiando. Seu pessoal deve estar também vigiando, imagino. Ótimo. Ficaremos todos vigiando para impedir que nenhum de nós atrapalhe o que vai acontecer entre eles. Se acontecer alguma coisa a meu amigo, vocês pagarão um preço alto."

— Isso foi tudo?

— Sim, foi tudo.

— O velho cedeu.

— Eu *acho* que cedeu. Ainda pode ser uma cilada. — Ginelli olhou seriamente para ele. — Agora, sabem que estarei vigilante. Podem ter decidido matá-lo onde eu possa ver, como vingança contra mim, se arriscando ao que acontecerá depois.

— Estão me matando de qualquer modo — disse Billy.

— Por outro lado, a moça pode ter enfiado na cabeça que dará conta do recado. Ela é louca, William. E pessoas loucas nem sempre fazem o que lhes dizem para fazer.

Billy olhou pensativo para ele.

— Tem razão. Mas creio que não tenho muita escolha, tenho?

— Não... não acho que tenha. Está pronto?

Billy olhou para as pessoas que o observavam e assentiu. Há muito tempo estava pronto.

No meio do trajeto até o carro, ele perguntou:

— Você fez mesmo tudo isso por mim, Richard?

Ginelli parou, olhou para ele e sorriu um pouco. O sorriso era quase vago... mas aquela luz que girava nos olhos dele estava totalmente concentrada — a tal ponto que Billy não conseguiu fitá-la e precisou desviar o olhar.

— Isso importa, William?

Capítulo 24: *Purpurfargade Ansiktet*

Eles chegaram a Bangor no final da tarde. Ginelli manobrou o Nova para um posto de gasolina, encheu o tanque e seguiu as indicações dadas pelo atendente. Billy estava cansado no banco do carona. Ginelli olhou para ele com forte apreensão quando retornou ao carro.

— Você está bem, William?
— Não sei — disse Billy. Depois reconsiderou: — Não.
— As palpitações outra vez?
— Isso. — Ele recordou o que dissera o médico da meia-noite enviado por Ginelli... potássio, eletrólitos... algo sobre como Karen Carpenter havia morrido. — Eu devia comer algo com potássio. Suco de abacaxi. Banana. Ou laranja. — Seu coração disparou em desordenado galope. Inclinando-se para trás, Billy fechou os olhos e esperou para ver se ia morrer. Por fim, o turbilhão cessou. — Um saco inteiro de laranjas.

Havia um supermercado adiante. Ginelli parou lá.

— Não me demoro, William. Aguente aí.
— Claro — disse Billy vagamente.

Caiu em um sono leve assim que Ginelli saiu do carro. Sonhou. No sonho, via sua casa de Fairview. Um abutre de bico carcomido voou até o peitoril da janela e espiou para dentro. No interior da casa, alguém começou a gritar.

Então, ele se sentiu sacudido com força. Acordou.

— H-hum...?

Ginelli endireitou o corpo para trás e respirou fundo.

— Céus, William, não me assuste desse jeito!
— Do que está falando?
— Pensei que você estivesse morto, cara! Tome.

Colocou no colo de Billy uma sacola de fio trançado cheia de laranjas. Billy puxou o cordel que fechava a sacola, mas seus dedos magros

— dedos que agora pareciam alvas pernas de aranha — não conseguiram exercer a força necessária. Ginelli abriu a sacola com seu canivete, depois o usou para cortar uma laranja em quatro partes.

Billy comeu lentamente a princípio, como quem come por obrigação, depois vorazmente, parecendo redescobrir o apetite pela primeira vez em uma semana ou mais. Seu coração perturbado pareceu se acalmar e reencontrar algo como o velho ritmo normal... embora talvez pudesse apenas ser a mente pregando peças em si mesma.

Terminada a primeira laranja, ele pediu o canivete de Ginelli para cortar outra em pedaços.

— Está melhor? — perguntou Ginelli.

— Sim. Bastante. Quando iremos àquele parque?

Ginelli parou junto ao meio-fio, e Billy viu pelas placas que estavam na esquina da Union Street com West Broadway árvores de verão, cheias de folhagem, que murmuravam à brisa leve. Sombras e espaços pontilhados de sol moviam-se preguiçosamente sobre a rua.

— Chegamos — disse Ginelli com simplicidade, e Billy sentiu um dedo tocar sua espinha, deslizando para baixo geladamente. — Pelo menos, o mais próximo que pretendo chegar. Eu o teria feito descer no centro da cidade, porém você apenas atrairia um bocado de atenção caminhando até aqui.

— Sem dúvida — concordou Billy. — Haveria crianças desmaiando e grávidas abortando.

— De qualquer modo, seria esforço demais para você — disse Ginelli, gentilmente. — Mas não importa. O parque fica logo ao pé desta colina. Uns 400 metros. Escolha um banco à sombra e espere.

— Onde você estará?

— Nos arredores — disse Ginelli, e sorriu. — Vigiando você e de olho na moça. Se ela tornar a me ver antes que eu a veja, William, nunca mais vou precisar mudar de camisa. Você entendeu?

— Entendi.

— Estarei também de olho em você.

— Obrigado — disse Billy.

Não tinha certeza de como ou de quanto queria realmente dizer o que disse. *Sentia-se* grato a Ginelli, porém era uma emoção estranha e difícil, como o ódio que agora experimentava por Houston e por sua mulher.

— *De nada* — disse Ginelli, e deu de ombros. Ele se inclinou no assento, abraçou Billy e o beijou firmemente nas faces. — Seja durão com o velho filho da mãe, William.

— Eu serei — disse Billy, sorrindo.

Saiu do carro. O Nova amassado seguiu em frente. Billy ficou observando até que ele desapareceu na esquina do quarteirão. Depois começou a caminhar, o saco de laranjas oscilando em uma das mãos.

Ele mal percebeu o garotinho que, na metade do quarteirão, correu abruptamente para fora da calçada, escalou o muro dos Cowan e disparou quintal afora. Naquela noite, o garotinho acordaria chorando de um pesadelo no qual um molambento espantalho com cabelos esvoaçantes e sem vida vinha em sua direção. Correndo pelo corredor para o quarto do filho, sua mãe o ouviu gritar: *Ele quer me fazer comer laranjas até eu morrer! Comer laranjas até eu morrer! Comer até morrer!*

O parque era amplo e fresco, verde e profundo. De um lado, um bando de garotos se distribuía nas brincadeiras, escalando o trepa-trepa, se balançando nas gangorras ou deslizando pelo escorrega. Mais além, havia um jogo de *softball* em andamento — meninos contra meninas, segundo parecia. E no espaço intermediário, pessoas caminhavam, soltavam pipas, jogavam frisbee, comiam bolinhos, bebiam Cocas, chupavam picolés. Era um instantâneo do meio de verão americano na última metade do século XX e, por um momento, Billy sentiu ternura por aquilo — enterneceu-se com *eles.*

Faltam apenas os ciganos, sussurrou uma voz dentro dele, e o arrepio se fez presente — um estremecimento forte o bastante para arrepiar-lhe os braços e fazer com que cruzasse abruptamente o braço fino sobre a gaiola que era seu peito. *Devemos ter os ciganos, não devemos? As velhas caminhonetes com os adesivos da Associação Nacional do Rifle colados nos para-choques enferrujados, os trailers, os furgões com murais nas laterais — depois Samuel fazendo malabarismos com pinos de boliche e Gina com a atiradeira. E todos vinham correndo. Eles sempre vinham correndo. Queriam apreciar os malabarismos, tentar a atiradeira, ouvir o futuro, conseguir uma poção ou loção, ir para a cama com uma garota — ou pelo menos sonhar com isso —, ver os cachorros dilacerarem as tripas uns dos outros. Eles* sempre *vinham correndo. Apenas pela singularidade do espetáculo.*

Claro, precisamos dos ciganos. Sempre precisamos. Porque se você não tem alguém para expulsar da cidade de vez em quando, como saberá que pertence a esse lugar? Bem, eles logo estarão por aqui, não?

— Certo — resmungou ele, sentando-se em um banco que estava quase na sombra.

Suas pernas ficaram subitamente trêmulas, sem forças. Tirou uma laranja do saco e, após algum esforço, conseguiu cortá-la. Entretanto, agora seu apetite desaparecera e ele só conseguiu comer um pouco.

Aquele banco ficava a boa distância dos outros, e Billy não chamava demasiada atenção, até onde podia notar. Visto de longe, pareceria apenas um velho muito magro tomando um pouco do ar da tarde.

Permaneceu sentado, e quando a sombra cobriu primeiro seus sapatos, depois os joelhos e finalmente o colo, Billy foi tomado por um desespero quase grotesco — uma sensação de perda e futilidade muito mais sombria do que aquelas inocentes sombras da tarde. As coisas tinham ido longe demais e nada faria com que voltassem atrás. Nem mesmo Ginelli com sua psicótica energia conseguiria alterar o ocorrido. Podia apenas piorar a situação.

Eu nunca devia ter... pensou Billy, mas então aquilo que ele nunca devia ter feito se interrompeu e sumiu, como um sinal de rádio ruim. Cochilou novamente. Estava em Fairview, uma Fairview de Mortos Vivos. Havia cadáveres jazendo por todo lado — mortos por inanição. Alguma coisa bicou seu ombro abruptamente.

Não.

Pic!

Não!

Entretanto, aconteceu novamente, *pic* e *pic* e *pic* — era o abutre de nariz carcomido, naturalmente, e ele não queria virar a cabeça, temendo que ele lhe bicasse os olhos com os remanescentes enegrecidos do bico. Mas,

(*pic*)

... as bicadas insistiam, e ele...

(*pic! pic!*)

... girou a cabeça devagar, despertando ao mesmo tempo do sonho e vendo...

... sem qualquer surpresa real, que era Taduz Lemke, sentado no banco ao seu lado.

— Acorde, homem branco da cidade — disse ele, dando um brusco puxão na manga de Billy com seus dedos retorcidos e manchados de nicotina. *Pic!* — Seus sonhos são ruins. Têm um fedor que posso sentir em seu hálito.

— Estou acordado — disse Billy, com voz pastosa.

— Tem certeza? — perguntou Lemke, com certo interesse.

— Tenho.

O velho usava um terno de sarja cinzenta. Nos pés, usava sapatos pretos de cano alto. O pouco de cabelo que lhe restava fora partido ao meio e puxado severamente da testa, que era tão sulcada de vincos como o couro dos sapatos. Uma argola dourada cintilou em um dos lobos da orelha. A degeneração do nariz, como Billy podia ver, tinha se alastrado — agora linhas escuras irradiavam das ruínas no meio do rosto e cobriam a maior parte da enrugada face esquerda.

— Câncer — disse Lemke. Seus brilhantes olhos negros, os olhos de uma ave, sem dúvida, nunca deixavam o rosto de Billy. — Gosta disso? Isso o deixa feliz?

"Feliz" fora pronunciado como "faliz".

— Não — respondeu Billy. Ainda tentava se libertar de fiapos do sonho, se firmar de novo na realidade do momento. — Não, é claro que não.

— Não minta — disse Lemke. — Não é preciso. Isso o deixa feliz, sem dúvida que o deixa feliz.

— Nada disso me deixa feliz — insistiu Billy. — Estou farto disso tudo. Acredite.

— Não acredito em nada que me diga um homem branco da cidade — replicou Lemke. Ele falava com uma hedionda espécie de afabilidade. — Mas você está doente, se está. Você pensa. Você *nastan farsk*, está morrendo por estar magro. Então, eu lhe trouxe uma coisa. Vai engordar você, deixar você melhor. — Os lábios dele se arreganharam sobre os tocos enegrecidos dos dentes em um sorriso medonho. — Mas só quando *mais* alguém comer disto que eu trouxe.

Billy olhou para o que Lemke tinha no colo e viu, com uma espécie de déjà vu, que era uma torta em um prato descartável de alumínio.

Em sua mente, ouviu-se dizendo em sonhos à esposa: *Não quero ser gordo. Decidi que gosto de ser magro. Coma você.*

— Parece assustado — disse Lemke. — É tarde demais para ficar assustado, homem branco da cidade.

Tirou do paletó um canivete e o abriu, efetuando a operação com a grave e estudada lentidão de um velho. Billy reparou que a lâmina era mais curta do que a do canivete de Ginelli, mas parecia mais afiada.

O velho enterrou a lâmina na crosta da torta e a moveu, fazendo uma fenda com uns 8 centímetros de comprimento. Retirou o canivete. Gotículas vermelhas caíram sobre a crosta. O velho enxugou a lâmina na manga do paletó, nele deixando uma escura mancha vermelha. Depois, dobrou a lâmina e deixou o canivete de lado. Ele firmou os polegares deformados sobre os lados opostos do prato da torta e puxou suavemente. A fenda se alargou, mostrando um fluido viscoso no qual coisas escuras — morangos, talvez — flutuavam como coágulos. Relaxou os polegares. A fenda se fechou. Puxou as bordas do prato novamente. A fenda se abriu. Lemke continuou puxando e soltando enquanto falava. Billy era incapaz de desviar os olhos.

— Então... você se convenceu de que estamos... Como foi que chamou? Quites. Que o que aconteceu com a minha Susanna não é mais culpa sua do que minha, ou culpa dela, ou culpa de Deus. Você diz a si mesmo que não pode ser forçado a pagar por isso. Não há um culpado, você diz. Não pode arcar com a culpa porque não tem ombros largos. Não é culpado, você diz. E diz para si mesmo, e diz para si mesmo, e diz para si mesmo. Mas não existe "estar quites", homem branco da cidade. Todo mundo paga, mesmo por coisas que não fez. Nada de quites.

Lemke ficou calado e pensativo por um momento. Seus polegares puxavam e soltavam, puxavam e soltavam. A fenda na torta se abria e fechava.

— Como você não levou a culpa, nem você nem seus amigos, eu *fiz* vocês pagarem. Botei a punição em você como um sinal. Fiz isso por minha querida filha morta que você matou, e pela mãe dela, e pelos filhos dela. Então, seu amigo aparece. Ele envenena cães, dá tiros na noite, usa as mãos em uma mulher, ameaça jogar ácido no rosto de crianças. Tire a maldição, ele diz. Tire a maldição, tire a maldição, tire a maldição. Finalmente eu digo tudo bem, desde que ele *podol enkelt*, vá embora daqui! Não por causa do que fez, mas por causa do que *fará*. Ele está louco, este seu amigo, ele nunca vai parar. Até minha Gelina diz que viu nos olhos dele que ele nunca vai parar. "Mas nós não vamos parar também", ela diz, e eu digo: "Vamos sim. Vamos parar, sim. Porque se não pararmos, somos loucos como o amigo do homem da cidade. Se não pararmos, devemos pensar que é verdade o que diz o homem branco, que Deus castiga, que estamos quites."

Apertar e relaxar. Apertar e relaxar. Abrir e fechar.

— "Tire a maldição", ele diz e, pelo menos, não diz: "Faça-a desaparecer, faça-a não existir mais." Porque uma maldição é, de certo modo, como um bebê.

Seus velhos polegares escuros apertaram. A fenda se abriu.

— Ninguém entende essas coisas. Nem eu, mas sei um pouco. "Maldição" é a palavra de vocês, mas em romani é melhor. Escute: *Purpurfargade ansiktet*. Sabia?

Billy meneou lentamente a cabeça, pensando que a frase tinha uma textura intensamente sombria.

— Isso significa alguma coisa como "Filho das flores da noite". É como ter um filho que é *varsel*, uma criança que foi trocada ao nascer. Ciganos dizem que um *varsel* é sempre encontrado debaixo dos lírios ou do meimendro, que floresce à noite. Esta maneira de dizer é melhor, porque *maldição* é uma *coisa*. O que você tem não é uma *coisa*. O que você tem está vivo.

— Sim — disse Billy. — Está lá dentro, não é? Está lá dentro, me comendo.

— Dentro? Fora? — Lemke deu de ombros. — Está em toda parte. Esta coisa, *purpurfargade ansiktet*, você a põe no mundo como um bebê. Só que ela fica forte mais depressa do que um bebê, e você não pode matá-la porque não pode vê-la. Você só vê o que ela *faz*.

Os polegares relaxaram. A fenda fechou. Um escuro fio vermelho escorreu pela macia topografia da crosta da torta.

— Esta maldição... você *dekent felt o gard da borg*. É como um pai para ela. Ainda quer ficar livre dela?

Billy assentiu.

— Você ainda acredita que estamos *quites*?

— Acredito. — O que saiu foi um gemido.

O velho cigano de nariz carcomido sorriu. As escuras linhas de degeneração da carne em sua face esquerda afundaram e oscilaram. O parque agora estava quase vazio. O sol se aproximava do horizonte. Os dois homens estavam cobertos pelas sombras. De repente, o canivete estava novamente na mão de Lemke, com a lâmina aberta.

Ele vai me esfaquear, pensou Billy sonhadoramente. *Vai me esfaquear no coração e fugir com a torta de morango debaixo do braço.*

— Abra sua mão — disse Lemke.

Billy olhou para baixo.

— Sim, onde ela o alvejou.

Billy puxou os pregadores da bandagem elástica e a desenrolou lentamente. Por baixo das ataduras, sua mão estava branca demais, semelhante a uma pele de peixe. Em contraste, as bordas do ferimento eram escuras, de um tom avermelhado escuro — cor de fígado. *Uma cor igual à das coisas dentro da torta dele*, pensou Billy. *Os morangos. Ou o que quer que fossem.* E o ferimento havia perdido sua circularidade quase perfeita à medida que as bordas se uniam. Agora, ele parecia...

Uma fenda, pensou Billy, tornando a fitar a torta.

Lemke estendeu o canivete para ele.

Como vou saber que você não passou esta lâmina em curare, cianureto ou veneno para ratos?, Billy pensou em perguntar, mas desistiu. Ginelli era a razão. Ginelli e a Maldição do Homem Branco da Cidade.

O cabo gasto de osso do canivete adaptou-se confortavelmente à palma de sua mão.

— Se quer se livrar da *purpurfargade ansiktet*, primeiro tem que dar ela para a torta... e então dará para alguém mais a torta com a maldição-criança dentro dela. Só que isso tem de ser feito logo, ou ela voltará em dobro para você. Entendeu?

— Entendi — disse Billy.

— Então faça isso, se você quer — disse Lemke.

Ele tornou a apertar os polegares. A fenda escura na crosta da torta se alargou. Billy hesitou, mas por apenas um segundo — e então o rosto da filha surgiu em sua mente. Por um instante, viu-a com a nitidez de uma boa fotografia, olhando para ele por cima do ombro, rindo, seus pompons em uma das mãos como grandes frutos púrpura e brancos.

Está enganado sobre estar quites, velho, pensou. *Heidi por Linda. Minha esposa por minha filha. Uma troca.*

Empurrou a lâmina do canivete de Taduz Lemke no buraco da mão. O ferimento se abriu sem dificuldade. O sangue espirrou para a fenda na torta. Ele mal percebia que Lemke falava muito rapidamente em romani, os olhos negros obstinadamente fixos no rosto branco e macilento de Billy.

Billy girou o canivete no ferimento, olhando enquanto as bordas inchadas se abriam, recuperando a circularidade anterior. O sangue escorreu mais rápido. Ele não sentiu dor alguma.

— *Enkelt!* Já basta.

Lemke tirou o canivete de sua mão. De repente, Billy teve a impressão de não possuir força alguma. Caiu recostado no banco do parque, intensamente nauseado, intensamente *vazio* — imaginou que seria como deve se sentir uma mulher acabando de dar à luz. Então, baixando os olhos para a mão, reparou que o sangramento já cessara.

Não... isso é impossível!

Olhou para a torta no colo de Lemke e viu algo mais que era impossível — só que, desta vez, a impossibilidade aconteceu diante de seus olhos. Os polegares do velho relaxaram, a fenda tornou a fechar... e então, simplesmente, não havia fenda. A crosta estava perfeita, exceto por duas pequeninas aberturas para o vapor, no centro. Onde a fenda existira, havia algo como uma ruga ziguezagueante na crosta.

Tornou a olhar para a mão e não viu sangue, não viu cicatriz nem carne aberta. O ferimento agora se fechou inteiramente, deixando tão somente uma curta cicatriz branca — também ziguezagueando, cruzando as linhas da vida e do coração como um relâmpago.

— Isto é seu, homem branco da cidade — disse Lemke, e depositou a torta no colo de Billy.

O primeiro impulso, quase incontrolável, foi jogá-la fora, se livrar dela, como se livraria de uma grande aranha que alguém tivesse deixado cair em seu colo. A torta era repulsivamente morna, parecendo pulsar dentro de sua embalagem barata de alumínio, como se fosse algo vivo. Lemke se levantou e baixou os olhos para ele.

— Sente-se melhor? — perguntou.

Billy percebeu que, exceto pelo que sentia a respeito da coisa que segurava no colo, estava melhor. A fraqueza passara. O coração batia normalmente.

— Um pouco — disse, cauteloso.

Lemke assentiu.

— Agora vai ganhar peso, mas em uma semana, talvez duas, tornará a perder. Só que dessa vez continuará emagrecendo e o emagrecimento não cessará. A menos que encontre alguém para comer isso.

— Sim.

Os olhos de Lemke não vacilaram.

— Tem certeza?

— Tenho, tenho! — exclamou Billy.

— Sinto um pouco de pena de você — disse Lemke. — Não muito, mas um pouco. Houve um tempo em que você podia ter sido *pokol*, forte. Agora, seus ombros estão quebrados. Nada é sua culpa... há motivos... você tem amigos. — Ele sorriu cruelmente. — Por que não come sua torta você mesmo, homem branco da cidade? Você morre, mas você morre forte.

— Vá embora — disse Billy. — Não faço a menor ideia do que está falando. Sei apenas que nosso negócio está feito.

— Sim. Nosso negócio está feito. — O velho olhou brevemente para a torta, depois de novo para o rosto de Billy. — Tome cuidado com quem irá comer a torta que era para você — disse ele, e se afastou.

A meio caminho em uma das pistas de corrida, ele se virou. Foi a última vez que Billy viu seu rosto incrivelmente velho, incrivelmente cansado.

— Nada de quites, homem branco da cidade — disse. — *Nunca!*

Ele se virou e recomeçou a caminhar.

Billy continuou sentado no banco, observando-o, até vê-lo desaparecer. Quando as sombras engoliram Lemke, ele se levantou e começou a caminhar, seguindo o trajeto feito na vinda. Dera uns vinte passos quando percebeu que esquecera algo. Voltou ao banco, com o rosto alheado e sério, os olhos opacos, e apanhou a torta. Ainda estava morna e ainda pulsava, mas tais detalhes agora o repugnavam menos. Imaginou que um homem podia se acostumar a tudo, desde que recebesse incentivo suficiente.

Começou a caminhar para a Union Street.

A meio caminho da subida da colina, em direção ao lugar onde Ginelli o fizera descer, Billy avistou o Nova, estacionado junto ao meio-fio. Então, ele soube que a maldição havia sido realmente retirada.

Ainda estava terrivelmente fraco e de vez em quando o coração pulava desordenado no peito (como um homem que pisou em alguma coisa gordurosa, pensou), mas a coisa se fora — e agora que se fora, ele sabia exatamente o que Lemke quisera dizer ao falar que uma maldição era algo vivo, como uma criança cega e irracional que habitasse suas entranhas, se alimentando dele. *Purpurfargade ansiktet.* Não estava mais lá.

No entanto, podia sentir como a torta que carregava pulsava muito lentamente em suas mãos. Quando olhava para ela, podia ver a crosta latejando ritmadamente. Além disso, o prato de alumínio barato mantinha aquele ligeiro calor. *A coisa está dormindo,* pensou ele, e estremeceu. Sentia-se como um homem carregando um demônio que dormia.

O carro estava junto à calçada, sobre as gastas rodas traseiras, o nariz apontando para baixo. As luzes de sinalização estavam acesas.

— Acabou — disse Billy, abrindo a porta do lado do passageiro e entrando. — Acab...

Foi quando ele viu que Ginelli não se encontrava no carro. Pelo menos, não grande parte dele. Por causa da forte penumbra, não tinha visto que, por questão de centímetros, deixara de sentar sobre a mão decepada de Ginelli. Só agora a via. Era um punho descarnado, do qual pendiam nacos vermelhos de carne sobre o desbotado assento do Nova, nacos pendurados ao pulso irregularmente decepado, um punho descarnado cheio de esferas metálicas.

Capítulo 25: 55

— Onde é que você está?

A voz de Heidi estava irritada, assustada, cansada. Billy não ficou particularmente surpreso ao descobrir que não sentia mais nada, em absoluto, ao ouvir aquela voz — nem mesmo curiosidade.

— Não importa — respondeu. — Estou voltando para casa.

— Ele viu a luz! Graças a Deus! Ele finalmente viu a luz! Vai chegar pelo La Guardia ou pelo Kennedy? Eu irei apanhá-lo.

— Estou dirigindo — disse Billy, e fez uma pausa. — Quero que ligue para Mike Houston, Heidi, e diga a ele que mudou de ideia sobre o *res gestae*.

— Sobre o quê? Billy, o quê...?

Contudo, pela súbita mudança de tom na voz dela, Billy percebeu que Heidi sabia perfeitamente do que se tratava — era o tom assustado de uma criança que foi apanhada surrupiando doces. De repente, perdeu toda a paciência com ela.

— O pedido de interdição — disse ele. — Vulgarmente conhecido como internação de maluco. Já resolvi o que eu tinha que resolver e terei prazer em me internar onde vocês quiserem: na Clínica Glassman, no Centro para Estudos Glandulares de Nova Jersey, na Universidade de Acupuntura do Meio-Oeste... Entretanto, se eu for agarrado pelos tiras quando chegar a Connecticut e terminar no hospício estadual de Norwalk, você vai lamentar muito, Heidi.

Ela estava chorando.

— Só fizemos o que pensamos ser melhor para você, Billy. Um dia nos dará razão.

Dentro da cabeça dele soou a voz de Lemke. *Não é culpa sua... há razões... você tem amigos.* Billy rejeitou tais pensamentos, mas antes que o conseguisse, um arrepio subira por seus braços, lados do pescoço e chegava ao rosto.

— Apenas...

Ele fez uma pausa, ouvindo agora a voz de Ginelli em sua cabeça. *Apenas retire a maldição. Retire a maldição. William Halleck diz para retirá-la.*

A mão. A mão no banco do carro. Um largo anel de ouro no anular, com uma pedra vermelha — talvez um rubi. Finos pelos negros crescendo entre as segundas e terceiras falanges. A mão de Ginelli.

Billy engoliu em seco. Houve um clique audível em sua garganta.

— Apenas faça essa documentação ser declarada nula e sem valor — disse por fim.

— Está bem — respondeu ela depressa, retornando obsessivamente à justificação: — Nós apenas... Eu apenas fiz o que julguei... Billy, você estava ficando tão magro... Falava tantas loucuras...

— *Está bem.*

— Você soa como se me odiasse — disse ela, recomeçando a chorar.

— Não seja tola — replicou ele, o que não era precisamente uma negativa. A voz dele agora estava mais tranquila. — Onde está Linda? Em casa?

— Não. Ela voltou para a casa de Rhoda. Ficará lá alguns dias. Ela... bem, ela está muito perturbada com tudo isso.

Aposto que sim, pensou ele. Linda fora antes para a casa de Rhoda e depois voltara. Ele sabia porque tinha falado com ela ao telefone. Agora tinha ido novamente para lá e algo na entonação de Heidi o levou a pensar que, desta vez, tinha sido ideia de Lin. *Teria descoberto que você e o bom e velho Mike Houston estavam dispostos a declarar que o pai dela estava insano, Heidi? Terá sido isso que aconteceu?* Bem, realmente agora não importava. O principal era que Linda estava ausente.

Seus olhos se voltaram para a torta, que ele colocara em cima da televisão em seu quarto do motel em Northeast Harbor. A crosta ainda pulsava lentamente, para cima e para baixo, como um hediondo coração. Era importante que sua filha nem se aproximasse daquela coisa. Era perigoso.

— Seria melhor para ela ficar onde está até resolvermos nossos problemas — disse ele.

No outro lado da linha, Heidi irrompeu em altos soluços. Billy perguntou-lhe o que havia de errado.

— *Você* está *errado*. Soa tão frio!

— Eu me aquecerei — respondeu ele. — Não se preocupe.

Houve um momento em que pôde ouvi-la engolindo os soluços e tentando se controlar. Esperou que Heidi se acalmasse sem paciência nem impaciência; na verdade, não sentia absolutamente nada. A onda de terror que o invadira ao perceber que a coisa no assento era a mão de Ginelli fora a última emoção forte que sentira naquela noite. Excetuando-se o singular acesso de riso que tivera um pouco mais tarde, é claro.

— Quanto está pesando agora? — perguntou ela afinal.

— Houve alguma melhora. Estou com 55.

Billy a ouviu conter a respiração.

— São 3 quilos a menos do que quando partiu!

— Também são 3 quilos a mais do que tinha quando me pesei ontem de manhã — disse ele brandamente.

— Billy... quero que saiba que podemos resolver tudo isso. Podemos mesmo. O mais importante é que você fique bem, e depois conversaremos. Se tivermos que falar com mais alguém... alguém como um conselheiro matrimonial... bem, eu aceito se você quiser. Acontece apenas que nós... nós...

Oh, céus, ela vai começar a choramingar outra vez, pensou ele, e ficou chocado e divertido — as duas coisas de uma forma muito vaga — com a própria insensibilidade. Então, Heidi disse algo que ele classificou como peculiarmente tocante e, por um momento, recuperou um senso da antiga Heidi... e, com isso, também do velho Billy Halleck.

— Se você quiser, eu paro de fumar — disse ela.

Billy olhou para a torta sobre a televisão. A crosta latejava lentamente. Para cima e para baixo, para cima e para baixo. Pensou no quanto era escura quando o velho cigano abrira a fenda. Pensou nos pedaços que conseguiu entrever, que tanto poderiam ser os infortúnios físicos da humanidade como apenas morangos. Pensou em seu sangue, pingando do ferimento na mão para dentro da torta. Pensou em Ginelli. O momento de afetividade passou.

— É melhor não — disse. — Quando parar de fumar, vai engordar.

Mais tarde ele se deitou sobre a cama feita, com as mãos atrás da nuca, fitando a escuridão. Faltavam 15 minutos para uma da madrugada, mas nunca se sentira tão sem sono. Foi então, no escuro, que uma lembrança desconexa do tempo passado entre achar a mão de Ginelli no banco do carro e estar neste quarto no telefone com sua esposa começou a surgir-lhe na mente.

Havia um som no quarto escurecido.
Não.
Mas havia. Um som como de respiração.
Não. É sua imaginação.
Mas não era sua imaginação. Essa era a linha de Heidi, não a de William Halleck. Ele sabia o suficiente para acreditar que certas coisas não eram apenas sua imaginação. Se não acreditava antes, acreditava agora. A crosta se movia, como um trecho de pele branca sobre carne viva; e mesmo agora, seis horas após tê-la recebido de Lemke, sabia que, se tocasse aquele prato de alumínio, ainda o acharia quente.

— *Purpurfargade ansiktet* — murmurou no escuro, e o som era como um feitiço.

Quando viu a mão, ele apenas a viu. Meio segundo mais tarde, ao perceber para o que olhava, gritou e recuou. O movimento fez a mão balançar, primeiro para um lado, depois para o outro — como se Billy lhe houvesse perguntado como ela estava e ela estivesse respondendo, com um gesto de *comme ci, comme ça*. Duas das esferas metálicas escorregaram e rolaram para a divisória entre o banco e o encosto.

Billy tornou a gritar, as palmas firmadas contra a parte de baixo do queixo, as unhas pressionando o lábio inferior, os olhos arregalados e molhados. O coração iniciou um comprido e fraco clamor em seu peito, e ele percebeu que a torta estava tombando para a direita, prestes a cair no piso do carro e se espatifar.

Ele a pegou e endireitou. A arritmia diminuiu, permitindo-lhe respirar novamente. E aquela frieza que Heidi mais tarde ouviria em sua voz começou a envolvê-lo. Ginelli provavelmente estava morto — não, pensando bem, esqueça o "provavelmente". O que mesmo ele tinha dito? *Se ela tornar a me ver antes que eu a veja, William, nunca mais vou precisar mudar de camisa.*

Então, diga isso em voz alta.

Não, ele não queria fazer isso. Não queria fazer isso, como também não queria olhar outra vez para a mão. Então fez as duas coisas.

— Ginelli está morto — disse. Fez uma pausa, e então, porque isso tornava a coisa algo melhor: — Ginelli está morto e nada posso fazer a respeito. Exceto dar o fora daqui, antes que um tira...

Olhou para o volante e viu que a chave estava na ignição. O chaveiro do caipira, exibindo uma foto de Olivia Newton John com uma faixa na cabeça, pendia de uma tira de couro cru. Billy supôs que a moça, Gina, poderia ter devolvido a chave à ignição quando trouxera a mão — ela se incumbira de Ginelli, mas não quebraria quaisquer promessas que o bisavô pudesse ter feito ao amigo de Ginelli, o mítico homem branco da cidade. A chave estava ali para ele. De repente, ocorreu-lhe que Ginelli tirara uma chave de carro do bolso de um cadáver; agora, a moça quase certamente fizera a mesma coisa. De qualquer modo, o pensamento não provocou nenhum arrepio.

Sua mente agora estava muito fria. Ele agradeceu aquela frieza.

Saiu do carro, colocou a torta cuidadosamente no piso, passou para o lado do motorista e entrou. Quando se sentou, a mão de Ginelli tornou a fazer aquele repulsivo gesto oscilante. Billy abriu o porta-luvas e encontrou um antigo mapa do Maine no interior. Desdobrou-o e o colocou sobre a mão. Então, ligou o motor do Nova e começou a rodar, descendo a Union Street.

Levara uns cinco minutos dirigindo quando reparou que seguia na direção errada — oeste, em vez de leste. A essa altura, podia ver os arcos dourados do McDonald's à frente, no crepúsculo que se intensificava. Seu estômago grunhiu. Billy manobrou e parou junto ao interfone do *drive-thru*.

— Bem-vindo ao McDonald's — disse a voz no alto-falante. — Posso anotar o seu pedido?

— Sim, por favor... Eu gostaria de três Big Macs, duas batatas grandes e um milk-shake de café.

Exatamente como nos velhos tempos, pensou ele, e sorriu. *Devore tudo no carro, livre-se dos restos e não conte para Heidi quando chegar em casa.*

— Gostaria de terminar com alguma sobremesa?

— Claro. Uma torta de cereja. — Billy olhou para o mapa aberto ao seu lado. Podia jurar que a pequena elevação logo a oeste de Augusta era o anel de Ginelli. Uma onda de fraqueza o envolveu. — E uma caixa de cookies para meu amigo — disse, e deu uma risada.

A voz leu o pedido para ele, acrescentando:

— Seu pedido soma US$ 6,90, senhor. Por favor, prossiga.

— Claro — disse Billy. — A coisa não é assim mesmo? Apenas prosseguir e pegar meu pedido.

Tornou a rir. Sentia-se ao mesmo tempo em ótimo estado e com vontade de vomitar.

A atendente entregou-lhe dois mornos saquinhos brancos através da janela de pedidos. Billy pagou, recebeu o troco e seguiu em frente. Parou no final do prédio e recolheu o antigo mapa rodoviário com a mão em seu interior. Dobrou os lados do mapa para baixo, esticou o braço pela janela aberta do carro e o depositou em uma lixeira. No topo do recipiente, um Ronald McDonald de plástico dançava exibindo uma careta plástica. Sobre a parte oscilante do depósito de lixo estavam escritas as palavras: COLOQUE O LIXO NO LUGAR CERTO.

— Também é *assim* que tem de ser — disse Billy. Esfregava a mão na perna e ria. — Apenas colocar o lixo no lugar certo... e mantê-lo lá.

Dessa vez, ele dobrou para leste na Union Street, tomando a direção de Bar Harbor. Billy continuava rindo. Por alguns momentos, pensou que jamais conseguiria parar de rir — que continuaria rindo e rindo, até o dia de sua morte.

Já que alguém poderia vê-lo dando no Nova o que um colega advogado certa vez chamara de "lavagem de impressões digitais", caso o tivesse feito em um local relativamente público, como o pátio do Motor Inn de Bar Harbor, por exemplo, Billy parou em uma deserta área de lazer de uma estrada secundária, a cerca de 65 quilômetros a leste de Bangor, e ali iniciou o serviço. Se possível, pretendia não ter a mais remota conexão com aquele carro. Saiu, despiu o paletó esporte, dobrou-o com os botões para dentro e então, cuidadosamente, limpou cada superfície que se lembrava de haver tocado e cada uma que pudesse ter tocado.

A luz de "Não há vagas" estava acesa diante da recepção do motel e, pelo que Billy podia ver, havia apenas um espaço vazio de estacionamento. Ficava à frente de uma unidade às escuras, e ele tinha poucas dúvidas de que estava olhando para o quarto que Ginelli alugara como John Tree.

Fez o carro deslizar para o espaço vazio, pegou seu lenço e limpou o volante, juntamente com o câmbio. Apanhou a torta. Abriu a porta e limpou a maçaneta interna. Tornou a guardar o lenço no bolso, saiu do carro e empurrou a porta com o traseiro para fechá-la. Então, olhou ao redor. Uma mãe de ar fatigado lidava com uma criança que parecia ainda mais fatigada do que ela; dois velhos estavam parados do lado de fora da recepção, conversando. Ele não viu mais ninguém, sentiu que ninguém o observava. Ouviu barulho de televisões dentro de quartos do motel. Da cidade, chegava o estrondo de rock nos bares, porque os veranistas de Bar Harbor começavam a se preparar ardorosamente para a noitada.

Billy cruzou o pátio à frente do motel, caminhou para a cidade e seus ouvidos o guiaram para onde era mais alto o barulho das bandas roqueiras. O bar se chamava Salty Dog e, como Billy esperava, lá havia táxis — três deles esperando os aleijados, os tontos e os bêbados — estacionados no lado de fora. Falou com um dos motoristas e, por 15 dólares, ele ficou deliciado em levá-lo até Northeast Harbor.

— Vejo que está levando o seu almoço — disse o motorista quando Billy entrou no táxi.

— Ou o almoço de alguém — respondeu Billy, e riu. — Porque esta é a pura verdade, entende? Quero ter certeza de que alguém terá o seu almoço.

O motorista olhou desconfiado para ele, pelo retrovisor. Depois deu de ombros.

— Concordo com tudo o que disser, meu amigo, você está pagando a corrida.

Uma meia hora depois disso, ele estava ao telefone, falando com Heidi.

Agora Billy estava deitado na cama e ouvia alguma coisa respirar no escuro — algo que parecia uma torta, mas que na realidade era uma criança que ele e aquele velho haviam criado.

Gina, pensou ele, quase ao acaso. *Onde estará ela?* "Não a machuque", foi o que eu disse a Ginelli. *Entretanto, acho que se pusesse as mãos nela, eu a machucaria... haveria de machucá-la muito pelo que fez a Richard. A mão dela? Eu mandaria a* cabeça *dela para aquele velho... encheria a boca de bolas metálicas e mandaria a cabeça para ele. Portanto, é bom eu não saber onde a encontraria para pôr as mãos nela, porque ninguém sabe como exatamente começam essas coisas. Eles discutem e finalmente terminam fugindo inteiramente à verdade, se esta for inconveniente. No entanto, todos sabem como essas coisas sempre continuam: eles atacam um, nós atacamos um, então eles atacam dois e nós atacamos três... eles disparam contra um aeroporto, então explodimos uma escola... e o sangue corre nos bueiros. Porque é* disso *que se trata não? Sangue nos bueiros. Sangue...*

Billy acabou dormindo sem perceber; seus pensamentos simplesmente se fundiram em uma série de sonhos fantásticos e distorcidos. Em alguns ele matava, em outros era morto, mas em todos alguma coisa respirava e pulsava, e Billy nunca podia ver essa coisa, porque ela estava realmente dentro dele.

Capítulo 26: 57,5

Morte misteriosa é atribuída à guerra entre quadrilhas.

Um homem encontrado morto a tiros na noite de ontem no porão de um prédio de apartamentos da Union Street foi identificado como uma figura do mundo do crime da cidade de Nova York. Richard Ginelli, conhecido como "Richie Martelo" nos círculos do submundo, havia sido indiciado três vezes — por extorsão, tráfico e venda de drogas ilegais, e assassinato — pelo estado de Nova York e autoridades federais. Uma investigação conjunta estadual e federal das atividades de Ginelli fora arquivada em 1981, em seguida à morte violenta de várias testemunhas da promotoria.

Uma fonte ligada ao gabinete do procurador-geral do estado do Maine declarou ontem à noite que a ideia de uma chamada "guerra de quadrilhas" fora suscitada ainda antes da identificação da vítima, em vista das peculiares circunstâncias do assassinato. Segundo essa fonte, Ginelli teve uma das mãos decepada e, em sua testa, estava escrita a sangue a palavra "porco".

Aparentemente, Ginelli foi morto por uma arma de grande calibre, porém peritos em balística da polícia estadual ainda não liberaram suas conclusões, as quais um funcionário da polícia estadual declarou "serem também um pouco incomuns".

Este relato estava na primeira página do *Daily News* de Bangor, que Billy Halleck havia comprado naquela manhã. Ele releu a história mais uma vez, olhou para a foto do prédio de apartamentos onde fora encontrado o cadáver de seu amigo e então, amassando o jornal como uma bola, enfiou-o em uma lixeira com o selo do estado de Connecticut sobre um lado e as palavras COLOQUE O LIXO NO LUGAR CERTO escritas na porta metálica.

— É *assim* que tem de ser — disse ele.

— O que disse, senhor?

A pergunta foi feita por uma garotinha de uns 6 anos, com fitas no cabelo e uma mancha seca de chocolate no queixo. Estava passeando com seu cachorro.

— Nada — respondeu Billy, e sorriu para ela.

— Marcy! — chamou ansiosamente a mãe da garotinha. — Venha cá!

— Até logo — disse Marcy.

— Até logo, meu bem.

Billy a viu voltar para junto da mãe, o pequeno poodle branco saltitando à frente dela na coleira, as unhas repicando na calçada. Mal a garotinha chegou perto da mãe, começaram as censuras. Billy sentiu pena da menina, que lhe recordara Linda quando tinha mais ou menos aquela idade, mas também se sentiu encorajado. Uma coisa era a balança ter dito que ganhara 5 quilos; outra — ainda melhor — era ver que alguém voltava a tratá-lo como uma pessoa normal, mesmo que esse alguém fosse uma menina de 6 anos levando o cãozinho da família para passear por uma área de lazer em uma autoestrada... uma garotinha que talvez imaginasse existirem *bandos* de pessoas no mundo que se pareciam com magérrimas torres ambulantes.

Ele passara o dia anterior em Northeast Harbor, não exatamente descansando, mas procurando recuperar a lucidez. Ele a sentia chegando... e então olhava para a torta em cima da televisão, dentro do recipiente vagabundo de alumínio, e percebia que a lucidez fugia.

Quase ao crepúsculo, colocou a torta na mala do carro, e isso o deixou um pouco melhor.

Depois do escurecer, quando a lucidez e sua profunda solidão pareceram mais fortes, encontrara o surrado livrinho de endereços. Então, ligara para Rhoda Simonson, no condado de Westchester. Pouco depois, falava com Linda, que parecia delirantemente feliz ao ouvi-lo. Ela descobrira sobre o *res gestae*. A sequência de eventos que levara à descoberta, conforme Billy podia (ou queria) compreender, era tão sórdida quanto previsível. Mike Houston contara à esposa. A esposa contara à filha mais velha, provavelmente quando embriagada. Linda e a garota Houston tinham tido uma espécie de desavença juvenil no inverno anterior, e então Samantha Houston quase quebrara as duas pernas na pressa de contar a Linda que sua querida mamãe estava querendo enviar seu querido papai para um hospício.

— E o que você respondeu a ela? — perguntou Billy.

— Que enfiasse uma sombrinha no rabo!

Billy riu até as lágrimas lhe saltarem dos olhos... mas parte dele também sentiu tristeza. Ficara menos de três semanas fora de casa, e tinha a impressão de que sua filha envelhecera três anos.

Linda fora diretamente para casa perguntar a Heidi se o que Samantha Houston lhe contara era verdade.

— O que aconteceu? — perguntou Billy.

— Tivemos uma discussão horrível e então, depois disso, falei que queria voltar para a casa da tia Rhoda. Ela disse que talvez não fosse uma má ideia.

Billy ficou calado um instante. Depois disse:

— Não sei se você precisa ou não que eu lhe diga isso, Lin, mas não estou louco.

— Oh, papai, eu sei — respondeu ela, quase em tom de censura.

— Também estou ficando melhor. Engordando.

A exclamação dela foi tão ruidosa que Billy precisou afastar o fone do ouvido.

— Está *engordando*? Está *mesmo*?

— Sim, estou. Mesmo.

— Oh, papai, isso é formidável! Você... está falando sério? Dizendo a *verdade*?

— Palavra de escoteiro — disse ele, sorrindo.

— Quando é que volta para casa? — perguntou Linda.

E Billy, que pretendia deixar Northeast Harbor na manhã do dia seguinte para entrar em sua casa não muito depois das dez da noite, respondeu:

— Acho que fico por aqui uma semana mais ou menos, meu bem. Quero engordar um pouco primeiro. Minha aparência ainda está bem ruim.

— Oh! — suspirou Linda, decepcionada. — Oh... está bem.

— Mas quando eu voltar ligo para você a tempo de chegar em casa umas seis horas pelo menos antes de mim — disse ele. — Você pode fazer outra lasanha, como quando voltamos de Mohonk, e me engordar um pouco mais.

— Porra! — exclamou ela, eufórica, e depois, imediatamente: — Poxa, desculpe, papai.

— Está desculpada — disse ele. — Nesse meio-tempo, fique aí na casa da tia Rhoda, gatinha. Não quero mais nenhuma briga entre você e mamãe.

— De qualquer modo, só quero voltar para casa com você lá — replicou ela.

Billy sentiu a determinação na voz da filha. Heidi teria sentido essa mesma determinação adulta em Linda? Ele desconfiava que sim — e atribuía a isso o desespero dela no telefonema da noite anterior.

Disse a Linda que a amava e desligou. O sono chegou mais fácil essa noite, mas os sonhos foram ruins. Em um deles, Billy ouvia Ginelli no porta-malas de seu carro, gritando para que o deixassem sair. Entretanto, ao abri-lo, não era Ginelli, mas um menino nu e ensanguentado, com os olhos imemoriais de Taduz Lemke e uma argola de ouro na orelha. O menino estendia-lhe as mãos sujas de sangue coagulado. Sorria, e seus dentes eram agulhas de prata.

— *Purpurfargade ansiktet* — dizia o menino, em voz ganida, monstruosa e inumana.

Billy acordou, tremendo, no frio e cinzento alvorecer naquele lugar da costa Atlântica.

Pediu a conta vinte minutos mais tarde e então se encaminhou novamente para o sul. Parou às 8h15 para um lauto café da manhã campestre, mas quase nada comeu quando abriu o jornal que havia comprado pouco antes.

De qualquer modo, não interferiu em meu almoço, pensou ele ao caminhar de volta para o carro alugado. *Porque o fato de ganhar peso novamente também se ajusta ao assim é que tem de ser.*

A torta estava no banco ao lado dele, pulsante, quente. Billy olhou para ela de relance, ligou o motor e saiu de ré da vaga no estacionamento. Percebeu que estaria em casa em menos de uma hora e sentiu uma emoção estranha, desagradável. Rodou uns 30 quilômetros antes de compreender o que era: empolgação.

Capítulo 27: Torta Cigana

Estacionou o carro alugado na entrada da garagem, atrás de seu próprio Buick, pegou a sacola Kluge que fora sua única bagagem e começou a caminhar pelo gramado. A casa branca de vívidas persianas verdes, sempre um símbolo de conforto, comodidade e segurança para ele, agora tinha um ar estranho — tão estranho que era quase alheio.

O homem branco da cidade morou aqui, pensou, *mas no final das contas, não tenho muita certeza de que ele voltou para casa — este indivíduo cruzando o gramado parece mais um cigano. Um cigano muito magro.*

A porta da frente, flanqueada por dois graciosos archotes elétricos, se abriu, e Heidi saiu para a varanda principal. Usava uma saia vermelha e uma blusa branca sem mangas que Billy não conhecia. Também cortara o cabelo muito curto e, durante um aturdido momento, ele pensou que aquela não era Heidi, mas uma estranha parecida com ela.

Heidi olhou para ele, o rosto demasiado pálido, os olhos demasiado escuros, os lábios tremendo.

— Billy?

— Sim, sou eu — disse ele, e parou onde estava.

Ficaram ambos imóveis, entreolhando-se, Heidi com uma espécie de infeliz esperança no rosto, Billy tendo a sensação de que nada transparecia em seu próprio rosto — no entanto, devia existir algo, porque, após um momento, ela explodiu:

— Pelo amor de Deus, Billy, não olhe para mim desse jeito! Não posso suportar!

Ele sentiu que um sorriso aflorava aos lábios — enquanto por dentro havia a sensação de algo morto boiando à superfície de um lago quieto. De qualquer modo, o sorriso fez efeito, porque Heidi retribuiu com outro, vacilante e trêmulo. As lágrimas começaram a escorrer-lhe pelas faces.

Oh, mas você sempre chorou com facilidade, Heidi, pensou ele.

Ela começou a descer os degraus. Billy largou a sacola Kluge e caminhou para ela, sem desmanchar o sorriso inexpressivo.

— O que há para comer? — perguntou. — Estou faminto!

Ela lhe preparou uma refeição gigantesca: bife, salada, uma batata assada quase tão grande como um torpedo, vagens frescas e blueberries com creme para sobremesa. Billy comeu tudo. Embora Heidi nunca chegasse a falar, cada movimento, cada gesto e cada olhar transmitiam a mesma mensagem: *Me dê uma segunda chance, Billy. Por favor, me dê uma segunda chance.* De certo modo, ele pensou que aquilo era extremamente engraçado — engraçado em um sentido que o velho cigano teria apreciado. Ela se recusara a aceitar qualquer culpa, mas agora passava a aceitar toda a culpa que houvesse.

Pouco a pouco, à medida que se aproximava da meia-noite, ele sentiu algo mais, nos gestos e movimentos de Heidi: alívio. Ela sentia que tinha sido perdoada. Para Billy isso foi ótimo, porque o fato de Heidi se julgar perdoada *também* se ajustava ao *é assim que tem de ser*.

Ela se sentou diante dele, vendo-o comer, tocando-lhe ocasionalmente o rosto emaciado e fumando um Vantage 100 atrás do outro enquanto ele falava. Billy lhe contou como havia caçado os ciganos, litoral acima; sobre as fotos conseguidas com Kirk Penschley e, finalmente, sobre ter alcançado os ciganos em Bar Harbor.

A essa altura, Billy Halleck e a verdade tomaram rumos opostos.

Contou a Heidi que o dramático confronto que tanto desejava e temera, afinal, não saíra conforme o esperado. Para começar, o velho zombara dele. Todos do bando zombaram dele. "Se eu pudesse ter amaldiçoado você, a esta hora você já estaria debaixo da terra", tinha dito o velho cigano. "Pensa que somos mágicos — todos vocês, homens brancos da cidade, pensam que somos mágicos. Se fôssemos, estaríamos rodando em carros e furgões velhos, com silenciosos presos com arame? Se fôssemos, estaríamos dormindo em campo aberto? Isto não é um espetáculo de magia, homem branco da cidade. Não passa de uma feira de diversões ambulante. Fazemos negócio com sujeitos cujo dinheiro está queimando em seus bolsos e depois vamos embora. Muito bem, agora saia daqui, antes que eu atire alguns destes rapazes em cima de você. *Eles* sabem uma maldição. É chamada a Maldição dos Socos de Aço."

— Foi assim mesmo que ele chamou você? Homem branco da cidade?

Billy sorriu para ela.

— Exatamente. Foi assim mesmo que ele me chamou.

Contou a Heidi que voltara para seu quarto de hotel e simplesmente ficara lá nos dois dias seguintes, deprimido demais para fazer mais do que beliscar a comida. No terceiro dia — três dias atrás —, ao se pesar na balança do banheiro, vira que tinha ganho um quilo e meio, embora pouco houvesse comido.

— Contudo, ao meditar sobre o assunto, vi que não era mais estranho do que comer tudo que havia na mesa e descobrir que *tinha perdido* um quilo e meio — disse ele. — *Essa* ideia é que finalmente me arrancou do torpor mental em que estivera. Fiquei mais um dia naquele quarto de motel, e meditei como nunca. Comecei a perceber que, afinal de contas, o pessoal da Clínica Glassman podia ter razão. O próprio Michael Houston podia estar pelo menos parcialmente certo, por mais que eu deteste o cretinozinho.

— Billy... — Ela lhe tocou o braço.

— Não se preocupe — disse Billy. — Não vou esmurrar Houston quando tornar a vê-lo.

Eu bem que poderia lhe oferecer um pedaço de torta, pensou ele, e deu uma risada.

— Não vai me contar a piada? — sugeriu ela, com um leve e surpreso sorriso.

— Não foi nada — disse ele. — De qualquer modo, o problema era que Houston, aqueles sujeitos da Clínica Glassman e até mesmo você, Heidi, queriam empurrar isso por minha garganta. Tentavam me empurrar a verdade. No entanto, eu precisava tirar minhas próprias conclusões. Simples reação de culpa, mais, imagino eu, uma combinação de ilusões paranoicas e predisposta autodecepção. No fim, contudo, eu também estava parcialmente certo, Heidi. Talvez por todos os motivos errados, mas *estava* parcialmente certo. Eu falei que precisava vê-lo outra vez, e foi isso que teve efeito. Apenas não aconteceu da maneira que eu esperava. Ele era menor do que eu recordava, usava um relógio Timex barato e tinha um sotaque de Brooklyn. Falava "mardição" em vez de "maldição". Foi isso, mais do que tudo, que desfez a ilusão, acho eu. Era como ouvir Tony Curtis dizer: *"Yonduh is da palace of my faddah"** naquele filme sobre o império árabe. Assim, peguei o telefone e...

Na sala de estar, o relógio em cima da lareira começou a soar melodiosamente.

— Meia-noite — disse Billy. — Vamos para a cama. Eu a ajudo a empilhar os pratos na pia.

— Não, eu mesma faço isso — disse ela, e deslizou os braços em torno dele. — Estou *contente* por você vir para casa, Billy. Suba. Deve estar exausto.

— Estou ótimo — ele disse. — Apenas...

Estalou repentinamente os dedos no ar, como alguém que acaba de recordar uma coisa.

— Quase esqueci! — disse. — Deixei uma coisa no carro.

— O que é? Não pode esperar até amanhã cedo?

— Sim, mas eu tenho que trazer para dentro. — Sorriu para ela. — É para você.

Saiu, o coração batendo fortemente no peito. Deixou as chaves do carro caírem na entrada da garagem, depois bateu com a cabeça no lado do carro em sua pressa de apanhá-las. Suas mãos tremiam tanto que demorou a enfiar a chave na fechadura do porta-malas.

E se a torta ainda estiver pulsando para cima e para baixo?, sua mente insistiu. *Deus do céu, ela pode sair correndo aos gritos quando vir aquilo!*

Abriu o porta-malas e, quando nada mais viu lá dentro além do macaco e do estepe, quase gritou. Então lembrou: a torta estava no banco dianteiro, no lado do passageiro. Billy bateu o porta-malas com força e caminhou com passos rápidos. A torta estava lá e a crosta permanecia absolutamente imóvel — como, de fato, ele sabia que estaria.

Suas mãos pararam abruptamente de tremer.

Heidi estava de novo parada na varanda, observando-o. Billy caminhou até ela e colocou a torta em suas mãos. Ainda sorria. *Estou en-*

---

* "Yonder is the palace of my father" (em inglês sem sotaque), significando: "Aquele é o palácio de meu pai." (N. da T.)

tregando a mercadoria, pensou. E a entrega da mercadoria era outra das coisas que tinha que ser assim. Seu sorriso aumentou.

— *Voilà* — disse.

— Uau! — Inclinando-se para a torta, ela a cheirou. — Torta de morango... minha predileta!

— Eu sei — disse Billy, sorrindo.

— E ainda quente! Obrigada!

— Parei perto do pedágio em Stratford para pôr gasolina, e no gramado da igreja, bem perto dali, havia uma feira de bolos, uma venda de caridade feita por um grupo de senhoras — explicou ele. — Então pensei... você entende... se a visse chegar à porta segurando um rolo de pastéis ou coisa assim, eu trazia uma oferenda de paz.

— Oh, *Billy!*...

Ela começou a chorar novamente. Deu-lhe um impulsivo abraço com apenas um braço, equilibrando o prato da torta nos dedos abertos da outra mão, da maneira como um garçom equilibra uma bandeja. Quando o beijou, a torta oscilou. Billy também sentiu o coração oscilar no peito, começando a bater loucamente fora do ritmo.

— Cuidado! — ofegou, agarrando a torta justamente quando ela começava a escorregar.

— Céus, sou tão desajeitada — ela disse, rindo e enxugando os olhos com a ponta do avental que pusera. — Você me traz minha torta predileta e eu quase a derrubo em cima de seu om... omb...

Heidi se descontrolou por completo, reclinada contra o peito dele, soluçando. Ele lhe afagou os cabelos agora muito curtos, usando apenas uma das mãos. Sustentava a torta na palma da outra, prudentemente afastada do corpo, para o caso de Heidi fazer algum movimento brusco.

— Estou tão contente por você voltar para casa, Billy! — Ela chorou. — E você promete que não me odiará pelo que fiz? Promete?

— Prometo — respondeu ele suavemente, afagando-lhe o cabelo. *Ela tem razão*, pensou. *Ainda está quente*. — Vamos para dentro, hein?

Na cozinha, Heidi depositou a torta em cima do balcão e voltou à pia.

— Não vai comer um pedaço? — perguntou Billy.

— Talvez, quando acabar aqui — disse ela. — Coma um pedaço, se quiser.

— Depois do jantar que devorei? — exclamou ele, e riu.

— Durante algum tempo, você vai precisar de todas as calorias que puder colocar para dentro do corpo.

— Acontece que, no momento, não há um só quarto vago na hospedaria — disse Billy. — Quer que enxugue a louça para você?

— Quero que você suba e vá para a cama — respondeu ela. — Também subirei daqui a pouco.

— Está bem.

Ele se foi, sem olhar para trás, sabendo que era mais provável Heidi cortar uma fatia da torta para ela se estivesse sozinha. Contudo, talvez ela não provasse a torta, não aquela noite. Aquela noite, desejaria ir para a cama com ele — poderia até mesmo querer fazer amor com ele. Entretanto, Billy sabia como desencorajá-la disso. Bastaria ficar nu. Quando Heidi o visse...

Enfim, desde que provasse a torta...

— "Tra-lá-lá", disse Scarlet, "comerei minha torta amanhã. Amanhã é outro dia..."

Ele riu ao som da própria voz sinistra. Estava no banheiro, de pé sobre a balança. Ergueu o rosto para o espelho e, nele, viu os olhos de Ginelli.

A balança informava que ele voltava a pesar 59 quilos, porém Billy não sentia a menor felicidade com isso. Aliás, não sentia absolutamente nada — exceto cansaço. Estava incrivelmente cansado. Seguiu pelo corredor, agora parecendo tão estranho e peculiar, e entrou no quarto. Tropeçou em algo no escuro e quase caiu. Ela mudara a posição de alguns móveis. Cortara o cabelo, usava uma blusa nova, modificara a posição da poltrona e da cômoda menor no quarto — mas isso era só o início das singularidades que agora havia por ali. Aquilo aumentara de certa forma enquanto ele estivera ausente, como se Heidi afinal tivesse sido amaldiçoada, porém de maneira muito mais sutil. Seria isso uma ideia tão tola? Billy achava que não. Linda captara a estranheza e fora embora de casa.

Lentamente, ele começou a se despir.

Ficou deitado, esperando que Heidi subisse. No entanto, em vez disso, ouviu ruídos que, embora fracos, eram familiares o bastante para lhe contarem uma história. O rangido de uma porta superior do armário da cozinha — a porta à esquerda, onde eram guardados os pratos de sobremesa — indicava que estava sendo aberta. O barulho de uma gaveta; o sutil tilintar de utensílios de cozinha enquanto ela escolhia uma faca.

Billy fitou a escuridão, o coração martelando.

O som dos passos dela tornando a cruzar a cozinha — estava indo para o balcão onde havia deixado a torta. Billy ouviu a tábua do meio da cozinha ranger quando Heidi pisou nela, ranger como rangia há anos.

O que isso fará a ela? A mim, deixou magro. Transformou Cary em algo semelhante a um animal que, depois de morto, tem a pele aproveitada para o fabrico de sapatos. Transformou Hopley em uma pizza humana. O que fará com ela?

A tábua do meio da cozinha rangeu de novo quando Heidi tornou a cruzá-la — Billy podia vê-la, segurando o prato na mão direita, os cigarros e os fósforos na esquerda. Podia ver a fatia da torta. Os morangos, a poça de suco vermelho-escuro.

Tentou ouvir o débil rangido da dobradiça da porta para a sala de jantar, porém nada ouviu. Mas isso não o surpreendia. Heidi devia estar em pé junto ao balcão, olhando para o pátio lateral e comendo a torta em pequenas e rápidas garfadas, como era seu costume. Um hábito antigo. Ele quase podia ouvir o garfo raspando o fundo do prato.

Percebeu que o sono começava a aturdi-lo.

Ia dormir? Não... impossível. Era impossível alguém pegar no sono enquanto um assassinato era cometido.

No entanto, ele ia dormir. Tentava ouvir novamente o rangido da tábua central da cozinha — tornaria a ouvi-lo quando ela fosse para a pia. Água correndo quando ela lavasse o prato. O som dela circulando por todos os cômodos, ajustando termostatos, apagando luzes e verificando as luzes do alarme ao lado das portas — todos os rituais do pessoal branco da cidade.

Ele estava deitado na cama, tentando ouvir a tábua ranger, mas de repente estava sentado à mesa em seu estúdio, na cidade de Big Jubilee, Arizona, onde estivera advogando nos últimos seis anos. Nada mais simples. Morava lá com a filha, trabalhando com o tipo de lei que denominava Bosta Sociedade Anônima, para garantir a comida na mesa. O restante de suas atividades profissionais consistia em uma sociedade de auxílio jurídico. Levavam vidas simples. Os velhos tempos — dois carros na garagem, jardineiro três vezes por semana, impostos sobre a propriedade chegando a 25 mil dólares por ano — há muito estavam encerrados. Billy não sentia falta deles e achava que Lin também não. Advogava na cidade pelo tempo necessário, algumas vezes em Yuma ou Phoenix, mas isso raramente era o bastante, e eles residiam afastados de Jube o suficiente para terem uma referência da terra em volta deles. Linda iria para a universidade no ano seguinte, e então ele se mudaria para a cidade — mas só se a solidão começasse a pesar demais, algo em que não acreditava, tinha dito a ela.

Haviam construído uma boa vida para ambos e isso era ótimo, formava um belo quadro, porque é assim que tem de ser: construir uma boa vida para você e os seus.

Houve uma batida à porta do estúdio. Ele recuou na cadeira, se virou, e Linda estava ali, em pé, mas o nariz dela tinha desaparecido. Não; não desaparecera. Estava na mão direita dela em vez de no rosto. Escorria sangue do buraco escuro acima da boca de Linda.

— *Não estou entendendo nada, papai* — disse ela, em voz anasalada, soando como uma sirene marinha contra nevoeiro. — *Ele simplesmente caiu.*

Acordou com um sobressalto, os braços se agitando no ar, tentando afugentar aquela visão. Ao lado dele, Heidi grunhiu dormindo, se virou sobre o lado esquerdo do corpo e puxou as cobertas para cima da cabeça.

Aos poucos, ele foi retornando à realidade. Estava novamente em Fairview. Um brilhante sol de começo de manhã entrava pelas janelas. Olhou através do quarto e viu que o relógio em cima da cômoda marcava 6h25. Havia seis rosas vermelhas em um vaso ao lado do relógio.

Billy saiu da cama, atravessou o quarto, tirou o roupão do gancho e foi ao banheiro. Abriu o chuveiro e pendurou o roupão atrás da porta, percebendo que Heidi comprara um roupão novo, assim como tinha comprado uma blusa nova e feito um novo corte de cabelo. Era um belo roupão azul.

Subiu na balança. Ganhara mais meio quilo. Entrou debaixo do chuveiro e se lavou com uma meticulosidade quase compulsiva, ensaboando cada parte do corpo, enxaguando e tornando a ensaboar. *Vou controlar meu peso*, prometeu a si mesmo. *Depois que ela se for, vou realmente controlar meu peso. Nunca mais vou engordar tanto como antes.*

Ele se enxugou com a toalha. Vestiu o roupão e se viu parado junto à porta fechada, olhando fixamente para o novo roupão azul de Heidi. Estendendo a mão, pegou uma dobra de náilon entre os dedos. Alisou aquela superfície. O roupão parecia novo, porém também tinha algo familiar.

Ela apenas saiu e comprou um roupão parecido com outro que teve no passado, pensou ele. *A criatividade humana vai até certo limite, meu chapa — no fim, todos começamos a nos repetir. No fim, todos ficamos obcecados.*

Houston falou em sua mente: *As pessoas que não têm medo são as que morrem jovens.*

Heidi: *Pelo amor de Deus, Billy, não olhe para mim desse jeito! Não posso suportar!*

Leda: *Ele agora parece um jacaré... como uma coisa que tivesse vindo rastejando de um pântano e vestido roupas humanas.*

Hopley: *Você fica por ali, pensando que dessa vez, apenas dessa vez, haverá um pouco de justiça... um instante de justiça, como indenização por toda uma vida de merda.*

Billy esfregou o náilon azul entre os dedos e uma terrível ideia começou a ganhar forma em sua mente. Recordou o sonho. Linda, parada à porta de seu estúdio. O buraco sangrento em seu rosto. Este roupão... não parecia familiar porque Heidi houvesse tido um semelhante a ele. Parecia familiar porque Linda possuía um semelhante a ele. *Possuía... agora.*

Ele se virou e abriu uma gaveta à direita da pia. Ali estava uma escova com o nome LINDA escrito no cabo de plástico vermelho.

Fios de cabelos negros presos às cerdas.

Como em sonhos, ele percorreu o corredor até o quarto dela.

Os andarilhos estão sempre querendo arranjar estas coisas, meu amigo... este é um dos motivos da existência deles.

Um imbecil, William, é um sujeito que não acredita no que está vendo.

Billy Halleck empurrou a porta no fim do corredor e viu sua filha, Linda, dormindo em sua cama, com um braço sobre o rosto. Seu velho ursinho, Amos, estava na dobra do outro braço.

Não. Oh, não. Não, não.

Ele se apoiou nos batentes da porta, oscilando de modo sonhador para diante e para trás. Ele poderia ser qualquer coisa, mas não era um idiota, porque via tudo: a jaqueta de couro cinza-claro de Linda pendurada no encosto da cadeira, a mala Samsonite, aberta, deixando escapar uma coleção de jeans, shorts, blusas e roupas íntimas. Viu a etiqueta da Greyhound pendurada na alça. E viu mais. Viu as rosas ao lado do relógio, no quarto dele e de Heidi. As rosas não estavam lá quando ele foi para a cama, na véspera. Não... Linda trouxera as rosas. Como uma oferenda de paz. Voltara cedo para casa a fim de fazer as pazes com a mãe antes da chegada do pai.

O velho cigano de nariz carcomido: *Não há um culpado, você diz. E diz para si mesmo, e diz para si mesmo, e diz para si mesmo. Mas não existe "estar quites", homem branco da cidade. Todo mundo paga, mesmo por coisas que não fez. Nada de quites.*

Ele se virou então e correu para a escada. O terror o deixava de joelhos bambos, fazia-o correr de pernas abertas, como um marinheiro no mar.

Não, Linda não!, gritava sua mente. *Linda, não! Oh, meu Deus, por favor, Linda, não!*

Todo mundo paga, homem branco da cidade — mesmo por coisas que não fez. Porque é assim que tem de ser.

O que sobrara da torta continuava sobre o balcão, esmeradamente coberto com plástico aderente. Cerca de um quarto da torta desaparecera. Olhando para a mesa da cozinha, Billy viu a bolsa de Linda sobre ela — uma fileira de bótons dos astros do rock presos à alça: Bruce Springsteen, John Cougar Mellancamp, Pat Benatar, Lionel Richie, Sting, Michael Jackson.

Foi até a pia.

Dois pratos.

Dois garfos.

Elas sentaram aqui, comeram torta e fizeram as pazes, pensou ele. *Quando? Logo depois que fui dormir? Sim, deve ter sido.*

Ouviu o velho cigano rindo, e seus joelhos fraquejaram. Precisou se agarrar ao balcão, porque do contrário cairia.

Quando recuperou parte das forças, se virou e atravessou a cozinha, ouvindo a tábua do meio ranger sob seus pés ao passar sobre ela.

A torta pulsava novamente — para cima e para baixo, para cima e para baixo. Seu persistente e obsceno calor havia embaçado o plástico aderente. Billy podia captar um vago som úmido.

Abriu o armário no alto, pegou um prato de sobremesa e depois abriu a gaveta abaixo, de onde tirou um garfo e uma faca.

— Por que não? — sussurrou.

Retirou o envoltório plástico da torta. Agora, ela estava imóvel novamente. Agora, era apenas uma torta de morango que parecia extremamente tentadora, embora fosse ainda tão cedo.

E, como dissera Heidi, ele continuava precisando de todas as calorias que pudesse consumir.

— Coma, companheiro — sussurrou Billy Halleck no ensolarado silêncio da cozinha.

Então, cortou para ele um pedaço da torta cigana.

2ª EDIÇÃO [2012] 9 reimpressões

ESTA OBRA FOI COMPOSTA PELA ABREU'S SYSTEM EM ADOBE GARAMOND
E IMPRESSA EM OFSETE PELA GEOGRÁFICA SOBRE PAPEL PÓLEN DA
SUZANO S.A. PARA A EDITORA SCHWARCZ EM MAIO DE 2024.

A marca FSC® é a garantia de que a madeira utilizada na fabricação do papel deste livro provém de florestas que foram gerenciadas de maneira ambientalmente correta, socialmente justa e economicamente viável, além de outras fontes de origem controlada.